AF130624

ars vivendi®

MARTIN VON ARNDT

RATTENLINIEN

KRIMINALROMAN

ARS VIVENDI

Originalausgabe
2. Auflage Januar 2017
1. Auflage Oktober 2016
© 2016 by ars vivendi verlag
GmbH & Co. KG, Bauhof 1,
90556 Cadolzburg
Alle Rechte vorbehalten
www.arsvivendi.com

Lektorat: Stefan Imhof
Druck: CPI books GmbH, Leck
Gedruckt auf holzfreiem Werkdruckpapier der Papierfabrik Schleipen. Das eingesetzte
Material stammt aus ökologisch und sozial verantwortungsvoller Forstwirtschaft.
Printed in Germany

ISBN 978-3-86913-724-7

Rattenlinien

Prolog

Hammel weinen, wenn sie ahnen, dass sie zur Schlachtbank geführt werden.

Ein jäher Schmerz an der linken Stirnseite. – Warum dachte er an weinende Hammel?

Weil ihm selbst eine Flüssigkeit aus den Augen rann. Weil seine Mutter ihm von den Hammeln erzählt hatte, und er immer an seine Mutter dachte, wenn er seinen Tod erwartete. Oder weil die Stille nach dem Schlag beruhigend war wie ein Wiegenlied.

Der Schmerz am Stirnknochen. Ansonsten fühlte er sich merkwürdig leicht, sah für einen Moment den Himmel über sich, der sich hell aus den Silhouetten der Häuserdächer herausschälte. Der Mond war eine bleiche Sichel aus Stanniol, Weihnachtsmond, trauriger, silberner Weihnachtsmond. Dann schloss sich eine Hand um seinen Mantelkragen, man hob seinen Oberkörper an. Aus dem Häusergeviert sah er eine Faust auf sein Gesicht zukommen. Zwei schwere Ringe, beide an einem Finger. Kein weiteres Geräusch.

Später war da zuerst die Zunge. Erwachte aus ihrer Taubheit, ein Geschmack nach Blut und Eisen. Tastete sich von innen an den Lippen entlang, die wund waren, aufgeplatzt.

Fehlte ein Zahn? Wühlen der Zungenspitze. – Nein.

Die Nase? Gebrochen? Er kräuselte sie sachte. – Nein.

Irgendwann hatte er all seine Sinne und Glieder wieder beisammen. Und mit ihnen die Ereignisse, die zu seinem Niederschlag geführt hatten.

Sein Kopf dröhnte, das tiefe Pulsieren verließ allmählich die Stirn, er hielt die Augen geschlossen, unterschied zwei Stimmen. Unverständliche Worte, nicht deutsch, nicht italienisch. Keine ihm bekannte Sprache, mit keiner ihm bekannten verwandt. Sie konnten nicht allzu weit entfernt sein, zehn Meter. Höchstens.

Vom Kopf bis zu den Füßen spürte er einen Widerstand, also lag er. Auf der linken Körperseite. Er fühlte die Fesseln in seine Handgelenke einschneiden, die Beine konnte er frei bewegen, die Hände waren hinter dem Körper zusammengebunden.

Er begann zu blinzeln, sah zwei Männer vor sich an einem Tisch sitzen. Lang und schlaksig, Wintermäntel, Atemwolken vor dem Gesicht. Vom Größeren nahm er einen Blick auf, der blickte den Kleineren an, dann schauten beide zu ihm, grinsten, zuckten mit den Schultern, fingen wieder an zu reden.

Sie spielten Karten.

Er sah sich um, soweit das seine Lage zuließ. Er befand sich in einem holzverkleideten Raum. Sehr grob behauenes Holz. Eine Hütte. Durch die Ritzen pfiff der Wind. Eine Tür, ihm gegenüber, hinter dem Tisch. Ein Fenster, halb verrammelt. Ein wenig Licht drang ein, schwer zu sagen, ob das der Mond oder die Morgendämmerung war.

Er machte eine Bewegung, um sich auf den Ellbogen abzustützen, doch die Schmerzen im Kopf ließen ihn zurückfallen. Die Männer lachten. Es verging einige Zeit, bis er sich, unter Zuhilfenahme von linkem Knie und rechtem Fußgelenk, abermals aufzurichten begann. Sein Gewicht ruhte jetzt auf dem linken Ellbogen.

»Wer seid ihr?«, fragte er auf Italienisch.

Keine Reaktion.

»Was wollt ihr?«

Die beiden spielten ungerührt weiter, aber sie sprachen nicht mehr.

»Geld? Wollt ihr Geld?«

Noch immer Schweigen. In der Ferne hörte er einen Hund anschlagen.

»Versteht ihr mich überhaupt?«

Er wiederholte seine Frage auf Deutsch, schließlich auf Englisch. Die Männer sahen einander an, der Größere stand auf, kam auf ihn zu und gab ihm eine Ohrfeige. Sie war so stark, dass er zurückprallte, mit dem Hinterkopf gegen eine Holzkante fiel und zum zweiten Mal das Bewusstsein verlor.

Er fand sich in einem Ertrinkungstraum wieder. Jemand hatte ihm den Kopf unter Wasser gestoßen. Er war ein kleiner Junge, konnte sich nicht wehren. Seine Finger griffen ins Leere. Plötzlich fuhr er hoch, schlug die Augen auf. Man hatte ihm Wasser ins Gesicht geschüttet, vier Hände zerrten ihn vom Boden auf einen Stuhl und setzten ihn ab. Einer, dessen Gesicht er noch nicht gesehen hatte, drehte den Stuhl zu sich. Pockennarben, dort, wo sein wild wachsender dunkler Bart nicht wucherte. Stämmig, noch größer als die anderen, und wie sie schätzte er ihn auf Mitte, Ende zwanzig. Der Pockennarbige hielt eine Schöpfkelle in der Hand, bediente sich aus einem breitrandigen Krug und sagte mit starkem Akzent auf Deutsch: »Wasser?«

Er sperrte mechanisch den Mund auf, doch die Schöpfkelle war zu hoch angesetzt, und der größte Teil der Flüssigkeit rann an seinen Wangen herab; immerhin konnte er so viel mit seiner Zunge retten, dass ihn dieser Rest erfrischte.

»Wer bist du?«

»Steiner, Andreas. 1885 in Berlin geboren. Ich arbeite für das Internationale Komitee vom Roten Kreuz.«

Kurz bevor die Handfläche auf seine Wange traf, sah er die Bewegung kommen, erkannte die Ringe wieder. Sie gehörten zu der Faust, die ihn gestern Abend niedergeschlagen hatte. Falls inzwischen nicht mehr Zeit vergangen war.

»Für wen arbeitest du?«

»Für das Internationale Komitee vom Roten Kreuz.«

Ein Faustschlag von hinten, in die Nieren.

»Wer bist du?«

»Andreas Steiner.«

Er wurde nicht müde, Name und Beruf, die der amerikanische Geheimdienst in seinen Ausweis geschrieben hatte, zu wiederholen. Jedes Mal erhielt er einen Schlag. Er spürte, wie ihm Blut aus den Mundwinkeln und der Nase rann. Die Lippen schmerzten am meisten, erste Heilungsprozesse hatten eingesetzt, jetzt platzten sie wieder auf.

Er atmete flach, gegen die Schmerzen in den Nieren an.

Sein Standvermögen war noch immer brauchbar. Vielleicht lag es schlicht daran, dass er zahlreiche Gestapoverhöre überlebt hatte. Gegen die nahm sich das hier aus wie eine harmlose Kneipenrauferei.

Irgendwann machte der Pockennarbige ein Zeichen in Richtung seiner Gehilfen, verließ die Hütte, der Kleinste folgte ihm. Der mit den zwei Ringen war direkt vor ihm stehen geblieben, starrte ihm wie hypnotisiert ins Gesicht.

»Nicht mitbekommen? Herrchen ist schon weg!«

Kurz bevor ihn die nächste Ohrfeige traf, hörte er von draußen den Ruf »Zdravko!«

Allein zurückgeblieben, zerrte er an dem Seil. Die Verschlingungen um die Handgelenke saßen fest, aber er spürte eine Bewegung zwischen dem Knoten rechts und dem links, dazwischen hatte er jetzt zehn, vielleicht fünfzehn Zentimeter Leine. Als die Tür wieder aufging, sah er, dass der Morgen noch nicht dämmerte. Es war der Mond, der durch das Fenster schimmerte.

Dann kehrten die Männer wieder, bauten sich vor ihm auf. Der Pockennarbige sagte etwas, Zdravko zog ein Messer und schnitt ihm Mantel- und Hemdärmel bis zur Armbeuge auf. Sein Chef klopfte die Venen am Unterarm ab. »Schau, schau, Opa ist kein Kostverächter«, sagte er in fehlerfreiem Deutsch, aus dem nur der Akzent hervorstach, »diese Schläuche haben guten Stoff gekostet. Länger nicht mehr drauf gewesen, hm? Sollen wir dir etwas Gutes tun, kleines Wahrheitsserum?«

»Nein, nein!«, schrie er, während ihn zwei Männer auf dem Stuhl bändigten und ihr Chef eine Spritze aufzog.

Das Opiat, das man ihm in die Blutbahn jagte, nahm umgehend seine wühlende Arbeit auf. Ihm brach der Schweiß aus, er warf sich hin und her. Doch entweder lag es am jahrelangen Entzug, oder sie hatten ihm zu viel gespritzt: Momente später – der Chef hatte kaum begonnen, die Fragen nach seinem Namen und Auftraggeber wieder aufzunehmen – wurde er ohnmächtig und erschlaffte in den Händen seiner Entführer.

Er kehrte mit einem Schrei in die Gegenwart zurück.

Der Kleinste war mit ihm allein in der Hütte, saß am Tisch, las in einer Zeitung. Dann sah er zu ihm her, spuckte einige Worte zwischen den Zähnen hervor und drehte den Stuhl um, sodass er ihm den Rücken wies.

Er konzentrierte sich darauf, dass es eine fließende Bewegung würde, ließ die Handfesseln übers Gesäß in die Kniekehlen gleiten, wälzte sich aufs Kreuz und schob die Hände unter den Stiefeln hindurch; winkelte das rechte Bein an, hievte sich in die Hocke, dann stürzte er nach vorn und schlang dem Überrumpelten das lose Zwischenstück seiner Handfessel um den Hals. Er zog zu. Der andere ruderte auf seinem Stuhl, griff nach dem Seil, konnte dessen Spannung nicht lockern. Eine heftig ausgeführte Drehbewegung riss beide zu Boden. Zwar kam er unter seinem Entführer zu liegen, doch zog er weiterhin mit aller Kraft an dem Seil. Ein Röcheln, eine Spannung, die den Leib vor ihm durchfloss, dann erlosch jede Bewegung, wurde das Gewicht, das auf ihm ruhte, schwer und immer schwerer.

Er löste die Fessel vom Hals seines Entführers, schob ihn von sich. Der Kopf schlug hart auf die Holzdielen auf. Er beugte sich über den anderen und stellte fest, dass er ihn bis zur Bewusstlosigkeit gewürgt hatte, stand auf, atmete mit rasselnden Lungen, ging zum Tisch und durchsuchte dessen Schublade nach dem Messer. Nachdem er fündig geworden war, schnitt er seine Fesseln mit einiger Mühe auf, griff nach dem Krug, trank und ließ etwas von dem Wasser über seine aufgeschürften Handgelenke fließen. Er tastete seinen Entführer nach Schusswaffen ab, fand keine, ging ans Fenster und hob eines der morschen Holzbretter an. Draußen war es taghell. Soweit er sehen konnte: niemand. Um ihn herum offenes Gelände.

Zurück am Tisch nahm er das Messer an sich und bewegte sich langsam auf die Tür zu. Sie war verschlossen, ließ sich aber über und unter dem Schloss leicht andrücken. Zwei Meter Anlauf – er rammte die Tür auf und begann zu rennen.

Herz und Blutkreislauf waren träge Tiere, kamen kaum hinterher, er hörte sich selbst japsen. Wenigstens hielt die Wirkung des Morphiums seine Schmerzen im Griff.

Er jagte fünfzig, sechzig Schritte über einen offenen, verschneiten Hügelkamm abwärts in die Deckung einer zweiten, kleineren Hütte.

Dort versuchte er zu Atem zu kommen, umklammerte das Messer fester. Er drehte sich um eine Hausecke und hörte eine Stimme rufen: »Zdravko: nalijevo!«

Das Durchladen zweier Pistolen.

Teil 1

Genießt den Krieg, der Friede wird furchtbar sein.
(Deutsches Sprichwort)

1.

Zwei Wochen zuvor

Es war ein herrschaftliches Haus. Immer wenn er nach dem Spaziergang mit den Hunden an dessen Front entlangschlenderte und den Blick nach oben schweifen ließ, dachte er an die Villa im Grunewald, die sein Vater nach ihrer Rückkehr aus Italien gekauft hatte. Wäre er gebürtiger Amerikaner gewesen, hätte es ihn vermutlich an den Präsidentensitz vor seinem Umbau erinnert: ein Gebäude mit unzähligen Zierpfeilern und einer Rotunde am Haupteingang, zu der blank polierte Treppen hinaufführten und deren Decke von vier riesenhaften weißen Säulen getragen wurde – eine durch und durch naiv anmutende Vereinigung von griechischem Tempel und britischem Gutshaus. Es verkörperte nahezu perfekt, was dieses Amerika war: eine Spielwiese für die Unbedarften, für die Glückssucher, und der große Rest, zu dem er sich selbst zählte, musste wenigstens keinen Eintritt für den Park berappen.

Diese Villa war seit fast zwölf Jahren seine Heimatadresse: Arlington County, USA, gleichsam in Rufweite zum Pentagon, dem Sitz des neuen Kriegsministeriums. Und seit zwölf Jahren war er Staatsbürger des Landes, das den Krieg gewonnen hatte, das mit einer intensiven, mehr oder weniger »cleanen« Kraftanstrengung das alte Europa, ja, die Welt gerettet hatte. »Clean« war das richtige Wort, in jeder Hinsicht: Die Villa, der Park um sie herum, die Vorstadt, die sich vor ihnen erstreckte, waren clean. Selbst das Wetter war clean, sommers warm, ohne aufdringlich zu sein, winters lau, mit genau ausreichendem Schneefall, um Kinder glücklich zu stimmen, und der Herbst sammelte Laub, das niemandem lästig war, vielmehr die Farbpalette des städtischen Horizonts bereicherte. All dies war ein Traum von säuglingshafter Hygiene und Geborgenheit, und hätte Andreas Eckart jemanden gehabt, dem er hätte schreiben, für den er seine ganze, tief empfundene Undankbarkeit hätte in Worte fassen können, wäre alles anders gekommen. So aber war er mehr oder weniger abgetaucht, um ein wenig nach sich und dem Rechten zu sehen. Das Rechte hatte er für gut, sich selbst für angezählt befunden. Regelmäßig wiederkehrende Phasen von nervösem Erbrechen hatten zu einem kaum ausgeheilten Magengeschwür geführt. Der nächste Schritt, darin war er sicher, würde den Krebs bringen, der das Morphium, und dann hätte er ohnehin alles hinter sich.

Eckart sah aus dem Fenster in den spätherbstlichen Park. Draußen war ein Hausangestellter mit dem Vertikutieren des Rasens beschäftigt, seine Bewegungen wirkten seltsam unflüssig, wie die eines Boxers, dessen Schläge auf der Hälfte des Weges in der Luft versackten. Dann zwang er seine Aufmerksamkeit zurück auf die vor ihm stehende Schreibmaschine und das Buch mit den vielen handschriftlichen Markierungen, das er an den Rand des Tisches gerückt hatte. Eckart war ein groß gewachsener und durch sein Magenleiden noch immer schlanker, beinahe ein wenig ausgemergelt wirkender Mann von sechzig Jahren. Er hatte, außer an den Schläfen, wo es vollständig silbergrau schimmerte, noch immer fast nachtschwarzes Haar, ein grünes und ein braunes Auge; eine eigentümlich fahle Gesichtsfarbe trug dazu bei, dass sich die Augenränder, die er auch dann hatte, wenn er einmal ausgeschlafen war, noch dunkler ausnahmen. Selbst wenn er frisch rasiert war, sah man einen blauen Bartschatten in seinem Gesicht. Man schätzte ihn gemeinhin jünger, weil seine ganze Körperspannung etwas Drahtiges hatte, den ehemaligen Polizisten verriet, der auf den Straßen Berlins unterwegs gewesen war und seinem Körper viel abverlangt hatte.

Nachdem er einige Zeilen des Buches überflogen hatte, begann Eckart zu tippen. Dabei hielt er immer wieder inne, weil er nur ein Drei-Finger-Suchsystem mit der linken Hand beherrschte. Außerdem hingen einige Typenhebel, die wichtigsten der englischen Sprache, fanden den Weg zu ihrem Ausgangspunkt nicht mehr, sodass sie sich, bei schnellerer Handhabung, mit ihren Nachbarbuchstaben verkeilten und er sie erst mühsam wieder aus der Konfrontation lösen und zu ihrem angestammten Platz zurückführen musste.

Solange er die Unzulänglichkeiten bei der Arbeit auf die Maschine schieben konnte, musste er sich wenigstens nicht über sein Englisch ärgern, das er erst nach seiner Auswanderung aus Deutschland erlernt und ihn, den Sohn einer Römerin und eines Berliners, der mit den weichen Lauten der italienischen Sprache aufgewachsen war, enorme Mühen gekostet hatte. Um einigermaßen überprüfbare Fortschritte zu machen, hatte er damit begonnen, deutsche Bücher ins Englische zu übersetzen. Nachdem Amerika Deutschland den Krieg erklärt hatte, war es zu seiner einzigen Beschäftigung geworden, die er auch nicht unterbrach, als dann der Krieg endete und die Riege derjenigen Deutschen, deretwegen er das Land verlassen hatte, zum Teufel gejagt wurde. Eckart war einmal ein politischer Mensch gewesen, doch diese Zeiten waren vorbei.

Er stutzte, lehnte sich nach vorn und versuchte, möglichst ohne Druckerschwärze abzubekommen, die Liebkosung von »W« und »S« zu lösen, als es an der Tür pochte. Eckart sah auf, zog seine Taschenuhr, ein Erbstück seines Vaters, und fand, dass es für den Tee doch etwas zu früh war. Noch bevor er »Herein« rufen konnte, trat Liam ein und hielt eine halb geschälte Orange in der Hand.

Liam Ciskey, ehemaliger amerikanischer Botschaftsangestellter in Berlin, war wenige Jahre jünger als Eckart, ebenso eingefleischter Junggeselle und wenig motiviert, an diesem komfortablen Zustand etwas zu ändern. Ein gemeinsamer Bekannter hatte ihn einmal das »Liebeskind von Errol Flynn und einer Schleiereule« genannt. Vom umschwärmten Schauspieler hatte er Bärtchen, Haare und Gesichtsschnitt, Mutter Eule steuerte Augen und Nase bei. Immerhin verlieh sie seinem Gesicht dadurch den nötigen Ernst, der seinem Charakter ansonsten vollkommen abzugehen schien. Er war klein und gedrungen, im Stehen nur um ein weniges größer als sein sitzender deutscher Freund.

Eckart hatte Liam 1932 im Rahmen eines Botschaftsempfangs kennengelernt, für dessen Sicherheit er zuständig gewesen war. Er hatte einen angespannten Abend hinter sich, als er den Amerikaner, dessen vorherige Stunden ungleich entspannter, da alkoholisierter, vergangen waren, bei seiner Schlusszigarette zufällig vor dem Botschaftsgebäude traf. Sie kamen eher beiläufig ins Gespräch über Sport in Europa und

Amerika, aus der einen Zigarette wurde ein Dutzend, und die Herren vom Diplomatischen Corps hatten längst das Gebäude verlassen, als Liam und Eckart sich per Handschlag zu einem Boxkampf am nächsten Wochenende verabredeten, der einzigen Sportart, auf die sich die Männer aus der Alten und der Neuen Welt hatten einigen können. In einer Spelunke im Wedding sahen sie den »Zigeunerkönig« Rukeli Trollmann, der seinen Gegner im Ring nach allen Regeln der Kunst verdrosch und dabei noch das Publikum zum Lachen brachte, indem er in den Kampfpausen Liegestütze absolvierte, um einigermaßen warm zu bleiben. Die kompakte Bierdunstgemütlichkeit und das wie toxisch wirkende Testosteron ließen Liam und Eckart schon an ihrem ersten gemeinsamen Abend Bruderschaft trinken.

Als ein Jahr später Trollmann an einem denkwürdigen Abend der Deutsche Meistertitel, den er sich einwandfrei erboxt hatte, aus rassischen Gründen verweigert wurde, war die Stimmung zwischen den interkontinentalen Freunden schon an einem Punkt, an dem Liam erstmals erklärte: »Wenn's hier hart auf hart kommt, hol ich dich raus, Andy!«

Es kam hart auf hart.

Der Orangenduft wehte ihm in leichten Brisen voraus, als Liam näher trat. Eckart winkte sofort ab, denn er wusste, dass er sonst genötigt würde, von der Frucht zu kosten (»An orange a day …«), und das hätte sein übersäuerter Magen nicht ausgehalten; er beugte sich, Geschäftigkeit vortäuschend, tief über sein Buch, über die Schreibmaschine, anschließend wieder übers Buch. Dann hörte er das Lachen des ehemaligen Botschaftsangehörigen:

»*Die Polizei in Preußen von 1815 bis 1849*? Jesus!, wer soll das denn lesen wollen, Andy?«

»Na ja, es ist nicht *diese* Art von Übersetzung«, antwortete Eckart. Er versuchte seine Stimme nicht eingeschnappt klingen zu lassen.

»Nicht *diese* Art? Was meinst du denn damit? Welchen Sinn haben Übersetzungen, wenn sie niemand liest? Dann können die Bücher doch gleich im Original bleiben.«

»Warum denkt ihr Amerikaner bei allem gleich ans Verkaufen?«

»Weil unsere europäischen Verwandten zu selten daran denken, und einer in der Familie muss die Finanzen im Auge haben. Das Leben hier ist teuer.«

»Wem sagst du das, Liam?!«

Teuer war eindeutig untertrieben. Als Eckart nach seiner Auswanderung mit den Resten seines väterlichen Erbes und dem, was er in seinen Zeiten bei der Berliner Kripo und der Politischen Polizei angespart hatte, in den USA ankam, hatte er keine Vorstellungen davon, wie er seinen Alltag finanzieren würde. Er war froh, aus dem Deutschen Reich entkommen zu sein, in dem man ihm nach dem Leben trachtete, ein Deutschland, für das er einmal, kaum war der erste dieser Weltkriege vorbei, den Kampf aufgenommen hatte, auf dass es ein demokratischer Staat in einem neuen, freien Europa werde. Dann waren alle siegesbesoffen mit ihren Hakenkreuzen in den Untergang gerast, und er saß in einem Vorort von Washington und wunderte sich, welchen materiellen Preis er für seine neue Existenz bezahlen musste. Natürlich wusste er, dass Amerika ein hoch industrialisiertes Land war, solche Länder waren nun einmal teuer, aber ihm schienen es schlicht Phantasiepreise, die man ihm für Miete und Essen abnahm. Nach einem Jahr in den USA hatte er mehr als die Hälfte seines aus Deutschland geretteten Geldes verloren – würde er nicht enden wollen wie viele seiner Landsleute, in einem Armenspital oder mit einem Sprung von der nächstgelegenen Brücke, musste er sich dringend etwas einfallen lassen. Er hätte versuchen können, wieder zu praktizieren, schließlich war er gelernter Nervenarzt, zudem ausgebildeter Psychoanalytiker; aber das war mehr als zwanzig Jahre her, vor dem Ersten Weltkrieg. In der Sprache seiner neuen Heimat würde er keine Analysestunden halten können, ohne die Hälfte der für die Behandlung entscheidenden Wörter, Sätze, Fehlleistungen und Ironien zu verpassen, und die Deutschen, die es hier gab, hatten weder das Geld, einen Analytiker zu bezahlen, noch verstanden sie, wofür diese Behandlung eigentlich gut war. Die meisten endeten einfach im Potomac.

Als Eckart gerade wieder am Anfang seiner Überlegungen stand, rettete ihn Liam, dessen Mutter eben gestorben war. Nach der Beerdigung trafen sie sich zum Leichentrunk in der elterlichen Villa. Liam hatte mit schwerer Schlagseite, die auf seinen geliebten Brandy zurückzuführen war, verkündet, er habe seinen Freund in die USA gelockt und viel zu lang alleingelassen. Damit sei nun endgültig Schluss; deshalb habe er kurzerhand beschlossen, dass Eckart bei ihm einziehen müsse, das Haus sei nach dem Tod der Mutter ohnehin viel zu groß, zu einsam und zu dunkel für ihn. Außerdem brauchte Liam jemanden, der ihm die Hunde abnahm. Die eigenwillige alte Dame hatte ein testamentarisches Bleiberecht für sie verfügt, und da Liam weder wagte, den Willen seiner Mutter anzufechten, noch mit den drei »Bestien« klarkam, die Eckart bei seinem Kondolenzbesuch wunderbarerweise lieb gewonnen zu haben schienen, war neben dem Aufenthalt der Tiere auch der des ehemaligen Kommissars geklärt. Liam hätte es als persönliche Beleidigung betrachtet, wenn dieser sich an den Haushaltskosten beteiligt hätte, und so schrumpfte der Rest von Eckarts Vermögen nicht weiter. Zumindest nicht in erheblichem Maße.

Sein Aufenthalt in Liams Haus sah Hitlers Einmarsch in Polen, einen Blitzkrieg im Westen, den Überfall auf die Sowjetunion, den Angriff auf Pearl Harbor, die Invasion der Normandie, den Untergang der Nazigoldfasanen, Atombomben auf Hiroshima und Nagasaki, und Eckart schickte die Deerhounds in den cleanen Regen, bastelte an seinen Übersetzungen und einem Magengeschwür und war unfähig, an seiner Lebenssituation irgendetwas zu ändern.

»Andy, hallo? Jemand zu Hause?«

Liams Worte verklangen. Er hatte sich auf einen freien Stuhl neben dem Schreibtisch gesetzt und biss in seine Orange.

»Hm?«

»Ob du in dieser Woche eigentlich mal draußen warst.«

»Nicht direkt.«

Eckart tat weiterhin beschäftigt – wenig überzeugend, wie er selbst fand. Er zurrte das vollkommen zerknitterte Farbband zurecht. Liam zog die Stirn in Falten und hob die Schultern, wartete sichtlich auf eine differenziertere Antwort.

»Na ja, ich hab die Hunde ein paarmal ums Haus gejagt.«

»Ich meinte eigentlich die Stadt.«

»Die Stadt.«

»Hier gibt's eine Stadt, Andy, die Hauptstadt dieses Landes. Zugegeben, es ist nicht Berlin, aber es könnte schlimmer sein.«

»Schlimmer?«

»Kanada.«

Eckart hielt inne, Daumen und Zeigefinger der linken Hand waren farbverschmiert. Er sehnte sich plötzlich nach einem frostigen, dreckigen Winter in Kanada. Er war noch nie da gewesen, hatte überhaupt keine Vorstellung von kanadischem Frost und kanadischem Dreck, doch sehnte er sich danach.

»Komm schon, Andy, wie lange sollen wir hier noch College-Room-Mates spielen? Du übersetzt dieses Zeug, damit deine Schreibmaschine in Bewegung bleibt, führst meine drei Deerhounds Gassi –«

»Zwei, es sind leider nur noch Hazel und Buster. Du erinnerst dich? Shadow hatte Myokarditis.«

Liam starrte Eckart an, der starrte zurück, dann sagte der Deutsche langsam: »Ich wusste nicht, dass die Wohnsituation dich so sehr bedrückt. Morgen such ich mir ein Zimmer, dann –«

»Ach, Andy, das ist es nicht.« Liam stand auf und bewegte sich Richtung Wand, mit Gesten, die an alte Stummfilme erinnerten: zu viel Theatralik, zu wenig Effekt. Eckart verbiss sich ein Lachen, dann hörte er, wie aus dem Stummfilm- ein Tonfilmschauspieler wurde, mehr Schleiereule denn Errol Flynn:

»Siehst du das, Andy? Man nennt es Fenster. Hinter dem Fenster ist eine Welt«, eine raumgreifende Bewegung, die linke Hand musste Orangenschalen ausbalancieren, »diese Welt hat gerade einen Krieg hinter sich gebracht. Und wir sitzen hier und spielen 1936.«

»Jesse Owens bei den Olympischen Spielen, kein schlechtes Jahr. Nimmt man Hitler einmal aus.«

»Dein Stichwort, Andy.«

»Was?«

»Du vergräbst dich in deinen Übersetzungen, um das alles von dir fernzuhalten. Du weißt nicht, ob du noch Deutscher bist oder schon Amerikaner. Aber das ist alles Quatsch, ein endloser, endloser, endloser Quatsch!«

»Quatsch«, mit breit quakendem »Qu« am Wortbeginn ausgesprochen, war eines seiner Lieblingswörter, das Liam aus den Charlottenburger Neureichenspelunken mitgebracht hatte. Es verging kaum ein Gespräch, bei dem er nicht eine Gelegenheit fand, es unterzubringen.

»Andy, du brauchst endlich wieder etwas zu tun, etwas Richtiges, nicht diese Bücher und das Farbband dieser scheintoten Schreibmaschine, mit dem du Fingerabdrücke überall im Haus verteilst. Wir schreiben das Jahr 1946, die Zeit des Dr. Andreas Eckart hat gerade begonnen!«

»Du bist ein unverbesserlicher Optimist, Liam. Aber du weißt, was man bei uns über Optimisten sagt? Hoffnungsvolle Menschen – also hoffnungslose Idioten. Nicht persönlich gemeint.«

»Okay, kürzen wir es ab: Morgen kommt Howard.«

»Howard? Howard Swartz?«

»Er möchte etwas mit dir besprechen. Hör ihn an. Wenn du nicht hier sitzen und deinem Bart beim Wachsen zusehen möchtest, geh auf seinen Vorschlag ein.«

»Seit wann trage ich Bart? Und was sollte er mit mir besprechen wollen?«

»Versprich mir, dass du ihn anhörst.«

Liams linke Hand schnellte vor, mit ihr einige Fetzen Orangenhaut und Schale. Eckart ergriff sie mit seiner Linken und versprach was-auch-immer.

Als er wieder allein war, starrte er aus dem Fenster. Das Vertikutieren war beendet, der Rasen wieder so grün und clean wie jeden Tag.

2.

Er hatte Howard Swartz drei- oder viermal zuvor auf Sektpartys getroffen und einige Zeit mit ihm gesprochen – lange genug, dass sie sich, nach amerikanischer Manier, bereits mit Vornamen ansprachen, im Übrigen aber siezten. Swartz war einer von Liams Führungsoffizieren in Europa gewesen, Deutschamerikaner in fünfter Generation, der ausgezeichnet Deutsch sprach, wenn auch mit ölig klingendem amerikanischen Akzent. Außerdem trieben ihm aufeinanderfolgende harte Konsonanten regelmäßig den Schweiß auf die Stirn, als würden sie aus unverdaulichem germanischen Schweinebraten bestehen.

Swartz war ein athletischer Typ, Footballspieler in seiner Jugend. Zum Quarterback hatte es nicht gereicht, aber er hatte einen leidlich guten Linebacker abgegeben und mehrere Knochenbrüche davongetragen, die er mit nicht geringem Stolz vorzeigte, als wären es Kriegsverletzungen. Im selben Jahr wie Eckart geboren, wirkte Swartz wegen seines vollständig ergrauten Haares und der tiefen Falten in seinem Gesicht deutlich älter. Er war einen, höchstens zwei Zentimeter kleiner als der Deutsche, aber doppelt so breit, hatte eine schiefe Nase und weit auseinanderstehende Augen, die ihm das Aussehen eines altgriechischen Faustkämpfers verliehen. Er verabscheute Liams Zigaretten, hatte perfekt manikürte Fingernägel, und stets ging von ihm ein Geruch nach Kernseife und teurem Aftershave aus.

Im CIC galt er als lebende Legende, und das, obwohl das Counter Intelligence Corps, der Heeresnachrichtendienst der Vereinigten Staaten, kaum den Kinderschuhen entwachsen war. Im Gegensatz zu anderen Geheimdienstleuten trug Swartz auch in der Heimat regelmäßig Uniform, die ihn als Offizier im Rang eines Colonels auswies. Zwischen den Kriegen hatte er in Europa eine nachrichtendienstliche Kommandoeinheit geleitet; dieses Detachment war so geheim gewesen, dass die Informanten, die für ihn arbeiteten, lange Zeit ohne Honorar blieben, weil auch Swartz selbst keine Zahlungen aus Washington erhielt. Ende der Zwanzigerjahre traf der Colonel, der damals noch Commander war, auf einer berüchtigten Neureichenparty im Berliner Westen den in seiner Botschaft frisch akkreditierten Liam Ciskey. Die beiden verstanden sich auf Anhieb, nicht zuletzt, weil Liam als Diplomat genau die Sorte Zuträger war, die Swartz am besten brauchen konnte, um seinen Nachrichtendienst in Deutschland ein wenig auf Vordermann zu bringen. Liam ließ sich anwerben, weil er sich ein Agentenleben in Berlin glamouröser vorstellte als das eines normalen Botschaftsangehörigen und weil er hoffte, mit mehr Geheimnis um seine Person auch mehr Chancen bei den schönen, verruchten Fräuleins zu haben. Spätestens nach zwei Jahren bemerkten beide, dass diese Anwerbung beruflich ein großer Reinfall war, weil Liam sich zu wenig auf diplomatischem, dafür umso mehr auf privatem Parkett bewegte, aber da waren die beiden CIC-Leute schon befreundet und sahen keine Notwendigkeit, diesen Zustand zu gefährden.

Für Eckart war ihre Verbindung jedenfalls ein Segen. Ohne Liams Kontakte wäre seine Auswanderung aus Deutschland und die Einbürgerung in die USA nie so rasch und komplikationslos verlaufen.

Eckart hörte das laute Lachen von Colonel Swartz aus dem Salon, ein Lachen, das wie ein Schaufelbagger alles zur Seite räumte, was ihm im Weg stand: Menschen, Möbel, Massivbauten. Abgestandene Luft schlug ihm entgegen, die Räume im Erdgeschoss waren seit Wochen nicht mehr gelüftet worden. Er zog die Schultern hoch, atmete tief ein und nahm Haltung an, um den beiden zu begegnen. Zwar waren es nur Liam und Swartz, die sich nebenan unterhielten, aber das war für ihn zurzeit schon fast die Größe einer Gesellschaft. Als Hazel, der am meisten an ihm hing, auf ihn zustürmte und ihn freudig hechelnd begrüßte, nahm Eckart dies als Anlass, sich ein letztes Mal zu straffen und mit dem Hund als Verstärkung den Salon zu betreten.

Swartz grinste wie ein Honigkuchenpferd und drückte Eckarts dargereichte Linke mit der Vehemenz des Footballspielers. Die Beschaffenheit seiner Handballen: dick, kugelförmig. Eckart fühlte, wie sie sich an seinen eigenen Ballen muskulös aufbäumten. Liam zündete sich eine neue Zigarette an und blies den Rauch in Richtung seiner beiden Freunde.

»Christ's sake!«, schimpfte Swartz, »hat dich das Kraut noch immer nicht unter die Erde gebracht?«

Der Colonel zwinkerte Eckart zu, während er mit hastigen Bewegungen den Qualm verwedelte, Liam auf eine Sitzgruppe zusteuerte, und Hazel, der zu dämmern schien, dass das Erscheinen ihres Hundesitters diesmal nicht baldigen Aufbruch bedeutete, sich seufzend vor den Kamin legte. Als alle Platz genommen und vom Englischen ins Deutsche gewechselt waren, steckte sich auch Eckart eine Zigarette an. Er bemühte sich, den Rauch von ihnen weg in die Luft zu blasen, wofür er ein anerkennendes Lächeln von Swartz erhielt.

»Okay, Andreas, wir wollen ein bisschen über Nazis sprechen«, sagte der unvermittelt.

»Wollen wir das, Howard?«, fragte Eckart mit möglichst naiver Miene.

»Wie Sie vermutlich wissen, haben wir direkt nach der Kapitulation mit Verhaftungen begonnen. Aber es ist einfach zu lächerlich! Uns sind fast nur ganz kleine Fische ins Netz gegangen. Da sind keine Nazibonzen mehr, keine – wie sagt man in Ihrer verflixten Sprache …?«

»Goldfasane«, sagte Eckart.

Swartz lachte sein Schaufelbaggerlachen.

»Goldfasane, ja, keine Goldfasane mehr. Auch SS-Männer scheint es nicht mehr zu geben. Natürlich auch niemand, der die Judenvernichtung organisiert hat, alle sind wie vom Erdboden verschwunden.«

»Abgetaucht.«

»Sicher, Andreas. Aber wie? Das ist die Frage. Und wo?«

»Ist das ein Preisrätsel? Wie oft darf ich raten, Howard? – Flensburg, Wilhelmshaven, von dort nach Übersee.«

»Oh, you lost big-time! Das dachten wir zuerst auch. Dann haben wir dort Razzien durchgeführt. Unsere alliierte Polizei hat die Häfen unter Kontrolle.«

»Also?«, fragte Eckart und drückte seine halb gerauchte Zigarette im Aschenbecher aus. Dabei fing er einen Blick von Liam auf, den er sich nicht ganz erklären konnte – er war wie der einer Mutter, die ihrem Sohn mit Wohlgefallen bei einer besonders anspruchsvollen Turnübung zusah.

Swartz bediente sich an dem Brandy, der auf dem Tisch stand. Er goss, ohne zuvor zu fragen, jedem ein Glas ein und reichte sie herum. Man stieß an, der Colonel hustete kurz aus angegriffener Kehle, und dann sagte er: »Übersee ist auf alle Fälle richtig. Aber wie ich schon sagte: Die deutschen Häfen sind unter unserer Kontrolle. Dänemark, Holland oder Frankreich fallen für Deutsche weg, in Jugoslawien riegeln die Tito-Kommunisten alles ab ... nur: Die Deutschen hat es schon immer nach Italien gezogen. Und dieses Jahr hat auch noch die alliierte Militärregierung Italien verlassen. Das Land wird geflutet von Flüchtlingen aus ganz Europa, die Situation ist derart chaotisch, dass Kriegsverbrecher leicht in der Menschenmenge untertauchen können.«

Liam, der die ganze Zeit geschwiegen hatte, schaltete sich unvermittelt ins Gespräch ein: »Haben wir dort noch CIC-Detachments, Howard?«

»Nicht wirklich. Italien ist souverän, wir müssen sehr vorsichtig vorgehen. Wir haben über unsere Botschaft einen Mitarbeiter in den Vatikan eingeschleust, schon vor Jahren, weil wir diesen Papst verstehen wollten. Wir waren schon so weit, unseren Mann wieder abzuziehen, weil dieser Papst einfach nicht zu verstehen ist, da kommt er vor einigen Wochen mit brisanten Informationen an. In Tirol und Südtirol, um den Brennerpass, geschehen nachts merkwürdige Dinge. Die Zollbeamten auf beiden Seiten drücken die Augen zu, weil sie gar nicht wissen möchten, was da passiert.«

»Und die alliierte Polizei?«, fragte Eckart und nippte an seinem Brandy. »Auf der österreichischen Seite gibt es die doch noch, oder?«

»Es gibt sie noch, ja.«

»Wer ist da zuständig, Howard?«

»Die Franzosen. Aber die interessieren sich nur für ihre eigenen Kollaborateure, die auf der Flucht sind. Und die Einheimischen – schweigen.«

Der Geheimdienstmann sah Eckart mit bohrendem Blick an. Der Deutsche nickte, dann sagte er: »Da komme ich ins Spiel?«

»Da kommen Sie ins Spiel, Andreas.«

»Und wie?«

»In diesem Sommer ging es los mit einer Massenflucht von SS-Männern aus unserem Gefangenenlager in Rimini. Jetzt hat sich rausgestellt, dass Anfang Herbst eine ganze Gruppe von Leuten, die die erste Phase der Judenvernichtung in Polen und Weißrussland organisiert haben, aus Bretzenheim geflohen ist. Das ist ein französisches Kriegsgefangenenlager in der Nähe von Bad Kreuznach. Herrgott!«, Swartz schlug mit beiden Fäusten auf seine Stuhllehnen, »das finden wir nicht mehr lustig!«

»Wie ist das zugegangen, Howard? Sind die Lager so schlecht bewacht?«

»Keine Ahnung, aus den Franzosen ist wenig rauszukriegen. Eigentlich sollten die Männer zur Zwangsarbeit nach Frankreich, und wahrscheinlich fanden sie diese Aussicht wenig erhebend. Natürlich lebten sie unter falschen Identitäten, das alles ist erst nach ihrer Flucht rausgekommen, weil einer ihrer Lagergenossen den Frogs erzählte, wer ihnen da durch die Lappen gegangen ist. – Aber ich möchte nicht abschweifen, das CIC weiß, dass sie versuchen, sich nach Italien durchzuschlagen, um da unter- und später komplett abzutauchen.«

»Aber die sind doch garantiert schon über alle Berge, Howard.«

»*Über* die Berge sind sie eben noch nicht, Andreas. Eine Flucht ist teuer. Erst mussten sie Geld für falsche Pässe auftreiben, sonst würden sie nicht durch die alliierten Kontrollen kommen. Vier Grenzübertritte bis nach Österreich, das kostet Nerven! Jedenfalls sind sie noch nicht über den Brenner. Unser Informant hat Kontakt zu einem aus der Gruppe – sie stecken offenbar in Innsbruck fest, ihr Führer ist krank.«

»Der *Berg*führer?«

Swartz lachte so laut heraus, dass der Deerhound sich erschreckt umsah.

»Nein, der Führer, dem sie seit Jahren folgen, die alten Kameraden halten zusammen wie Pech und Schwefel. Der Führer, der die Flucht organisiert hat, der die Kontakte hält.«

»Um wen geht es, Howard?«

»Oh, um alle Schweinehunde, die wir lebend kriegen können. Aber wir sind nicht allzu wählerisch, wir nehmen sie auch tot.«

Das Gesicht des Colonel zuckte verräterisch. Auch ohne seine Fähigkeit, Körpersprache zu lesen, die er in seinen Jahren bei der Kripo und der Politischen Polizei perfektioniert hatte, hätte Eckart geahnt, dass das nicht die ganze Wahrheit war.

»Kommen Sie schon, Howard: Wer ist es?«

Swartz räusperte sich mit der Hand vor dem Mund, dann griff er nach seinem Brandy, leerte ihn auf einen Zug und stellte das Glas sorgsam und leise auf den Tisch zurück.

»Jemand, den Sie aus Ihrer Berliner Zeit kennen.«

Eckart zuckte mit den Schultern.

»SS-Obersturmbannführer Gerhard Wagner.«

Es war wie ein Schlag auf beide Ohren. So hatte Trollmann seinen Gegner vermöbelt, 1933, beim Meisterschaftskampf: erst einen Schwinger aufs rechte, dann eine harte Gerade aufs linke Ohr. Nur dass die Schläge bei Eckart gleichzeitig fielen. Er verschluckte sich, begann zu husten. Liam stand abrupt auf und wollte mit besorgtem Gesicht und einem Glas Wasser zu Hilfe eilen.

»Brandy wäre mir jetzt lieber. Doppelt. Nein, dreifach.«

Ja, Eckart kannte ihn. Nur zu gut: Wagner war der Hauptgrund für seine Flucht in die Vereinigten Staaten gewesen.

1919, als Eckarts Karriere bei der Berliner Kripo Konturen anzunehmen begann, hatte man ihm Wagner als Assistenten zugeteilt. Es war üblich, dass ein erfahrener Kriminaler mit einem Jüngeren zusammenarbeitete, davon konnten beide profitieren. Allerdings waren Eckart und Wagner von vornherein wie Hund und Katz: Während der Kommissar nach einem Verschüttungserlebnis an der Westfront zurückgekehrt war und den Dienst in der Kripo als Aufbauarbeit für das neue, freie Deutschland begriff, sehnte sich Wagner den Kaiser, die alte Zucht und Ordnung und die preußischen Kommissköpfe herbei.

Schon Anfang der Zwanzigerjahre hatte Eckart einem alten Freund seines Vaters gesagt: »Wir sind Polizisten. Wagner und mir sollte es um Recht und Ordnung gehen, wir haben einen Eid auf die Demokratie geleistet. Aber ich habe das miese Gefühl, dass ich eines Tages gezwungen sein werde, sie gegen Leute von Wagners Schlag verteidigen zu müssen.« Und so kam es auch: Wagner trat einem Freikorps bei und fiel dem Kommissar bei seiner Arbeit immer häufiger in den Rücken, um die eigene Karriere voranzubringen. Als Eckart 1924 zur Politischen Polizei wechselte, nahm er nur seinen zweiten Assistenten mit, Ephraim Rosenberg, einen verlässlichen Weggefährten, und machte dadurch den Weg für Wagner innerhalb der Kripo frei. Der bedankte sich nach Hitlers Machtübernahme bei seinem verhassten ehemaligen Vorgesetzten und ließ Eckart, der längst als »unzuverlässiges Element« aus dem Polizeidienst entfernt worden war, immer und immer wieder von der Gestapo vorführen, in Schutzhaft nehmen, foltern. Über Monate hinweg – bis ihn Liam herausholte, als es hart auf hart kam – hatte Eckart keine ruhige Minute mehr. Kein anderer war für ihn in dieser Zeit so sehr zum Symbol dieses selbst ernannten Tausendjährigen Reichs geworden wie – Gerhard Wagner.

Eckart hatte seinen vierfachen Brandy gestürzt, war wieder zu Atem gekommen und schüttelte den Kopf.

»Wenn das CIC weiß, dass Wagners Gruppe in Innsbruck ist – weshalb schnappen Sie ihn dann nicht einfach?«

»Nachdem Wagner abgehauen war, konnten wir seine Spur bis München nachverfolgen, dann war er wieder wie vom Erdboden verschluckt. Plötzlich taucht er in Innsbruck auf, ein Informant will ihn erkannt haben. Aber jetzt ist der Informant selbst verschwunden. Und wir wissen nicht genau, ob es wirklich Wagner ist, der krank in Innsbruck liegt. Es gibt da nämlich ein klitzekleines Problem mit der Identifikation …«

»Ich verstehe noch immer nicht, was ich bei der ganzen Sache soll, Howard.«

»Wir brauchen jeden Mann, der Erfahrung mit Undercoverermittlungen hat. Seit das OSS aufgelöst wurde …«

»›OSS‹?«, unterbrach Eckart.

Rauchschwaden um sich verbreitend erklärte Liam: »Das Office of Strategic Services, der Nachrichtendienst des Kriegsministeriums. Auch ein US-Geheimdienst, aber das CIC und die Quatschköpfe vom OSS waren einander noch nie grün.«

»Danke, Liam«, sagte Swartz und wedelte unablässig den Qualm vor seinem Gesicht weg, »ich wünschte, du könntest Erklärungen abgeben, ohne dass dir dieser Nebel aus Nase, Mund und Ohren steigt. – Nachdem das OSS letztes Jahr aufgelöst worden ist, hat das CIC alle Geheimdienstaktivitäten übernommen, aber ohne die Manpower des OSS. Unsere eigenen Leute haben zu wenig Erfahrung in aktiver Spionage … im Gegensatz zu Ihnen, Andreas.«

»Aktive Spionage war nicht gerade mein Spezialgebiet bei der Politischen Polizei …«

Liam und Swartz lachten unisono.

»Nicht so bescheiden! Ihr Einsatz gegen die Nazis Ende der Zwanziger hat auch hier für Furore gesorgt, und das nicht nur, weil ein gewisser Informant keine Gelegenheit ausgelassen hat, davon zu erzählen. ›The Good German.‹«

Eckart sah zu Liam hinüber, der hob abwehrend die Hände.

Swartz setzte wieder an: »Andreas – wir müssen diese Schweine kriegen, Gestapo, SS. Und dafür brauchen wir zuverlässige Demokraten. Männer wie Sie, die akzentfrei Deutsch und Italienisch sprechen und eine Nase dafür haben, wenn jemand lügt. Und dann gibt es da noch dieses CIC-Dossier über Sie und Wagner – als ich das gelesen hatte, wusste ich, dass es keinen gibt, der geeigneter für diesen Job wäre.«

»Sie wissen, dass ich letztes Jahr sechzig geworden bin, Howard?«

»Sie sind vielleicht nicht mehr der Schnellste, aber das gleichen Sie mit Ihrer Erfahrung aus.«

»Warum schicken Sie nicht einen von Ihren eigenen Leuten?«

Swartz lachte, und der Deerhound zog es vor, nun doch den Raum zu wechseln. »Haben Sie in diesem Land schon einmal einen Demokraten getroffen, der Deutsch spricht? Und wenn er Deutsch spricht, ist er kein Demokrat.«

»Was ist mit den emigrierten deutschen Juden?«

»Na ja … was ist mit denen … come on, Andreas, wie zuverlässig sind die?! Die einen schmuggeln ihre Leute an der britischen Seeblockade vorbei nach Palästina. Und die anderen machen kurzen Prozess mit SS-Offizieren. Die interessieren sich nun wirklich nicht dafür, sie vor Gericht zu bringen. Keine Zusammenarbeit mit Juden, die nicht mit mir persönlich durch den Schlamm gerobbt sind!«

Swartz pausierte, dann sagte er: »Andreas, ich weiß, dass Sie diese Schweine ebenso kriegen wollen wie wir. Ich weiß, dass Sie versucht haben, Nazis aus dem Polizeidienst zu entfernen. Wagner hat Ihnen immer wieder einen Strich durch die Rechnung gemacht.«

»Rache? Sie meinen, mich könnte Rache motivieren?«

»Ich weiß nicht genau, was Sie motiviert, aber ich weiß, dass Ihre Spürnase Witterung aufgenommen hat, ich seh's Ihnen doch an.«

»Ich soll Ihnen Wagner liefern. Ein Greifkommando. Ist es das, was Sie mir vorschlagen, Howard?«

»Natürlich nicht allein, Andreas. Sie werden im Team arbeiten.«

»Wie viele?«

»Zwei.«

Eckart fuhr sarkastisch lachend auf: »Wir wären zu dritt?«

»Äh, na ja, Sie und ein Special Agent des CIC. Macht insgesamt zwei.«

Eckart schüttelte den Kopf, bis sein Lachen in eine Grimasse zusammenfiel. Der Vorschlag war so idiotisch, dass er schon fast wieder interessant war.

»Und dann weiß ich natürlich auch aus Ihrem Dossier, dass Sie einmal gute Kontakte zur italienischen Polizei hatten …«

»Dann soll ich noch schön Wetter bei den Italienern machen, um Ihre Greifkommandos zu decken?«

»Wenn Sie es so nennen wollen.«

»Wie würden Sie es nennen?«

»Sagen wir: Sie könnten dem Land, das Sie vor Jahren mit offenen Armen empfangen hat, nun selbst unter die Arme greifen.«

»Egal, was es ist, Howard, ich höre immer *greifen*.«

»We'll make it worth your while, Andreas.«

Swartz zückte einen Füllfederhalter und begann eine größere Zahl auf einen Zettel zu schreiben, gefolgt von einem etwas ungelenken Dollarzeichen. Er schob das Papier zu Eckart hinüber. Dann füllte er die drei Gläser mit dem Rest von Liams Brandy.

»Lassen Sie sich Zeit, unser großzügiges Angebot zu überdenken. Sagen wir bis morgen früh ...?!«

»Aber ...«

»Morgen früh, Andreas. Don't leave us hanging. Cheerio!«

3.

Die Sonne war zu einem kleinen Klumpen Titanweiß im Westen geschmolzen. Über der Landschaft lag ein Geruch von Rauch und vergorener Milch. Bevor die Dunkelheit einsetzte, bedeckten fahle, dann düstere Grautöne den Himmel. Endlich brach sich der Schneesturm Bahn, der Horizont erstarrte zementfarben, bis auf einen Schlag die Nacht anbrach mit ihrem seltsam bleichen, kranken Schneelicht.

Der Pilot hatte nur gelacht über Eckarts Frage, ob man bei dem Wetter überhaupt losfliegen könne. Das hin und wieder unrhythmisch auftretende Stottern der Propellermaschine tat ein Übriges, um ihn zu beunruhigen. Zur Ablenkung vergegenwärtigte sich Eckart noch einmal die Ereignisse der letzten Tage.

So erklärte sich alles: Schon seit Wochen war Liam gereizt gewesen, hatte genörgelt, Eckart könne sich doch unmöglich dauerhaft mit diesem Quatsch beschäftigen (womit auch immer er sich gerade beschäftige), das halte doch der dümmste Mann nicht aus. Er hatte darauf spekuliert, dass Liam ihn endlich aus dem Haus haben wollte, doch diese Sticheleien waren nur dazu angetan, ihn mürbe zu machen. Liam versuchte einen CIC-Agenten aus ihm zu machen; vielleicht, um ihre Biografien noch weiter zu verschmelzen, vielleicht, weil er sich wirklich um Eckarts Gesundheitszustand sorgte, befürchtete, er würde langsam zugrunde gehen und an einem cleanen Herbsttag in aller Stille auf dem Friedhof in Arlington begraben werden. Vielleicht glaubte er aber auch wirklich an das, was er Eckart nach dem Gespräch mit Howard zugeraunt hatte: »Wir sind die Guten, Andy, du bist einer von uns! Und dir ist verdammt noch mal so langweilig, dass du beim Gähnen schon Fliegen verschluckst. Aber wenn du nicht freiwillig gehst, dann trage ich dich zum Jagen. So sagt man doch bei euch, nicht wahr?!«

Eckart blieb skeptisch, was seine Rolle bei der Unternehmung betraf. Gewiss, er sprach Deutsch und Italienisch, hatte Anfang der Zwanzigerjahre schon einmal in Italien ermittelt; aufgrund seiner Fluchtumstände in die USA war er automatisch entnazifiziert, und man rechnete ihm sicher hoch an, dass er die antideutsche Propaganda unterstützte, bis er sich vor einigen Jahren davon zurückgezogen hatte. Außerdem hatte er lange Jahre Kampferfahrung mit Wagner und seinesgleichen – und doch war es nicht wahr, dass niemand den SS-Mann besser kannte als Eckart. Mittlerweile waren es mehr als zehn Jahre, dass er ihn zum letzten Mal gesehen hatte. Und das in Zeiten, in denen sich schon gewöhnliche Menschen rasch veränderten – um wie viel mehr aber SS-Leute! Er dachte an die unzähligen Möglichkeiten, wie Wagner sein Gesicht verändert haben konnte, versuchte sich dessen Züge zu vergegenwärtigen, scheiterte. Es blieb etwas Schemenhaftes um seinen ehemaligen Assistenten – und vielleicht war genau dies der Grund, weshalb seine Entscheidung bereits getroffen war, als er sich nach dem Treffen mit Swartz schlafen gelegt hatte.

»Gut«, verkündete er tags darauf, »ich werde für Sie arbeiten, Howard. Aber nicht um der Rache willen.«

»Sondern?«

»Weil ich Wagner erlebt habe. Einen besseren Grund gibt es nicht.«

Eckart hatte drei Stunden, um zu packen und sich von Liam, Hazel und Buster zu verabschieden.

»Pass auf deine Hunde auf. Es sind *zwei*, Liam. Wenn du mit *drei* wiederkommst, hast du versehentlich einen Straßenköter angelockt«, sagte er und streckte seinem Freund die Linke entgegen. Der bugsierte ihn stattdessen in eine harsche Umarmung mit den Worten: »Tritt den Nazis mal so richtig in die Eier, dann wird's dir besser gehen, Andy!«

Die Fahrt in Swartz' Dienstwagen war kurz und rumpelig. Als sie auf dem Flugfeld darauf warteten, dass die Maschine, die sie nach Europa bringen sollte, gecheckt und betankt wurde, als sie in das blickten, was eine untergehende Sonne und ein Schneesturm werden würde, sahen sie Eckarts Partner mit einem sichtlich schweren Seesack an den Hangar kommen. (»We travel light!«, hatte man ihm seltsamerweise eingeschärft, und so hatte Eckart so gut wie nichts mitgenommen.)

Der Mann salutierte, grummelte »Colonel Swartz« und wuchtete sein Gepäck auf den Boden.

»Special Agent Dan Vanuzzi – das ist Ihr Partner für ›Operation Rattenlinien‹: Doktor Andreas Eckart.«

Vanuzzi streckte die rechte Hand vor und war sichtlich irritiert, dass Eckart sie mit seiner Linken ergriff. Der Special Agent zog die Stirn in Falten und drückte einige Finger des Deutschen – es konnte als schwaches Händeschütteln durchgehen.

»Und ›Dan‹ steht für …?«

»›Dan‹ steht für Dan«, platzte Vanuzzi heraus.

»Daniele«, sagte Swartz beschwichtigend, »aber Sie hören ja, Andreas, dass ihm das zu sehr nach dem alten Europa klingt.«

Vanuzzi verdrehte die Augen, dann sagte er: »Und ›Doktor‹ steht für …?«

»Ich habe Medizin studiert.«

Vanuzzi schnaubte auf. »Gut. Falls was schiefgeht, können Sie mich zusammenflicken.«

Er fixierte Eckart mit zusammengekniffenen Augen, dann sagte er: »Da fällt mir ein Witz ein, kennen Sie den, Doc? Ruft jemand während der Kinovorstellung: ›Ist ein Arzt anwesend?‹ – ›Ja, ja, hier ist ein Arzt.‹ – ›Wie finden Sie den Film, Herr Kollege, ist er nicht großartig?‹«

Eckart atmete tief aus, dann sagte er sehr langsam: »Wofür steht ›Dan‹ noch mal …?«

»Ist das nicht zu schön? Liebe auf den ersten Blick!«, rief Swartz und prustete vor Lachen. Alles Weitere drohte im Lärm eines Propellertests unterzugehen. Der Colonel bugsierte die beiden in den Tower, um ihnen letzte Anweisungen mitzugeben.

»Dan ist ein bisschen schroff, Andreas, aber Sie werden sich an ihn gewöhnen. Er ist ein verdammt guter Schütze, spricht fließend Italienisch, und er war als CIC-Agent direkt nach dem Untergang schon einmal in Deutschland tätig.«

Wenn man einem amerikanischen Kind gesagt hätte: »Zeichne mir einen Italiener!« – Vanuzzi wäre nicht dabei herausgekommen, eher sein Gegenteil. Er war Ende dreißig und hatte dunkelblondes, kurzes Haar mit einigen Silbersträhnen, das er mit Pomade nach hinten strich, so gut es dessen Kürze eben zuließ; wässrig-graue Augen, die tief im Kopf steckten, ein schmaler Mund mit je einer perfekt symmetrisch stehenden Falte rechts und links. Er war athletisch gebaut, wenn auch gut zehn Zentimeter kleiner als Eckart, und hätte als GI-Traum jedes amerikanischen Mädchens durchgehen können, wäre da nicht sein »lebloser Gang« gewesen, der Eckart sofort aufgefallen war: Vanuzzis Arme waren wie am Körper festgewachsen und schlenkerten beim Gehen nicht mit. Er schien sein ganzes Körpergewicht nur mit seinem Rücken auszupendeln. Eckart versprach sich, darüber bei Gelegenheit psychoanalytisch nachzudenken.

Der Colonel war zwischenzeitlich im Towerinneren verschwunden. Um das Eis zwischen ihnen zu brechen, versuchte Eckart Konversation zu machen.

»Woher stammen Sie, Mister Vanuzzi?«

»Meine Familie stammt aus Neapel. Ich komme aus Little Italy in Chicago – wie Al Capone.«

»Wie wer?«

Vanuzzi ließ einen herzhaften neapolitanischen Fluch hören, dann schimpfte er in seinem Illinois-Italienisch weiter, der Kraut werde ihm in Europa sicher Scherereien bereiten, er habe ja nicht einmal eine Ahnung von *diesem* Land. Eckarts Antwort in breitestem Römisch – »Mag sein, Vanuzzi, aber dafür hab ich schon in Italien ermittelt, als Sie das Land noch auf einer Weltkarte im Schulunterricht suchen mussten.« – ließ den Special Agent knurrend verstummen. Der ehemalige Kommissar hatte sich für einen Augenblick Respekt verschafft, nahm nach einem langen Moment des Schweigens eine von Vanuzzi hingehaltene Lucky Strike entgegen, und als die beiden, noch immer in aller Stille, gemeinsam aufgeraucht hatten und sich Swartz mit einem mahnenden Klatschen aus dem Hintergrund näherte, sagte der Special Agent abschließend: »Okay, das hab ich hinterm Ohr, Doc.«

Eckart wusste nicht, ob er sich verhört hatte. Doch für Irritationen war keine Zeit: Der Pilot drängte auf sofortigen Abflug. Der

Schneesturm hatte von Bethesda abgedreht und hielt nun direkt auf Arlington zu.

Es begann als Zittern an den Schuhspitzen, dann setzte es sich seltsamerweise direkt im Kiefer fort, und zwar wesentlich vehementer. Eckarts erster Gedanke war, dass jemand gegen sein Bett getreten hatte. Er ermunterte sich nur mühsam. Ob er tief geschlafen hatte? Und wenn ja: wie lange?

Schlaftrunken blickte er sich um. Eine Reihe hinter ihm saß Vanuzzi, mit offenem Mund schnarchend; der Armysteward, dem der Flug durch das nächtliche Schneetreiben sichtlich auch nicht ganz geheuer vorkam, war über einem Buch zusammengesunken. Bei jeder Turbulenz erwachte er aufs Neue und versuchte sich auf die Sätze vor ihm zu konzentrieren, was ihm nur mäßig zu gelingen schien.

Eckart fröstelte. Er klatschte sich mit der Linken erst auf die eine, dann auf die andere Wange. Schließlich nahm er das CIC-Dossier über Wagner zur Hand, das er sich ausberaten hatte. Das Licht im Passagierraum der Maschine blakte, er musste die Augen gewaltig anstrengen, um sich in den schreibmaschinengeschriebenen Text vertiefen zu können.

Swartz hatte ihn angemahnt, äußerst vorsichtig damit umzugehen – es handelte sich um eines der letzten Materialstücke, die von Wagners Leben zeugten. Kurz vor seinem Untertauchen hatte sein ehemaliger Assistent ganze Arbeit geleistet: sämtliche Unterlagen, die Fotos von ihm enthielten, waren verschwunden. Nun hatten sie lediglich vage Beschreibungen seines Äußeren: die Körpergröße (beinahe einen Kopf kleiner als Eckart), der schmächtige Wuchs, ein sich stark nach vorn verjüngendes Gesicht, das ihm schon immer das Aussehen einer Ratte verliehen hatte; ansonsten keine besonderen Kennzeichen, außer natürlich der SS-Blutgruppentätowierung, von der man annahm, er habe sie ebenso entfernen lassen wie alle seine Kameraden nach dem Untergang ihres Reiches.

Deshalb brauchte ihn Swartz. Eckarts Kopf war gleichsam der lebende Speicher für Wagners Äußeres. Ein Speicher, auf den sich

Eckart selbst nur noch ungern verließ. Rosenberg wäre der richtige Mann für diesen Job gewesen, Ephraim Rosenberg, sein zweiter Assistent aus Kripozeiten, sein einziger Vertrauter, als die Lebensumstände schlecht und immer schlechter geworden waren. Rosenberg hätte Wagner zweifelsfrei identifizieren können. Notfalls hätte er in einer der Kladden, die er immer mit sich herumtrug und in denen er sich alles notierte, was für einen Fall relevant war, auch die eine oder andere perfekte Skizze von Wagner gehabt.

Aber Rosenberg war nicht mehr da. Einfach nicht mehr da.

Die Turbulenzen verstärkten das Kreisen in Eckarts Schädel. Er dachte an die erschreckende Gleichzeitigkeit von Erinnerungen, alle Lebensalter überbrückend, überspannend, unterschlagend. Dass wir uns mit unseren heutigen Schmerzen in einer entfernten Zeit sehen oder als Siebzehnjährigen verloren in einer Stadt von heute. Bilder tauchen auf und verschwimmen, eine Bierhalle am Kleinen Wedding, das Gesicht einer jungen Frau, einer Übersetzerin. 1922 ist es, der Kommissar lässt eine Terroristengruppe aus Berlin entfliehen, die Sühnemorde verübte an den ehemaligen Machthabern im Osmanischen Reich, welche wiederum Jahre zuvor das armenische Volk auszulöschen versucht hatten. Er muss sich entscheiden, ob er loyal zu seiner Kripoarbeit oder zur Demokratie stehen will, die schon längst ausgehöhlt wird von den alten Machteliten im Auswärtigen Amt, den Strippenziehern, die seine Arbeit unterminieren zum »Wohle Deutschlands«; in Wahrheit geht es ihnen um den Machterhalt, weil es ihnen egal ist, wer unter ihnen Kaiser oder Reichspräsident ist. Wenige Monate, nachdem sich der erste Wirbel gesetzt hat, wird Eckart von der Kripo zur Politischen Polizei weggelobt. Er weiß, dass man ihn nicht wegen seiner Verdienste geholt hat, auch hier hat das Auswärtige Amt seine Finger im Spiel; man glaubt, ihn in der »Politischen« besser im Griff zu haben, ihn ruhigzustellen, auch wenn ihm kein Fehlverhalten wegen der Armenier nachzuweisen ist. Rosenberg nimmt er zu sich, macht in der Kripo den Weg frei für Wagner. Der, wie sich noch zeigen wird, viel bei Eckart gelernt hat.

Zu viel. Besonders das, was er selbst »psychologische Kriegsführung« nennt.

Eckarts neue Aufgabe ist die Aufklärung und Vorbeugung von Straftaten mit radikal politischem Hintergrund. Sie beginnt mit Hausdurchsuchungen, einer endlosen Reihe von Hausdurchsuchungen bei SA-Leuten. Auch bei Wagner, der irgendwann in diesen Jahren in die Hitler-Organisation eintritt, um den Terror auf die Straße zu tragen. Eckart hat seinen ehemaligen Assistenten im Visier, aber er kann nichts gegen ihn unternehmen, denn Wagner hintertreibt alle »Säuberungsaktionen«, die Eckart gegen Nazis in der Polizei anzettelt. Je härter die Konfrontation, desto unverhohlener lacht ihm Wagner ins Gesicht. Er warnt Eckart davor, nachts nicht versehentlich in die Spree zu fallen.

Ende der Zwanziger gelingt es Eckart endlich, ein Informantennetz in SA-Kreisen aufzubauen. Bei Razzien lässt er zahlreiche Schutzpolizisten über die Klinge springen. »Nazifresser« nennen sie ihn, unter seiner Ägide machen sie fünfzig Polizeibeamten den Prozess. Wagner ist nicht dabei. Er hat, das wird immer klarer, Protektion »von oben«. Und Eckart beginnt sich in seinen Kampf zu verbeißen – selbst Rosenberg, der immer loyale Rosenberg, geht auf Abstand. Er bekomme Angst vor Eckarts Fanatismus, sagt er ihm, wenn er Spitzel bei der SA einschleuse, nur um Wagner aus dem Polizeidienst zu treiben; ob er selbst denn nicht sehe, dass er verzehrt werde von einem durch Wagner genährten Hass auf alles Faschistische und Nazistische, einem Hass, der ihn blind mache und mitunter zu den gleichen Mitteln greifen lasse wie die SA …?

Nein, Eckart sieht ihn nicht, den Hass. Vermutlich ist er blind in diesen Tagen. Bis zur letzten Sekunde kämpft er gegen den Terror der Straße. Er ist dankbar für die Freundschaft mit Liam, für die Boxkämpfe und die Theateraufführungen, die sie gemeinsam besuchen, sie sind ihm kostbar und helfen ihm über die nebelhaft-graue Zeit hinweg.

In der Nacht auf den 31. Januar 1933 hat er einen Fiebertraum, während sie unten marschieren. Tief in sich fühlt er einen heißen

Punkt, der sich rasch und schmerzhaft ausbreitet, während es um ihn herum dunkel wird und immer dunkler. Es ist der Traum von seiner eigenen Verschüttung vor Verdun, und ist es doch nicht. Denn da ist etwas Neues, und Eckart ahnt, dass es der Anfang vom Ende ist.

Das Jahr, in dem die Polizei allmächtig wird und nicht länger dem Gesetz verpflichtet ist, nur noch dem Staat. Und der Staat ist Hitler. Wagners Protektion, so liest Eckart im CIC-Dossier, sorgt dafür, dass er zur Geheimen Staatspolizei wechselt. Dort nimmt man ihn gern, selbst wenn er kein Abitur hat, weil sich Wagner als fleißiger SA-Mann längst einen Namen gemacht hat. Zum ersten Mal hört Eckart genau zu, als ihm Liam von den USA erzählt. Kurze Zeit später wird die Politische Polizei aufgelöst und in die Gestapo übergeführt. Eckart und Wagner sind wieder »Kollegen«, aber nur wenige Tage, dann wird der Kommissar auf intensives Betreiben Wagners als »politisch unzuverlässiges Element« aus dem Polizeidienst entfernt.

Ein paar Wochen wartet sein ehemaliger Assistent. Dann stehen zwei Gestapomänner vor Eckarts Tür. Alles beginnt mit einer Haussuchung. Wenige Tage danach folgt die erste Vorführung. Noch sitzt Eckart nicht Wagner gegenüber, noch wird er in den endlosen Verhörstunden nur verbal drangsaliert, nicht zusammengeschlagen. Man wirft ihm Umtriebe gegen den Nationalsozialismus während seiner Zeit in der »Politischen« vor. Noch sind die Verhöre nichts Persönliches, von Wagner Inszeniertes, nur Teil einer umfassenden Säuberungsaktion gegen vermeintliche Linke, wie Eckart später erfährt.

Er erinnert sich dieser Tage. Das Gefühl der Fremdbestimmtheit, das einfach nur vorübergehen soll. Vielleicht ist das das Schlimmste: Es soll vorübergehen, notfalls in seiner, ihrer aller, physischen Vernichtung, einer totalen Vernichtung, davon träumen ja auch die Goldfasanen der Partei, aber es soll vorübergehen! Sein Leib scheint zu zerfließen, er gehört ihm nicht länger. Eckart will endlich wieder sich selbst gehören.

Später sitzt er Wagner gegenüber. Er kommt als blutiger Klumpen aus seinem fünfzehnten Verhör und humpelt mehr schlecht als recht in die amerikanische Botschaft, weil ihn in seinem Zustand kein

Taxifahrer mitnehmen möchte. Liam erleidet einen Schwächeanfall, als er ihn so sieht, will ihn überreden, umgehend die Zelte abzubrechen, und bietet Eckart an, ihn auf die Überfahrt in die USA zu begleiten; der drängt darauf, seinen ehemaligen Assistenten Rosenberg mitzunehmen, wenn schon er nicht mehr in diesem Land bleiben könne, wie solle Rosenberg als Jude hier überleben? Liam sagt: »Ich will sehen, was ich machen kann«, aber Rosenberg ist unauffindbar, wie vom Erdboden verschluckt, und was dann passiert, ist für Eckart längst Geschichte.

Bilder tauchen auf und verschwimmen. Ein letztes, sich aufbäumendes Schnarchen von hinten rechts, dann ein heiserer Raucherhusten. Vanuzzi wachte auf. Er gähnte vernehmlich, zündete sich eine Zigarette an und ging direkt in die Pilotenkabine. Eckart sah Zigarettenrauch aufsteigen, hörte zwei Stimmen leise reden, lachen, dann kehrte Vanuzzi pfeifend zurück, blieb ostentativ vor Eckart stehen und sagte: »Na, ›Partner‹, fertig mit den Hausaufgaben?«

»Wie war Ihr Verhältnis zu Ihrer Mutter, Mr Vanuzzi?«

Der Special Agent fuhr auf.

»Was???«

»Pardon, kleiner Lapsus, Berufskrankheit. Eigentlich wollte ich nur fragen: Warum ›Rattenlinien‹?«

»Sie wissen nicht, was Rattenlinien sind, Doc?«

»Keinen Schimmer.«

Vanuzzi verdrehte die Augen, dann ließ er sich in den Sitz neben Eckart fallen.

»Porca Madonna! Rattenlinien sind Wege, über die Agenten in Feindgebiete hinein- oder aus ihnen herausgeschleust werden. In unserem Fall sind es allerdings keine Agenten, sondern Nazis, die alte Schleichwege nutzen, um zu entkommen. Unsere Aufgabe wird es sein, diese Wege zu ermitteln und Ihren Wagner und die anderen Ratten, die mit ihm auf der Flucht sind, aufzuspüren und einem US-Militärgericht zu überstellen. Damit sie ihrer Strafe nicht entgehen.«

Beide schwiegen. Als er spürte, dass das Gespräch beendet war, stand Vanuzzi auf, zog sich wieder auf seinen eigenen Sitz zurück, schloss die Augen und begann *The Ratcatcher's Daughter* vor sich hin zu singen.

»*Not long ago in Vestminster / There lived a rat catcher's daughter / But she didn't quite live in Vestminster / Cos she lived t'other side of the water / Her father caught rats and she sold sprats / All round and about that quarter / And the gentlefolk all took off their hats / To the pretty little rat catcher's daughter* –«, worauf er beim Refrain noch einmal seine Stimme anschwellen ließ: »*Doodle dee, doodle dum, di dum doodle da.*«

Als er mit seinem Spielchen fertig war, vielleicht, weil er den restlichen Text vergessen hatte, setzte er sich in Schlafpositur und schnarchte binnen Minuten. Eckart beschloss, sich wieder auf das Dossier von Wagner zu konzentrieren.

1934 verließ Wagner die SA und wurde SS-Mitglied. Einerseits diente das seiner beruflichen Karriere – in der Gestapo drängte man auf Mitgliedschaft in wenigstens einer NS-Organisation, und Wagner hatte längst einen guten Riecher dafür, wie er Karriere machen konnte –; andererseits hatte er wohl Angst, dass er nach den Säuberungsaktionen gegen Röhm und seine SA selbst in die Mühlräder des von ihm herbeigesehnten Systems geraten könnte.

1935 wurden Gestapo und SS noch enger miteinander verwoben, nachdem SS-Mann Himmler – oder vielmehr sein Vertrauter Heydrich – den internen Machtkampf über die Polizei gegen Göring gewonnen hatte. Für Wagner hatte dies unmittelbare Konsequenzen, er stieg zum Kriminalkommissar und SS-Obersturmführer auf. Wegen seiner harten Haltung – führte er seine Verhöre doch meist selbst und zeigte sich in ihnen »physisch und psychisch auf der Höhe der Zeit« – kletterte er bis 1939 immer weiter nach oben in der Hierarchie. Als dann die Gestapo ins Reichssicherheitshauptamt eingegliedert wurde, leitete Wagner bereits die Beschlagnahmung jüdischen Vermögens und die Deportation von Juden ins Konzentrationslager Oranienburg. Eine einträgliche Arbeit, die ihn aber nicht dauerhaft zu befriedigen schien. Im Juli 1941 wurde er Mitglied der vom RSHA aufgebauten »Einsatzgruppe B« in Weißrussland. Wagner, inzwischen im Rang eines SS-Sturmbannführers, hielt man als gebürtigen Ostpreußen für prädestiniert, »Lebensraum im Osten« zu schaffen. Mit seinen eigenen Leuten und mit Männern der Waffen-SS folgte er der Wehrmacht hinter der Front und organisierte Erschießungen an mehr als zehntausend Juden, kommunistischen Funktionären und »Partisanen«. Überlebende berichteten später, dass er seinen Leuten persönlich beibrachte, wie sie schneller und effizienter morden könnten: Er ließ den Juden Schaufeln geben, um die eigenen Gräber auszuheben, dann mussten sie sich hinknien, wurden erschossen und von Hilfskräften aus der Bevölkerung verscharrt. Wenn Not am Mann war, feuerte Wagner selbst. Ende Juli ging er dazu über, auch Frauen und Kinder zu erschießen, indem er je einen Schützen auf die Mutter und einen zweiten aufs Kind anlegen ließ. Man verlieh ihm den SS-Totenkopfring, nannte ihn liebevoll den »Schlächter von Baranawitschy«. Im Gegensatz zu anderen SS-Offizieren hielt er sich vom Alkohol fern, der unter den Einsatzgruppen gezielt ausgegeben wurde, damit sie vergessen.

Als man auf die Idee kam, Lastkraftwagen als fahrbare Gaskammern auszustatten, die Motorabgase in den geschlossenen Aufbau leiteten, um die Juden, die im Inneren zusammengepfercht waren, zu vergiften, beschwerte er sich bei Vorgesetzten über die »seltsam ineffiziente Methode«. Er ahnte wohl instinktiv, dass er, wenn er hiermit weitermachte, rasch am Ende seiner Karriereleiter angelangt wäre. Um stattdessen zum SS-Obersturmbannführer aufzusteigen, wechselte er RSHA-intern ins Amt VI, den ehemaligen Auslands-SD, der ursprünglich als Geheimdienst der SS gegründet worden war, und baute von 1942 an ein eigenes Agentennetz in der besetzten Sowjetunion auf – seine Hauptaufgabe bis zur Kriegswende von Stalingrad. 1943 floh er mit seinen Adjutanten nach Berlin, und hier verlor sich seine Spur für das CIC, bis er im Mai 1945 bei einer Routinekontrolle von Soldaten der U. S. Army in der Nähe von Mainz aufgespürt und in einem Kriegsgefangenenlager interniert wurde.

Eckart klappte das Dossier zu. Alles Weitere wusste er von Colonel Swartz.

Er sah aus dem Fenster. Mehr oder weniger unterschiedslose Nacht, doch erblickte er am Horizont vereinzelte, gelb schimmernde Lichter. Der Pilot hatte schon vor Minuten eine Zwischenlandung angekündigt.

»Ratte« hatte Vanuzzi Wagner genannt. Und er hatte ihn »Ihren Wagner« genannt. Der Italoamerikaner wusste gar nicht, wie recht er hatte! Wagner kaute permanent auf seinem dünnen, grau-blonden Schnurrbart herum. Eines Tages hatte Eckart ihn bei einer Ermittlung angesehen, als ihm plötzlich klar wurde, dass er ihn an eine »Leichenratte« erinnerte. Die Tiere hatten sich in den Kriegsunterständen vor Verdun herumgetrieben, nass, mit in alle Richtungen abstehendem Fell, und immer nagten sie an Fleischfetzen.

Ja, und er war auch »sein« Wagner.

Er hatte ihm den Weg gebahnt, als er die Kripo verließ. Wagner hatte seine psychologischen Fähigkeiten übernommen und ins Barbarische pervertiert. Aber selbst das hätte sich korrigieren lassen, wäre Eckarts persönlicher Kampf gegen Nazis erfolgreich verlaufen. Hätten sie Wagner den Prozess gemacht und ihn unehrenhaft entlassen, wäre diese Karriere früh beendet gewesen. So aber hatte Eckart eine Kreatur erschaffen, die es sich zum Ruhm anrechnete, Frauen, Kinder und Greise effizienter als andere gemetzelt zu haben.

Er atmete tief durch, als die Armeemaschine zum Landeanflug ansetzte.

Wenn es wirklich Wagner war, den sie in Innsbruck aufgespürt hatten, bekäme er jetzt die Möglichkeit – nein, da war nichts *wiedergutzumachen*. Aber er konnte wenigstens helfen, das Blut zu rächen, mit dem die Juden an die Wände der Gaskammern geschrieben hatten, wie einer von ihnen dichtete.

Eckart war es, als hätte er ein Geräusch gehört – den Gong, der den Beginn eines Boxkampfes einläutete.

4.

Flughafen München-Riem. Oder Airfield R.82, wie der amerikanische Codename lautete. Das, was von ihm übrig geblieben war. Eine Ruine, die man nutzbar gemacht hatte. Eckart erinnerte sich daran, dass Speer die Reichshauptstadt »Germania« so hatte bauen wollen, dass auch, wenn zweitausend Jahre später alles in Ruinen stände, die Trümmer hübsch und effektvoll aussähen.

Es war schon Nachmittag, aber es fühlte sich an wie Morgengrauen. Die Kälte und seine Schläfrigkeit ließen Eckarts Körper bis ins Skelett hinein erstarren. Vanuzzi hatte seinen Seesack geschultert und steuerte auf ein Armyauto zu. Der Fahrer salutierte und öffnete ihnen die Türen zu den Rücksitzen. Der Special Agent drehte sich einwärts und klopfte, nachdem er bereits Platz genommen hatte, seine Stiefel draußen gegeneinander, um sie vom Straßenschmutz zu reinigen. Eckart stutzte, legte die Stirn in Falten und nahm seinerseits Platz. Von Vanuzzi, der sich sogleich im Gefährt breitmachte, ging eine angenehme Körperwärme aus, die gegen den Frost der Ledersitze ankämpfte und Eckart unwillkürlich ein wenig näher an seinen Partner heranrücken ließ. Es war Dezember, und er war viel zu luftig angezogen, hatte sich der deutschen Winter entwöhnt. Er brauchte dringend einen vernünftigen Mantel.

»Dreckskälte, selbst für hiesige Verhältnisse!«, rief der Fahrer fröhlich nach hinten. »Sie sagen, das wird schon wieder ein russischer Winter. In unserer Kaserne sind über Nacht die Leitungen zugefroren, hm hm.«

»Pech«, sagte Vanuzzi tonlos, verzog den Mund. Seine Zunge beulte die Backe von innen aus. Eckart wusste nicht, ob er dies als nachdenkliche oder gereizte Geste deuten sollte – aber vielleicht hatte der Mann auch nur Zahnschmerzen.

»Ja, Pech. Wenn es Ihnen auf der Fahrt zu kalt wird, können Sie die Hände in den Fußraum halten, da kommt immer ein bisschen Abwärme rauf, hm hm.«

Eckart versuchte es gar nicht erst und mummelte sich in seine Jacke. Er sah, dass sie nach Westen fuhren, Richtung tief stehende Sonne. Staubgeruch lag in der Luft, drang durch die dünnen Scheiben ins Fahrzeuginnere. Als sie sich den äußeren Stadtbezirken näherten, ging ein nach faulen Eiern riechender Schneeregen nieder. Eckart erinnerte sich daran, einmal gelesen zu haben, dass es in mittelalterlichen Peststädten nach faulen Eiern und nassem Leder gerochen hatte.

Er kannte München von früher, seine Ermittlungsarbeit für die Politische Polizei hatte ihn einige Male zu den bayerischen Kollegen geführt – doch er sah mit Entsetzen, dass von diesem München nicht mehr viel stand.

Näher an der Innenstadt musste der Fahrer verlangsamen, weil noch immer Trümmerteile auf die Straße ragten. Andere Fahrzeuge waren selten, auch das ein großer Unterschied zu Eckarts Vorkriegsbesuchen, wo es hier vor Autos nur so gewimmelt hatte. Jetzt kamen ihnen nur vereinzelt Jeeps der US-Besatzungspolizei entgegen, die ihren Fahrer grüßten und langsam weiterzogen. Hinter ihnen rollte, in einigem Abstand, eine alte, weiße Adler-Limousine.

Vor Ruinen sah Eckart Schilder, die darüber informierten, wann das Haus getroffen wurde, wer darin gelebt und wer überlebt hatte. Und manchmal hingen darunter kleinere Zettel, die den neuen Wohnort der ehemaligen Bewohner angaben. Als sie gegenüber einer Litfaßsäule anhalten mussten, um einen schwer beladenen Bautrupp über die Straße zu lassen, konnte Eckart den Aufruf lesen, der Freiwillige für Trümmerräumungsarbeiten suchte. Insbesondere Nazis sollten »ihre« Sauereien aufräumen.

Der Fahrer, der zurückgeblickt hatte und den Ausdruck in den Augen des Deutschen erkannt zu haben schien, begann nach langem Schweigen wieder wortreich zu sprudeln.

»Kennen Sie die Stadt, Sir? Zu neunzig Prozent zerstört. Es gibt keine Wohnungen mehr. Die wenigen, die man hat, haben sie Leuten zugeteilt, die wichtig sind für den Wiederaufbau. Vor ein paar Monaten hatten wir eine Selbstmordwelle, aber das hat die Wohnungssituation kaum verbessert, hm hm.«

Eckart sah wie gebannt aus dem Fenster. Das Grau des Himmels und das der zerschmetterten Steine schienen direkt ineinander überzugehen. Der Schneeregen hatte aufgehört, Menschen mit ausdruckslosen Gesichtern, die ihre Habe mühsam auf Bollerwagen hinter sich herzogen und dabei versuchten, Trümmern auszuweichen, gingen an ihnen vorbei.

»Die Eisenbahnen verkehren immer noch sporadisch, Sir, allerdings sind die Brücken kaum beschädigt, das ist ein Glück. Eigentlich müssten wir nicht über die Isar, um zum CIC-Detachment zu kommen, aber ich könnte eine kleine Schleife fahren, damit Sie die Altstadt sehen können, wenn Sie möchten …«

»Nein«, sagte Vanuzzi, »ja« Eckart, gleichzeitig, der Special Agent gab nach und knurrte: »Meinetwegen, zehn Minuten.«

Hinter der Isarbrücke deutete der Fahrer auf eine ganze Handvoll Skrofulöser, die in den Straßen standen und bettelten. In der Gegend um das schwer zerstörte Bayerische Nationalmuseum trieben sich viele Kinder herum, »Banden«, sagte der Fahrer erläuternd, »die Jungs arbeiten den Schiebern zu, und die Mädchen – na ja, Sie wissen schon. Und das da ist ein Schwarzmarkt, hm hm.«

Nur um in Übung zu bleiben, begann Eckart sich zu fragen, was die selbstbestätigenden Schlusslaute des Fahrers zu bedeuten hatten. Wahrscheinlich ein Vaterintrojekt, dachte er.

Der Wagen bremste, hielt an. Am Straßenrand standen Händler und Kunden in kleinen Gruppen zusammen. Alle nahmen sie eine geduckte Haltung ein, wahrscheinlich ließ nur die Angst vor einer Razzia ihre Augen lebendig erscheinen. Sie rauchten, gaben sich desinteressiert, sprachen wenig, ab und an hörte Eckart eine Zahl, dann leises Kopfschütteln oder Nicken. Wer sich handelseinig war, trollte sich abseits, tauschte hastig Ware und Gegenleistung und ging zu einer anderen Gruppe.

»Was handeln sie?«, fragte Eckart.

»Ach, amerikanische Zigaretten, Bohnenkaffee, Brot, Schnaps, Fleisch, Lebensmittelkarten. Hauptsächlich unsere Zigaretten. Eine kostet ungefähr zehn Reichsmark. Aber vermutlich werden Sie keine Reichsmark brauchen, Sir.«

Eckart nahm sich vor, so viele Zigaretten wie nur möglich über das

CIC-Detachment zu besorgen, wahrscheinlich waren sie das wichtigste Mittel, um aus den Leuten etwas herauszubekommen.

Bevor er wieder losfuhr, wies der Fahrer auf ein Lebensmittelgeschäft, vor dem Menschen Schlange standen. Essen gebe es auf Karten, und die nur alle vier Wochen, schwadronierte er – für Jugendliche, für Erwachsene, und, mit besonderer Fettzulage, für Bauarbeiter.

»Aber das bedeutet nicht, dass man Fleisch oder Brot in den Geschäften bekommt, Sir. Wenn die Lieferungen ausbleiben ... die Versorgungslage in diesem Winter wird eine Herausforderung. Sie haben angefangen, in Parks Kartoffeln anzubauen. Wenn sie Glück haben, können sie sie selbst ernten, falls ihnen niemand zuvorkommt. Und wenn nicht, wird's Mord und Totschlag geben, hm hm.«

Zum Staub kam jetzt auch noch ein eigentümlich süßlicher Brandgeruch hinzu. Eckart schnupperte in die Luft, um dessen Quelle auszumachen, und drehte sich dabei nach allen Seiten. Im Augenwinkel sah er wieder die weiße Adler-Limousine hinter ihnen. Einen Moment lang beobachtete er den Wagen, der immer den gleichen Abstand zu halten schien, dann wandte er sich Vanuzzi zu, der keine Notiz von ihm nahm und desinteressiert aus der Windschutzscheibe blickte.

Die Stimme des Fahrers holte Eckart zurück: »Wissen Sie, welches Jahr die Deutschen haben? Das Jahr der Entnazifizierungsverfahren. Ich glaube, manch einer von ihnen hofft, dass er die Zeit bis zum Frühling in unserem Knast verbringen kann ...«

Der Fahrer lachte, diesmal schien sein Selbstbestätigungsmechanismus ausgesetzt zu haben.

»Schockiert?«, fragte Vanuzzi unvermittelt.

Eckart schwieg.

»Städte kann man wieder aufbauen, Doc. Denken Sie an die Millionen toter Juden.«

»Sie haben keine Ahnung, woran ich denke, Mr Vanuzzi, also warum halten Sie nicht einfach die Klappe ...?«

Der Fahrer bremste abrupt und zeigte auf das große Gebäude rechts vor ihnen.

»Wir sind da, das 145th CIC-Detachment. Ich hoffe, Sie hatten eine angenehme Fahrt.«

Vanuzzi und Eckart stiegen aus, ohne sich von ihrem Fahrer helfen zu lassen. Eckart versuchte seinen Rücken geradezubiegen und bedankte sich, indem er sich noch einmal in den Wagen hineinbeugte. Der Fahrer lächelte ihn an und sagte zum Abschied:

»Halten Sie sich von den Einheimischen fern, Sir. Tbc, Ruhr, Diphtherie, die tragen einen Cocktail aus Krankheiten mit sich rum, das steht kein zivilisierter Mensch durch, hm hm!«

Das Auto fuhr wieder an, Vanuzzi war bereits zehn, fünfzehn Meter auf dem Bürgersteig enteilt. Eckart nahm sein Gepäck auf und sah, wie der weiße Adler vorüberrollte. Er trug kein Nummernschild, seine Scheiben waren verspiegelt. Eckart konnte nicht erkennen, wie viele Personen sich darin befanden, geschweige denn Gesichter identifizieren. Er zog die Luft tief ein, schwere weiße Atemwolken strömten aus.

Über den Dächern im Westen der Stadt begann die Sonne in einer Schlacke aus aschgrauen Farben zu ertrinken.

5.

Das an der Ecke Maria-Theresia- und Prinzregentenstraße gelegene Detachment war ein mehrstöckiges Bürgerhaus. Es wies, wie fast alle Gebäude in diesem Viertel, enorme Bombenschäden auf: Die Fenster zugemauert, die Türen durch einfache Bretterkonstruktionen ersetzt, Fassadenteile waren auf den Bürgersteig gerutscht, der aufgetürmte Putz und die Wandsteine hingen wie Eingeweide aus dem Bauch des Hauses. Als sie in den ersten Stock vorgedrungen waren, sahen sie, dass auch die Decken beschädigt waren und man an manchen Stellen in den Himmel hinaufblicken konnte. Wolken trieben über ihnen, unkrautgleich, gejätet durch den auffrischenden Wind. Im Gebäude war es so kalt wie draußen.

»Mister Vanuzzi, Mister Eckart? Willkommen in München!«

Die Stimme ging von einem freundlich klingenden Tenor aus, der ihnen lächelnd entgegentrat. Der Mann war mittelgroß, Anfang dreißig, Schnurrbartträger, brünett, das Haar merklich ausgedünnt; sein Akzent ließ auf eine gute Ausbildung an einer Universität in Neuengland schließen. Seine Uniform, die ihn als Captain der US-Army auswies, saß tadellos und stand in direktem Kontrast zu dem Haus, das gerade seinen Lebensmittelpunkt bildete, nur spannte sie sichtlich über dem Bauch. Er bat die beiden Neuankömmlinge in sein Dienstzimmer, einen kargen Raum, aus dem man notdürftig den Bombenschutt entfernt hatte. Ein Schreibtisch, zwei lange Bretter, die man aufgebockt hatte, Karten, die sich darauf stapelten, vier, fünf unbequem aussehende Stühle und Registraturschränke, die noch aus dem alten Deutschland stammten. Immerhin war es warm, wenn auch verqualmt. Ein Bollerofen heizte ordentlich ein, zog aber schlecht ab.

»Van Doren, ich leite das Detachment kommissarisch, solange sich unser Major auf einem Außeneinsatz befindet.«

Er knetete seine Finger durch, die prall wie Würste waren. Eckart, der seit geraumer Zeit seinem Namensgedächtnis misstraute, holte einen Stift hervor und machte sich eine Notiz.

»Schreiben Sie gleich den Vornamen dazu, wir werden ja hoffentlich nicht ewig so förmlich bleiben. Graham …«, begann Eckart zu kritzeln, hörte aber umgehend die Stimme Van Dorens, der ihm über die Schulter sah: »Nein, ›G-R-A-E-M-E‹. Meine Eltern wollten die elegante alte Schreibweise.«

Vanuzzi knurrte beifällig: »Aber natürlich. Natürlich wollten sie das.«

Van Doren fragte, ob er ihnen etwas anbieten dürfe, Limonade, Cognac, Zigaretten. »Kaffee«, sagte der Special Agent ohne zu zögern. Wenige Minuten später brachte ein Adjutant eine Brühe, die zwar heiß war, geschmacklich aber nur entfernt an das Gewünschte erinnerte.

»Passen Sie auf, am Boden sammelt sich so ne Art Sand, den letzten Schluck können Sie ebenso gut kauen wie trinken.«

Van Doren kräuselte zuerst die Nase, dann kniff er die Augen zusammen und lachte.

»Erwarten wir noch jemanden für die Einsatzbesprechung, Captain?«, fragte Vanuzzi, sichtlich ungeduldig.

»Nein, nous sommes complets.«

»Dann also los, wir verbrennen Tageslicht!«

Van Doren begann damit, ihnen die Idee von »Operation Rattenlinien« einzuschärfen: Es ging nicht nur darum, als »Greifer« für Wagner zu arbeiten, sie sollten auch so genau wie möglich die Routen rekonstruieren, auf denen Kriegsverbrecher von Österreich nach Italien flohen, dazu alles über die Hintermänner herausfinden, die solche Fluchten organisierten. Vanuzzi war für die schriftlichen und mündlichen Berichte ans CIC zuständig, wofür er eine erstklassige Funkanlage erhalten sollte, und Eckart regelte alles, was mit der einheimischen Bevölkerung zu tun hatte. Als Greifer waren sie von den alliierten Gesetzen nicht gedeckt, selbst die U. S. Army wollte nichts von solchen Operationen wissen – vor allem deshalb nicht, weil man befürchtete, dass auch GI am nächtlichen Menschenschmuggel über die Grenzen beteiligt waren.

»Also vergessen Sie nicht, meine Herren: Wenn Sie auffliegen, können Sie von unseren Leuten nichts erwarten. Sie könnten denen ja nicht einmal die Existenz Ihres Sonderkommandos klarmachen!«

Nasekräuseln, Augen zusammenkneifen – Van Doren lachte.

»Fabelhaft«, sagte Eckart. »Sie haben hier so schöne Karten, könnten Sie uns einmal zeigen, welches Feld wir beackern?«

Der Captain zog aus einem Stapel den Plan hervor, der in großem Maßstab einen Überblick über das Einsatzgebiet gab, und deutete mit den Fingern schnell hintereinander auf einige Punkte.

»Deutschland in den alten Grenzen; Österreich; Südtirol, das staatsrechtlich gerade zu Italien gehört. Flüchtlinge aus Deutschland müssen zuerst über die Grenze nach Österreich. Keine besondere Herausforderung, sie ist schlecht bewacht. Der kürzeste Weg nach Südtirol führt über diesen schmalen Korridor, etwa fünfzig Kilometer breit. Die Österreicher drücken beide Augen zu, sie sind froh, die Flüchtlinge wieder loszuwerden. Die Versorgungslage dort ist miserabel, und wir haben einen Hungerwinter vor uns.«

Van Doren zog eine Packung Zigaretten hervor, legte sie auffordernd mitten auf die Karte und begann zu rauchen. Der Glimmstängel wurde zum Wegweiser.

»Das hier ist die schnellste Route: von Innsbruck zum Brennerpass, dann über Sterzing nach Meran. Natürlich geht auch die Route von Nauders zum Reschenpass, entlang der Etsch nach Meran, oder übers Zillertal und Ahrntal nach Bozen …«

»Whoa whoa whoa, langsam, Captain, zu viele Krautnamen, das verträgt mein Schädel nicht!«, sagte Vanuzzi und zündete sich nun auch eine Zigarette an. »Erst mal: Was ist das mit Südtirol?«

»Sie meinen abgesehen davon, dass es strategisch günstig auf dem Weg nach *Italien* liegt? Italien, wo die großen *Häfen* sind? Die wir nicht mehr *kontrollieren* dürfen? Von denen aus Schiffe in Länder abgehen, die mit uns keine *Auslieferungsabkommen* haben?«

»Südtirol, Captain, ich habe nach *Südtirol* gefragt.«

Vanuzzis Stimme war scharf, er rauchte schneller, fühlte sich offenbar von seinem CIC-Kameraden vorgeführt. Van Dorens Stimme war gleichbleibend jovial und tutorenhaft, als er weiter ausführte: »Die Italiener haben Südtirol 1918 bekommen. Es ist eine Art Niemandsland geblieben, die Bevölkerung ist mehrheitlich deutschsprachig, die

Staatsbürgerschaft unklar. Hitler und Mussolini haben sich darauf geeinigt, dass die Leute wählen dürfen, zu wem sie gehören. Wer sich als Deutscher fühlte, sollte ins Reich auswandern, damit das Land italianisiert werden konnte. Die meisten haben sich für diese Option entschieden, deshalb nennt man sie ›Optanten‹. Aber dann kam der Krieg, sie sind geblieben, und jetzt gelten sie als ›staatenlose Volksdeutsche‹.«

»Und?«, fragte Vanuzzi.

»Staatenlos zu sein ist die Voraussetzung dafür, dass sie einen schönen neuen Ausweis von einer Behörde bekommen, die sich gerade um die Flüchtlinge in Italien kümmert. Und in den können sie reinschreiben, was sie möchten: einen neuen Namen, einen neuen Beruf. Wichtig ist nur, dass sie offiziell als staatenlose Südtiroler Optanten gelten.«

»Und den Umstand machen sich dann auch deutsche Kriegsverbrecher zunutze?«, fragte Eckart.

»Das vermuten wir. Wenn sie einmal in Südtirol sind, können sie einen neuen Pass beantragen. Die alliierte Militärregierung ist nicht mehr da, die italienische Polizei hält sich im Optantengebiet zurück. Die SS-Leute können es sich in aller Ruhe gemütlich machen und warten, bis ihre Pässe kommen. Und dann sind sie unserem Zugriff endgültig entzogen.«

Van Doren schaute seine Gegenüber strahlend an, dann sagte er: »Unserem *offiziellen* Zugriff!«

Nasekräuseln, Augen zusammenkneifen – Lachen.

Eckart, der den Qualm im Zimmer nur noch ertrug, weil er sich nun selbst eine Zigarette ansteckte, überlegte. Dann sagte er: »Wir schlagen zu, bevor die Gruppe um Wagner über die Grenze geht.«

»Das wäre gut. Auch wenn Sie beide Italienisch sprechen – einfacher wird's nicht, sie in Südtirol zu kriegen.«

»Sie sind in Innsbruck, sie werden die Route über den Brenner wählen.«

»Da haben wir leider schon ein kleines Problem, Mr Eckart … unser Informant in Innsbruck ist weg, vor zwei Tagen ist der Kontakt abgerissen.«

»Haben Sie ihn nicht ausgeräuchert, Captain?«

»Natürlich, Mr Vanuzzi, aber der Kerl ist wie vom Erdboden verschwunden.«

»Den werde ich mir persönlich vorknöpfen«, schnaubte der Special Agent.

»Ich glaube nicht, dass Sie mehr Erfolg haben werden als unsere Jungs.«

»Hat er noch etwas gesagt, bevor er verschwunden ist, Mr Van Doren?«

»Nur dass sich die mutmaßliche Wagner-Gruppe in drei Tagen auf den Weg zur Grenze machen will.«

»Das heißt, entweder wir fahren heute Nacht noch nach Innsbruck ...«

»Oh, glauben Sie mir, das wollen Sie nicht, Mr Eckart. Die Straßenverhältnisse sind katastrophal, und Sie würden auch nicht mehr über den alliierten Kontrollpunkt kommen.«

»Dann müssen wir morgen früh direkt zum Brenner, Mr Vanuzzi.«

»Vorknöpfen werde ich mir den Kerl trotzdem.«

»Tun Sie, was Sie nicht lassen können. Falls wir die Zeit dazu haben.«

Eckart schüttelte den Kopf. Dann setzte er erneut an: »Eines verstehe ich nicht, Mr Van Doren: Sie wissen doch in etwa, wo sich Wagner und seine Leute aufhalten. Warum nehmen Sie sie nicht einfach hops?«

»Nun, zum einen war unser Informant nicht gerade präzise, was das ›sichere Haus‹ angeht, in dem sie sich angeblich aufhalten. Zum anderen wissen wir nicht, wie Wagner aussieht. Stellen Sie sich vor, was passiert, wenn wir den Falschen festnehmen. Dann sind auf einen Schlag sämtliche Kriegsverbrecher in einem Umkreis von fünfzig Meilen gewarnt, und der echte Wagner taucht so tief ab, dass ihn nicht einmal ein U-Boot finden wird.«

Eckart nickte.

»Ein Schuss ins Dunkel, Mr Eckart.«

»Versteh schon. Wir fahren zum Brenner. Wenn wir Glück haben, schießen wir da nicht nur ins Dunkel. – Wenn ich mich richtig erinnere, ist dieser Pass im Winter ziemlich ungemütlich.«

»Sie haben recht. Eigentlich sind die Monate zwischen Juni und September die besten für eine Flucht, aber dann wird natürlich auch häufiger kontrolliert. Im Winter wagt sich kein Zöllner nachts raus, um bis zum Bauch durch den Schnee zu waten.«

»Reizende Aussichten!«

»Ja, aber die anderen werden's auch nicht lustiger haben, Mr Eckart. Da oben gibt's Schneestürme wie in Alaska, durch die sie sieben, acht Stunden marschieren müssen. Dazu die Erfrierungen, die Angst abzustürzen ... im Frühjahr findet man immer wieder an Entkräftung gestorbene Flüchtlinge, die vom Berg freigegeben werden.«

»Mir kommen die Tränen«, sagte Vanuzzi.

»Deshalb sind sie in Gruppen unterwegs, damit sie sich im Notfall gegenseitig helfen können?«, fragte Eckart.

»Sie scheinen ›Reisegruppen‹ zu bilden aus Leuten, die sich kennen. Reine Vertrauenssache! Drei, vier frühere Untergebene und der Vorgesetzte, so viele vermuten wir auch bei Wagners Gruppe. Aber natürlich schaffen die das nicht allein, und damit meine ich jetzt nicht die einheimischen Bergführer.«

»Was *meinen* Sie denn, Mr Van Doren?«

Eckart hatte die ganze Aufmerksamkeit des Captain für sich allein.

»Eine gut organisierte Vereinigung alter SS-Leute, die ihre Kameraden aus Deutschland herausschmuggelt, wenn ihnen der Boden unter den Füßen zu heiß wird. – Aber ganz im Vertrauen ...«

»Ja?«

»Wir befürchten, dass auch frühere OSS-Leute daran beteiligt sein könnten. Das ist der ...«

»... Nachrichtendienst des Kriegsministeriums, ich erinnere mich, Mr Van Doren. Aber warum sollten sie Nazis bei der Flucht helfen?«

»Warum?«, schaltete Vanuzzi sich ein. Seine Stimme wurde im Verlauf der Einsatzbesprechung immer schärfer. »Weil sie in ihnen Verbündete wittern für ihren antikommunistischen Kampf, das macht sie blind für die Faschisten. Das OSS war ein eingeschworener, elitärer Haufen, skrupellos, der SS gar nicht unähnlich. Deshalb ist es vom Präsidenten aufgelöst worden. Aber kurz davor gab's vielleicht noch ein paar Liebesheiraten mit den Krauts …«

Eckart stutzte, sah zu Van Doren hinüber, der zuckte mit den Schultern.

»Reine Vermutungen, Mr Eckart, deshalb sind Sie ja jetzt da.«

»Wäre es denn nicht einfacher, in gezielten Aktionen alle Ratten abzugreifen, die draußen unterwegs sind, Mr Van Doren?«

»Alle diese Routen überprüfen, nachts, bei schlechtem Wetter? Unmöglich, dafür haben wir nicht genug Leute. Außerdem viel zu auffällig. Die Einheimischen würden Wind davon bekommen und ihre reichsdeutschen Landsleute warnen. So nett die Tiroler auch sind, aus denen kriegen Sie nichts raus, die misstrauen jedem, der nicht mit ihnen die Schulbank gedrückt hat.«

Die Schulbank gedrückt … Eckart dachte nach … ein Gesicht, ein Name, eine Adresse aus Berlin. Letztere war überflüssig, aber Name und Gesicht konnten ihn weiterbringen, er musste nach der Einsatzbesprechung nur dringend einmal telefonieren …

Die Stimme Vanuzzis ließ ihn wieder in die Gegenwart zurückprallen: »Ein paar Zahlen, Captain. Von wie vielen SS-Leuten auf der Flucht reden wir hier?«

»Wir gehen davon aus, dass allein dieses Jahr neuntausend Ukrainer …«

»Neun-tausend …?«, fuhr Eckart auf. Er hatte einen Teil seiner Zigarettenglut verloren und strich nun mit der Hand vorsichtig über den Brandfleck auf der Karte, während er Van Doren nicht aus den Augen ließ.

»Neuntausend, von denen wir *wissen*. Die nach *Kanada* ausgereist sind. Kanada ist nicht gerade das beliebteste Auswanderungsziel.«

»Neun-tausend …?«, wiederholte Eckart fassungslos.

»Und das waren nur die Ukrainer, Mr Eckart … hier ist nachts mehr los als vor dem Krieg auf deutschen Autobahnen.«

Nasekräuseln, Augen zusammenkneifen – Lachen.

»Okay, kommen wir zur Kavallerie, Captain«, unterbrach Vanuzzi.

Van Doren ging zu einem der Registraturschränke, zog eine Mappe daraus hervor und breitete ihren Inhalt vor den beiden aus.

»Zwei Pässe, die Sie als Rotkreuzfunktionäre ausweisen: Andreas Steiner, Daniele Petacchi, lernen Sie die Legenden auswendig. – Und diese Ausweise machen Sie zu Offizieren der US-Militärpolizei …«

»In Zivil?!«

»Es gibt dieser Tage nichts, was es nicht gibt, Mr Vanuzzi. Die bringen auch nur etwas, wenn's mal Ärger mit der alliierten Polizei geben sollte. In Tirol sitzen die Franzosen, die sind – comme on le dit si bien: très unique …«

Definitiv Absolvent einer Universität in Neuengland, dachte Eckart und bemerkte, wie Vanuzzi allmählich den Siedepunkt erreichte. Wenn später die Rede auf Van Doren kommen würde, sollte der ihn immer nur »Mr-I-graduated-from-Harvard« nennen.

»Ja, und hier haben wir noch schöne Blankoscheine mit Unterschriften und Stempeln der U. S. Army. Die können Sie nach Gusto ausfüllen. Use your imagination!«

Der Special Agent steckte die Papiere ein, drückte seine Kippe aus, dann sagte er in scharfem Staccato: »Zigaretten. Stangenweise, als ›Geschenke‹. Ein Geländewagen, nicht zugig! Blendlaternen, Taschenlampen, Decken, Sturmhauben, die Basics. Und Zivilmantel und Pistole für ihn.«

Eckart war so überrascht von Vanuzzis Fürsorge, dass ihm einen Augenblick der Mund offen stand.

Van Doren erklärte, alles längst organisiert zu haben, spätestens morgen früh, wenn sie weiterführen Richtung Brenner, würde auch der Jeep vollgetankt bereitstehen.

»Kennen Sie einen guten Gasthof in Grenznähe?«, fragte Eckart.

»Sagen wir: Ich kenne *einen* Gasthof. Zufällig soll er bei Ihren ehemaligen Landsleuten sehr beliebt sein.«

»Fabelhaft!«

»Sie wissen, dass Ihnen dort niemand helfen kann?«, fragte Van Doren. Eckart und Vanuzzi waren bereits auf dem Weg zur Tür, der Captain ging vor ihnen her, um sie zu öffnen. »Sie sind auf sich allein gestellt, unser Sub-Detachment in Innsbruck ist aufgelöst worden, Salzburg ist weit weg, und die alliierte Polizei … na ja, ich sagte ja schon, kein Liebesverhältnis zwischen den Franzosen und uns.«

»Solange der Funk in den Bergen funktioniert …«, sagte Eckart.

»Hoffen wir das Allerbeste«, antwortete Van Doren und kräuselte die Nase.

Eckart drängte darauf, zwei Telefonate zu führen, und bat Vanuzzi, ihn für einen Moment allein zu lassen. Der Special Agent verließ knurrend das Zimmer des Operators und trieb sich, lauthals italienische Schnulzen singend, auf dem Korridor herum.

Van Doren hatte bedauernd erklärt, ihnen kein Zimmer organisiert zu haben, weil er ihre Pläne nicht kannte, aber er wusste, dass sich nur wenige Hundert Meter straßenaufwärts ein Hotel befand, das nie ausgebucht zu sein schien.

Sie gingen zu Fuß. Die Nacht war längst angebrochen, die Kälte beißend geworden, und Eckart spürte nach wenigen Minuten seine Ohren nicht mehr, stattdessen einen pochenden Schmerz in seiner rechten Stirnhöhle. Als sie vor dem Hotel ankamen und Vanuzzi die Stufen zum Eingang erklomm, sah Eckart, wie auf der gegenüberliegenden Straßenseite die Scheinwerfer eines Autos erloschen. Er fixierte den Wagen genauer – ein weißer Adler. Sein Motor tuckerte, die Scheibenwischer bewegten sich unendlich langsam. Eckart ließ sein Gepäck fallen und hechtete über die Straße, der anderen Fahrbahnseite zu. Kaum hatte er die Straßenmitte erreicht, fuhr der Wagen mit quietschenden Reifen an. Eckart sah die Schlusslichter aufleuchten wie zwei böse, rote Raubtieraugen, dann hörte er hinter sich brachial lautes Tuten. Instinktiv wich er zur richtigen Seite aus. Ein Lastkraftwagen raste an ihm vorbei, dessen Fahrtwind ihn in die Parklücke trieb, in welcher der Adler gestanden hatte.

»Hoppala, lebensmüde?«, rief ein Passant, und sein Freund, der neben ihm auf dem Bürgersteig herging, sagte: »Frag ihn, ob du seine Lebensmittelkarten kriegen kannst«, bevor sie sich lachend trollten.

Eckarts Puls raste, ihm war schwindlig. Er musste sich gegen ein parkendes Fahrzeug lehnen, spürte den plötzlich ausbrechenden Schweiß auf seiner Stirn, spürte ihn sogleich erkalten, ein Gefühl wie einst, wenn er zu spät dran war mit seiner täglichen Morphiuminjektion.

Um etwas gegen den Schock zu unternehmen, ohrfeigte er sich selbst und kam so allmählich wieder zum Bewusstsein seiner Situation. Aberwitzig! Hier in München unter die Räder zu geraten, noch bevor er Wagner auch nur von fern »gerochen« hatte! Und das wegen eines Wagens, der auch zufällig hier gehalten haben konnte.

... zufällig?

Das war natürlich Unsinn. Als der Wagen anfuhr, hatte Eckart registriert, dass er ebenfalls keine Kennzeichen angebracht hatte – es war dasselbe Auto, das ihnen schon vom Airfield in die Stadt gefolgt war. Trotzdem musste er vorsichtiger sein, er war langsamer geworden. Kein alter Mann. Aber langsamer.

Als Eckart sein Gepäck wieder aufnahm und Richtung Hoteleingang ging, kam ihm Vanuzzi entgegen.

»Was ist los, Doc? Das hier ist Ihr Job, mein Deutsch reicht nicht mal dafür, den Leuten zu sagen, dass sie mich nicht auf Deutsch anquatschen sollen.«

»Haben Sie das Auto gesehen?«

»Welches Auto?«

»Schon gut.«

Der Hotelier war ein dicker Endsechziger mit erloschen blickenden Augen und einer kreisrunden Glatze am Hinterkopf. Er schwitzte, und von ihm ging ein Dunst nach Zigaretten und Zwiebeln aus. Im Übrigen sprach er Hochdeutsch und rollte kräftig das r, als gälte es, wenigstens etwas Gutes aus der alten Zeit zu bewahren.

Vanuzzi, dem man im Detachment bereits sein Funkgerät überreicht hatte, signalisierte Eckart, dass er nach einem Zimmer im obersten Stock fragen solle, er müsse dringend die Verbindung testen.

»Haben Sie ein Zimmer im dritten Stock?«, fragte Eckart.

»Zum Schlafen oder zum Rausspringen?«

Eckart fixierte ihn scharf.

»Ich finde das nicht besonders komisch.«

»Ich lache ja nicht, ich krieg Schluckauf bei dem Thema.«

Während er Eckart einen Meldeschein unter die Nase hielt, den dieser lustlos auszufüllen begann, erzählte der Hotelier unaufgefordert von den Massenselbstmorden der letzten anderthalb Jahre, wie oft Polizei, Feuerwehr und Leichenwagen vor seiner Tür gestanden hatten, was das Hotel nicht gerade attraktiver machte; wie die Lebensmittel jetzt schon wieder knapp würden; dass viele Schluss machten, weil sie dachten, dass sie diesen Winter nicht überlebten; und dass er ihm, Eckart, nicht einmal garantieren könne, morgen ein Frühstück zu bekommen. Der Mann sprudelte und verfiel allmählich in die ortsübliche Mundart. Eckart war froh darüber – die ersten Gespräche, die er in seiner Muttersprache gehört hatte, hatten ihn unangenehm berührt; als er nun diesen nach Weißbier und Schweinshaxn triefenden Dialekt hörte, war es ihm, als wäre er einfach nur zu Besuch in einem komplett fremden Land.

Die Funkverbindung war tadellos, die nächtliche Stille unheimlich und bedrückend. Eckarts Bett lag direkt unterm Fenster, und die Gardinen waren so dünn und fadenscheinig, dass jedes Mal, wenn ein Jeep der alliierten Polizei auf Streife vorüberfuhr – das einzige Straßengeräusch, das überhaupt zu hören war –, durch den Vorhang hindurch orangefarbene Reflexionen an der Zimmerwand spielten.

Die Bilder der zerstörten Stadt wollten nicht aus seinem Kopf weichen.

Sicher, in den Berichten amerikanischer Zeitungen hatte er gelesen, was ihn in Deutschland erwarten würde, aber es nun mit eigenen Augen zu sehen, war doch etwas vollkommen anderes. Städte kann man wieder aufbauen, hatte Vanuzzi gesagt – natürlich hatte er recht.

Ihm fiel ein Gedicht von Andreas Gryphius ein: »*Doch schweig ich noch von dem, was ärger als der Tod, / dass auch der Seelen Schatz so vielen abgezwungen*«.

Gegen drei Uhr morgens begann Vanuzzi leise zu schnarchen. Erst als sich Eckart auf die Atemzüge seines Partners einstellte, war auch er endlich so weit, einschlafen zu können.

6.

Als sie weiterfuhren Richtung Süden, war die Sonne noch nicht aufgegangen. Eckart erwartete nicht, dass sie das an einem solchen Tag überhaupt tun würde, schließlich war der Dezember in Europa der Monat der Finsternis. Eckart war todmüde und hatte beim Frühstück, für das sich der Hotelier wohl ein Bein ausgerissen hatte, kaum etwas gegessen, während Vanuzzi kräftig zugelangt hatte.

Dann hatten sie rauchend und etwas zaghaft vor dem Jeep Willys gestanden, der so sehr mit Material vollgestopft war, dass sie kaum aus der winzigen Rückscheibe blicken konnten. Man hatte alle Hoheitszeichen der U. S. Army von ihm entfernt, und um den Innenraum einigermaßen gegen Frost zu schützen, hatten die CIC-Leute durchsichtige Planen über die offenen Seiten gezogen, die notdürftig vom Beifahrersitz aus zu vertäuen waren. Trotzdem war klar, dass sie ohrenbetäubend flattern und kaum ernsthaft gegen die Kälte schützen würden. Außerdem wäre Eckart ständig damit beschäftigt, die Seile nachzuziehen – reizende Aussichten für eine Strecke von über zweihundert Kilometern! Er versuchte den Moment, in dem er einsteigen musste, so lange wie möglich hinauszuzögern.

Vanuzzi warf seine Luckys auf den gefrorenen Boden und gab so das Zeichen zum Aufbruch.

»Wollen Sie erst mal fahren, Doc?«

»Ich kann nicht.«

»Was heißt das?«

»Ich habe es nie gelernt.«

Vanuzzi starrte ihn an.

»Ein Deutscher ohne Führerschein …?«

»Sehr witzig, Mr Vanuzzi, an Ihnen ist ein Ben Turpin verloren gegangen.«

»Turpin? Hatte der jemals eine Sprechrolle?«

»Eben.«

Eckart beobachtete, wie der Special Agent vorm Betreten des Jeeps wieder akribisch seine Stiefel säuberte.

»Mr Vanuzzi, Sie machen mich wahnsinnig mit Ihrer Schuhpflege! Das ist ein gottverdammter Army-Jeep, nicht die gute Stube Ihrer Eltern!«

Vanuzzi starrte erst Eckart, dann seine Stiefel fassungslos an, schließlich lachte er maliziös und erwiderte: »Okay, okay, das hab ich hinterm Ohr. Aber bei allen Heiligen von Apulien! Nennen Sie mich ›Dan‹, sonst denke ich immer, Sie reden mit meinem Dad.«

»In Ordnung, Dan.«

Vanuzzi startete den Wagen und drückte sogleich voll aufs Gas. Hinter ihnen rumpelten einige schlecht gestapelte Konservenbüchsen gegen die Heckklappe. Das konnte was werden! Eckart begann sich zurückzusehnen nach Berlin, wo ihn stets Rosenberg chauffiert hatte. Ein umsichtiger, bei Verfolgungen manchmal ein wenig nervöser Fahrer, kein Raubauz wie der CIC-Mann, der offenbar gewohnt war, allein in einem Fahrzeug zu sitzen, und sich nicht für die Schwerkraft interessierte. Immerhin war das Flattern der Planen erträglich, und im Wageninneren war es auch wärmer als befürchtet – Eckart konnte sogar seinen neuen Wintermantel öffnen.

Hinter Bad Wiessee begann es zu schneien. Die Straße, die sowieso schon ausgefahren war, bedeckte sich mit Schneegriesel. Der Jeep kam wiederholt ins Schlingern und drohte von der Fahrbahn abzukommen, doch Vanuzzi fing ihn stets wieder ein und zwang ihn zurück in die Spur.

»Es war unhöflich von mir, Ihnen im Gegenzug nicht meinen Vornamen nochmals zu nennen. Andreas also«, sagte Eckart und hielt Vanuzzi seine Zigarettenschachtel hin. Der deutete mit den Augen auf seine Hände, die das Lenkrad umklammerten. Eckart rauchte zwei Luckys an und steckte dem Special Agent eine in den Mund.

»Danke«, sagte der mit der Zigarette zwischen den Zähnen, »›Andreas‹, geht klar, Doc. Aber eigentlich ja Andrea, hm?«

»Woher …? Sie haben in meinem Dossier gelesen!«

»Ich seh vielleicht nicht so aus, aber ich bereite mich gern auf meine Einsätze vor. Warum haben Sie den Namen geändert? ›Ändrias‹«, Vanuzzi sprach ihn mit übertrieben scharfem amerikanischen Akzent aus, »das klingt wie etwas, gegen das Sie früher Pillen verschrieben haben.«

»Ich war Analytiker, ich habe keine Pillen verschrieben. Und nur kurze Zeit praktiziert.«

»Okay.«

Vanuzzi reduzierte die Geschwindigkeit. Der Schnee fiel jetzt so dick und dicht, dass sie wie in einem Tunnel fuhren. Es war hypnotisierend.

»Interessiert es Sie wirklich, Dan?«

Vanuzzi zuckte mit den Schultern, während er die Zigarette an Eckart übergab, die dieser am Armaturenbrett ausdrückte.

»Ich bin in Rom aufgewachsen. Wir sind erst nach dem Tod meiner Mutter nach Berlin gezogen, mein Vater und ich. Da war ich – ich weiß nicht genau – sechs oder sieben Jahre alt. In Deutschland ist Andrea ein Mädchenname, Sie können sich nicht vorstellen, was es für einen Jungen bedeutet, so gerufen zu werden, Mr Vanuzzi.«

»Dan!«

»Dan, ja. Also ließ ich den Namen ändern, als ich großjährig wurde. In der Zeit habe ich alles dafür getan, als echter Deutscher anerkannt zu werden, ich war sogar Burschenschafter in einer schlagenden Verbindung.« Eckart deutete auf den Schmiss auf seiner linken Wange.

»Sie wissen, was das ist?«

Vanuzzi nickte. »Besonders erfolgreich scheinen Sie nicht gewesen zu sein, Doc – Andreas.«

»Da könnten Sie recht haben. Ich bin für die anderen immer das ›unzuverlässige Element‹ geblieben. Zwei Nationalitäten, zwei Augenfarben, alles klar.«

»Zwei Augenfarben …? Ist mir gar nicht aufgefallen.«

Vanuzzi wich einem großen Stein aus, der etwas versetzt auf der Straße lag – einmal mehr kam der Jeep ins Trudeln, einmal mehr fing der Special Agent ihn ab.

»Wahrscheinlich sind Sie deshalb der einzige Deutsche, den ich kenne, der Hitler wirklich zutiefst verabscheut.«

»Vielleicht, Dan. Ihr Vertrauen ehrt mich.«

»Von *Vertrauen* war nie die Rede, Doc.«

Die Weiterfahrt bis zur ersten Kontrolle an der alliierten Grenze verlief schweigend. Schon von Weitem sah Eckart das Schild mit der großen Aufschrift »*You are leaving the American Sector*«, darunter, kleiner, dieselbe Information in drei weiteren Sprachen. Um die Demarkationslinie zwischen den Besatzungszonen zu überschreiten, brauchten sie einen von den Alliierten ausgestellten Personalausweis, ausgefertigt in vier Sprachen, der zudem Bestätigungsvermerke der Siegermächte trug; er schillerte bunt von den zahllosen Stempelfarben, die in ihm verteilt waren. In der Hoffnung, dass man Passagiere und Wagen dadurch weniger streng kontrollieren würde, hatte ihnen Van Doren die Identitätskarten der amerikanischen Militärpolizei besorgt. Es schien tatsächlich, dass die beiden französischen Polizisten, die mit Maschinenpistolen im Anschlag das Fahrzeug zum Halten gebracht hatten, sich entspannten, als sie die Ausweise sahen. Sie salutierten und wollten den Jeep schon durchwinken, da stürmte aus dem Kabuff, der den Grenzposten improvisierte, ein Mann in Offiziersuniform heraus, der es genauer wissen wollte. Weder Eckart noch Vanuzzi sprachen ausreichend Französisch, um dessen aufgeregten Befehlen schnell genug Folge leisten zu können. Er zwang sie dazu auszusteigen, Planen und Heckklappe zu öffnen, warf einen raschen Blick auf die Ausrüstung und monierte in gebrochenem Englisch, dass der Jeep keine Hoheitszeichen der Army trug. Schließlich verlangte er, alles verpackte Material außerhalb des Wagens in Augenschein nehmen zu können. Vanuzzi fluchte, sprach auf ihn ein, dass er kein Recht dazu habe, sie seien auf dem Weg zu ihrer Militärdienststelle in Innsbruck, noch dazu sei es eilig, sie hätten ohnehin schon zu viel Zeit verloren wegen des verfickten Schnees und kämen nun zu spät zu einer zentralen Lagebesprechung. Dem Grenzoffizier war das vollkommen egal, wahrscheinlich hatte er kaum ein Fünftel der Tirade Vanuzzis verstanden.

Den beiden Untergebenen war die Situation sichtlich peinlich, sie hielten sich abseits. Der größere der beiden begann umherzugehen, zog das rechte Bein nach.

Eckart kam eine Idee. Während sich Vanuzzi und der Offizier unentwegt stritten (wenn man das bei fehlender Fremdsprachenkompetenz auf beiden Seiten überhaupt so nennen konnte), steuerte er auf die Soldaten zu. Er bot ihnen Zigaretten an, die sie dankbar entgegennahmen.

Sie rauchten gegen den wirbelnden Schnee an. Unvermittelt fragte Eckart mit Blick auf das Bein des Größeren: »Guerre?«

Der Angesprochene nickte. Eckart nickte ebenfalls. Dann fuhr er mit dem Zeigefinger über seinen Schmiss und sagte: »Verdun.«

Der Soldat starrte ihn durchdringend an, murmelte: »Verdun? U. S. Army?«

Eckart senkte vielsagend die Augen, nahm nur am Rande wahr, wie sich der Grenzer straffte. »Sacré nom … un moment«, hörte er ihn fluchen, dann humpelte er zu seinem Vorgesetzten hinüber. Die zwei tauschten schnell ein paar Worte aus. Der Offizier sah zu Eckart her, zuckte die Schultern und stapfte resigniert zurück zu seinem Kabuff. Eine Minute später passierten sie die Sektorengrenze, Eckart salutierte bei der Durchfahrt. Geschafft! Doch dämmerte ihm, dass dies nur ein kleiner Vorgeschmack darauf war, was ihnen rund um die Uhr drohte, falls die alliierte Polizei in ihrem Einsatzgebiet einen schlechten Tag hätte.

Sie fuhren durch einsame Waldlandschaften. Irgendwann hatte es aufgehört zu schneien, aber die Straßen waren auch ohne direkten Wintereinfluss katastrophal. Zur Rechten tauchten plötzlich hohe Berge auf, die Gipfel schneebedeckt. Für einen Moment kam die Sonne heraus. Eckart schien, als ob sich im Licht, das sie verbreitete, zwei kalte Nebensonnen tarnten. »Sun dogs« nannten die Amerikaner das Phänomen, weiß der Teufel, wieso er sich diesen Ausdruck hatte merken können. Vanuzzi rauchte staccato, um seine Müdigkeit zu bekämpfen. Aber vielleicht musste er auch seinen Adrenalinspiegel mit Nikotin senken – der französische Grenzoffizier hatte ihn in eine Rage versetzt, die er hinterm Steuer nicht ausagieren konnte.

Dann bemerkte Eckart den weißen Wagen wieder. Es war kurz vor Innsbruck. Die Strecke wurde abschüssig, die Stadt lag unter ihnen. Eckart drehte sich auf seinem Sitz so lange um seine eigene Körperachse, bis sein Rücken schmerzte. Nach jeder Kuppe sah er den Adler auftauchen, der den immer gleichen Abstand hielt. Eckart wandte sich wieder nach vorn, fixierte Vanuzzi, der schweigend auf die Straße starrte, dann sagte er:

»Fahren Sie mal ein bisschen schneller, Dan.«

»Wollen Sie uns umbringen? Sie sehen doch, wie's hier runtergeht.«

»Machen Sie einfach. Bitte.«

Der Special Agent trat das Gaspedal durch, hinter ihnen verqualmte in einer blau-schwarzen Rußwolke das Benzin. Doch in welchem Tempo sie auch fuhren, ihre Verfolger blieben immer in der gleichen Distanz. Als sie auf einer talwärtigen Schussfahrt wirklich zu schnell zu werden drohten, bremste Vanuzzi harsch herunter. Eckart erblickte rechts vor ihnen ein Haus mit Zapfsäulen, bat den Special Agent abzufahren und ließ ihn einmal um die Tankstelle kurven. Er selbst sprang auf der Hinterseite vom Jeep ab, während Vanuzzi zur Vorderseite weiterfuhr und dort hielt. Eckart zog seine Pistole, einen Colt M1911 – er hatte sich noch nicht mit ihm vertraut machen können, die amerikanischen Militärfabrikate mit ihren Rückstoßladern waren ihm insgesamt etwas unheimlich –, fummelte ein wenig an ihr herum, um sie zu entsichern, und schon erblickte er das weiße Auto, wie es zur Haushinterseite abbog. Er sprang in die Deckung einer Tür zurück, sah, wie der Wagen stoppte, Fahrer- und Beifahrertür aufgingen, dann lief er vier, fünf Schritte mit gezogener Waffe nach vorn und hielt sie direkt in Kopfhöhe ihrer Verfolger.

Vor Aufregung vergaß er, etwas Angemessenes zu rufen. Und er erkannte auch nicht sogleich die ausgeblichenen, senfbraunen Feldhemden der U. S. Army, welche die beiden Männer vor ihm trugen, die jetzt die Hände hoben und unisono sagten:

»Welcome to Austria, Special Agent Eckart!«

Die Verblüffung musste Eckart im Gesicht stehen, und nur langsam senkte er die Waffe, nachdem der Fahrer gefragt hatte:

»Kann ich die Hände runternehmen? Das ist ganz schön anstrengend nach diesem stundenlangen Rumkutschieren.«

Vanuzzi, der gerade um die Ecke kam, als Eckart seine Pistole wieder sicherte, lachte schnarrend, begrüßte die beiden Soldaten per Handschlag, verteilte Zigaretten, schnaubte unablässig über seinen gelungenen Witz und sagte schließlich in übermütigem Tonfall:

»Was denn, Doc? Ich muss ja schließlich mal testen, ob mein Partner auf Zack ist.«

»Und ich muss mal testen, ob Sie ganz richtig im Oberstübchen sind.«

»Alles gut, Doc, Sie haben den Test bestanden. Die Jungs sind so ne Art Eskorte, ich habe sie schon in Washington ›gebucht‹, als ich hörte, dass wir nur zu zweit wären. Und sie haben den Rest unserer Ausrüstung dabei. Sie glauben doch nicht, dass das in unserem Jeep alles ist?!«

Es dauerte mehrere Zigarettenlängen und die Strecke nach Mutters, bis Eckarts Gefühl der Beleidigung einigermaßen verklungen war.

»Keine Alleingänge mehr, sonst sind Sie mich los. Ist das klar?«

»Okay, ich hab's hinterm Ohr.«

»Ich weiß nicht, ob ich Ihnen das noch glauben kann, Dan. Hinter Ihrem Ohr ist doch kein Platz mehr.«

Stein am Brenner, wo sie Quartier nehmen wollten, war ein Tausendseelendorf, das sich in einem schmalen Tal unterhalb des Passes ausbreitete, eingefasst von waldreichen Berghügeln. Die Bäume waren unter einem dichten, weißen Firnis erstarrt, in der Ferne erahnte Eckart die Dreitausender, die vor ihnen lagen und deren Gipfel in Wolken und Nebel badeten.

Es gab nur eine Straße. Die finster-feldgrauen Häuser und Hütten des Dorfes verteilten sich rechts und links von ihr, wirkten alles andere als einladend, vielleicht, weil sich ihre Türen und Tore nicht zur Straßenseite hin öffneten oder weil sie weiß getüncht und von den harten Wintern so gezeichnet waren, dass sie nicht einen Farbfleck erkennen ließen. Als der Jeep in den Ort einfuhr, ging von einem Moment auf den nächsten die Sonne unter, und Vanuzzi musste das Abblendlicht einschalten.

Ihre »Eskorte« hatten sie wenige Kilometer zuvor wieder verabschiedet – ein Auto in diesem gottverlassenen Ort war auffällig genug, zwei wären riskant gewesen. Die Gerätschaften stapelten sich mittlerweile auch im Vorderteil des Jeeps. Eckart hatte eine große Kiste auf seinem Schoß, unter der er die Beine kaum bewegen konnte.

Eigentlich bestand die Gefahr, dass er sich auf dem Land durch sein Hochdeutsch verriet, hatte Van Doren ihm eingeschärft, aber weil sich noch immer so viele Reichsdeutsche in Nordtirol aufhielten, die mit den Nazis ins Land gekommen waren, würden die Einheimischen darauf sicher nicht weiter reagieren. Bloß Vanuzzi, der vermeintliche Italiener, sollte nur dann sprechen, wenn es sich gar nicht vermeiden ließ, und das ausschließlich auf Italienisch – selbst wenn die Tiroler ihn nicht verständen, ein italienischer Wanderarbeiter sei immer noch besser als ein amerikanischer Spitzel, und sobald ihre Tarnung einmal aufgeflogen wäre, würden sie die ganze Operation gefährden.

Der Gasthof war ein rauchfarbenes altes Gebäude, auf dem die Schindeln mit Steinen beschwert waren. Er lag am südlichen Ende der Ortsstraße, die zum Brenner führte. Als sie eintraten – ohne Gepäck, die Ausrüstung hatten sie so im Jeep zu verstauen versucht, dass man ihr nicht unmittelbar ansah, welchem Zweck sie diente –, saßen sieben oder acht Einheimische im Gastraum, tranken und rauchten malerische Pfeifen; hinter dem Tresen sah eine Frau hervor, Anfang fünfzig, mit nachtschwarzem, hier und da schon ergrautem Haar; in weniger als einer Sekunde hatte sie die Ankömmlinge von oben bis unten gemustert und ihre Augen wieder abgewandt. Niemand sprach, vielleicht hatte schon niemand gesprochen, bevor Eckart und Vanuzzi angekommen waren. Der Special Agent verdrehte die Augen, murmelte »Verfickte Scheiße!«, dann wurde er von seinem Partner an einen der freien Tische im hinteren Teil des Schankraums bugsiert.

Hier, ganz in der Nähe des Ofens, war es erstickend heiß. Rauch und Wasserdampf, von einem Topf ausgehend, der auf der Heizung stand, waberten in der Luft. Kaum dass sie sich gesetzt hatten, begannen Eckarts Augen zu tränen. Vanuzzi, der mit dem Rücken zum Raum saß, hatte sich eine Zigarette angesteckt und schien ein Gebet zwischen den Zähnen zu sprechen, doch Eckart bemerkte rasch, dass es das nicht war – er hörte seinen Partner leise zählen. Als der Special Agent bei neunundsiebzig angekommen war, näherte sich die Wirtin langsam ihrem Tisch. Sie war mittelgroß, rundlich und trug eine Tracht, die wirkte, als hätte sie schon bessere Tage gesehen. Die Augen erhob sie nicht. Sie wischte, an den aufgestützten Armen von Vanuzzi vorbei, ein paarmal über die Oberfläche und schien abzuwarten, was als Nächstes passieren würde. Erst jetzt fiel Eckart auf, dass sie unglaublich schielte.

»Grüß Sie Gott! Zwei Bier und zwei Williams, bitte.«

Der Frau war nicht anzusehen, ob sie irgendetwas gehört hatte. Sie hielt den Kopf weiterhin gesenkt, tat noch einen Wischer, dann war sie wieder hinter ihrem Tresen verschwunden.

Im Gastraum war es so still, dass man das leise Sirren des Wassers im Topf und das Knacken des Holzes im Ofen hören konnte. Eckart sah in die rußgeschwärzten, undekorierten Zimmerecken und vermied es, einem der alten Männer, die er eher unbewusst wahrgenommen hatte, in die Augen zu schauen. Dann kam die Wirtin und stellte die Getränke schweigend in die Mitte des Tischs. Bevor sie sich wieder zurückziehen konnte, sagte Eckart laut »Ach, Verzeihung, Frau Wirtin …« und erntete einen ersten, giftigen Blick von ihr, die offenbar weder Lust auf Überraschungen noch auf Konversation hatte, »… Zimmer bräuchten wir auch, nur für ein paar Nächte.«

»Do ischt nix mehr.«

Die Worte waren mehr durch Hauchen als durch Stimmeinsatz geformt.

»Jammerschade! Mein Name ist Steiner, das ist Herr Petacchi, wir arbeiten fürs Internationale Komitee vom Roten Kreuz.«

Eckart schob den entsprechenden Ausweis über den Tisch. Er hatte zuvor einige Geldscheine hineingesteckt, die nur für sie sichtbar waren.

»Wir suchen in Tirol nach Verwandten von Ausgebombten in Deutschland ...«, er rückte drei Schachteln Zigaretten in ihre Richtung, »... und jetzt wissen wir selbst nicht, wo wir unterkommen sollen. Ist das nicht ulkig?«

Die Wirtin nahm vorsichtig alles an sich.

»I hätt eh noch a Kammer unterm Dach.«

Der Rotkreuzausweis lag wieder vor Eckart auf dem Tisch.

»Unterm Dach ist fabelhaft.«

»Ischt halt net viel. Bad an Stock tiefer, WC am Hof. Und Sie müssen sich a Doppelbett teilen.«

»Reicht vollkommen, gute Frau, wir sind ja nicht zum Vergnügen hier, was?«

Eckart griff nach seinem Bierseidel und schob das andere zu Vanuzzi hinüber.

»Prost! Auf Sie, Frau Wirtin!«

»Scho recht«, murrte die abgehend.

Vanuzzi stieß mit Eckart an, und sie nahmen jeder einen langen Schluck.

»Mah, porca Madonna! Was haben Sie mit der gequatscht?«

»Ich habe ein Zimmer ergattert, das müssen wir uns teilen. Aber es ist immerhin ganz oben, wo uns niemand stört. – Und hören Sie auf, Italienisch zu fluchen!«

Vanuzzi schnaubte: »Der halbe Zigarettenvorrat weg ...«

»Das Zeug liegt stangenweise im Jeep rum. Verlieren Sie nicht Ihr Gesicht, Dan, Sie haben nur das eine!«

Der Special Agent zeigte auf den Kurzen.

»Und was ist das für eine Brühe?«

»Birnenschnaps.«

»So was trink ich nicht.«

Eckart hob sein Schnapsglas.

»Das ist Ihre Tiroltaufe, Dan. Sie werden das Weihwässerchen gottverdammt trinken. Sehr zum Wohle, Kamerad!«

Sie hatten die ganze Zeit geflüstert, vielleicht geriet Eckart deshalb der letzte Trinkspruch ein wenig zu laut. Aber außer dass Vanuzzi nach dem Kippen das Gesicht angewidert verzog, konnte Eckart keine weitere Regung im Raum erkennen. Die alten Männer saßen wie versteinert vor ihren Getränken. Schwiegen. Pafften. Hin und wieder hustete einer, und hin und wieder schlappte die Wirtin zwischen die Tische und tauschte lautlos Gläser aus.

Eckart spürte dem Birnenbrand in seiner Speiseröhre hinterher, doch sein Magengeschwür erhob keinen Protest und verhielt sich still, wie alles hier, in diesem versteinerten Land.

Zwischenstück

1934

… jetzt waren es die Nieren: ein Schmerz, der bis in die Hoden hinein strahlte. Organe, die man gar nicht spüren sollte, hatte seine Mutter immer gesagt. Die Leber, die Nieren, wenn du die spürst, bist du drüber.

Also bist du wohl schon drüber. Irgendwie.

Er versuchte sich auf die Seite zu drehen, um nicht in das grelle Licht blicken zu müssen. Es war, als würden die Nervenenden blank liegen, er konnte sich keinen Millimeter von der Stelle bewegen.

Konzentrier dich. Irgendeine schöne Erinnerung. Das Picknick mit der Mutter und den Tanten im Tiergarten, an deinem zehnten Geburtstag. Schwimmen im Wannsee, mit deinen Schwestern. Nein, es war ja nur Hanna, denn Leni hatte immer irrsinnige Angst vorm Wasser.

So eine blöde Gans! Angst vor Wasser, solange man noch darin stehen kann. Nur weil irgendein Döskopp in der Schule erzählt hatte, dass Menschen auch in knietiefen Gewässern ertrinken könnten, wenn sie nur ordentlich bewusstlos wären.

Wie gern hätte er jetzt einfach nur Angst vor Wasser. Wasser war gut, Wasser war berechenbar. Diese Leute waren es nicht.

Eine schöne Erinnerung!

Aber ihm wollte keine mehr einfallen. Da war nur dieses Licht – wohin er den Kopf auch wandte, immer drang es durch die Lider direkt in seinen Schädel hinein. Er stellte sich vor, wie er platzen würde; wenn die Schmerzen und die Fragen, die sie ihm tagtäglich stellten, nicht bald aufhörten, würde sein Kopf platzen. Denn wenn man in knietiefem Wasser ertrinken konnte, konnte auch der Schädel zerspringen. Oder?

Er erkannte den Gedanken als einen Bekannten der vorangegangenen Nacht. Er lag wie im Fiebertraum und sah Gestalten in der schmalen Zelle an sich vorüberziehen. Dann setzten sie sich. Alle. Der Raum wurde voller, immer voller, immer mehr Schemen gesellten sich zu den anderen. Er kannte niemanden von ihnen. Er musste wissen, warum sie alle in seine Zelle drängten, ob sie etwas von ihm wollten oder etwas darüber wussten, was ihn erwartete. Er fragte: Wer seid ihr? Woher kommt ihr? Was macht ihr hier? Wollt ihr etwa hierbleiben? Könnt ihr mir den Weg zeigen, den ihr gekommen seid? Dann könnt ihr bleiben, und ich gehe. Nach draußen. Zu meinen Frauen: der Mutter, den Tanten, den Schwestern.

Aber niemand antwortete.

Erst als er seine Fragen schrie, öffnete sich die Tür, ein Gestapomann kam herein, drosch ihm mit einem Knüppel in die Seite und schrie zurück: »Halt's Maul!«

Jedes Wort ein Hieb.

»Halt's Maul!«

Ein Stoß.

»Halt's Maul!«

Ein Schlag.

»Halt's Maul!«

Damit er nicht mehr unwillkürlich ins Reden verfiele, sagte er sich: Wenn unser Hirn einmal nichts zu tun hat, schaltet es auf einen inneren Monolog, der nichts ist als eine Selbstüberzeugung, dass wir sind, dass wir wir sind, dass wir wir sind, und nicht die anderen, dass wir wir sind und existieren, nicht mehr, nicht weniger, du weißt das, denk dran, vergiss es nicht.

Und allmählich lösten sich die Gestalten in seiner Zelle auf. Ohne ihm Antwort gegeben zu haben.

Beschimpfungen, Drohungen, Ohrfeigen. Weil du gefesselt bist, kannst du dein Gesicht nicht schützen.

»Könnte mir bitte jemand sagen, warum ich hier bin?«

Beschimpfungen, Drohungen, Ohrfeigen. Aber keine Antworten.

So ging das einen ganzen Tag. Zwei Tage. Und auch den dritten Tag.

Es hatte an der Tür geklingelt. Am Sonntag. Er wunderte sich, welcher seiner Freunde ihn am Sonntag besuchen kam. Als er öffnete, sah er in die Mündung zweier Polizeipistolen. Sie legten ihm Handschellen an und brachten ihn ins Gestapogefängnis in der Prinz-Albrecht-Straße 8 in Kreuzberg, der ehemaligen Kunstgewerbeschule. Er bat darum, dass man ihm die Fesseln abnehme – der erste Schlag, den er erhielt. Anfangs hatte er noch mitgezählt, weil er darauf hoffte, irgendwie irgendwann irgendwem Bericht erstatten zu können über die Misshandlungen. Einer höheren Dienststelle. Wem auch immer. Erst nachdem man ihn mitten in der Nacht aus seiner Zelle gezerrt und in den Verhörraum gebracht hatte, wurde ihm plötzlich klar – wie naiv er doch war! –, dass diese Art von Polizei niemanden mehr hatte, dem sie verpflichtet war, keinem Gesetz und keiner höheren Dienststelle. Sie konnten mit ihm tun, worauf sie Lust hatten. Und diese Leute hatten nur auf eines Lust.

»Halt's Maul!«
»Ich habe überhaupt nichts –«
Er verlor seinen ersten Zahn.

Vor der Vorführung am vierten Tag hatten sie ihm Fußfesseln angelegt, an jedem Fußgelenk eine, dazwischen eine Kette, die so kurz war, dass er kaum einen Schritt vor den anderen setzen konnte.
»Weißt du, warum du hier bist?«
Er hörte die Stimme in seinem Rücken, erkannte sie sofort wieder: Wagner.
»Weißt du, warum du hier bist, Israel Rosenberg?«
Er erinnerte sich, dass diese Frage der erste Satz bei Inquisitionstribunalen gewesen war. Aber er wusste trotzdem nicht, warum er hier war.
Dann, endlich, sagte die Stimme, was sie von ihm wollte.
»Gib uns einen Namen, das erspart dir einen Monat, Israel Rosenberg. Wenn es zwei Namen sind, bekommst du zwei Monate. Fängst du schon an zu rechnen, Israel Rosenberg?«
»Könntest du das mit dem ›Israel‹ lassen?«
Seine Stimme war kaum vorhanden, ächzte. Klang, als wäre sie halbseitig gelähmt.
»Nein, wieso? Du heißt doch so. Deine ganze Brut heißt so: Israel und Sara, Israel und Sara.«
»Du weißt, dass ich kein gläubiger Jude bin.«

»*Du bist, was* wir *in dir sehen, Israel Rosenberg. Verstehst du das?*«

Wagner hatte sich vor ihn an den Schreibtisch gesetzt, zwei seiner Leute blieben hinter Rosenberg stehen. Als er nicht umgehend antwortete, prügelten beide auf seine Nieren ein.

»*Verstehst du das, Israel Rosenberg?*«

»*Ja!*«

»*Halt's Maul!*«

»*Du hast sie gehört, Israel Rosenberg, sie wollen Namen. Ich kann dir da nicht raushelfen, wenn du uns keine Namen gibst.*«

»*... nicht erinnern.*«

Ein Schlag. Zwei Schläge.

Am Nebentisch saß eine Sekretärin, die auf ihre Schreibmaschine einhieb, obwohl es doch gar nichts mitzuschreiben gab; sie war entweder vollkommen abgestumpft, weil sie Stunde um Stunde bei diesen Verhören zugebracht hatte – oder sie empfand eine klammheimliche Freude darüber, vermeintliche Kriminelle leiden zu sehen. Besonders, wenn es Juden waren.

»*Also?*«

»*Also was, Wagner?*«

Ihm wurde der Stuhl unter seinem Körper weggestoßen, er konnte sich nicht abfangen, fiel auf die Seite. Dann traktierten sie ihn mit Fußtritten. Als die Stimme ihres Vorgesetzten etwas zischte, hoben sie den Stuhl auf, packten Rosenberg und setzten ihn mit rüden Handgriffen wieder hin.

Wagner stand auf und ging in eine Zimmerecke, in der ein Waschbecken angebracht war. Er wusch sich ausgiebig die Hände und sagte: »*Nu, ich versteh dich besser, als du denkst ... mir macht es auch keine Freude, alte Freunde zu schlagen. Denn das sind wir doch: alte Freunde. Oder etwa nicht, Israel Rosenberg ...?*«

Dann kam er zurück und zündete sich eine Zigarette an.

»*Du willst* ihn *schützen.*«

»*Nein.*«

»*Das wäre auch sehr unklug. Eckart hat schon lange gestanden. – Das weißt du gar nicht? Er hat dich ja erst in die Scheiße geritten. Du weißt, dass er immer ein Charakterschwein war. Nein: ein Schwein – Charakter* hatte der noch nie, der alte Morphinist! Oder warum glaubst du, hat er sich nicht mehr um dich gekümmert, seit du hier bist, hm?«

»Wenn er schon gestanden hat, braucht ihr von mir keine Namen mehr.«

»Du kannst deine Situation verbessern, Israel Rosenberg. Jeder Name verbessert deine Situation.«

»Lasst ihr mich dann schlafen?«

»Nu, darüber lässt sich nachdenken. Was meint ihr, Jungs? Geben wir ihm ein bisschen Schlaf, wenn er redet?«

Undeutliches Gemurmel im Hintergrund, die »Jungs« waren eindeutig besser im Schlagen als im Reden.

»Du hast es gehört. Ich wusste, dass du vernünftig wirst. Du kannst sie auch aufschreiben.« Wagner schob ihm ein Blatt Papier und einen Füllfederhalter zu. »Hier schreibst du die Namen eurer Informanten in der SA auf, und hier, was sie euch gesteckt haben. Und wann. Und wenn das mit dem übereinstimmt, was Eckart geschrieben hat, lassen wir dich vielleicht frei.«

Wagner lachte schmierig.

»Fürs Erste.«

Es wiederholt sich, immer aufs Neue. Du gibst ihnen Namen, ausgedachte Namen, echte Namen von SA-Leuten, die du hinhängen kannst, weil sie Dreck am Stecken haben, auch wenn sie nicht mit dir kooperierten, dann wieder ausgedachte. Du hast ein, zwei Tage Ruhe, dann kommt mitten in der Nacht ein Gestapomann in deine Zelle und setzt das Verhör fort. Er schlägt mit seinem Gummiknüppel zu, den er bei seinem Eintritt im Ärmel versteckt hielt. Du weißt nicht, ob er es auf Befehl tut oder weil er Freude daran hat. Als er fertig ist, wischt er seine blutigen Hände an der Tür ab und geht hinaus.

Du liest die Schmierereien an den Zellenwänden, liest sie so lange, bis du sie auswendig kennst.

Von Nacht zu Nacht wird es heißer. Sie haben die Heizung aufgedreht. Die Hitze macht dich mürbe. Die Hitze und das Licht. Du willst, dass es endlich vorüber ist, aber du weißt nicht, wie es vorübergehen könnte.

Du merkst nicht mehr, ob die Namen, die du aufschreibst, echt sind oder gefälscht, du kannst die Ereignisse nicht mehr auseinanderhalten, hast vergessen, ob du drei Wochen hier bist oder sechs oder neun oder zwölf.

Wahrscheinlich waren alle Namen falsch. Sonst würde doch sogar einer wie Wagner aufhören mit diesen Torturen.
Oder nicht?

Wenn die Verhörmethoden härter wurden, schickten sie die Sekretärin hinaus. Als sie das Zimmer verließ, ahnte er, was ihn erwartete. Sie zwangen ihn in die Hocke, die Hände fesselten sie an die Füße. Einer von Wagners Männern trat hinter ihn, und wenn sein Chef ihm einen Wink mit den Augen gab, versetzte er Rosenberg einen Schlag ins Genick. Er verlor das Gleichgewicht, immer verlor er das Gleichgewicht, und schlug mit dem Schädel voraus auf den Boden auf.
»Ich weiß, du hast Angst um deine Familie, wenn du uns etwas sagst, aber ich versprech dir, bei meinem Wort als Polizist, *dass ich deinen Leuten nichts tun werde – schließlich sind wir zusammen durch dick und dünn, was, Israel Rosenberg?«*
»Meine Familie hat nichts damit zu tun, Wagner, niemand weiß etwas, lass sie in Ruhe.«
Ein Wink mit den Augen.
Rosenberg schlug so heftig auf, dass er ohnmächtig wurde. Als er erwachte, lag er wieder in seiner Zelle, ans Bett gefesselt, die Augen auf das gleißende Licht gerichtet.

Vier Monate? Fünf Monate? Sechs Monate?
Sie hatten seine Mutter vorgeführt. Sie beschwor ihn, diesen Leuten alles zu sagen. Er versprach's ihr, auch wenn er längst nicht mehr wusste, was er überhaupt sagen sollte.
Dann kam Hanna. Auch Leni schickten sie vor. Es schnürte ihm die Kehle zu, als er seine Schwestern erblickte, als er bemerkte, wie die Gestapomänner ihnen Blicke zuwarfen. Besonders einer, den sie »das Hündchen« nannten; er sah aus wie Wagner, bewegte sich wie Wagner,

sprach wie Wagner, gebärdete sich wie Wagner. Wagners Hündchen. Warf lüsterne Blicke auf Lenis Rock und ihre unbedeckten Knie. Sie hatte zu weinen begonnen, schnäuzte sich, weinte weiter, beschwor ihn, zu reden. Und das »Hündchen« hatte einen Sabberfaden an seiner Oberlippe, solange sein Mund aufstand.

Später war es ihm gelungen, mit einem Mitgefangenen zu sprechen – sie hatten Rosenberg auf dem Gang vergessen, den anderen auch. Vielleicht war er ein Spitzel, wer konnte hier schon an Zufälle glauben? Jedenfalls hatte er ihm gesagt, dass man, um von hier zu verschwinden, einfach seinen Löffel verschlucken müsse. Endlich würde alles aufhören.

Es funktionierte nicht.

»Verschärfte Vernehmung« nannten sie es. Rosenberg war kaum vorstellbar, wie die Vernehmungen noch schärfer werden konnten.

Er wurde in einen neuen Verhörraum gebracht. Schon beim Eintreten sah er die Folterwerkzeuge: Finger- und Handschrauben, etwas, das wie ein Bettgestell wirkte. Das Waschbecken in der Ecke war blutverschmiert.

»Nu, bringt das dein Gedächtnis ein bisschen auf Touren, Israel Rosenberg? Nein?«

Ein langer Schlaks mit Schmiss auf der rechten Wange, gerade einmal zwanzig Jahre alt, und ein semmelblonder, debil dreinblickender Mittzwanziger setzten ihn auf einen Stuhl und fesselten ihn mit den Händen auf dem Rücken an die Lehne. Er spürte, wie ihm ein Metallgegenstand über die Finger geschoben wurde, der an der Handwurzel einrastete. Dornen pressten sich langsam ins Fleisch, Rosenberg kämpfte gegen eine Ohnmacht an.

Wagner ließ wieder »aufschrauben«. Er erläuterte die Methode seinen »Jungs«, sie sei Teil seiner persönlichen Handschrift geworden, um Geständnisse zu erhalten. Er habe sie in einem Buch gefunden, das die peinliche Befragung des Mittelalters zum Thema habe. Man könne viel von der Inquisition lernen. Er klang wie ein Oberarzt auf Lehrvisite, die Gestapomänner waren noch Lehrlinge.

Um ihnen mehr zu zeigen, ließ Wagner Rosenberg mit dem Gesicht nach unten auf das Bettgestell binden. Einer schob eine Waschschüssel auf Höhe seines Gesichts unter. Die Fesseln, sagte sein Peiniger, müssten so eng angebracht werden, dass keine Bewegungsfreiheit blieb. Wieder wurden Dornenschrauben angesetzt.

Du schwebst längst über deinem Körper, hörst die Stimmen von fern, die Schmerzen sind die eines anderen. Du gewöhnst dir an, sie einem anderen »unterzujubeln«. Eckart. Für ihn war es Eckart, der konnte sie ertragen, er lachte nur über die Schmerzen.

Wagner begann Fragen zu stellen, wahrscheinlich ging er dabei vor dem Bettgestell auf und ab. Rosenberg hörte sie, aber er verstand ihren Inhalt nicht mehr. Wagner sagte: »Eine Umdrehung!«

Die ganze Vorrichtung wurde zusammengepresst, die Dornen fraßen sich durch die Haut, Rosenberg übergab sich brüllend in die Waschschüssel – und wunderte sich im nächsten Moment darüber, was ihn zum Schreien gebracht hatte, schließlich kannte er diesen Leib da unten gar nicht. Es war nicht einmal der Eckarts – irgendein Fremder lag da, für den er nichts empfand. Nicht einmal Mitleid.

Wochenlange Pausen, in denen nichts geschieht. Du hast das Gefühl, vor dich hin zu rotten. Hier unten, in diesem Keller, in dem es nach Exkrementen und Salpeter riecht. Keine Bücher, keine Zeitungen, nicht einmal ein Hofgang. Du verlierst das Gespür für Zeit und Raum, mal kommt dir die Zelle ungewöhnlich klein, dann wieder ungewöhnlich groß vor. Du misst sie mit deinen Ellbogen aus, wenn sie dir keine Fesseln angelegt haben. Du denkst dir Schachkonstellationen aus und versuchst dich selbst aufs Glatteis zu führen. Du memorierst Gedichte. Wenn dir keine mehr einfallen, erfindest du selbst welche. Wenn dir nichts Sinnvolles mehr einfällt, denkst du dir Nonsens aus.

Du weißt, dass es jederzeit wieder losgehen kann, dass sie dich holen kommen können.

Wenn sie ihn nachts einmal schlafen ließen, begann er die Kiefer aufeinanderzubeißen. Er biss, dass ihm die Zahnkronen brachen.

Zwanzig Kilogramm hatte er verloren. Konnte das wenige, das man ihm reichte, nicht mehr kauen. Die Zahnschmerzen waren unbeschreiblich. Aus seinem Mund kamen, durch seine Hände gingen zahllose Namen von SA-Informanten, die mit ihm und Eckart kooperiert hatten; die meisten, weil sie Geld brauchten; ein paar, darunter Kommunisten, waren eingetreten, um die Organisation von innen zu bekämpfen. Irgendwann waren die Namen nicht mehr aufzuhalten gewesen, es mochte mit ihnen geschehen, was wollte. Er hatte Wagner nichts mehr entgegenzusetzen, selbst seinen Körper konnte er Eckart nicht mehr unterjubeln, wie zu Beginn empfand er alle Qualen wieder selbst, und man gab ihm auch keinen Löffel mehr.

Im Nachhinein erfuhr er, dass er fast auf den Tag genau ein halbes Jahr lang in »Untersuchungshaft« gewesen war. Dann ließen sie ihn frei.

»Zum Spaß«, sagte Wagner und lachte.

Rosenberg wusste nicht, ob er die Freiheit dazu benutzen sollte, sich nach allen Regeln der Kunst umzubringen, bevor sie ihn wieder holten.

Wenn es klingelte oder an seiner Tür klopfte …

7.

Sie waren früh aufgestanden, denn sie wussten, dass sie keine Zeit zu verlieren hatten. Eckart sollte sich im Ort umhören, sondieren, ob etwas über die illegalen Grenzwege herauszubekommen war; noch besser wäre natürlich, einen direkten Kontakt zu Schmugglern herzustellen, die sich in diesen Tagen nicht mehr auf Alkohol oder Zigaretten, sondern auf Menschen als Ware verlegt hatten, aber das war reichlich optimistisch, wenn man bedachte, wie verschwiegen die Einwohner dieses Dorfes waren.

Vanuzzi wollte zurück nach Innsbruck, hier konnte er ohnehin nicht helfen. Er vermochte sich nicht damit abzufinden, dass der wichtigste CIC-Informant einfach abgetaucht war. Wahrscheinlich hatten die Idioten aus Salzburg nicht hart genug nachgefasst, erklärte er Eckart bei einem reichlich improvisierten Frühstück in der Gastwirtschaft, und wenn's ums Nachfassen gehe, sei keiner so gut wie er.

Sie hatten Italienisch gesprochen – der Wirtin hexte die südländische Sprache böse Falten ins Gesicht. Eckart erläuterte, dass der Kollege aus Südtirol stamme, was die Situation aber auch nicht mehr retten konnte. Vanuzzi hatte den Gastraum verlassen, um in der Morgenfrische ungestört die erste Zigarette des Tages zu rauchen.

Als Eckart vor die Tür trat, in eine schwach scheinende Sonne, traf er den Special Agent im Gespräch mit einem alliierten Polizisten an. Vanuzzi sprach laut, mit breitem amerikanischen Tonfall, und der Franzose, der erklärte, lange in Kanada gelebt zu haben, tat es ihm nach, sie lachten, dann verabschiedeten sie sich mit Handschlag.

»Sind Sie von allen guten Geistern verlassen, Dan? Warum haben Sie das getan?«

»Was, ihm eine Lucky's angeboten? Der Kamerad hatte keine mehr ...«

»Sie wissen genau, was ich meine. Wie können Sie mit ihm Englisch reden? Englisch wie ein Muttersprachler ...!«

»Ach, das wissen die Krauts doch nicht, dass ich Muttersprachler bin.«

»*Wissen* müssen sie es ja auch nicht, es reicht, wenn sie misstrauisch werden, dann kriegen wir gar nichts mehr aus ihnen raus.«

»Ach ja, meinen Sie …?«

»Gottverdammt, Danny-Boy, was machen Sie eigentlich *beruflich*?«

Eckart brauchte fast eine Stunde, um den Ärger über Vanuzzi zu vergessen, der längst auf dem Weg nach Innsbruck war, da bahnte sich schon neuer Ärger an. Nach einem Vormittag totaler Verstocktheit und mürrischer Gesichter der Einheimischen war klar, dass auch mit dem größten Geschick aus ihnen nichts herauszubringen wäre, nicht einmal für einen vermeintlichen Rotkreuzmann. Also brach Eckart die Aktion sicherheitshalber ab, um nicht weiter aufzufallen – er hatte ohnehin schon sehr viele Fragen gestellt.

Es war höchste Zeit für den Trumpf, den er noch im Ärmel hatte.

Von München aus hatte er sich mit der Einwohnerregistratur in Innsbruck verbinden lassen. Auch dort war man eher schroff gewesen, hatte ihm aber mitgeteilt, dass ein »Ignaz Enninger« tatsächlich in Stein am Brenner gemeldet war, die genaue Adresse würde er über die Gemeindeverwaltung erfahren. Dorthin war Eckart nun unterwegs, ein Rotkreuzmann, der nach dem »Stanz« suchte, dem letzten lebenden Verwandten des in Berlin ausgebombtem Vetters. Die Dame auf der Verwaltungsstelle nahm seinen Ausweis genau in Augenschein. Sie zögerte. Natürlich wisse sie, dass Enninger in Berlin gewesen war, außerdem kannte außer der Familie und guten Bekannten wohl niemand seinen Spitznamen – und doch zögerte sie. Erst als Eckart ihr zahlreiche Details aus Enningers Leben erzählte, so als wäre er selbst der Vetter, bekam er von ihr endlich die Adresse.

Das Berghaus, in der Stanz' Familie lebte, lag ein ganzes Stück außerhalb, den Hausberg hinauf. Eckart verfluchte Vanuzzi, der den Jeep genommen hatte, und so machte er sich auf den beschwerlichen Weg. Es war ein erträglich kühler Tag, in der Sonne konnte es sogar warm werden – nur die Abschnitte, die ihn durch den dunklen, noch immer wie zuckerbestäubten Lärchenwald führten, waren eisig kalt. Eckart hielt sich ein Taschentuch vor den Mund, die Luft brannte in seinen Lungen.

Er hatte nicht auf die Uhr gesehen, fühlte, dass er lange gebraucht hatte, als ein Holzhaus vor ihm unvermittelt eine Rodung im Wald, einen Sonnenklecks ankündigte. Klein und beengt in den ansteigenden Hang gedrückt, ein dunkles, wie von Räucherharz geschwärztes Gebäude. Schon von Weitem sah er eine Frau, die davor Holz hackte; neben ihr an einem Tisch, der aus einem mächtigen halbierten Baustamm gearbeitet war, saß ein vielleicht achtjähriger Rotschopf, der, dick vermummt, mit auf Höhe der Knöchel abgeschnittenen Handschuhen, ins Malen vertieft war. Fertige Scheite zur einen Seite, geschichtet, halbe Baumstämme zur anderen, noch unvorbereitet. Als Eckart näher gekommen war, schätzte er die Frau auf Mitte dreißig, keltischer Typ, grüne Augen, Schlupflider, die Mundwinkel ein wenig nach oben gezogen, am Ende ganz schmal, als ob da gar keine Lippen wären; rötlich-braunes Haar, Entwarnungsfrisur, wie man es in Deutschland wohl nennen würde, nach dem Motto: Alles nach oben – in den Kriegstagen der Satz dafür, dass man den Luftschutzkeller wieder verlassen durfte. Keine im eigentlichen Sinne schöne Frau, dachte Eckart, aber interessant. Und gewiss auch begehrenswert.

Atemwolken ausstoßend fragte er: »Ignaz Enninger, wohnt hier Ignaz Enninger?«

Die Frau hackte weiter, ignorierte ihn.

Eckart hustete, hielt sich wieder das Tuch vor den Mund.

»Sind Sie seine Schwester?«

Ohne aufzuschauen antwortete sie: »Kann sein.«

Eckart, dessen Lungen schwer pumpten, wies auf einen Platz neben dem Jungen und fragte: »Darf ich mich kurz setzen?«

Die Frau zuckte mit den Schultern, Eckart ließ sich nieder. Er wunderte sich, dass man in dieser Eiseskälte draußen sitzen konnte, aber in der Sonne, so merkte er schnell, war es warm genug. Der Rotschopf sah nur einen Augenschlag lang zu ihm auf, ohne ihn zu mustern, dann malte er weiter, während seine Zunge die Bewegungen des Stifts auf dem Papier verfolgte. Fünf Spitzen mit Kreuzen obenauf, eine große in der Mitte, vor der Birnen lagen, Ski und andere Gegenstände, die gerade im Entstehen waren.

»Malst du die Berge?«

»Naa, das ischt das Grab von meim Papa.«

»Das große?«

»Freilich.«

»Und die Ski?«

»I mal ihm Sachen von hier, dass ihm net so fad ischt.«

Der Junge arbeitete konzentriert weiter. Die Frau hatte unterdessen einen Zuber mit Spaltholz gefüllt und schleppte ihn an den Tisch heran. Eckart erhob sich, um ihr zu helfen, doch sie ging einfach an ihm vorbei in die Hütte. Einen Moment später war sie wieder da. Offensichtlich wartete sie auf eine Erklärung.

»Es ist nämlich so«, sagte Eckart, »dass ich den Stanz aus Berlin kenne.«

»Aha. Ich hab Ihren Namen aber nicht verstanden.«

»Entschuldigung, ich vergesse meine Manieren: Andreas Eckart.«

Er lüftete den Hut und konnte sehen, wie mit einem Mal ein Lächeln über das Gesicht der Frau huschte, das sich bis in die Augen fortsetzte. An ihren Rändern bildeten sich kleine Falten.

»Eckart? *Der* Doktor Eckart?«

»Hm ... ja ...« Er hatte Angst, gleich bis in die Haarspitzen zu erröten.

»Da wird sich der Stanz aber freuen! Gott, Sie entschuldigen die Unordnung, wir müssen dringend Holz machen.« Sie wischte ihre rechte Hand an ihrem Mantel ab und hielt sie Eckart hin, er griff schwach mit seiner Linken zu. »Valentina, die Schwester. Er hat mir so viel von Ihnen erzählt, ich weiß immer noch nicht, ob Sie wirklich miteinander befreundet waren oder ob er nur aufschneidet. – Möchten Sie vielleicht Milch, ein Wasser, Williams, Sie schauen erhitzt aus?«

»Danke, das wäre fabelhaft.«

»Passen Sie mir rasch auf den Kleinen auf?«

»Natürlich.«

Kaum war Valentina im Haus, drehte sich der Junge ihm zu – er sah seinem Onkel wesentlich ähnlicher als der Mutter, zumindest wenn sich Eckart recht erinnerte.

»Bischt du a Freund von meim Papa?«

»Leider nein, ich hab ihn gar nicht gekannt. Aber ich kenne deinen Onkel Ignaz.«

»Ignaz sagt koaner. Er ischt der Stanz.«

»Stimmt. Und du, wie heißt du?«

»Rat amal.«

»Du hast bestimmt einen sehr schönen Namen. Sebastian.«

Der Junge lachte prustend, vergaß darüber das Malen.

»Immanuel, Maximilian, Jakob, Florian …«

Augenrollen, unaufhörliches Prusten.

»Luca«, sagte Valentina, die mit einer ganzen Armada Getränken zurückkam, »Luca heißt er.«

Bei ihrem Versuch, ihm über den Scheitel zu streichen, tauchte der Junge unter Mutters Hand hindurch und schimpfte: »Wenn du's net verraten hättscht, wär er nie draufkommen!«

»Stimmt«, sagte Eckart, »dann würden wir morgen noch hier sitzen und wären steifgefroren.«

»Du wärscht steifgfrorn, i hab junges Blut, sagt der Stanz immer, jungem Blut kann die Kälte nix.«

Luca sprang auf, offenbar hatte er hinter der Lichtung etwas entdeckt, das interessanter war als der alte Mann neben ihm, und rannte davon, nicht ohne Eckart zum Abschied eine Nase zu drehen.

»Ich glaube, das soll heißen, dass er Sie mag«, sagte Valentina und schlug den Kragen ihres Wintermantels hoch.

Eckart nippte an seiner Milch und stürzte den Schnaps; während sie sprach, betrachtete er ein Muttermal am äußersten Rand ihrer Oberlippe, das sich sachte mitbewegte bei jedem ihrer Worte.

»Mein Mann war Italiener. Es war für Luca nicht immer ganz leicht hier.«

»Das kann ich mir vorstellen.«

»Ja?«

»Sehr gut sogar. Bei mir war's umgekehrt: mein Vater war Deutscher, meine Mutter Römerin. Ich saß immer zwischen den Stühlen, egal, in welchem Land ich gerade lebte.«

»Niccolò ist in Abessinien gefallen. Er hat nicht einmal gewusst, wo das überhaupt liegt. Wir wussten alle nicht, was unsere Männer da tun. Außer ihr Blut für den Duce geben.«

»Leben Sie hier zu dritt?«

»Ja, seit die Eltern tot sind. Der Stanz ist damals gleich aus Berlin heimgekommen – aber das wissen Sie ja. Und dann war auch noch der Niccolò tot, und wir waren nur noch zu dritt.«

Eckart versuchte sich vorzustellen, wie man in diesem Haus zu fünft, zu sechst leben konnte. Er dachte zurück an Arlington und Liam, der ein ganzes Stockwerk für die Deerhounds reserviert hatte, die er kaum dem Namen nach kannte.

»Er macht sich Vorwürfe, wissen Sie.«

»Hm?«

»Der Stanz. Mal bringt er viel Geld nach Hause, dann wochenlang gar nichts. Er sieht, dass es mühsam für mich ist. Ich helfe im Dorf aus, wasche, putze, bin bei der Ernte, bei der Mahd dabei. Es ist nicht viel, aber wir leben. Ich mach ihm keine Vorwürfe. Aber es geht ihm an die Ehre, dass er der Mann ist und die Familie nicht ausreichend unterstützt.«

Die Sonne zog sich hinter die Wolken zurück, vom Tal her drängte eine kühle Brise herauf. Valentina knöpfte ihren Mantel zu, sprach über den harten Winter, der ihnen bevorstand; erst jetzt fiel ihm auf, dass sie Hochdeutsch mit kaum merkbaren Mundartresten sprach – entweder sie passte sich ihrem Gast an, oder es war wunderbare Ironie, dass sie, die vermutlich immer hier gelebt hatte, ihren Dialekt vergaß, während ihr Bruder in seinen immerhin sieben, acht Jahren in Berlin unablässig mit seiner Tiroler Aussprache gekämpft hatte.

Im Übrigen wich Eckart all ihren Fragen, was er eigentlich in der Gegend tue, geschickt aus, und als der Nachmittag fortschritt und Enninger immer noch nicht gekommen war, bat er die junge Frau darum, ein paar Worte für ihren Bruder aufschreiben zu dürfen, sie müssten sich noch heute treffen, vielleicht am späten Nachmittag – ob sie denke, dass das zeitlich möglich sei? Sie bejahte, erwartete den

Stanz schon längst zurück, vielleicht würde er ihm ja begegnen bei seinem Abstieg ins Dorf.

Eckart versuchte sich auf die nächsten Schritte von »Operation Rattenlinien« und auf seinen Pfad zu konzentrieren, der an einigen Stellen sehr steil wurde – fallen sollte er hier wirklich nicht, nicht in dieser Bergeinsamkeit und nicht bei diesen Temperaturen! –, doch stattdessen tauchten immer wieder Valentinas Gesichtszüge vor seinem inneren Auge auf. Ihre Worte. Die leicht heisere, dunkle Stimme.

Ein Schlag vor den Kopf. Eckart hatte einen tief hängenden Ast übersehen, dessen Zweige ihm blutige Striemen über Mund und Nase zogen – dann erblickte er es plötzlich vor sich: das Gesicht, der Name aus Berlin, Ignaz Enninger.

Er kam ihm tatsächlich vom Dorf her entgegen, machte Anstalten, den Hut zu lüften. Vermutlich hatte er von Weitem nur einen gnädigen Herrn gesehen, und den grüßte man sicherheitshalber, das hatten ihn die letzten dreizehn Jahre gelehrt. Der Tiroler war Anfang vierzig, noch immer dunkelhaarig, kaum ergraut, nur die Lederhaut im Gesicht, vor allem an den Wangen, ließ ihn älter erscheinen als den Burschen, den Eckart in Berlin gekannt hatte. Als sie auf gleicher Höhe waren, vermied Enninger direkten Augenkontakt, schien vorüberhuschen zu wollen. Um endlich auf sich aufmerksam zu machen, blieb Eckart stehen und sagte mit ostentativem Berliner Tonfall, der ihm ansonsten eher fremd war:

»Wie stehn die Wetten, Stanz? Ick mein: im Halbschwerjewicht.«

Der Angesprochene verhielt abrupt den Schritt, starrte Eckart mit einer Mischung aus Überrumpelung und Zweifel ins Gesicht. Dann begann das langsame Wiedererkennen.

Eine Dreiviertelstunde später war Eckart endgültig auf dem Weg zurück ins Dorf, er musste sich beeilen, denn wenn ihn die frühe Dezembernacht überfiele, würde er Gefahr laufen, in die Irre zu gehen, und bei dieser strengen Kälte wäre das keine gute Idee.

Zufall war es keiner, vielmehr eine glückliche Fügung, dass sich Eckart an Enninger erinnert hatte. Enninger, den Tiroler.

Ende der Zwanziger war der junge Mann nach Berlin gekommen, hatte Sehnsucht nach einem Leben in größerer Freiheit gehabt, denn die Hütte, das Dorf, die Enge in den Bergen hatten ihn bedrückt (und jetzt, nachdem auch Eckart sie kennengelernt hatte, die Hütte, das Dorf, die Enge in den Bergen, konnte er nur zu gut verstehen, warum es Enninger in die Metropole getrieben hatte). Doch es war auch Sorge gewesen um die Familie, für die er Geld verdienen wollte. Er schickte jede Mark, die er selbst nicht brauchte, nach Hause. Viel war es nicht, das Leben in der Reichshauptstadt war teuer, mit dem Gehalt als Kellner einer Bierkneipe konnte er keine großen Sprünge machen, und die Boxwetten, die er für Bekannte abschloss, waren mehr Hobby als Zubrot.

Es war nicht irgendeine Kneipe, und sie war auch der Grund, weshalb Eckart und er einander begegneten: der Haupttreffpunkt der SA in Mitte.

Eigentlich war es eine miese Geschichte, Eckart war nicht besonders stolz darauf; er hatte verfahren, wie es bei der Politischen durchaus üblich war, aber das machte es nicht weniger mies: Enninger war homosexuell. Eines Nachts wurde er in einer billigen Absteige erwischt und auf die »Fabrik« gebracht, das Polizeipräsidium auf dem Alexanderplatz. Ihm drohte Zuchthaus. Enninger weinte, dann randalierte er. Ein Kollege erzählte Eckart im Vorbeigehen davon, der Name der Kneipe brachte den Kommissar dazu, aufzuhorchen, und er ließ sich den Delinquenten ins Büro bringen. Ein Häufchen Elend, Scham, Verzweiflung. Enninger hielt den Kopf zwischen den Schultern, als würde er jeden Moment Schläge erwarten, und wäre wahrscheinlich damit einverstanden gewesen, weil er tief in sich, Katholik, der er war, einen »Sündenpfuhl« erspürte. Kein Hoffnungsschimmer in den Augen, bis Eckart ihm erklärte, dass er für ihn arbeiten könne und keine Strafe zu gewärtigen hätte. Zumindest nicht in diesem Leben. Abgesehen davon sollte es auch sein wirtschaftlicher Schaden nicht sein.

Enninger verstand zunächst gar nicht, dann immer besser, und schließlich wurde er Eckarts wichtigster Informant. Ohne die Hinweise des Tirolers hätte er seine Aktionen gegen die SA niemals ausführen können.

Aus der Erpressung, die dem Kommissar zuwider war, erwuchs binnen eines Jahres so etwas wie eine Kumpanei, und Eckart zerriss den Strafbefehl gegen Enninger vor dessen Augen. Der junge Mann war frei, doch nun war er es, der immer wieder erklärte, dass er dem Ermittler etwas schulde. Er kellnerte weiter mit spitzen Ohren. An den SA-Leuten hasste er alles, was er an Männern überhaupt hassen konnte, und Eckart ließ keinen Zweifel daran, dass er das Richtige tat. Von den Geldern, die ihm die Politische aushändigte, konnte der Tiroler auch in der Weltwirtschaftskrise Anfang der Dreißigerjahre seine Familie durchbringen.

Dann, in einer Nacht im Dezember 1932, schnappten ihn sich ein paar SA-Männer, die herausgefunden hatten, dass Enninger schwul war, schlugen ihn halb tot und vergewaltigten ihn brutal mit ihren Gummiknüppeln. Eckart nutzte seine alten Kontakte in Berliner Ärztekreisen, der junge Mann überlebte die Verletzungen mit Mühe. Doch war er seitdem voller Angst, traute sich bei Dunkelheit nicht mehr aus dem Haus. Eckart sorgte dafür, dass er auch weiterhin finanzielle Unterstützung durch die Politische erhielt, aber ihre Bekanntschaft strebte unweigerlich einem Ende zu. Enninger blieb noch wenige Monate in Berlin, dann verschwand er über Nacht. Später schrieb er Eckart, dass seine Eltern gestorben waren, er habe sich um die kleine Schwester kümmern müssen. Vermutlich war es genau umgekehrt, sie musste sich um ihren Bruder kümmern.

Bis zu seiner eigenen Auswanderung in die USA schrieb ihm Enninger Briefe, die Eckart nicht beantwortete, da ihm die Gestapo auf den Fersen war. Er wollte den nun nicht mehr ganz so jungen Mann nicht gefährden – wer wusste schon, wohin Hitlers Arm reichte?!

Wenn der Tiroler den Krieg überlebt hatte – verwendungsfähig wäre er wegen der Folgen seiner Vergewaltigung vermutlich nicht gewesen, bestenfalls »schreibstubentauglich« –, wäre es mehr als wahrscheinlich, dass er immer noch in dem Ort wohnte, dessen Name Eckart durch die Briefe vage vertraut war.

Enninger hielt beim Rauchen die Zigarette noch immer zwischen Daumen und Zeigefinger wie ein Anfänger – Eckart erinnerte sich und lächelte. Sie hatten sich etwas abseits geschlagen und saßen nebeneinander auf einem umgestürzten Baum. Der Austausch von Erinnerungen war rasch beendet, sie waren wieder orientiert im Leben des jeweils anderen. Wie viele der halbwegs rüstigen Männer in der Gegend übernahm Enninger Botendienste – unter seinen Kunden waren auch Schmuggler und Schlepper, die einträglichste Einnahmequelle dieser Zeit. Er erledigte für sie die kleinen Laufgeschäfte, ohne selbst an den nächtlichen Gängen beteiligt zu sein, aber er hörte natürlich zu, wenn sich die Bergführer und »seine Leute«, die Schmuggler, unterhielten. Eckart hatte kaum auf dergleichen gehofft, war davon ausgegangen, dass man Enninger erst noch dort würde platzieren müssen, und das war nun wirklich einfach – Glück.

»Und warum sollt i euch diesmal helfen?«

Die Stimme Enningers klang eher amüsiert als überrascht.

»Weil du deine Familie durchbringen willst. Weil deine Schwester einen so netten Sohn hat und der Winter hart wird. Und weil du dich daran erinnerst, wie dich diese Schweine in Berlin behandelt haben.«

»Weil i dir immer noch an Gfalln schuldig bin, Andreas.«

»Das bist du nicht. Das weißt du.«

»Hm.«

»Hab ich dich je enttäuscht, Stanz?«

»Du könntscht mir auch aus reiner Nächschtenliebe geben.«

Eckart lachte.

»Du kennst die Regeln. Du weißt, dass das bei uns nicht so läuft. Du gibst mir etwas, ich geb dir etwas, am Ende sind alle zufrieden. Besonders Luca.«

Enninger dachte einen Moment nach. Dann sagte er aufseufzend: »Pack ma's also wieder, Herr Kommissar!«

»Psst, Stanz, Kommissar gibt's keinen mehr. Nur noch einen Rotkreuzler, der von weit her ist, um dir zu sagen, dass deine Verwandten ausgebombt sind.«

»Rotkreuzler? Saublöde Idee!«

»Warum?«

»Weil da heroben mehr falsche Rotkreuzler unterwegs san als echte Bergbauern.«

»Darüber mache ich mir bei Gelegenheit Sorgen. Erzähl mir erst mal, wie es zugeht bei deinen Leuten.«

Schmuggel, sagte Enninger nachdrücklich, sei die einzige feste Einnahmequelle, selbst die Zöllner würden von ihr profitieren. Früher habe man Waren über die Grenze verschoben, jetzt halt Menschen, das mache für seine Leute keinen Unterschied. Hauptsache, die Bezahlung stimme. Am Brenner seien das fünfhundert Schilling pro Person, Nazis müssten auch einmal tausend bezahlen, dafür bekämen sie Gruppenrabatt.

Eckart verdrehte die Augen. Dann wollte er wissen, wie die Verabredungen getroffen wurden.

Da es kaum Telefone gab, kündige man die Flüchtlinge mit Losungen durch Kuriere oder andere Vertrauensmänner an. Werde man gefasst und zurückgeschickt, probiere man es am nächsten Tag wieder, falls man nicht zu erschöpft war. Für manche bedeute die Abschiebung auch das Todesurteil, deshalb müssten die Schlepper auf Zack sein.

Enninger holte tief Luft, er hatte fast atemlos gesprochen.

»Warum gehen sie zu Fuß? Sie könnten sich doch in einem Wagen verstecken?«

Bis vor Kurzem hätten sie das auch getan, sagte der Tiroler, seine Leute hätten einen gehabt, der als Fahrer fürs Rote Kreuz gearbeitet habe. Offiziell transportierte er Postsendungen zwischen Bozen und Innsbruck, aber hinten seien natürlich die Nazis mitgefahren. Die Grenzer hielten die Hände auf, alles lief gut, aber dann hatte irgendjemand den Zoll verprellt. Jetzt wurden die Autos in Italien wieder kontrolliert, und man musste zu Fuß über die Klettersteige. Viele machten erst einmal in sogenannten »sicheren Häusern« Rast, weil die Brennerüberquerung im Winter kein Spaziergang war.

»Weißt du, was danach passiert, Stanz?«

Die Schlepper führten die Gruppen auf den Weg nach Meran. Unterwegs holten sich die Nazis noch Identitätskarten von Südtiroler

Gemeindeämtern, die sie als Bürger bestätigten, das liege ja am Weg. Die Karten seien hilfreich, um Flüchtlingsausweise vom Roten Kreuz zu bekommen. Aber wie das genau funktioniere, wisse er nicht. Und das gelte natürlich auch nur für diejenigen, die genug Geld hätten, sich diese Identitätskarten zu kaufen.

»Und warum machen die Ämter das?«

»Ach, für Geld bekommscht du hier alles, Andreas. Außerdem warn viele der Südtiroler Altbürgermeister nach dem Krieg noch monatelang auf ihren Posten und ham für ihre Kameraden vorgesorgt.«

Ein kalter Hauch vom Berg herab – Eckart drängte zum Aufbruch, sagte, er suche nach Gruppen von fünf, höchstens sechs Mann, die von Innsbruck über den Brenner wollten. Wenn einer von ihnen lange krank gewesen sei ... wenn der Name Wagner falle ... oder wenn er einen sehe, der wie ein großer SS-Offizier behandelt werde, mit der verräterischen Narbe am Oberarm, Mitte fünfzig, mittelgroß und mausgrau ...

Der Tiroler beteuerte, dass er ein viel zu kleines Licht sei, als dass er die hohen Herrn selbst zu Gesicht bekomme, aber er glaube nicht, dass solch eine Gruppe schon über den Berg sei, seine Leute hätten sicher darüber gesprochen, Goldfasane seien doch eher rar auf den Steigen.

Der Schweiß, der sich unter Eckarts Hutinnenband gesammelt hatte, drohte zu Eiskristallen zu erstarren. Sie verabredeten ein weiteres Treffen am nächsten Mittag, bis dahin wollte Enninger wieder so genau zuhören wie zu Berliner Zeiten.

Der Händedruck war herzlich, auch wenn es den Tiroler zu irritieren schien, dass ihm Eckart die falsche Hand gab.

Vanuzzi kam erst in der Dunkelheit zurück.

»Bringen Sie mich auf den neuesten Stand!«, sagte Eckart.

Der Special Agent grollte, selbst er habe den CIC-Informanten nicht »ausräuchern« können, er habe wohl tatsächlich Fersengeld gegeben, weil er Spielschulden habe.

»Ist das glaubhaft, Dan?«

»Na ja, warum hat er wohl für uns gearbeitet? Die ganze Kohle ist in die Karten geflossen. – Aber kurz bevor der Kerl abgetaucht ist, hat er seinen Bruder instruiert, uns Bescheid zu sagen, wenn die mutmaßliche Gruppe um Wagner weiterzieht. Und das hat Brüderchen getan.«

»Sie sind also weg? Wann?«

»Gestern.«

Um ohne mobile Hilfsmittel über den Brenner zu kommen, veranschlagte Vanuzzi drei Tage: Autos würden zurzeit strenger kontrolliert, und das durften sie sich nicht leisten; man konnte eigentlich nur nachts gehen, und Gewaltmärsche wären für den Rekonvaleszenten Wagner sicher noch zu anstrengend.

»Morgen Nacht!«, sagte der Special Agent und zündete sich eine Zigarette an.

»Morgen Mittag werden wir vermutlich schon mehr wissen, Dan. Kommen wir jetzt zu meinem Tag«, sagte Eckart und rekapitulierte in groben Zügen die Informationen Enningers, und auch, dass dieser die Vermutung bestätigte, die Gruppe um Wagner sei noch unterwegs.

Vanuzzi kniff die Augen zusammen, als wäre ihm Rauch hineingeraten. Er schwieg einen Moment zu lang, dann bestand er darauf, dass er beim nächsten Treffen mit Enninger dabei sein wolle, auch wenn er kein Wort verstehe von dem, was da gesprochen werde. Eckart spürte das Misstrauen, das aus jeder Silbe des Special Agent sprach, die Angst, Enninger könne sie auffliegen lassen und »Operation Rattenlinien« gefährden. Er versuchte Vanuzzi klarzumachen, dass es kaum jemanden auf dieser Welt gebe, dem er mehr vertraue als dem Südtiroler, und setzte dazu an, ihre gemeinsame Geschichte zu erzählen, da unterbrach ihn der CIC-Mann mit den Worten:

»Und dieser Kraut ist Ihnen also einfach so zugelaufen? Passen Sie bloß auf, die meisten von denen haben Flöhe!«

Eckart fuhr auf und gab seinem Partner zu verstehen, dass er die despektierlichen Kommentare gegen Deutsche nicht mehr hören wolle. Vanuzzi winkte ab und warf seine Zigarette aus dem Fenster.

»Was haben Sie eigentlich für ein Problem mit mir, Dan?«

»Habe ich ein Problem mit Ihnen, Doc?«

»Kommen Sie! Sie machen Alleingänge, Sie werden nicht müde zu betonen, dass Sie der Boss sind, und Sie trauen mir nicht zu, Menschen einschätzen zu können.«

»Meinetwegen können Sie den lieben Gott einschätzen. Aber Sie gefährden mir nicht meine Operation!«

»*Ihre* Operation, Danny-Boy, jetzt ist es also Ihre Operation? Und ich dachte, wir stehen auf derselben Seite und jagen hier Nazis …«

»Ja«, schrie Vanuzzi, »wir jagen verfickte Nazis, Nazis sind verfickte Deutsche, und ich weiß nicht, ob ich einem Deutschen trauen kann, noch dazu als meinem Partner. Ich weiß es einfach nicht.«

»Dann finden Sie's raus!«

Eckarts Stimme war nur um ein weniges leiser als die des Special Agent. Er erschrak selbst darüber – der Ort war nicht dazu angetan, Streitgespräche in Englisch zu führen, es sei denn, man wollte mit aller Macht auffallen. Ruhiger schob er hinterher: »Geben Sie mir endlich eine Chance. Haben Sie das hinterm Ohr?«

»Was?«

»Okay?«

»Okay, Doc.«

»Okay – für wie lange?«

»Finden Sie's raus, Andreas.«

Eckart nickte. Er zog eine große Flasche Starkbier hinter seinem Bett hervor, die er im Gasthof besorgt hatte, schenkte in zwei Bierkrüge ein und reichte einen an Vanuzzi weiter.

»Ich bin Halbitaliener! Vielleicht hilft Ihnen das ein bisschen.«

Das helle Anschlagen der Krüge erzeugte einen dumpfen Nachklang in der engen, staubigen Kammer. Eckart schien, als ob der rauchgeschwärzte Leidensmann, der vom Kreuz an der Wand auf das Geschehen herabsah, sachte mitschwänge.

8.

Zwei anthrazitfarbene Federn, die zu Boden trieben, in einer unendlich langsamen Drehbewegung um die eigene Achse.

Von fern, während sie einen der Hügel auf dem Weg zum Steig erklommen, hielt Eckart die Krähen für ein Männerpaar, das ihnen auflauerte. Er fühlte nach seiner Pistole. Erst als sie etwas näher herankamen, erkannte er, dass es Vögel waren, die ausschritten, im allerletzten Augenblick die Flucht ergriffen, eine Warteschleife drehten und hinter ihnen wieder landeten. Kein Krächzen, auch ansonsten war kein Laut zu hören, außer dem Schneeknirschen unter ihren Stiefeln. Und dem Wind, der durch die vereinzelt stehenden Bäume fuhr. Die Landschaft vor ihnen hatte keine Farben mehr, war aufgerieben und aufgetrieben vom strengen Frost, Gletscherfelder weitab, tiefe Wolken, Nebel, ineinander wabernd.

Sie waren zeitig unterwegs, die Sonne stand kurz davor unterzugehen, die halb zerbombte Schutzhütte, die Enninger ihnen auf der Karte gezeigt hatte, mussten sie bald erreicht haben. Eckart ging einige Meter hinter Vanuzzi, und dabei fiel ihm wieder dessen lebloser Gang auf, die wie am Leib festgewachsenen Arme. Er konzentrierte sich auf seinen Atem; sein Pulsschlag hatte sich allmählich wieder beruhigt, dennoch spürte er sein Alter, spürte die jahrelange Entwöhnung von körperlich anstrengenden Touren, spürte die Nächte, die er am Schreibtisch in Arlington verbracht hatte. Das bisschen Restkondition, das ihm Liams Deerhounds abverlangt hatten, war schon nach wenigen Hundert Metern steilem Anstieg aufgebraucht.

Enninger hatte ihnen den Steig bezeichnet, den der Bergführer heute Nacht nehmen werde, hatte ihnen die Uhrzeit für den Aufbruch genannt und empfohlen, von etwas weiter östlich zu kommen, damit man ihre Spuren im Schnee nicht sehen würde. Außerdem wäre ihr Pfad weniger steil, wenn auch weiter, und angesichts der Ausrüstung, die sie in ihren Armyrucksäcken mit sich trugen, war das vielleicht der wichtigste Hinweis.

Und dann war der Tiroler zu großer Form aufgelaufen: Hier – er tippte mit einem von Nikotin rostbraun angelaufenen Zeigefinger auf die Karte, und Eckart gab ihm einen Stift, er solle seine Markierungen besser einzeichnen –, hier also sei der beste Punkt, um den Jeep abzustellen und mit einem Tarnnetz vor allzu neugierigen Blicken zu sichern, und dort sei eine Schutzhütte, die zwar in beiden Weltkriegen schwere Schäden davongetragen habe, aber doch gegen den eisigen Wind helfe, der nachts da oben blase. Von ihr aus sei der Steig gut einzusehen, ohne dass sie selbst gesehen werden konnten, wenn sie nicht gerade mit offenem Feuer hantierten. Hätten sie Glück, würde der Mond scheinen – dann stehe die Reisegruppe irgendwann vor ihnen wie ein perfekter Scherenschnitt. Falls nicht, sei es dennoch wahrscheinlich, dass sich die Gestalten von einem Gletscherfeld abhoben, das an dieser Stelle den Hintergrund für die Hügelkuppe bilde. Und falls auch das scheitere, seien das Fernglas und seine Augen gut genug, um auch in die Dunkelheit zu sehen, hatte Vanuzzi geprahlt.

Es war klar, dass sich »Operation Rattenlinien« weitestgehend auf überlegene Technik und gute Waffen verlassen musste. Sie waren mit Nachtsichtgeräten und Funk ausgestattet, und die Army hatte sie mit allem versorgt, was sie brauchten, um eine Nacht in dieser Eiseskälte einigermaßen überstehen zu können. Wenn jedoch ein schwerer Schneesturm aufkäme, könnten auch sie nur noch auf Gott vertrauen.

Von Enninger, der wohl doch mehr als ein kleines Licht war, hatten sie erfahren, dass die Reisegesellschaft aus fünf Mann plus Bergführer bestand. Eckart und Vanuzzi würden sie also vermutlich einigermaßen in Schach halten können. Wären mehr unterwegs, müsste Vanuzzi rechtzeitig ihre Eskorte per Funk zu ihnen beordern. Aber wie rechtzeitig wären die beiden GI aus Innsbruck vor Ort bei diesem unberechenbaren Winterwetter? Zudem würde ein zweiter Geländewagen ganz sicher auffallen. Genauso wie zwei weitere Fremde in ihrer oder einer beliebigen anderen Herberge der Umgebung, mithin der Hauptgrund, warum die Eskorte einstweilen in Innsbruck bleiben musste.

Einer anderen Frage waren sie bislang ausgewichen: Was tun mit den Leuten, wenn man sie gefangen hatte? Die Hände fesseln und den Berg hinabtreiben, schön und gut – und dann? Auf die Eskorte warten, die sie abtransportieren würde? Das konnten heitere Stunden werden! Dann begann erst die eigentliche Arbeit. Wagner und seine Männer waren bestimmt mit allen Wassern gewaschen, vielleicht bewaffnet, selbst wenn Enninger versichert hatte, die Schlepper bestünden darauf, dass ihre Kunden keine Schusswaffen mit sich trugen – eine Art Lebensversicherung für den Bergführer, um nicht unmittelbar nach Erreichen Südtirols erschossen zu werden, weil man Angst hatte, er könne ausplaudern, wen er da über den Brenner geleitet hatte.

Eckarts Erfahrung lehrte, dass sie bei Wagner in jeder Sekunde auf jede Bewegung aufpassen mussten, Rekonvaleszenz hin oder her – er war unberechenbar, heimtückisch, und natürlich von dem unbedingten Willen beseelt, Südamerika zu erreichen. Oder wohin auch immer er sich abzusetzen gedachte.

Hinter sich hörte Eckart ein dumpfes Grollen, als würde der Berg murren, dann ein langsam anschwellendes Rauschen. Enninger hatte ihnen eingeschärft, Lawinenabgänge genau zu beobachten. Auf ihrem Steig seien diese zwar eher unwahrscheinlich, aber man könne nie wissen bei dieser Wetterlage.

Endlich hatten sie die Schutzhütte erreicht. Sie bereiteten die Nacht vor, säuberten rasch und oberflächlich den Bereich, in dem sie sich aufhalten würden, dann brachten sie Tarnvorrichtungen an. Vanuzzi testete die Funkanlage, und die Verbindung fiel zu seiner Zufriedenheit aus. Dann zündete er ihren nagelneuen Army-Petroleumkocher an, mit dem sie Wasser erhitzen und sich selbst ein wenig für die Kälte rüsten konnten.

Der Aufstieg hatte Eckart angestrengt, und er griff nach einer Decke, um möglichst wenig Wärme abzugeben. Er hatte es kaum für möglich gehalten, aber allmählich fand er tatsächlich in so etwas wie eine ihm von alters her bekannte, lange vermisste Lebenssicherheit zurück. Vermutlich hatte Liam recht gehabt: *Dies* hier war seine Welt, und die Übersetzungen sollte er besser anderen überlassen, denen schnell kalt wurde im Hochgebirge.

Während das Wasser kochte, dachte Eckart an den vergangenen Morgen zurück. Er hatte Vanuzzi zum Treffen mit Enninger mitgenommen. Es war dieselbe Stelle, an der sie sich tags zuvor begegnet waren. Der Tiroler war irritiert, denn der Special Agent behandelte ihn mit einer offensiven Mischung aus Herablassung und Abscheu, die Enninger zurückprallen ließ; schließlich fragte Vanuzzi ihn auch noch in gebrochenem Deutsch, was *er* während des Faschismus gemacht habe. Eckart sagte dazu nur: »So etwas fragt man nicht, Danny-Boy, und das aus gutem Grund!«

Eckart sprach Enninger gut zu, versicherte, sein Partner verstehe kein Wort Deutsch, er habe ja sein grauenhaftes Kauderwelsch gehört, aber er brachte ihn erst zum Reden, als Vanuzzi einige Meter talwärts verschwand – nicht ganz freiwillig, denn ihr Informant hatte damit gedroht, sofort wieder nach Hause zu gehen.

»Bring den net mehr mit, hörscht du?«

»Das kann ich dir nicht versprechen, Stanz. Aber wir sollten uns ohnehin einen anderen Treffpunkt überlegen. Oder gleich zu einem toten Briefkasten übergehen. Was meinst du?«

Enninger zuckte mit den Schultern, dann sagte er sehr langsam: »Vielleicht hätt ich da was für dich, heut auf d' Nacht ...«

Schließlich verabschiedeten sie sich mit Handschlag bis zum nächsten Morgen. Was auch immer bis dahin geschehen würde.

Ohne dass Eckart damit noch gerechnet hatte – der Tag war sehr grau und verhangen gewesen wie alle, seitdem er wieder in Europa war, und der Blick Richtung Süden auf ihrem Weg bergan hatte nichts anderes als übergangslos schnelle Dunkelheit erwarten lassen –, riss plötzlich der Himmel im Westen auf. Eisig kaltes Blau, durch das wenige, umso augenfälligere Rot-, Orange- und Gelbtöne hervorstachen.

»Schauen Sie sich diesen Sonnenuntergang an, Dan.«

»Hm.«

Vanuzzi starrte in das Schauspiel und schwieg. Dann machte er sich am Petroleumkocher zu schaffen und sagte: »Ein Sonnenuntergang. Das kommt jeden Tag vor, morgens geht sie auf, abends unter, mal mehr Farben, mal weniger, je nachdem, wie viele und welche Aerosole in der Erdatmosphäre sind. Und das Ganze ist natürlich Unsinn, weil eine Sonne weder auf- noch untergehen kann.«

»Sie haben Heimweh, stimmt's?«

»Stimmt«, knurrte der Special Agent und drückte Eckart einen Blechbecher mit heißem Tee in die Hand, »verfickter Mist!«

Stunden später kauerten sie in der Hütte und beobachteten die Bewegungen der Nacht. Beide waren komplett eingemummelt, nur die Augen sahen aus den Sturmhauben heraus. Die Handschuhe waren so dick, dass Eckart nicht wusste, ob sich der Abzug seiner Waffe damit überhaupt würde bedienen lassen. Er fühlte sich steif. Enninger hatte ihm eingeschärft, besonders auf seine Füße zu achten, aufzupassen, dass sie nicht nass würden, weil dann die Zehen langsam zu erfrieren drohten.

Das Wetter schlug um, ein Sturm kam auf, frischer Schnee jagte durch die Luft, vermischte sich mit dem Nebel – würde er noch dichter, sähe man die Hand vor Augen kaum, geschweige denn Menschen auf dem Steig. Hinter der Hütte hatte sich eine Wechte gebildet, in den Ästen der hohen Sträucher, die um die Schutzhütte standen, ächzte und krachte es.

»Gottverdammt, Dan, glauben Sie, dass die bei diesem Wetter überhaupt aufgebrochen sind?«

»Ruhig bleiben!«

Vanuzzi hatte immer wieder zum Fernglas gegriffen. Alle zehn Minuten putzte er es ausgiebig und pfiff dabei eine tonlose Melodie, die nur aus wenig moduliertem Hauchen zu bestehen schien. Eckart wusste nicht, ob der Special Agent Spaß an der Situation hatte oder nervös war.

Dann sagte sein Partner unvermittelt: »Psychoanalytiker, hm? Zaubern Sie mal ein bisschen was aus Ihrem Handwerk, Doc.«

Eckart dachte nach. Dann sagte er: »Gut. Ich lenke Ihre Gedanken, Dan, antworten Sie so schnell wie möglich: Welche Farbe hat Schnee?«

»Was?«

»Nun machen Sie schon: Welche Farbe hat Schnee?«

»Weiß.«

»Welche Farbe hat Papier?«

»Weiß.«

»Was ist das Gegenteil von Schwarz?«

»Weiß.«

»Und was trinkt die Kuh?«

»Milch.«

»Die armen Kühe in Chicago!«

Vanuzzi lachte verhalten. »Okay. Und was zeigt das, Doc?«

»Es zeigt, wie wir denken. Nämlich assoziativ, nicht logisch. Und diese Assoziationen bilden, wie soll ich sagen, Klumpen. Wenn Sie einen bestimmten Denkklumpen häufiger als einen anderen verwendet haben, werden Sie das auch weiterhin tun. Das ist ein Ansatzpunkt für die Arbeit des Nervenarztes, über einen solchen Klumpen kommen wir an die Krankheiten unserer Patienten heran. Ganz nebenbei kann man das auch nutzen, um Kriminelle zu überführen, wenn wir …«

»Scht!«

Vanuzzi stierte mit dem Fernglas in die Nacht, und Eckart nahm nun auch seines auf. Es war beschlagen, er musste nachputzen. Der Amerikaner lenkte seinen Blick schließlich auf den richtigen Punkt: Vor dem Hintergrund des Gletschers waren zwei Mann zu erkennen. Dann noch einer. Und noch einer.

Im nächsten Moment ging alles sehr schnell: Vanuzzi holte aus seinem Rucksack einen länglichen, metallisch glänzenden Gegenstand, und Eckart hörte das Durchladen einer Waffe: Der Special Agent zeigte mit dem Finger nach rechts und war sofort links aus der Schutzhütte verschwunden. Eckart zog seine Pistole hervor, doch sie fiel ihm aus den Handschuhen. Er stocherte mit der linken Hand vor sich auf dem Boden, brauchte einen Augenblick, um sie wiederzufinden, sie entglitt ihm abermals, dann zerrte er seine Handschuhe herunter, griff nach der Waffe und rannte los.

Das Blut, das in seinem Kopf rauschte. Die kurzen Atemstöße. Die Sturmhaube über seinen Ohren verschluckte jeden weiteren Laut, selbst seine eigenen Schritte auf dem Altschnee waren kaum vernehmbar. Um besser sehen und hören zu können, riss er sich die Haube vom Kopf, dreißig, vierzig Meter von den Flüchtigen entfernt – und dann knatterte eine Maschinenpistole. Plötzlich war die Nacht belebt von wilden Schreien, Echos, Zurufen. Einige stammten aus seinem eigenen Mund: »Stehen bleiben! Hände hoch!«, in drei Sprachen, Englisch, Italienisch, Deutsch. Deutsch war die, auf die die Leute schließlich reagierten, die neue Sprache der Angst in Europa, die alle zu verstehen schienen.

»Nikt schießen«, rief eine weibliche Stimme aus Leibeskräften, »nikt schießen!«

Eckart japste, als er mit gezogener Waffe bei der Gruppe ankam. Wenige Meter neben ihm stand Vanuzzi, noch immer mit Sturmhaube auf dem Kopf und einer Maschinenpistole im Anschlag. Er sprach auf Englisch und Italienisch auf den Bergführer ein, der mit beiden Händen einen Wanderstock in die Höhe hielt und schwieg.

Sie hatten ihre Taschenlampen in der Schutzhütte vergessen – zum Glück bot die Nacht gerade noch ausreichend Sicht.

»Nikt schießen!«, wimmerte die Stimme. Sie gehörte einer Gestalt inmitten der anderen. Diese hatte, wie alle, einen Schal über Mund und Nase, auf dem sich verharschter Schnee abzeichnete; Mütze, Mantel, Hose, alles war von einer Seite mit Schnee überzogen, selbst die Stimme, dachte Eckart, selbst die Stimme war es.

Zu siebt standen sie vor ihnen, mit erhobenen Händen. Vanuzzi hatte bereits damit begonnen, sie abzutasten, einen nach dem anderen. Bei der Frau zögerte er, dann machte er sich vorsichtig wieder ans Werk, beschienen von einem diffusen Licht, das mehr vom Schnee und dem Ferner als vom Mond auszugehen schien. Als der Special Agent fertig war und Eckart signalisierte, die Flüchtigen seien »sauber«, befahl der ehemalige Kommissar der Frau, einen Schritt nach vorn zu treten.

»Du sprichst Deutsch?«

»Bissken.«

»Die anderen auch?«

»Nejn.«

»Sag ihnen, dass wir eure Gesichter sehen wollen.«

Die Frau sprach etwas, ohne sich nach hinten umzudrehen, und auf das Kommando zogen alle ihre Schals nach unten. Eckart schaute in müde, ausgezehrte Gesichter, Haut wie Pergament. Manche sahen aus, als wären sie schon verhungert. Die Frau vor ihm war bestimmt keine zwanzig Jahre alt, und doch war es, als blickten ihm zweitausend Jahre menschliches Elend entgegen.

»Gottverdammt, was …?«

»Fragen Sie den Bergführer«, sagte Vanuzzi. Von ihm, der als Einziger sein Gesicht verhüllt trug, ging für die Gruppe die Hauptbedrohung aus. Jedenfalls wandten alle dem Special Agent angsterfüllte Augen zu, als er sprach. Die Maschinenpistole beachtete schon niemand mehr, man starrte auf den Kopf ohne Antlitz.

Eckart rief den Schlepper zu sich und ließ sich seine Papiere zeigen. Der schien noch immer mehr überrascht als verunsichert; er war es auch, der als Einziger unaufgefordert das Schweigen zu brechen wagte: »Wer seids denn eigentlich ihr?«

»Ich glaube nicht, dass du in der Position bist, hier eine Frage zu stellen«, sagte Eckart scharf und schlug dem Bergführer den Pass gegen die Schulter, »wir sind die mit den Kanonen. Und wer sind *die* da?«

»Bricha«, sagte die junge Frau, »Bricha.«

Sie schob, unendlich vorsichtig, noch immer mit erhobenen Händen, den Ärmel von einem ihrer Unterarme und wies mit der anderen Hand auf eine eintätowierte Nummer.

Eckart hörte seinen Partner fluchen und fragte: »Was heißt ›Bricha‹?«

»Juden seins halt, Juden«, rief der Bergführer.

Bei Juden, hatte Enninger erklärt, warteten die Schlepperbanden, bis möglichst viele zusammen waren. Sie bekamen keinen Rabatt.

»Dan?«

»Bricha heißt ›Flucht‹. Es ist eine jüdische Organisation, die ihre Leute aus Osteuropa nach Palästina schmuggelt. Sie sollen dort den Staat Israel aufbauen.«

»Und warum müssen sie geschmuggelt werden?«

»Für hier haben sie keine gültigen Papiere, nehme ich an. Und da unten – die Briten verhindern die Einreise. Sie sind die Schutzmacht in Palästina, das Land wollen sie behalten, da passt es ihnen nicht in den Kram, dass die Juden einen eigenen Staat gründen. Außerdem befürchten sie Ärger mit den Arabern.«

Eckart ließ seine Pistole langsam sinken. Erst jetzt bemerkte er, dass er sie gar nicht entsichert hatte.

»Wissen Sie was, Doc? Wir verschieben unseren Plausch auf später und schauen, dass die Leute hier Land gewinnen.«

»Was?«

»Sagen Sie ihnen, sie können die Hände runternehmen, wir lassen sie laufen.«

»Laufen lassen? Müssten wir sie nicht eigentlich der österreichischen Polizei ausliefern?«

»Und dann? Die Österreicher schmeißen sie raus, und sie probieren's einfach noch mal. Das ist doch idiotisch! Eine Handvoll Juden auf dem Weg ins Gelobte Land, davon geht die Welt nicht unter.«

Eckart überlegte. Wahrscheinlich hatte Vanuzzi recht – zumal sie, wenn sie sie der Polizei übergäben, das ganze Tal aufscheuchten und sich womöglich neue Identitäten basteln müssten. Und dafür wäre keine Zeit, jetzt, da jede Nachtstunde mit Wagner zu rechnen war.

»Come on, look alive, Doc!«

Eckart schaute die junge Frau lange an. Er wusste selbst nicht genau, was er in ihren Augen sah. Auschwitz, Majdanek, Treblinka, Sobibór. Wieder einmal hatte ein Deutscher mit erhobener Waffe vor Juden gestanden und Angst verbreitet. Er hielt ihrem Blick nicht länger stand und sagte: »Deine Leute können die Hände runternehmen. Beeilt euch auf dem Weg, bevor das Wetter umschlägt.«

Um den Bergführer davon abzuhalten, später zu erzählen, wer ihm hier oben begegnet war, ließ Vanuzzi ihm über Eckart drohen, er solle mit seinen Gästen gefälligst eine Woche unten in Meran verbringen; wenn er auch nur versuche, seine Leute hier zu warnen, würde man seiner Familie etwas antun.

Dann sahen sie die Gruppe abziehen, langsam und vorsichtig.

»Und jetzt zu Ihnen«, sagte Eckart so neutral wie möglich, »eine Maschinenpistole, ja?«

Damit könne man deutlich mehr Leute in Schach halten und vor sich hertreiben, meinte Vanuzzi und schlug bereits den Weg Richtung Schutzhütte ein.

»Eine M3. Die Kleine hab ich aus Innsbruck mitgebracht. Nachdem ich gesehen habe, wie Sie mit der Pistole rumfuchteln, dachte ich, das wäre besser so, Doc.«

»Und ich dachte, wir hatten uns darauf geeinigt, dass es keine Alleingänge mehr gibt.«

»Wollen Sie auch eine?«

»Darum geht es nicht. Verstehen Sie doch endlich, wir müssen einander vertrauen können.«

»Hat doch ganz gut geklappt, Doc. Auch wenn Sie ein bisschen langsam sind.«

Eckart schüttelte den Kopf. Wäre er nicht so sterbensmüde und von der Kälte, die seine Hände zu Eiszapfen hatte gefrieren lassen, erschöpft gewesen, hätte ihn dieser Mann rasend gemacht, wie immer.

Sie blieben noch zwei ereignislose Stunden auf ihrem Posten, dann traten sie den Rückweg an. Bevor das Dorf zu neuem Leben erwachte, mussten sie zurück im Gasthof sein.

Die Temperatur war auf minus zwanzig Grad gefallen. Diffuse blaue Lichtkegel. Ihre Taschenlampen zeigten den Pfad talwärts.

Als sie am Jeep ankamen, spürte Eckart seine Zehen kaum mehr.

9.

Der Kaffee schmeckte nach Erbsen mit Speck. Eckart hätte sich nicht gewundert, wenn die Wirtin hineingespuckt hätte, bevor sie ihn serviert hatte – nicht allein aus Verachtung für ihre auswärtigen Gäste, vielmehr, um die dünne, übel riechende Plörre gehaltvoller zu machen.

Sie saßen am selben Platz wie am ersten Abend, neben dem Ofen. Er war mit einer gewissen Selbstverständlichkeit »ihr« Tisch geworden, als die Wirtin ihnen am Morgen nach ihrer Ankunft mit einem Augenwink bedeutet hatte, sich wieder an den Katzentisch zu setzen. Ob es neben ihnen noch andere Gäste gab, das Haus gar voll belegt war, hätte Eckart nicht sagen können. Vielleicht waren sie alle schon abgefrühstückt, als er und Vanuzzi endlich im Gastraum auftauchten. Nach einer langen Nacht waren sie in einen kurzen, unruhigen Schlaf gefallen. Als es endgültig Zeit war aufzustehen, fühlte Eckart sich wie erschlagen, seine Nase lief, alle Glieder schmerzten. Sie kombinierten den Frühstückskaffee direkt mit dem Mittagessen – die Wirtin hatte Wiener Schnitzel aufgetragen, das mehr aus Panade als aus Fleisch bestand, dazu verrunzeltes Bohnengemüse, das in einer grauen Soße schwamm. Eckart stocherte lustlos mit der Gabel in seinem Grünzeug und sah seinem Partner dabei zu, wie der auf amerikanische Art sein Fleisch erst vorschnitt, dann das Messer weglegte und alles mit der Gabel in sich hineinschaufelte. Einem gut beobachtenden Kriminalisten wie Wagner wäre hierbei vermutlich schon aufgefallen, dass ihre Legenden von den Rotkreuzmännern auf der Durchreise so nicht stimmen konnten.

Vanuzzi schob den leeren Teller beiseite und sagte: »Gut, und was essen wir jetzt?« Dann zog er seine Zigaretten hervor und begann zu rauchen.

Eckart rieb sich das noch immer schlaftrunkene Gesicht. Er nahm einen Schluck Kaffee, der nun zu allem Übel auch noch kalt geworden war, und verzog angewidert das Gesicht.

»Ich habe Nachrichten aus Deutschland, Doc. Aber sie werden Ihnen nicht gefallen.«

Eckart machte eine einladende Handbewegung, und Vanuzzi hob wieder an.

»Mr-I-graduated-from-Harvard hat mir über Funk berichtet, dass die Lebensmittelversorgung in einigen Teilen des amerikanischen und britischen Sektors schon jetzt komplett zusammengebrochen ist. Züge können wegen des Frosts nur noch Schrittgeschwindigkeit fahren, und unsere Jungs fliegen Carepakete mit Lebensmitteln und Medikamenten ein, um das Schlimmste zu verhindern. Das CIC hat Angst vor einem Hungeraufstand, vor allem im Ruhrgebiet. Die Sowjets könnten das ausnutzen und versuchen, daraus eine Revolution zu zimmern.«

»Klingt ganz schön dramatisch. Wie schätzen Sie das ein, Dan – übertreibt Van Doren?«

Vanuzzi schüttelte den Kopf. »Kaum.« Er inhalierte den Zigarettenrauch tief, dann schob er hinterher: »Ich fürchte, das wird Auswirkungen auf unsere Arbeit haben, Doc.«

»Inwiefern?«

»Das kann ich noch nicht genau sagen. Aber ich höre in den letzten Tagen immer nur noch ›die Sowjets, die Sowjets‹, und nicht mehr ›die Nazis‹.«

Eckart nahm einen letzten Bissen mit der Gabel, dann legte er diese neben den Teller und sah mit stumpfem Blick in den leeren Gastraum.

»Erzählen Sie mir etwas von Wagner, Doc.«

»Lesen Sie das Dossier.«

»Das hab ich schon. Oft genug. Erzählen Sie mir etwas Persönliches von ihm.«

Eckart überlegte, dann hielt er Vanuzzi seine leblos wirkende rechte Hand hin.

»Sehen Sie die hier?«

»Die Hand ist steif, deshalb geben Sie bei der Begrüßung die Linke.«

»Ja. Aber ich wurde als Rechtshänder geboren.«

»Was ist passiert?«

»Wagner.«

Eckart begann von den Gestapoverhören zu erzählen. Wie sie sie dramaturgisch aufgebaut hatten: Haussuchungen als Prolog, zu jeder nur denkbaren Uhrzeit. Einmal klingelten sie um drei Uhr nachts Sturm. Dann der erste Akt: die Vorladungen. Eckart bat darum, dass sie ihm endlich sagten, was sie ihm eigentlich vorwarfen, aber die Gestapoleute, Männer, die vor Kurzem noch seine Kollegen gewesen waren, erklärten, *sie* stellten hier die Fragen. Viele Fragen stellten sie nicht, ihm war klar, dass all dies nur der Einschüchterung diente, der Vorbereitung des Höhepunktes, dem Verhör mit Wagner.

Der, kleiner als Eckart, thronte auf einem hohen Stuhl, dem Delinquenten hatte man einen Hocker untergeschoben, Hände und Füße waren gefesselt, und hin und wieder, wenn Eckart die »falschen Antworten« gab, trat einer von Wagners Assistenten ihm die Unterlage weg.

Wagner verlor wenig Zeit. Es war offensichtlich, dass es ihm darum ging, Rache an seinem ehemaligen Vorgesetzten zu nehmen. In dem Maße, in dem Wagner für Eckart die Verkörperung des NS-Staates geworden war, in seiner charakterlosen, opportunistischen Brutalität, musste Eckart für Wagner ebenfalls zum Symbol geworden sein für die Demokratie der Schwächlinge, Erbkranken, Juden und Roten, die es nun in einem letzten großen Akt auszurotten galt, auf dass Deutschland lebe.

Erst waren es nur einzelne Verhöre mit einzelnen Schlägen. Dann wurde Eckart in Untersuchungshaft genommen; noch immer wusste er nicht, was man ihm eigentlich vorwarf. Nachts brannten starke Lampen in seiner Zelle. Eckart versuchte, mit seinen gefesselten Händen so gut es ging die Augen zu bedecken, aber innerhalb kürzester Zeit brüllte ein Wärter »Arme neben den Körper!«, und um die Drohung zu unterstreichen, setzte es Schläge mit dem Gummiknüppel.

Eines Tages war Wagner aufgestanden und schickte seine Assistenten aus dem Raum.

»Wir wissen, dass du Kommunisten versteckst.«

Ein Schlag mit dem Knüppel in die rechte Niere. Eckart krümmte sich darunter zusammen.

»Wir wissen, dass du Kommunisten versteckst.«

Ein Schlag mit dem Knüppel in die linke Niere.

»Sie haben dich verraten. Deine Mitwisser.«

Ein Schlag.

»Sie haben dich verraten. Deine Mitwisser.«

Ein Schlag.

»Rosenberg ist hier. Er hat dich verraten.«

Rechte Niere.

»Dein Liebling hat dich verraten.«

Linke Niere.

»Es wäre besser, du erzählst uns alles, Eckart. Auch von deinen Machenschaften gegen die SA. Dann kommst du vielleicht mit Zuchthaus davon. Wer waren deine Spitzel? Wer hat mitgemacht? – Oder willst du ins Konzentrationslager? Vielleicht willst du da lieber hin, du Dreckhund, weil deine roten Freunde schon da sind.«

Eckart schwieg, so lange er konnte. Wagner brach ihm erst die Finger, einzeln, dann die ganze Hand. Mit einem Vorschlaghammer. So gezielt und kompliziert, dass er sie verlor. Am Ende ließ er ihn von seinen Assistenten halb tot schlagen, sagte nur: »Wenn wir uns das nächste Mal sehen, sind es nicht bloß die Finger!«

Dann schickten sie Eckart unerklärlicherweise wieder nach Hause. Vielleicht war es Teil der Dramaturgie, vielleicht musste sich die Gestapo aber auch auf andere Aufgaben konzentrieren, und Eckart war für Wagner einstweilen wertlos.

Wenige Tage später verließ Eckart mithilfe von Liam das Land.

»Das war Gerhard Wagner«, sagte er abschließend, »aber das war der Wagner, der noch übte«; später, so hatte Eckart im Brief eines ehemaligen Kollegen aus der Politischen gelesen, dem die Flucht erst Jahre nach ihm gelungen war, begann er seine Praxis zu verfeinern; seine Spezialität waren Misshandlungen durch Gummischläuche, durch mittelalterliche Foltermethoden (für die er eigens in den Berliner Bibliotheken recherchierte), durch Stromstöße.

Vanuzzi hatte zugehört, ohne eine Regung zu zeigen. Nur die Zahl der Zigaretten, die er während Eckarts Schilderungen rauchte, ließen erkennen, dass sie nicht ganz spurlos an ihm vorübergingen.

»Son of a bitch«, war das Einzige, das der Special Agent sagte.

»Sie haben Ihren Bericht gefunkt?«, beendete Eckart das Thema. »Was haben Sie dem CIC von gestern Nacht erzählt?«

»Nichts.«

»Fabelhaft. Werden Sie einen schriftlichen Bericht nachreichen?«

»Nein.«

»Sie sind der Boss, Danny-Boy!«

Eckart ließ sich seine Irritation nicht anmerken und blickte zur Tür hin, die im selben Moment aufging. Valentina trat ein. Sie trug einen Korb, sah sich rasch im Gastraum um, ohne ein Erkennen zu signalisieren, dann ging sie zur Wirtin, begrüßte sie und tauschte einige Sätze in breiter Tiroler Mundart. Die junge Frau hob ein Tuch, um der Älteren den Inhalt ihres Korbs zu zeigen, doch die Wirtin schüttelte den Kopf. Valentina zuckte mit den Schultern, dann kam sie mit langsamen, gezielten Schritten an ihren Tisch. Eckart bat Vanuzzi, ihn allein zu lassen. Der drängte sich an Valentina vorbei, musterte sie von oben bis unten und war aus der Tür verschwunden.

Sie setzte sich, platzierte ihren Korb vor sich auf den Knien. Valentina sah ihn lange mit konzentriertem Blick an. Sie suchte in ihm zu lesen, und Eckart fühlte sich, als würde er soeben bei lebendigem Leib seziert. Dann sagte sie sehr leise in prononciertem Hochdeutsch:

»Bei uns sagt man: ›Vom Verräter frisst kein Rabe‹. Ich billige nicht, was der Stanz tut. Aber ich verurteile es auch nicht.«

Während sie sprach, steckte sie ihm einen kleinen Zettel zu, und Eckart beeilte sich, seine Kaffeetasse darauf abzustellen.

»Der Stanz hat gesagt, diesmal könnt's gefährlich werden.«

»Waffen?«

»Zwei Gruppen. Jeweils fünf Männer. Vielleicht geht nur die eine, vielleicht beide. Wenn beide gehen, nehmen sie natürlich unterschiedliche Steige.«

Sie pausierte einen Moment, dann sagte sie: »Einen nennen sie ›Wagner‹.«

Eckart erstarrte. »Glauben Sie mir, wenn Sie erfahren, was dieser Kerl getan hat, dann wissen Sie auch, dass Ihr Bruder kein Verräter ist. Sondern …«

Valentina ließ den Kopf hängen, atmete tief durch. Dann nickte sie, noch immer mit gesenktem Haupt. Sie sprach kein weiteres Wort, stand auf und ging. Erst als sie schon die Türklinke in der Hand hatte, sah Eckart im Augenwinkel, dass sich die Wirtin hinter dem Ofen zu schaffen gemacht hatte. Er wusste nicht, wie lange sie dort bereits kauerte und Kohlenstaub wischte, ob sie gehört haben konnte, was sie gesprochen hatten. Er starrte unverhohlen in ihre Richtung, nahm zwei-, dreimal rasch ihren Blick auf.

Schließlich erhob sie sich, kam zu seinem Tisch herüber und sagte, sie wolle eine Zwischenrechnung machen – ob sie sie ans Deutsche Rote Kreuz adressieren solle?

»Ans Internationale Komitee vom Roten Kreuz, gute Frau, nicht ans Deutsche Rote Kreuz.«

Wie immer zeigte sie keine Gesichtsregung – hatte sie überhaupt zugehört, hatte sie verstanden? –, die Züge waren wie versteinert, nur ihr Schielen verstärkte sich. Eckart überlegte, ob das ein Test war für seine Legende und ob er die Prüfung bestanden hatte.

Zurück in seiner Kammer, las er den Zettel, den ihm Valentina zugesteckt hatte. Er beschrieb den Ort des toten Briefkastens, den Enninger einzurichten beabsichtigte. Beiden war klar, dass sie einander nicht mehr direkt sprechen konnten und dass Valentina nicht mit Eckart gesehen werden sollte. Außerdem erklärte Enninger, wo sich der alternative Steig befand und wo sie sich dort verbergen konnten; er war deutlich ungünstiger gelegen, sowohl zum Gehen als auch zum Beobachten.

Sein Informant hatte einmal mehr ganze Arbeit geleistet.

Vanuzzi hörte sich die Instruktionen seines Partners an. Beide waren entschlossen, sich wieder am Gebirgspfad der vorangegangenen Nacht zu postieren. Der Special Agent beorderte ihre Eskorte auf den alternativen Steig, der einige Kilometer entfernt verlief; sie wollten sich wechselseitig per Funk auf dem Laufenden halten. Falls eine der beiden Gruppen erfolgreich war und jemanden schnappte, wäre der Ort, wo sie ihre minutiös getarnten Jeeps abgestellt hatten, ihr Treffpunkt. Natürlich nur, wenn die andere Gruppe nicht zeitgleich erfolgreich war.

Sie waren früher dran als am Tag zuvor. Als sie sich in der Schutzhütte einrichteten, war es noch hell, zumindest so hell, wie es an solchen Wintertagen überhaupt werden konnte. Aber es war noch kälter geworden, auch tagsüber erreichten die Temperaturen kaum minus fünfzehn Grad. Für den zweiten Teil der Nacht war ein Temperaturanstieg zu erwarten, hatte ihre Eskorte berichtet, es sollte deutlich wärmer werden, indes heftig zu schneien beginnen. Allen war klar, dass die Aktion zu diesem Zeitpunkt möglichst schon über die Bühne gegangen sein musste. Aber das war den Bergführern natürlich auch bewusst.

Wieder war es Vanuzzi, der einen Vorschlag machte, wie man sich die Zeit vertreiben konnte, solange es noch dämmerte. »Wahrheit oder Lüge«, sagte er – jeder hatte drei Versuche, eine persönliche Geschichte zu erzählen, und der andere sollte, ohne Rückfragen zu stellen, herausfinden, ob die jeweilige Story stimmte.

Eckart erklärte sich einverstanden, doch wurde ihm ziemlich schnell klar, dass Vanuzzi überhaupt nicht vorhatte, etwas von sich preiszugeben. Um seine Augen nicht zeigen zu müssen, nahm der Special Agent sein Fernglas in die Hand und tat, als würde er schon jetzt den Steig absuchen. Eckart ärgerte sich – Vanuzzi hatte auch dies nur inszeniert, um in den Karten seines Partners zu lesen, die eigenen aber nicht offenzulegen. Reine Kontrollverlustängste? Oder hatte er tatsächlich etwas zu verbergen? Vieles an seinem neuen Partner kam Eckart vor, als wäre es nicht ganz echt, als ränge Vanuzzi mit sich, seinem Leben und – seiner Legende.

Doch der Special Agent konzentrierte sich so sehr auf Körperhaltung und »Gesichtslosigkeit«, dass er auf seine Stimme nicht achtgab. Vanuzzis Sprachmelodie wurde höher und langsamer, je weiter er mit seiner Erzählung vorankam, und es kostete Eckart wenig Mühe, sie zu entlarven. Anschließend log er selbst, Vanuzzi schoss ins Blaue und traf. Die beiden nächsten Geschichten waren länger und komplizierter, Eckart beurteilte einmal mehr anhand der Stimme seines Partners und lag richtig, Vanuzzi vergab den zweiten Versuch.

»Okay, zwei zu eins für Sie, jetzt bin ich wieder dran, Doc. – Als ich noch ganz klein war, musste ich immer Lebertran schlucken. Meine Mom hatte panische Angst vor Rachitis, denn drei ihrer Brüder waren daran gestorben, und ich musste das jetzt ausbaden. Sie kennen das Gefühl, man weiß nicht, was widerlicher ist, das Vorwissen, dass es gleich wieder so weit ist, der eigentliche Moment, in dem man es auf der Zunge hat, oder der, in dem es langsam die Speiseröhre runterläuft. Ich muss mich heute noch schütteln, wenn ich daran zurückdenke.«

Vanuzzi schüttelte sich nicht.

»Jedenfalls hab ich alles angestellt, um es nicht mehr zu nehmen. Mom drohte, schmeichelte, bat, bettelte, es war ein Drama. Schließlich kam sie auf den Gedanken, mir jedes Mal, wenn ich das Zeug schluckte, ohne es auszuspucken, zwei Cent in meine Sparbüchse zu werfen. Das gefiel mir, ich stellte mir vor, welch herrliche Süßigkeiten ich mit dem Geld kaufen würde, und ich schluckte und schluckte und schluckte. Aber am Tag, als die Lebertranflasche leer war, zerschlug Mom die Büchse und kaufte davon neuen Lebertran.«

Eckart lachte. Er lachte, bis ihm die Tränen kamen.

»Eine sehr schöne Geschichte, Dan. Leider nur eine Geschichte.«

»Drei zu eins für Sie. Sie haben schon gewonnen, Doc, aber ich würde trotzdem gern Ihre letzte Geschichte hören.«

»Ich habe einmal einen Mörder, der schon in meiner Hand war, bewusst laufen lassen.«

Vanuzzi lachte auf. »Das war schon alles? – Okay. Ein ordnungsliebender deutscher Kommissar lässt einen Mörder laufen? Nie im Leben!«

»Sie sind nicht gut in Form, Dan, es bleibt beim Drei-zu-eins.«

»Ach kommen Sie, das nehme ich Ihnen nicht ab.«

»Es war aber so.«

»Wann? Wie? Warum? Sagen Sie schon!«

»1922. Er war ein armenischer Attentäter, er hatte Türken umgebracht, die Jahre zuvor sein Volk auszurotten versuchten. – Warum ich ihn entwischen ließ? Schwer zu sagen. Fragen Sie Wagner, wenn wir ihn haben.«

»Und Sie haben ihn einfach so wegspazieren lassen?«

»Einfach so? Nein.«

»Aber wie –«

»Psst!«

Diesmal war es Eckart, der ein seltsames Geräusch gehört hatte. Über ihrem Spiel war es dunkel geworden, und von den Höhen hatte ein eisiger Wind zu wehen begonnen. Sie hatten ihre Sturmmasken aufgesetzt und zwei zusätzliche Decken über sich gebreitet. Plötzlich vernahm Eckart Laute, wie er sie nie zuvor gehört hatte: ein Klirren, nicht unähnlich dem von Kristalllüstern, die sich leise unter einem Hauch an der Decke bewegten, aber höher, viel höher, unirdisch hoch. Die ganze Atmosphäre schien ihren Charakter zu verändern – Eckart hätten die Haare zu Berge gestanden, wäre nicht alles an seinem Leib, das Haare trug, von Stoff bedeckt gewesen. Schließlich ein leises Sirren, wie das von Telegraphendrähten.

»Was in drei Teufels Namen ist das?«

»Eisnebel.«

»Eisnebel?«

Eckart tat zwei, drei vorsichtige Schritte aus dem Unterstand, nahm seine Sturmhaube ab, riss die Augen auf und spitzte die Ohren. Er wollte dem Phänomen mit allen Sinnen näherkommen.

»So was hab ich noch nie erlebt.«

»Wenn es richtig kalt ist«, sagte Vanuzzi mit für ihn überraschend sanfter, melodiöser Stimme, »schweben keine Wasserpartikel in der Luft, sondern reine Eiskristalle. Die erzeugen dieses seltsame Geräusch. – Ich war einmal in Alaska stationiert, dort hatten wir das ständig. Fünf Minuten draußen ohne Sturmmaske, und Sie haben keine heile Stelle mehr im Gesicht.«

Ein merkwürdiges Entzücken hatte von Eckart Besitz ergriffen. Er fühlte sich auf eigentümliche Weise mit der Außenwelt eins und im

Reinen mit sich, ein Gefühl, das er so allenfalls zu Beginn seiner Morphiumsucht erlebt hatte. Dann beorderte Vanuzzi ihn wieder zurück in den Unterstand und befahl ihm, seine Sturmhaube aufzusetzen.

Es waren tatsächlich fünf Mann, wenn man das durch den Dunst, der jetzt kein Eisnebel mehr war, überhaupt beurteilen konnte. Dazu der Bergführer. Eckart und Vanuzzi hatten Mühe, bei diesen Temperaturen ihre Taschenlampen zum Leuchten zu bringen. Erneut war es der Special Agent, der seine Maschinenpistole nahm und das Kommando zum Ausschwärmen gab. Als die ersten Lichtkegel ihrer Lampen auf die Nebelbank fielen, wich Eckart geblendet zurück. Das aus dem Nichts aufgetauchte, funzelnde Leuchten hatte die Reisegesellschaft aufgeschreckt, zwei Männer schlugen sich seitab, erstickte Geräusche, dann ein Schrei, Stille. Vanuzzi war wieder schneller an der Gruppe heran, rief etwas auf Englisch, schien dann über eine Bodenunebenheit zu stolpern und um sein Gleichgewicht zu ringen. In diesem Moment sah Eckart einen Schatten, der sich im Neunzig-Grad-Winkel von einem Leib hob und auf Vanuzzi zeigte. Eckart blieb abrupt stehen. Noch bevor sein Bewusstsein die Situation deuten konnte, hatte er schon zweimal in Richtung des Schattens geschossen. Die verbliebenen vier Mann gingen zu Boden. Eckart hörte ein Stöhnen, dann aus Vanuzzis Richtung eine Maschinenpistolensalve, die dem Geräusch nach in die Luft zielte.

Eckart näherte sich mit der Taschenlampe, die er auf seiner Pistole abgesetzt hatte. Er sah, dass drei Männer mit hinter dem Kopf verschränkten Armen kauerten, während einer sich im Schnee krümmte und seine blutverschmierte Schulter hielt. Neben ihm lag eine Pistole. Vanuzzi kam von hinten an den Angeschossenen heran und nahm die Waffe an sich.

»Kein schlechter Schuss für einen umgelernten Linkshänder, Doc! – Schauen Sie sich die Wunde mal an.«

Während der Special Agent die anderen in Schach hielt und sich nervös umsah, ob nicht doch noch jemand aus dem Hinterhalt auftauchte, untersuchte Eckart rasch den jammernden Mann, der auf

seinen Partner gezielt hatte. Er befand die Verletzung für ungefähr-
lich – unter normalen Umständen. Der Getroffene durfte nur nicht
zu stark auskühlen; Eckart lenkte die Hand des Mannes zurück auf
die Wunde und bedeutete ihm, die Blutung mit seinem Handschuh
zu stillen. Dann riss er ihm den Schal herunter und blickte ihm ins
Gesicht. Die Größe hätte gepasst, doch es war nicht Wagner. Die
Augen voller Tränen vom Schmerz oder der vorausgegangenen An-
strengung, starrte ihn ein junger Mann von vielleicht fünfundzwanzig
Jahren an.

Als sie die Prozedur des Schalabnehmens auch bei den anderen
vorgenommen hatten, war klar, dass es sich wieder nicht um Wagners
Gruppe handelte. Selbst wenn Eckart ihn nicht auf Anhieb erkannt
hätte: Keiner der drei war älter als dreißig.

Der Bergführer sagte auf Deutsch, sie seien aus der Nähe von Bozen und hätten den Weg über die grüne Grenze gewählt, weil sie ihre
Ausweise verloren hätten.

»Gute Uhrzeit, gutes Wetter dafür«, antwortete Eckart.

Sie ließen sie bis zur Schutzhütte vor sich hergehen. Vanuzzi nahm
Kontakt mit ihrer Eskorte auf. Die hatte eine kalte, aber ruhige Wacht
verbracht. Dann machte sich »Operation Rattenlinien« mit ihrer Beute auf den Weg zurück ins Tal. Es hatte zu schneien begonnen.

Trotz der schlechten Sicht erkannten sie schon von fern, dass mehr
Menschen und mehr Autos als erwartet am Treffpunkt standen. Eckart hielt inne und wies Vanuzzi mit gezogener Pistole auf die Gestalten hin. Der knurrte mit zusammengebissenen Zähnen: »Alliierte
Polizei.«

Als sie nah heran waren, hörten sie, wie ihre Eskorte mit einem
französischen Kommandanten verhandelte, hinter ihnen zwei Mann
mit Gewehren im Anschlag. Ein vom Neuschnee verschlucktes
»Voilà!«, dann tauchten auch neben Eckart und Vanuzzi zwei französische Soldaten mit Waffen auf und zielten auf ihre Köpfe.

»Sorry, sie haben unseren Funk abgehört, Dan«, sagte der Mann
aus ihrer Eskorte, der Eckart in Österreich begrüßt hatte.

Sie ließen sich Pistolen und MP abnehmen, während ihren Gefangenen Fesseln angelegt wurden und man sie auf die Pritsche eines Militär-Lkw mit Holzfeuerung trieb, dessen Zeltplane komplett eingeschneit war. Eckart und Vanuzzi standen mit erhobenen Armen vor den französischen Soldaten. Deren Kommandant kramte in ihren Habseligkeiten, entdeckte den Rotkreuzausweis und den der amerikanischen Militärpolizei. Dann fragte er mit einem etwas verwaschen klingenden französischen Akzent auf Englisch:

»Was seid ihr eigentlich für Vögel, hm?«

»Uns gibt es gar nicht«, antwortete Vanuzzi. Eckart hatte den Eindruck, dass das Geschehen seinen Partner vollständig kaltließ.

»Warum sagen Sie ihm nicht, für wen wir arbeiten, Dan?«

»Für wen arbeiten wir denn? Uns gibt es gar nicht«, wiederholte der Special Agent lauter.

Der Kommandant begann zu grinsen. Dabei verzog sich eine Narbe, die ihm die rechte Wange spaltete. Das Gesicht erstarrte zu einer Fratze.

»Kein Ausweis – schlimm. Viele Ausweise – schlimmer. Ihr Vögel kommt mit, wir werden klären, wer ihr wirklich seid.«

Eckart, der erwirken wollte, dass man ihn und Vanuzzi zu den anderen Gefangenen in den Lkw steckte, wurden Handfesseln angelegt. Der Kommandant erklärte, dass man sie lieber im Jeep mitnehme. Eckart musste mitansehen, wie ihm auch dieser Fang durch die Lappen ging und in die Nacht davonfuhr. Man setzte Vanuzzi und ihn auf die Rückbank eines großen Geländewagens. Der Platz, der sonst dem Funker vorbehalten war, wurde von einem alliierten Polizisten eingenommen, der sich mit gezogener Pistole zu ihnen umgedreht hielt.

Sie fuhren zwanzig, fünfundzwanzig Minuten in langsamer Geschwindigkeit, und der Fahrer musste immer wieder gegenlenken, weil die Straßen vom Neuschnee fast unpassierbar geworden waren; außer dem Durchdrehen der Räder, das hin und wieder zu vernehmen war, verging die Fahrt in unheimlicher Stille. Es mochte fünf oder halb sechs Uhr morgens sein.

Dann brach Eckart das Schweigen. Er zischte: »Die Franzosen? Warum schalten sich die Franzosen plötzlich ein?«

»Immerhin stellen sie hier die alliierte Polizei, schon vergessen?«

Eckart blickte zu ihrem Bewacher – der hatte offenbar nichts dagegen, dass die beiden auf der Rückbank miteinander sprachen.

»Was passiert jetzt mit uns?«

»Vermutlich bringen sie uns nach Innsbruck zum französischen Geheimdienst.«

»Und warum sagen Sie ihnen nicht, dass wir für das CIC arbeiten? Was soll das eigentlich, warum ziehen die westalliierten Nachrichtendienste nicht an einem Strang?«

»Sie haben doch gehört, dass wir auf uns selbst gestellt sind. Im Gegensatz zu Ihnen weiß ich, was das bedeutet. Wenn die sich beim CIC nach uns erkundigen, würde Mr-I-graduated-from-Harvard abstreiten, etwas von uns zu wissen. Greifkommandos existieren nicht, das sind die Regeln, Doc.«

Eckart zuckte mit den Schultern. Vanuzzi sah zu ihm hin, dann sagte er: »Rivalitäten gibt's überall. Die Chefs von CIC und OSS gönnten sich das Schwarze unter den Nägeln nicht, die haben sich im Krieg dermaßen beharkt, dass der Präsident ein Machtwort sprechen und ihnen erklären musste, dass sie gefälligst gegen die Deutschen und nicht gegeneinander kämpfen sollten. – Aber je mehr ich darüber nachdenke … Sie haben recht, Doc, warum sollten die Franzosen sich da einschalten? Vielleicht, weil das OSS ausgezeichnete Kontakte zum französischen Geheimdienst hatte. Wer weiß, ob nicht unsere alten ›Kollegen‹ dahinterstecken. Das würde jedenfalls erklären, warum sie den amerikanischen Funkcode so gut kennen.«

»Und dagegen ist nichts zu machen?«

»Sie könnten einen Kriegstanz aufführen, vielleicht beeindruckt sie das.«

Vanuzzis merkwürdige Zurückhaltung empörte ihn. Die einen lässt er freiwillig ziehen, die anderen sich abnehmen. Für wen oder was kämpft er eigentlich? Gibt es etwa eine Sondermission in der Sondermission? Er sah den Special Agent lange von der Seite an.

Der Amerikaner schien den Stimmungsumschwung seines Partners zu spüren und schwor ihn noch einmal ein: Im Gegensatz zum OSS habe das CIC eine demokratische Aufgabe, die es nicht durch kleine Fehlschläge gefährden dürfe, schließlich wollten sie die wirklichen Kriegsverbrecher vom Schlage eines Gerhard Wagner fangen und vor Gericht stellen, während die Jungs, die ihnen heute Nacht ins Netz gegangen waren, doch nur kleine Fische seien, viel zu jung, um wirklich interessant zu sein, dazu nicht einmal Deutsche.

Eckart versuchte nicht weiter darüber nachzudenken. Die Franzosen würden sie unmittelbar verhören, sie hatten anstrengende Stunden vor sich, da war es wohl das Beste, jetzt ein wenig zu ruhen. Er schloss die Augen. Fokussierte sich.

Der Jeep hielt abrupt an. Eckart, der geschlafen hatte, ermunterte sich. War es schon Morgen? Er sah rechts und links vor dem Wagen Schneeverwehungen, die innerhalb kürzester Zeit auf Hüfthöhe angewachsen waren. Drei der alliierten Polizisten bemühten sich, den Weg freizuschaufeln. Eine eigenartige Helligkeit lag in der Atmosphäre, ohne dass es wirklich tagte. Um Personen und Gegenstände bildeten sich Halos, Boden und Horizont verschwammen zu einem einzigen weißen Fleck.

»Whiteout«, sagte Vanuzzi mit übernächtigter Stimme, »Whiteout«.

10.

Die Vernehmung war keine. Es dauerte kaum zehn Minuten, bis der Kommandant ihnen erklärte, sie sollten zurückgehen, wo sie hergekommen waren. Ob er damit den Brenner meinte oder die USA, blieb dahingestellt.

Es war nicht Innsbruck, wohin man sie gebracht hatte, sondern ein Ort in der Nähe. Der gewaltige Schneefall dieser Nacht bewirkte, dass die Distanzen verschwammen und man schon für wenige Kilometer geraume Zeit brauchte. Das galt auch für den Rückweg. Sie fuhren mit den zwei Männern ihrer Eskorte, Brown und Jenkins – Eckart hatte die offizielle namentliche Vorstellung auf der französischen Polizeistation nachgeholt –, in deren Geländewagen zurück Richtung Grenze. Da die Franzosen in der Nacht nicht genügend Fahrzeuge dabeigehabt hatten, war Eckarts Eskorte, unter Bewachung eines alliierten Polizisten, dem französischen Treck im eigenen Jeep gefolgt. Wenigstens kam »Operation Rattenlinien« auf diese Weise problemlos wieder an ihren Ausgangspunkt zurück – auch wenn ihr Fahrer den Kampf gegen den Schlaf alle Viertelstunde zu verlieren drohte und sich verzweifelt selbst Backpfeifen verabreichte, und der Wagen gegen die Kälte weniger gut gerüstet war als Eckarts und Vanuzzis Jeep.

Warum sie freigekommen waren, blieb ein Rätsel. Brown, der im Gegensatz zu seinen Kollegen nur einen GI-Ausweis besaß, noch dazu einen echten, hatte sich ein Telefonat ausgebeten, währenddessen er den Hörer an den französischen Kommandanten weiterreichte. Eine schnelle Folge von »Ouis« und »Nons«, dann legte der alliierte Polizist auf und rief eine Ordonnanz, die Eckart und Vanuzzi die Handfesseln entfernte und sie in sein Vernehmungszimmer brachte. Der Kommandant stand mit aufgestützten Armen hinter seinem Schreibtisch, hielt sich nicht damit auf, den beiden einen Platz anzubieten, und sagte mit barsch klingendem Nachdruck:

»Erstens: Wenn Sie Beute machen, möchten wir wissen, wer es ist. Compris?«

Eckart und Vanuzzi sahen einander an.

»Sie sind der Boss, Danny-Boy!«

»Compris?«

»Compris«, knurrte Vanuzzi.

»Zweitens: Sie verwenden den alliierten Funkcode, nicht Ihren eigenen. Compris?«

»Compris.«

»Drittens: Sie gehen mir sofort aus den Augen.«

»Compris.«

Brown erzählte, dass die Männer, die sie gefangen hatten, allesamt untergeordnete Leute waren, ehemalige KZ-Kapos aus der Ukraine. Schweinehunde sicher, für bestialische Morde waren sie nicht zu jung, aber letztlich doch nur banale Befehlsempfänger, die nun damit rechnen mussten, in ein französisches Gefängnis überstellt zu werden. Wen er angerufen hatte, um sie aus der Situation herauszuholen, darüber schwieg sich Brown aus, im Moment war er ohnehin viel zu sehr damit beschäftigt, den Geländewagen nicht in den Straßengraben zu steuern. Eckart nahm sich vor, Vanuzzi bei Gelegenheit damit zu konfrontieren – offensichtlich hätte er ihnen all das erspart, wenn er gleich mit den Franzosen gesprochen hätte.

Als sie an ihrem Jeep ankamen, mussten sie ihn erst einmal von halbmeterhohem Schnee befreien. Dann stellten sie fest, dass zwei Reifen zerstochen waren.

»Die Franzosen werden's nicht gewesen sein, oder?«

Vanuzzi schüttelte den Kopf.

Mithilfe ihres eigenen und des Ersatzreifens aus dem Jeep ihrer Eskorte waren sie binnen Kurzem wieder fahrbereit. Sie entließen Brown und Jenkins bis auf Weiteres und strebten dem Dorf zu. Um zu überprüfen, ob Enninger mittlerweile den toten Briefkasten mit einer Nachricht gefüttert hatte, nahmen sie einen kleinen Umweg. Fehlanzeige.

Stein am Brenner war vollkommen zugeschneit. Die Stauden in den Vorgärten der Häuser waren von einer Eisschicht umgeben, die sie zu strangulieren drohte; obwohl frisch, war der Neuschnee schon schmutzig, zog sich wie grau-weiße Efeuranken an den Häusergiebeln bis zu den ersten Stockwerken hinauf und bildete feine Muster.

Die Gesichter der Dörfler, die mit Räumungsarbeiten beschäftigt waren, sahen noch finsterer als sonst zu ihnen herüber, als Eckart und Vanuzzi mit dem Wagen langsam vorüberrollten. Tötende statt wie sonst tote Blicke. Spätestens jetzt, nach den zerstochenen Reifen, war den beiden CIC-Leuten bewusst, dass sie aufgeflogen waren.

Eine Stunde später machte Eckart das Gesicht eines Preisboxers im Bewusstsein seines bevorstehenden Knockouts.

Zwei Dorfbewohner hatten Enninger gefunden. In aller Frühe. Er lag nicht weit vom Pfad entfernt, der zur Hütte seiner Familie im Wald führte. Der Platz war bei Holzsammlern beliebt: Einer der Männer glaubte, einen ergiebigen Ästestapel entdeckt zu haben, doch als er den Schnee beiseiteräumte, tauchten plötzlich zwei Augen und eine Nase vor ihm auf. Mit der Beherrschtheit von Menschen, die Jahre des Krieges und der Verrohung hinter sich und mehr als eine Leiche gesehen hatten, holten die Dörfler den Amtsarzt. Der diagnostizierte einen Herzinfarkt und ließ Enninger in die Sargtischlerei bringen, wo man ihn bis zur Beerdigung aufbahren wollte.

Es war Zufall, dass Eckart das Gespräch der Bergbauern mitangehört hatte. Sie mussten übersehen haben, dass sich außer ihnen noch jemand im Gastraum befand, sonst hätten sie vermutlich umgehend geschwiegen. Dann sprachen sie von ihm, und Eckart biss sich in die tote rechte Hand, um sich nicht zu verraten. Dass es schon ein rechter Zufall wäre. Da erfahre der Enninger-Stanz von seinen ausgebombten Verwandten in Berlin, und kurz darauf sei er tot. Ob die Fremden …? – Herzinfarkt sei Herzinfarkt! Der Enninger-Stanz habe seit jeher ein stummes Leiden gehabt, sonst wäre er wie alle anständigen jungen Leute zum Wehrdienst eingezogen worden.

Als Vanuzzi, der seinen Bericht an das Detachment abgesetzt hatte, in den Raum platzte, liefen die Alten rasch auseinander. Eckart erzählte seinem Partner mit versteinertem Gesicht, was passiert war. Vanuzzi nickte und drehte sich auf der Stelle.

Der Deutsche hielt ihn am Arm zurück und sagte: »Ich werde ihn obduzieren.«

»Was?«

»Ich gehe zur Tischlerei. Sie können mitkommen oder sich schlafen legen.«

»Haben wir wirklich Zeit dafür, Doc?«

»Tagsüber können wir ohnehin nicht viel machen. Und vielleicht führen uns die Spuren zu Wagner. Wenn Enninger getötet wurde, waren das sicher nicht seine Schmuggler. Die schlagen einen Verräter zusammen, vielleicht prügeln sie ihn versehentlich zu Tode, aber sie wissen nicht, wie man es anstellt, dass der Amtsarzt Herztod bescheinigt.«

»Immerhin *hat* er ihn bescheinigt.«

»Ach kommen Sie, Dan! Der hat sich über den Leichnam gebeugt, dann wird für ihn alles klar gewesen sein. Ich kenne das doch aus Berlin. Wie gründlich wird ein Amtsarzt hier draußen schon arbeiten?«

Vanuzzi zog eine Zigarette aus seiner fast leeren Packung und steckte sie an, noch immer mit Zweifel in den Augen.

»Na gut, vielleicht haben Sie recht, Doc. Vielleicht ist es ja Ihre Pflicht, das herauszufinden, schließlich war er Ihr Informant. Aber – können Sie das überhaupt …?«

»Ich war nicht immer bei der Polizei, und ich war auch nicht immer Nervenarzt. Ich habe nach dem Ersten Weltkrieg einige Zeit als Pathologe gearbeitet. Vertrauen Sie mir, das wäre nicht meine erste Obduktion.«

»Aber müssten Sie ihn dann nicht aufsägen – oder aufschneiden …?«

»Es muss eben mal ohne gehen.«

Als sie in der Sargtischlerei ankamen, traten ihnen Valentina und Luca aus dem Haus entgegen. Der Junge trollte sich in die Kälte, und Eckart drückte ihr verstohlen die Hand, murmelte sein Beileid. Sie weinte nicht. Die Lippen waren noch schmaler als sonst, ihre Augen leer; lange schwiegen sie sich an, und auch danach fanden sie kaum die rechten Worte. Im Hintergrund waren die Stimmen

Vanuzzis und des Jungen zu hören, die Italienisch miteinander sprachen. Schließlich gab sich Valentina einen Ruck und sagte, sie müsse nach Luca sehen. Eckart machte eine Bewegung mit der Linken in Richtung ihres Arms, brach aber auf halbem Weg wieder ab.

»Eines nur noch, Valentina: Hatte der Stanz Herzprobleme?«

Sie schüttelte den Kopf, enteilte nach draußen, zog den Jungen mit sich fort.

Im Nachhinein wusste Eckart kaum zu sagen, wie er ihre Einwilligung zu dieser Untersuchung erhalten hatte. Sie musste mehr Vertrauen in ihn haben, als er erwartet hatte. Oder sie hatte den gleichen Gedanken wie er.

Der Sargtischler war der erste redselige Einheimische, der den beiden CIC-Leuten begegnete. Er war um die siebzig, dicke Brillengläser, Gesicht wie ein Pekinese, in seinem Mund standen schwarz-gelbe Zahnstummel, auf die Eckart starrte, ohne dass es ihm gelang, seinen Blick davon abzuwenden. Er hatte Mühe, den Mann zu verstehen, die Tiroler Mundart und eine zerstörte Artikulation waren eine Herausforderung für seine Ohren.

Das sei der »weiße Tod«, sagte der Tischler. Eckart könne sich die Leiche in aller Ruhe anschauen, die Erde sei vom Frost so hart, dass sie auf den Friedhöfen eh keine Gräber mehr ausheben könnten. Wenn's so weitergehe, müssten sie die Toten bis März draußen lagern, aber so, dass die Viecher nicht drankämen; oder den Boden sprengen, aber wer sollte das bezahlen?! Die Leute stürben wie die Fliegen, morgens finde man sie steifgefroren in ihren Betten, von Gewebswassersucht aufgeblähte Körper, und wohin mit ihnen? In Innsbruck seien keine Särge mehr zu bekommen, die Angehörigen müssten selbst anfangen, sie zu zimmern.

Es ging immer so fort, der Mann war kaum zu bremsen. Vanuzzi nahm Eckarts Blick auf und schob den Alten sachte zur Tür hinaus. Dann verriegelte er von innen.

Enningers Gesicht zeigte einen Ausdruck tiefen Erstaunens. Es war greisenhaft, und der junge Mann, den Eckart aus Berlin kannte, vollständig daraus verschwunden. Man hatte versucht, seine Augen zu schließen – vergeblich, er starrte an die von Fliegenresten verklebte Decke. Erfolgreicher waren sie dabei gewesen, ihm die Hände über der Brust zu verschränken. Eckart würde Mühe haben, sie aus der Totenstarre zu lösen, um sie zu untersuchen.

Der Raum glich einer Kühlkammer. Beim Ausatmen schufen sie Wolken, die ungewöhnlich lange in der Luft standen.

Eckart entkleidete Enninger, so gut es ging. Er sah die Leiche zweimal schweigend von oben bis unten genau an, um sich einen Überblick zu verschaffen. Dann sagte er: »Was ist das, Ihrer Meinung nach?«

»Mich? Sie fragen mich, Doc? Ich dachte, *Sie* sind der Spezialist.«

»Vier Augen sehen mehr als zwei, und zwei Meinungen sind besser als eine. Ich brauche Ihre Hilfe, um mich nicht zu verrennen.«

Eckart deutete auf kurze Striemen im Gesicht Enningers.

»Sieht aus, als hätte ihm jemand das Gesicht zerkratzt.«

»Schauen Sie genauer hin. Sehen Sie etwas in den Kratzern?«

»Da steckt etwas drin …« Vanuzzi beugte sich auf kürzeste Distanz über den toten Körper. »Fasern …«

»Rinde«, korrigierte Eckart, »das sind kleinste Rindenpartikel. Diese Mikrowunden müssen unmittelbar vor seinem Tod entstanden sein, sonst hätte der Heilungsprozess bereits eingesetzt.«

»Das heißt …«

»Er ist durchs Unterholz gerannt, vermutlich auf der Flucht vor jemandem. Das waren Äste und Zweige, denen er nicht rechtzeitig ausweichen konnte.«

»Okay«, sagte Vanuzzi gedehnt, sein Blick drückte Skepsis aus. Eckart versuchte Enningers Hände aus ihrer Gebetshaltung zu lösen – es gelang besser, als er befürchtet hatte.

»Sehen Sie das?«

»Blutergüsse.«

»An beiden Handgelenken. Jemand hat ihn festgehalten. Zwei Mann, einer rechts, einer links. Sehen Sie die Breite der Hämatome? Zwei Hände rechts, zwei links. Ansonsten keine Abwehrverletzungen, keine Kampfspuren. Enninger war chancenlos.«

»Und dann?«

Eckart wischte mit der Hand durch die Luft, als würde er Fliegen verscheuchen.

»Ich suche etwas …«

»Aha. Kann ich dabei helfen, Doc?«

»Fragen Sie den Sargtischler nach einer Lupe. Vielleicht benutzt er so was, um die Toten zu präparieren.«

Vanuzzi ging, um wenig später tatsächlich mit einer Leselupe wiederaufzutauchen. Eckart hatte offenbar schon gefunden, wonach er gesucht hatte, nahm das Vergrößerungsglas dennoch entgegen und hielt es wenige Zentimeter über Enningers rechte Halsseite. Er winkte Vanuzzi näher heran.

»Schauen Sie genau hin.«

»Eine kleine Schwellung. Könnte alles Mögliche sein.«

»Natürlich. Eine Stechmücke im Winter.«

»Vielleicht ein Splitter – von den Zweigen.«

»Nein. Ein Einstich. Antemortal.«

»Was?«

»Man hat Enninger vor seinem Tod eine Spritze gesetzt. Mit einer sehr feinen Lanzettnadel.«

»Gift …?«

»Das zum Herztod führte.«

»Whoa whoa whoa, Doc, das geht mir zu schnell. Warum kann er beim Wegrennen nicht einfach einen Herzinfarkt bekommen haben?«

»Weil Enninger keine schlechte Kondition hatte. Drei-, viermal am Tag den Weg vom Dorf zur Hütte, glauben Sie mir, das würde auch einen Profiboxer auf Vordermann bringen. Außerdem hat mir seine Schwester gesagt, dass er keine Vorerkrankungen hatte. Und dann schauen Sie einmal hier, seine Fingernägel. Was sehen Sie?«

»Nichts, nichts sehe ich. Sehr gepflegt, würde ich sagen, der musste nicht unbedingt hart arbeiten.«

»Vollkommen richtig, Dan, da ist auffallend nichts darunter, die Nägel sind intakt, keine Hautfetzen. – Stellen Sie sich einmal vor, Sie sind im Wald, außer Atem, sind gerannt, bekommen einen Herzanfall – was passiert?«

»Keine Ahnung, ich fasse mir ans Herz, taumle …«

»Bevor Sie kollabieren, reißen Sie sich die Kleider auf, dabei splittert der erste Nagel. Plötzlich klappen die Beine weg, Sie fallen hin, Ihr ganzer Körper verkrampft sich, Sie krallen Ihre Finger ins Erdreich, dabei splittern weitere Nägel, besonders, wenn der Boden hart gefroren ist. – Aber all das passiert natürlich nicht, wenn Sie während des Infarkts festgehalten werden.«

»Das erklärt auch die Hämatome.«

»Und deren Ausprägung. Da hat jemand Schwerstarbeit verrichten müssen beim Stützen.«

»Das heißt: zwei Mann halten ihn fest, ein Dritter verabreicht ihm die Spritze.«

»Und zwar exakt auf Anhieb in die Arteria carotis communis …«

»…?«

»… die Halsschlagader. Enninger wirft seinen Kopf herum, aber der dritte Mann lässt sich davon nicht beeindrucken, denn er weiß präzise, wo und wie er stechen muss, um größtmögliche Effizienz zu erzielen. Ohne dass ein Amtsarzt Verdacht schöpft.«

War das der Grund für den erstaunten Ausdruck in Enningers Gesicht? Als ihm im letzten Moment der Agonie bewusst wurde: Die bringen mich ja *wirklich* um …

»Okay, mal angenommen, Sie hätten recht, Doc – was ist das für ein Gift?«

»Kann ich ohne Laborbefund nicht sagen, und den werden wir wohl kaum bekommen. Ein Herzgift, das überragend schnell wirkt. Fingerhut. Bowiea volubilis.«

»…?«

»Das Gift der Kletterzwiebel. Es zu extrahieren bereitet ein paar Überstunden. Aber wenn einer ehrgeizig ist …«

»Könnte ein Einheimischer da rankommen?«

»Nie im Leben. Aber in Konzentrationslagern hat man jahrelang an den Insassen herumexperimentiert, insbesondere mit seltenen Giften. Für mich sieht das ganz nach SS aus, Dan. Obersturmbannführer Wagner …«

»So eine verfickte Scheiße ...!«

»Bei unseren Treffen hat uns niemand beobachtet, da bin ich mir sicher. Aber bestimmt wussten die Einheimischen, dass wir in Kontakt standen. Vielleicht hat die Wirtin mein Gespräch mit seiner Schwester belauscht, und es schien ihnen sicherer, ihn zu beseitigen. Wagner muss die Anweisungen gegeben haben, von selbst wären die Schlepper nie auf so was gekommen.«

Vanuzzi hatte mit keiner Regung gezeigt, ob er zugehört hatte. Seine Nasenlöcher bewegten sich schnell.

»Finden Sie nicht auch, dass da etwas seltsam riecht?«

»Das ist das Leichengift.«

»Ich weiß, wie Tote riechen, Doc, das meine ich nicht.«

Eckart stutzte und beugte sich mit Vanuzzi über Enninger.

»Gottverdammt, Sie haben recht, Dan! Schwefel, Salpeter – der Geruch geht von den Händen aus ...«

»Schwefel, Salpeter, Holzkohle, daraus macht man Schwarzpulver. Eine Viertelstunde außerhalb des Dorfs, an der Straße nach Innsbruck, bin ich an einer Pulvermühle vorbeigefahren.«

Valentina bestätigte Eckart, dass ihr Bruder für die Manhartseder-Brüder Botengänge erledigt hatte. Seit die Produktion von Schwarzpulver friedensbedingt stagnierte, sanierten sie sich und ihre Mühle mit Menschenschmuggel, wie das fast alle in der Gegend taten. Sie wusste allerdings nicht anzugeben, wann Enninger und die Manhartseders zuletzt Kontakt hatten.

Als sie an der Pulvermühle ankamen, begann es bereits zu dämmern. Das Haus war halb zerfallen, in den Hang hineingebaut, an seiner offenen Seite knarzte traurig ein Mühlrad. Der Bach, der es antrieb, floss träge, teils war er von Eis bedeckt, teils zeigte er eine bräunliche Brühe, in der sich kleine Inseln aus Sulzschnee gebildet hatten. Über ihnen rauschten die Bäume des angrenzenden Waldes, der sich den Hügel hinaufzog, und schüttelten Flocken zur Erde. Nature morte, dachte Eckart, als sie ausstiegen, das französische Wort für »Stillleben«.

Vanuzzi drängte auf schnellen Vollzug, er wollte die Brüder mit vorgehaltener Waffe zu einem Geständnis zwingen, oder wenigstens dazu, zu verraten, was sie über die Sache mit Enninger wussten. Das Problem war nur, dass die Manhartseders nicht da waren. Die Haustür stand offen, und Eckart und Vanuzzi hatten Zeit, sich in der Mühle umzusehen. Zuerst dachte Eckart, die Pulvermüller fühlten sich in ihrer Einsamkeit womöglich so sicher, dass sie es nicht einmal für nötig erachteten, abzuschließen, doch dann sah er, dass man die Tür von außen aufgehebelt hatte und sie überhaupt nicht mehr zu verriegeln war.

Wagners Leute …? Oder liebäugelte Eckart da zu sehr mit dem Offensichtlichen?

Drinnen war es so schäbig wie draußen. In der rußgeschwärzten Küche, die zugleich Werkstatt war, lag derart viel Staub in der Luft, dass Vanuzzi unaufhörlich niesen musste. Auf dem Tisch standen vier leere Flaschen. Eckart roch daran – billigster Fusel. Hatte man sich hier Mut angesoffen? Oder etwa die Tat begossen?

Als sie mit der Inspektion des Gebäudes fertig waren, setzten sich die beiden CIC-Leute mit gezogenen Pistolen. Sie mussten nicht lange warten. Nach ungefähr zwanzig Minuten kam der erste Manhartseder-Bruder. Mittelgroß, schwerfällig, zerzaustes, rundes Vollbartgesicht um die fünfzig. Als er mit einem Korb voller Holz in die Küche trat und die Waffen sah, hob er nicht einmal die Arme. Er stellte seine Last ab, holte von einem Brett, das an der Wand befestigt war, eine volle Flasche Schnaps und drei Gläser herunter, setzte sich den beiden gegenüber und begann einzuschenken.

Er gestand die Tat nach dem dritten Glas, das Vanuzzi wie die beiden vorherigen Runden hartnäckig verweigerte.

Sie hätten es nicht gewollt, sein Bruder und er, nur ein bisschen Angst machen, ihn abpassen in der Abenddämmerung, als er auf dem Heimweg war. Einer der Fremden, die sie über den Berg führen sollten, ein SS-Mann – sie hätten die ausgebrannte Tätowierung am Oberarm gesehen –, habe gesagt, er werde mitgehen. Bis zum letzten Moment hätten sie gedacht, dass der Fremde Schläge austeilen wolle, während sie Enninger durchs Unterholz jagten, einfingen, festhielten. Dachten, der brauche das mal wieder. So viele Monate, ohne Juden zu prügeln, das halte so ein SS-Mann halt nicht aus. Doch dann habe der plötzlich eine Pistole gezogen und die Brüder bedroht, sie sollten ja nicht loslassen, egal, was geschehe, wer einen Arm loslasse, werde erschossen. Sie hielten den Stanz fest, voller Angst, er wehrte sich, aber er schrie nicht um Hilfe, stumm war er wie ein Karnickel, einfach stumm. Und im nächsten Moment hatte er etwas kleines Metallisches im Hals stecken, er begann zu zucken, zuckte unablässig, den ganzen Leib durchlief es, dann gurgelten einzelne Laute durch seine Kehle, Schaum trat vor seinen Mund, und irgendwann war das Zittern und Schütteln zu Ende. Die Brüder hatten die Augen geschlossen, schon als sie das Gurgeln hörten, hätten sie sie zugemacht, und sie hielten ihn noch, als er ganz schwer und weich wurde. Dann habe der Deutsche befohlen, ihn loszulassen, und der Stanz sei in sich zusammengefallen, auf den Boden geglitten, und war tot, einfach so. Der SS-Mann drohte noch einmal mit seiner Pistole, wenn sie nicht dichthielten, werde er im Dorf alles kaltmachen, was den Namen Manhartseder trage, dann verschwand er talwärts. Die Brüder setzten sich neben Enninger in den Schnee, sahen ihm in das entsetzte Gesicht und konnten nicht fassen, was sie getan hatten. Dann schafften sie die Leiche ins Unterholz. Er selbst wollte Äste und Zweige über den Körper breiten, doch sein Bruder erkannte, dass das kaum nach plötzlichem Herztod aussah. Also ließen sie sie liegen und hofften auf die Nacht und den Schnee, der soeben zu fallen begonnen hatte.

Und dann hatten sie nur noch gesoffen. Daheim. Gesoffen und gesoffen. Und als er wieder aufwachte, war der Bruder schon weg. Wie verabredet, brachte er die Deutschen über den Steig.

»What the …?«

Vanuzzi sprang auf. Eckart bedeutete dem Pulvermüller, zu sagen, was genau er damit meine.

Die Gruppe hatte am Morgen gehen wollen. Der Bruder warnte vor dem Schneefall und den vermeintlichen Rotkreuzlern, die sich am Pass herumtrieben, aber die Deutschen hatten darauf bestanden. Sie hatten mitbekommen, dass die Franzosen und die Rotkreuzler erst einmal miteinander beschäftigt waren und ihnen deshalb nicht in die Quere kommen würden. Inzwischen waren sie bestimmt schon auf der italienischen Seite – wenn nicht abgestürzt oder erfroren.

Vanuzzi hatte den Kopf dreimal gegen ein Eisenrohr geschlagen, das an der Wand zu Boden führte. Dann informierte er die alliierte Polizei über ihren Fang.

Eckart fand noch weniger Möglichkeiten, seiner Wut und Enttäuschung Ausdruck zu verleihen. Er starrte lediglich fassungslos auf den Pulvermüller und die halb volle Schnapsflasche. Wie nah waren sie an Wagner dran gewesen …!

Manhartseder ließ sich willig von den Franzosen abführen, aber er wollte Eckart nichts über den SS-Mann preisgeben, der Enninger die Giftspritze gesetzt hatte. Der ehemalige Kommissar schilderte das Gesicht Wagners, wie er es im Kopf hatte, doch der Pulvermüller zuckte nur mit den Schultern und schwieg. Erst als er bereits im Polizeijeep saß, sagte er zu Eckart:

»Wenn mein Bruder wieder da ischt, sag i alles. Aber erscht dann.«

»Aber eines sagen Sie mir jetzt schon, Manhartseder: Einer der Deutschen war krank. Was war es für eine Krankheit?«

Der Pulvermüller war verdutzt, vielleicht dachte er auch nur angestrengt nach. Dann sagte er: »Aufs Scheißhäusel ischt er halt gerannt, ständig. Manchmal war's wohl blutig.«

Als sie ins Dorf zurückfuhren, fragte Vanuzzi Eckart unvermittelt: »Wie gut kennt Wagner *Sie* eigentlich, Doc?«

»Wie meinen Sie das?«

»Sie haben mir da vorgestern Nacht etwas von Gedankenlenken erzählt. Könnte Wagner Ihre Handlungen lenken? Beispielsweise, indem er Ihren Informanten töten lässt …«

»… und weiß, dass ich darauf anspringe, weil mir dieser vermeintliche Herzinfarkt spanisch vorkommt. Und dadurch verschafft er sich Zeit.«

Pause. Sie fuhren durch eine Schneelandschaft ohne jede Farbe.

»Wir haben lange genug miteinander gearbeitet, Wagner und ich. Ein Menschenleben mehr oder weniger ist ihm egal. – Aber die Vorstellung, dass Enninger nur deshalb sterben musste, um uns von Wagners Fährte abzulenken … wäre …«

Der Amerikaner hob beschwörend eine Hand.

»Vergessen Sie's, Doc. Woher sollte Wagner wissen, dass Sie hier und hinter ihm her sind?!«

Pause.

»Ja, woher, Dan, woher …?«

Wenige Minuten später stand Eckart vor Valentina. Er hatte sich von Vanuzzi zwanzig Minuten ausbedungen. Der Weg, den er zu Fuß zur Hütte zurücklegen musste, weil er zu schmal für den Jeep war, schien ihm jetzt noch steiler und beschwerlicher als beim ersten Mal.

Er wollte sich von Enningers Schwester verabschieden. »Operation Rattenlinien« musste über die Grenze nach Südtirol weiterziehen, aber er fühlte sich verpflichtet, ihr vorher zu berichten, wer ihren Bruder mutmaßlich getötet hatte, auch wenn es für sie danach unmöglich wäre, hier weiterzuleben.

Wagners möglichen Plan verschwieg er.

Valentina war beherrscht wie am Morgen. Sie sprach leise – der Kleine schlafe. Sagte, sie gebe Eckart keine Schuld am Tod ihres Bruders, denn nicht die Spitzelei hätte ihn getötet, sondern seine Laufburschendienste. Früher oder später wäre ohnehin etwas passiert, sie hatte ihn immer gebeten, damit aufzuhören, diese Leute seien unberechenbar. Doch er habe nur gemeint, er müsse ja irgendwie seine Familie durchbringen. Oder das, was von ihr übrig war.

Eckart zweifelte. Die Depression, die sie statt offener Trauer befallen hatte, mochte sie jetzt daran glauben lassen, was sie sagte, aber wäre erst ausreichend Zeit vergangen, würde seine Schuld für sie klar hervortreten. Zumal sich sein eigenes Gewissen nicht betäuben ließ. Seit Langem dachte er wieder einmal an Morphium, an das Vergessen, das es schenkte.

Valentina wechselte plötzlich das Thema, erzählte, dass sie für Luca, damit er nicht krank werde, im Ofen angewärmte Backsteine mit der Feuerzange in Zeitungspapier einwickle und – einen Stein nach dem anderen – in sein Bett lege. Das sei ihre Beschäftigung während der Nachtstunden, wenn sie nicht schlafen könne.

Die Familie um sie herum war ausgelöscht. Etwas in Eckart, vielleicht das Blut seiner Mutter, wollte bleiben, um Valentina nahe zu sein, ihr zu helfen, wenigstens über diesen grausamen Winter zu kommen; doch der Preuße in ihm, das Blut seines Vaters, trieb ihn zur Pflicht an. Enninger sollte nicht umsonst gestorben sein. Du schuldest uns wirklich nichts mehr, dachte er, wir sind diejenigen, die dir alles schulden, dein Leben schulden, Stanz.

Dann zog Eckart aus seiner Manteltasche alles Geld, das ihm das CIC gegeben und von dem er so gut wie nichts verbraucht hatte, und sagte, es sei nur eine kleine »Haushaltshilfe«, die nichts gutmache, weil nichts gutzumachen sei. Er hoffe trotzdem, sie helfe Luca und ihr über den Winter. Bald werde er wiederkommen, dann bringe er mehr. Er wünsche, sie und Luca könnten Stanz und ihm irgendwann von tiefstem Herzen verzeihen und ein bisschen verstehen, warum sie all das hatten tun müssen.

Eckart befürchtete, Valentina könnte die Scheine, die er vor sie hingelegt hatte, als Blutgeld deuten, doch ihr Blick zeigte, dass dem nicht so war. Sie hatte den Krieg überstanden, der die Menschen hart und pragmatisch gemacht hatte, und sie wusste, dieses Geld würde Luca vor Hunger und Tuberkulose bewahren.

»Wir sehen uns wieder, wenn Sie das möchten«, sagte Eckart und hatte die Türklinke schon in der Hand, als er ihre heisere Stimme sagen hörte:

»Die Gruppe will nach Meran. Hab's aufgeschnappt, bevor der Stanz gegangen ist. Greifen Sie sich diese Kerle, Herr Eckart.«

Die Ausrüstung war schon im Auto. Eckart trug Vanuzzis und seine eigenen Gepäckstücke, als er die Tür zur Kammer zuschlug und die Treppe hinabging, die in den Gastraum führte. Es war in aller

Herrgottsfrühe am nächsten Morgen, der Amerikaner erwartete ihn am Jeep. Eckart wollte soeben durch die Haustür treten, da hörte er, wie die Wirtin ihm hinterherrief:

»A jedem das Seine!«

Es war, als hätte jemand in ihm das Licht ausgeknipst. Er warf seine Lasten zu Boden, drehte sich in den Schankraum und machte sieben, acht schnelle Schritte auf die Frau zu. Erst in diesem Moment schien sie zu ermessen, was sie getan hatte. Sie wich zurück, bis sie an einen Tisch stieß, dann erhob sie schützend und zugleich drohend ihre Hand. Eckart hielt inne, schrie »Jedem das Seine – ist das so?«, zog seine Pistole aus dem Mantel, »Ist das so, ja?«, und zielte aus kaum zwei Metern Entfernung auf ihr Herz: »Dann ist die hier für dich!«

Ihre Blicke hatten sich ineinandergebohrt.

»Andreas!«

Die Stimme Vanuzzis kam von der Haustür her, und seine sehr langsamen Schritte ließen vermuten, dass er sich näherte. Eckart bewegte sich nicht, spürte, wie ihm eine Schweißperle über die Stirn lief; er dachte daran, wie dieses Weib Enninger an die Schleuser verraten hatte und ihn jetzt mit einem Gesichtsausdruck anstarrte, der zwischen Panik und Verachtung schwankte. Man sah förmlich, wie sie jedes weitere Wort in ihrer Kehle erstickte.

»Die ist es doch gar nicht wert.«

Er hatte zu lange gezögert. Ein Hauch in seinem Nacken, das Gewicht einer Hand auf seiner linken Schulter.

»Und Sie wollen das doch auch nicht wirklich, Doc.«

Eine zweite Hand lenkte ihm vorsichtig die Pistole zu Boden.

»Denken Sie an die Ratten, die wir kriegen müssen. Die Ratten, die wirklich wichtig sind!«

Der Special Agent wog Eckarts Waffe in der Hand und sah ihn grinsend an.

»Madonna! Doc, und hin und wieder sollten Sie daran denken, sie vor Gebrauch zu entsichern.«

Als der Motor des Jeeps zündete, begann es wieder zu schneien, als sollte den beiden CIC-Männern ein ewiger Winter verkündet werden.

Zwischenstück

1934–1943

Wenn es klingelte oder an seiner Tür klopfte, zuckte er zusammen, erwartete er die Visagen von Wagner und einem seiner Subalternen zu erblicken, die sagten: »Ätsch-ätsch, wir haben dich gar nicht freigelassen, wollten nur sehen, ob du uns das wirklich abkaufst.«

Die körperlichen Verletzungen waren verheilt, Narben dort zurückgeblieben, wo die Dornen tief ins Fleisch eingedrungen waren und die Wunden sich entzündet hatten; leichte Nierenschmerzen, wenn er schneller ging, wenn er außer Puste geriet, und er geriet schnell außer Puste in diesen Tagen. Er war auf Arbeitssuche, hetzte von Ort zu Ort, aber außer Polizist hatte er nichts gelernt, konnte nichts Besonderes. Der Judenboykott erreichte längst alle Bereiche des öffentlichen Lebens – wo man ihn kannte, gab man ihm keine Stelle, und wo man ihn nicht kannte, kam sie früher oder später, die verräterische Frage nach der Herkunft.

Nach zehn Monaten waren seine Rücklagen aufgebraucht.

Die freundliche, ältere Kriegerwitwe, bei der er seit vielen Jahren als Untermieter in Charlottenburg lebte – Eckart hatte ihm die Unterkunft einst verschafft –, sah sich gezwungen, ihm zu kündigen. Weil er keine neue Bleibe bekam, musste er zur Mutter und den zwei Schwestern zurückziehen, deren Verlobungen binnen weniger Wochen geplatzt waren. Zurück nach Potsdam, in die Stadt, die den preußischen Militarismus wie keine andere verkörperte, die spätestens seit dem Tag, an dem sich Hitler vor Hindenburg verneigt hatte, als viel beschworenes Symbol der Vereinigung von Nazis und Konservativen galt.

Er war neununddreißig Jahre alt und zog zurück zur Mutter. Schon nach dem ersten Tag war die Luft im Haus so dick, dass man sie hätte löffeln können. Nach einer Woche hatten sich die vier häufiger gestritten und wieder versöhnt und wieder gestritten als in den Jahrzehnten zuvor.

Sie lebten vom Ersparten. Der Vater war kaisertreuer Universitätsprofessor gewesen, der es während seiner fünfundfünfzig Lebensjahre zu bescheidenem Vermögen gebracht hatte. Vor allem zu einer eigenen Wohnung, und das war ihr Glück, weil sie daraus niemand vertreiben konnte.

Noch nicht.

Hanna, die Ältere, gab Klavierunterricht, Leni übernahm kleine Näh- und Stickarbeiten, die hoffnungslos unterbezahlt waren. Beide wussten, dass man ihre billige Arbeitskraft ausbeutete, aber sie durften sich nicht beschweren, weil es sonst hieß: »Ja so, die Juden, immer noch wählerisch, wa?! Wir können auch jemand anderes nehmen, denken Sie dran!«

Rosenberg, der alle Hoffnung aufgab, noch eine bezahlte Arbeitsstelle zu finden, hielt sich mit kleineren Reparaturen auf Trab, zunächst in der Wohnung, später, als man die anderen Parteien davon überzeugen konnte, dass er sich dabei nicht ungeschickt anstellte, im ganzen Haus. Er werkelte vor sich hin, fühlte sich chronisch unterfordert, hatte das Lesen aufgegeben, erst das von Zeitungen, dann das von Büchern; das Einzige, das ihm blieb, waren die Briefe, die ihm Eckart aus Amerika schrieb, in denen er ihm erklärte, wie seine Flucht vonstattengegangen war; dass er ihn, Rosenberg, nicht hatte ausfindig machen können, und, ja, vielleicht zu rasch in seinem Aufbruch gewesen war. Rosenberg schrieb selten zurück, hatte wenig zu erzählen, von Deutschland mochte er nicht schreiben, die Situation in der elterlichen Wohnung erschien ihm zu kläglich, um den ehemaligen Vorgesetzten, zu dem sich zwar ein freundliches Verhältnis entwickelt hatte, aber noch lange kein freundschaftliches, damit zu langweilen. So tauschten sie – vorsichtig, weil man nie wissen konnte, wer mitlas – Erinnerungen an die gemeinsame Zeit bei der Kripo aus, bis immer weniger Briefe hin- und hergingen, da jeder Kontakt mit dem Ausland beäugt wurde.

Es knallte noch immer stündlich zwischen ihm und den Schwestern. »Ephi hat wieder seine Tage«, sagten sie und zogen sich zurück. Mit der Mutter hatte er einen Waffenstillstand geschlossen, der beinhaltete, dass sie weder an seiner Arbeitslosigkeit noch an der Tatsache, dass er weiterhin unverheiratet war und keine Kinder hatte, herummäkelte. Dafür ließ er sie reden und achtete nicht weiter auf den Inhalt ihrer Worte.

Die Nürnberger Gesetze traten in Kraft, immer mehr Freunde und Verwandte emigrierten. Rosenberg schlug vor, ebenfalls nach Amerika zu gehen, Eckart konnte sich um den Affidavit kümmern, die Bürgschaftserklärung für eine Einreisegenehmigung in die USA, aber die drei Frauen wollten nicht weg aus ihrem Heimatland, hofften immer noch, dass der Spuk bald ein Ende finden würde.

»Wir gehen nicht«, sagte die Mutter. »Heimat ist dort, wo an der Mauer geschrieben steht: ›Paule ist doof‹. Mit einem o und zwei f. Und das will ich lesen können.«

1936 wurde die Situation für die vier so prekär, dass Rosenberg die »Jüdische Winterhilfe« um Unterstützung anbetteln musste. Damit er die Mutter nicht gegen sich aufbrachte, die das niemals geduldet hätte (»Wir mögen viel verloren haben, aber unsere Ehre noch nicht!«), erzählte er, die Lebensmittel stammten von ehemaligen Kollegen, die ihm noch etwas schuldig seien.

Mit einem von ihnen hatte er sich tatsächlich getroffen: Jahnke, ein alter Fußballkamerad, den er aus Kripozeiten kannte. Er hatte zwischenzeitlich für die Gestapo gearbeitet, dann um seine Versetzung gebeten. Doch er besaß noch immer beste Kontakte. Von ihm erfuhr Rosenberg, warum Wagner ihn seinerzeit nicht ins Konzentrationslager gesteckt hatte. Seine Verhaftung war Teil der Säuberungsaktionen gegen Linke, aber wegen des Röhm-Putsches, bei dem die gesamte SA-Führungselite getötet wurde, war für die Gestapo nicht mehr von Bedeutung, wer wann Spitzeldienste geleistet hatte. Im Gegenteil, selbst kleinere Lichter bei der SA bekamen Panik, dass es jetzt auch sie erwischen könnte, und beeilten sich, entweder in die SS einzutreten oder ihren Dienst so weiter zu versehen, dass sie nicht auffielen.

Wagner entschied sich für beides: SS und Dienst tun, ohne auffällig für die SA einzutreten. Das hatte Rosenberg das Leben gerettet.

Eines Abends im späten Oktober 1938 traf er Jahnke wieder. Der hatte um ein Treffen an einem »konspirativen Ort« gebeten. Wagner habe Rosenberg wieder im Visier, sagte der ehemalige Kollege, aber diesmal gehe es nicht um seine politischen Aktivitäten.

»Sondern?«

»Er soll gesagt haben: Wenn ich Eckart schon nicht kriegen kann, dann mache ich das Judenschwein fertig. – Da braut sich was zusammen, Rosenberg, nicht nur für dich, für alle Juden …«

»Was könnte sich da noch mehr für uns zusammenbrauen?«

»Die Gestapo hat eine zentrale Judenkartei eingerichtet … in den Lagern schaffen sie Platz für euch … ich kann dir die Adresse von einem geben, der weiß, wie man als ›U-Boot‹ einige Zeit überleben kann …«

»Als ›U-Boot‹ …?«

»Als Untergetauchter. Als Illegaler. Wie auch immer du es nennen möchtest. Es wird eine harte Zeit, aber du bist ein zäher Hund, du kannst es schaffen, Rosenberg. Nur muss es vor dem 5. November sein …«

Als er nach Hause kam, besprach er sich mit seinen drei Frauen. Ein letztes Mal schlug er die Auswanderung vor – sie sollten vorausfahren, er würde nachkommen. Wieder lehnten sie ab, er müsse sich jetzt um sich selbst kümmern, die Männer seien immer als Erste dran. Alles Weitere werde sich ergeben.

Er schrieb einen Brief, in dem er sich von der Mutter und den Schwestern verabschiedete. Als Jude sehe er keine Chance mehr, in diesem Land noch länger zu leben, deshalb gehe er ins Wasser. Kuss Ephi.

Bei einem ihrer wenigen Treffen erfuhr er, dass Wagner mit den Zähnen geknirscht hatte, als er Rosenbergs drei Frauen vorlud. Er glaubte kein Wort, aber er konnte nichts tun. Hin und wieder zog man havelabwärts in diesen Tagen Wasserleichen aus den Wehren, Selbstmörder, einer wie der andere, sie waren bis zur Unkenntlichkeit aufgedunsen und von Fischfraß entstellt. Einer von ihnen hätte Rosenberg sein können.

Wochenlang ließ die Gestapo das Haus der Mutter beschatten, dann gab sie endlich auf.

Die von Jahnke angegebene Adresse war die eines kommunistischen Fluchthelfers in Berlin, der schon zwanzig und mehr Genossen zu einem Leben im Untergrund der Stadt verholfen hatte. August Petermann und Jahnke waren Vettern zweiten Grades. Der ehemalige Gestapomann versah den Kommunisten mit wichtigen Informationen aus dem Umfeld der Polizei, und da er ihm deswegen noch den einen oder anderen Gefallen schuldig war, nahm Petermann Rosenberg schweigend auf, ohne Fragen zu stellen.

»Als Erstes brauchen wir eine Unterkunft. Dann eine glaubhafte Legende. Für die Nachbarschaft. Und den Blockwart.«

Petermann legte eine Zigarettenschachtel auf den Tisch, beide bedienten sich und rauchten das schlechte Kraut an.

»Hüte dich vor allen: vor den Blockwarten, den fanatischen Nazis, den Opportunisten, die Geld brauchen oder Schiss haben – aber am meisten vor den Nachbarn. Trau keinem, besonders nicht den Freundlichen!«

Jedes Wort begleitete Petermann mit einem Pochen seiner linken Zeigefingerspitze auf dem Küchentisch.

»Du musst Lebensmittel horten, wichtige Medikamente. Am besten kommst du da auf dem Schwarzmarkt ran. Aber wenn du bei einer Frau unterkriechst, musst du einen Mann losschicken, Frauen misstraut man da. Außerdem ist das natürlich teuer ...«

»Es ist nicht so, dass ich gar kein Geld hätte ...«

»Stell dich auf eine lange Zeit ein, du wirst noch sehr viel brauchen. Kleidung zum Beispiel – so viel wie möglich selbst flicken. Kannst du nähen?«

»Meine Schwester hat es mir beigebracht.«

»Das ist gut, sehr gut sogar. Du weißt noch gar nicht, wie gut ...«

Die halbe Nacht, die er bei Petermann verbrachte, gab dieser ihm Anweisungen: niemals mehrere Gepäckstücke bei sich führen, die würden nur Verdacht erregen; keine längeren Aufenthalte in Gaststätten, Bibliotheken oder Kinos, das könnte Nachfragen nach der Identität geben; Parkbänke ja, aber nicht nachts, selbst im Sommer nicht, weil die Polizei Stadtstreicherei so streng wie nie zuvor ahndete.

»Noch eines: Mach dir klar, dass du nie einen längeren Zeitraum bei ein und demselben Helfer sein wirst. Lass die Menschen nie zu nah an dich ran. Du weißt nicht, ob du ihnen wirklich trauen kannst, und außerdem musst du manchmal blitzschnell die Unterkunft wechseln und wirst sie nie wiedersehen.«

Dann ergriff Petermann Rosenbergs Hand und presste sie vehement auf die Tischplatte, sein Blick grub sich dabei in den des ehemaligen Polizisten:

»Ein Letztes: Verlieb – dich – nicht! Was auch passiert! Alle, denen ich geholfen hab und die sich verliebt haben, sind tot. – Kapiert?«

»Kapiert. – Nur eines …«

»Ja?«

Petermann ließ Rosenbergs Hand los.

»Warum hilfst du mir?«

»Weil das die einzige Art von Widerstand ist, den ich in diesem Land leisten kann. Wenn ich's nicht täte, müsste ich mich umbringen.«

Petermann gab ihm die Adresse eines »sicheren Hauses« im Wedding. Berlin bot wesentlich mehr Überlebenschancen für U-Boote als kleinere Städte von der Größe Potsdams. Außerdem verhalf er ihm zu einem falschen Ausweis: Peter Reuter; er trug nicht den Stempel mit dem Buchstaben J für »Jude« und lautete auch nicht auf den Zusatznamen »Israel«, den die Nazis in die Pässe hatten schreiben lassen. Rosenberg bekam die Papiere von einem Druckereibesitzer, welcher der ehemaligen USPD angehört hatte und seine Hauptaufgabe nun darin sah, Verfolgte mit neuen Dokumenten auszustatten.

Die sicheren Häuser lösten einander in rascher Folge ab. Die Wohnverhältnisse wurden von Mal zu Mal beengter, die Lebensmittel knapper, die Angst vor der Entdeckung übertrug sich von Rosenberg auf seine Helfer. Die Hoffnung, dass sein Lauern wie in den Jahren zuvor einmal aufhören müsste, hatte sich endgültig zerschlagen; im Gegenteil, jetzt lauerte Rosenberg in fremden Wänden auf fremde Geräusche und noch fremdere Gefahren.

Irgendwann sah er sich genötigt, wieder Kontakt mit seiner Familie aufzunehmen.

Die Mutter stattete ihn mit Schmuck aus, den er nach und nach als Gegenleistung für sein Obdach aufbrauchte. Seine drei Frauen sah er einmal im halben Jahr, sie verabredeten sich brieflich. Die Treffen waren an unbequemen Orten und kurz, sie hatten gerade genügend Zeit, um sich gegenseitig zu versichern, dass man lebte, für die Verhältnisse relativ gesund war und einander vermisste. Sogar die Streitigkeiten vermisste man.

Ab und an beantwortete die Mutter für ihn eine Annonce Eckarts in einer Berliner Zeitung. Sie hatten ein kompliziertes Prozedere verabredet, damit sein ehemaliger Vorgesetzter in Erfahrung bringen konnte, dass Rosenberg noch am Leben war.

Manche Wohnungen durfte er gar nicht verlassen, in anderen bestand man darauf, dass er den ganzen Tag unterwegs war und erst spätabends zurückkam. Er kannte jeden Kratzer im Holz der Parkbänke im Tiergarten in- und auswendig; der Bänke, die für Juden längst verboten waren.

Sie tranken Ersatzkaffee. Seit Beginn des Krieges war Rosenberg bei einer Witwe untergekommen, Mitte vierzig, gut aussehend, eine Bekannte von Petermann. Ihr Mann war bei einer Saalschlägerei von SA-Leuten umgebracht worden, deshalb galt Frau Kurz als äußerst zuverlässig. Sie tranken und hörten Radio. Über den Kriegsverlauf. Nachrichten von Siegen an allen Fronten. Deutschland im Siegestaumel, selbst überzeugte Nazifresser gestanden Hitler nun doch ein lang vermisstes militärisches Geschick zu.

Frau Kurz nötigte ihn, jeden Tag den Meldungen zu lauschen.

»Glauben Sie wirklich, dass es für mich darauf noch ankommt, Frau Kurz?«

Sie sah ihn traurig an, aber ob sie verstand, dass er unter diesen Nachrichten litt, dass sie ihn immer tiefer in den psychischen Abgrund taumeln ließen – er wusste es nicht.

Er wusste bald überhaupt nicht mehr, was er von Frau Kurz denken sollte.

Es war sein bislang längster Aufenthalt in einem sicheren Haus. Die Situation schien ideal, den Nachbarn war er als Verwandter aus Westpreußen vorgestellt worden, der durch die Kampfhandlungen in Mitleidenschaft geraten war.

»Na, dann sind Sie doch bestimmt glücklich, dass Sie nun wieder zum Reich gehören?«

»Überglücklich.«

Sie ließen ihn unbehelligt. Man fragte nicht weiter nach ihm. Nur Frau Kurz … täuschte er sich, oder war die Stimmung bei ihr gekippt? Leuchtete da etwas in ihren Augen auf, als der Polenfeldzug siegreich beendet worden war? Und hatte es einen tieferen Sinn, als sie plötzlich mit dem alten Sprichwort herausplatzte: »Beim Polen geht alles links – links wie bei den Juden …«?

Eines Tages ging Frau Kurz frühmorgens aus dem Haus und war am Nachmittag noch nicht zurück, ganz entgegen ihrer sonstigen Gewohnheit. Er begann sich Sorgen um sie zu machen … bis ihm auf einmal bewusst wurde, wie absurd es war, dass er sich um sie sorgte … war sie zur Gestapo gegangen und hatte sich selbst angezeigt? Weil ihr jetzt erst bewusst wurde, was sie da eigentlich tat …? Volkszersetzung … war sie es leid, mit ihm zusammen von einer Lebensmittelmarke zu leben …?

Rosenberg verfiel in Panik. Er packte seine Siebensachen (so sehr war alles, was er hatte, zusammengeschrumpft in diesen Jahren), als er den Schlüssel in der Tür knirschen hörte. War das eine zweite Stimme? Er griff nach einem Küchenmesser, wollte sein Leben so teuer wie möglich verkaufen.

»Das könnse sich nicht vorstellen«, plapperte Frau Kurz los, kaum dass sie die Tür hinter sich mit dem Bein zugetreten hatte, »wie frech die Verkäuferinnen auf dem Markt heutzutage sind, ich musste bis Oberschöneweide fahren, um Kartoffeln zu kriegen. – Nanu, was wollense denn mit dem Messer, Herr Reuter? Zum Kartoffelschälen isses ja doch zu groß.«

Als im Oktober 1941 die Deportationen begannen, wollte er sich nach Potsdam durchschlagen, bat Petermann, ihm einen Fahrtberechtigungsschein für die Bahn zu organisieren. Der erklärte ihm in stundenlanger Diskussion, dass es jetzt viel zu gefährlich sei, denn die Gestapo sei auf dem Quivive wie seit Jahren nicht mehr, Rosenberg solle eine Woche verstreichen lassen, bis sich die Situation beruhigt habe, dann wäre vielleicht auch ein Bahnschein drin.

Durch einen Zufall erfuhr er, dass seine Mutter, die Schwestern und Tanten bei der ersten Deportationswelle nach Litzmannstadt dabei gewe-

sen waren. Erstmals seit er untergetaucht war, spielte er wirklich mit dem Gedanken, sich umzubringen. Er hatte nichts unternommen, um sie zu retten, was also gab ihm noch ein Recht zu leben ...?

Mit Mühe fand er Argumente, die dagegensprachen. Eines lautete: Wagner darf nicht gewinnen!

Es war Anfang März 1943. Noch immer klangen ihm die Worte des Großdeutschen Rundfunks in den Ohren, der erklärte hatte, dass die 6. Armee unter der »vorbildlichen Führung von Generalfeldmarschall Paulus bis zum letzten Atemzug gekämpft« habe, aber einer »Übermacht und ungünstigen Verhältnissen erlegen« sei. Seit die Deutschen nicht mehr aus Siegesfreude taumelten, sondern weil sie erschüttert waren von Kälte, Hunger und den nächtlichen Bombenangriffen – nicht anders als er, nur mit dem Unterschied, dass sie in die Luftschutzkeller gehen konnten –, traute er sich auch tagsüber wieder unter Menschen.

Er stand in einer Menge auf dem Alexanderplatz. Im Nachhinein hätte er nicht mehr anzugeben gewusst, wohin er mit den anderen starrte, als er plötzlich das Gefühl seines nahen Todes auf der Zunge spürte. Und einen Blick auf sich ruhen wusste. Er drehte sich um, und da, keine fünfzehn Meter links von ihm, stand Wagner. Ihre Augen bohrten sich ineinander. Er war älter geworden, noch grauer, trug einen Bart, sein Gesicht war von großen Pusteln entstellt, aber es war eindeutig Wagner, der jetzt mit den Armen die Menge teilte und zu ihm hin ruderte, ein Schwimmer auf dem Weg, einen anderen Schwimmer zu ertränken.

Rosenberg duckte sich, zog den Hut tiefer, dann drängelte er sich an den Menschen vorbei in die andere Richtung. Alle zehn Meter spähte er nach oben, ein-, zweimal erblickte er das puterrot gewordene Gesicht Wagners, noch immer gut fünfzehn Meter von ihm entfernt. Als Rosenberg das Ende der Menge erreicht hatte, begann er zu laufen, schnell und immer schneller, er lief gegen seine Nierenschmerzen an, lief gegen die Todesangst und die Jahre im Untergrund an, lief in Richtung Marienkirche und Lutherdenkmal. Er lief weiter, überquerte die Spree, auf der Museumsinsel tauchte er abermals in einer Menschenmenge unter, er lief, lief und lief, bis er wirklich nicht mehr konnte, bis die Oberschenkel *hart waren und ihn nicht mehr trugen, bis er fiel, sich in ein Gebüsch am Marstall rollte und dem Geschick ergab. Er kotzte sich die Seele aus dem Leib.*

Eine halbe Stunde später, halbwegs wieder zu Kräften gekommen, schlug er den Weg »nach Hause« ein.

War er Wagner entkommen? Oder nur einem seiner Albträume?

Zwei Tage später sollte er es genauer wissen.

Es klopfte an der Tür, sein Fluchthelfer schickte ihn in den großen Schrank. Drei Männer und eine Frau überrannten seinen »Vermieter«. Die Frau kannte er, sie galt als »Greiferin«: selbst einst Jüdin im Untergrund, arbeitete sie nun für den Jüdischen Fahndungsdienst der Gestapo. Rosenberg hatte ihr vor zwei Jahren sogar zu Lebensmittelmarken verholfen. Die Gestapomänner zogen die Pistolen und gingen zielstrebig auf den Schrank zu. Rosenberg kam ihnen mit erhobenen Händen entgegen, sie legten ihm Handschellen an, schubsten ihn die Stufen im Treppenhaus hinab, dann brachten sie ihn in das Judensammellager in der Großen Hamburger Straße 26.

»Wenn du Glück hast, erschießen sie dich gleich«, sagte einer der Juden, der als Aufseher für »seine Leute« im Lager arbeitete und dafür Vergünstigungen der Gestapo erhielt.

»Und wenn ich Pech habe?«

»Theresienstadt oder Auschwitz. Wenn du dran glaubst, triffst du deine Verwandten wieder. Da oben, als Rauch in den Wolken.«

Er glaubte nicht daran.

Teil 2

Ich danke dem Herrgott, dass Er mir die unverdiente Gabe geschenkt hat, viele Opfer der Nachkriegszeit mit falschen Ausweispapieren ihren Peinigern durch die Flucht in glücklichere Länder entrissen zu haben.
(Alois Hudal, katholischer Theologe)

11.

Das cremefarbene Kleid, besetzt mit spröden Spitzen. Wie sie auf ihn zugelaufen kam, er sich an ihren Bauch schmiegte. Sein Scheitel reichte ihr kaum bis an die Hüften.

»Andrea, carissimo.«

Sie fütterte ihn mit Mandeln, die sie direkt vom Baum pflückte. Immer wieder diese Geste: wie sie die Hand durch Zweige und Blätter schlafwandlerisch sicher ins tiefere Grün führte, die Früchte abzwickte, aneinander aufknackte und ihrem Sohn auf die Zunge legte. Wie eine Hostie, hoc est enim corpus meum, denn dies ist der Leib deiner Mutter, Andrea, hic est enim calix sanguinis mei, und dies ist ihr Blut.

Wie es zu fließen begann, als sie hustete, so lange, bis sie es hervorwürgte, bis die Mutter Blut spie, Blut, und nichts als Blut. Der Arzt ließ sie erst aufrecht betten, verordnete kalte Umschläge, aber als sie immer wieder ohnmächtig wurde, sollte sie sich endlich flach hinlegen. Am Ende der Nacht war sie an ihrem eigenen Blut erstickt.

Ein Rucken, das seinen ganzen Leib durchfuhr. Eckart erwachte, riss die Augen auf, sah talwärts in eine Schlucht, zog den Rauch von Vanuzzis brennender Zigarette ein und schloss die Augen wieder. Er wollte dorthin zurückfinden, wo er gerade hergekommen war.

Dabei hatte er nichts von alledem selbst erlebt. Als die Mutter starb, war sie in Venedig zu Besuch bei ihren Brüdern gewesen, und seine Onkel waren es auch, die dem Vater die Nachricht überbrachten. Durch die angelehnte Tür hindurch hatte das kaum sechsjährige Kind gelauscht; hatte die Stimmen schwach und schwächer werden hören, und was der Vater mit einem Mal für ungewohnt schlechtes Italienisch sprach!, mehr stammelte als sprach, wie er rang mit den Worten und Silben, mit Betonung und Bedeutung, er, der deutsche Kulturattaché in Rom, der noch nie um Worte verlegen gewesen war, nicht einmal, als er um die Hand der reichen Reederstochter angehalten hatte. – Die Erzählungen vom Tod der Mutter: ein Wissen aus zweiter Hand. Eckart hatte sie, die zuvor nicht einen Tag in ihrem Leben krank gewesen sei, wie der Vater behauptete, nicht mehr wiedergesehen. Vielleicht wollte man ihm den Anblick der seltsam spitzen Gesichtszüge dieser Wachspuppe, die in einer fernen Kirche aufgebahrt lag, ersparen, vielleicht war das Kind nicht in der Lage zu reisen. Es war selbst kaum von einem mehrtägigen Fieber genesen, und die Nachricht vom Tod seiner Mutter ließ es in die Laken zurückfallen – es wollte nie wieder aufstehen, nie wieder gesund werden, wenn das das Pfand dafür wäre, wieder mit der Mutter vereint zu sein.

Selbst daran, wie sie ihn mit Mandeln fütterte, hatte er keine eigene Erinnerung; es waren lediglich die Erzählungen, die Behauptungen des Vaters, jahrelang wiederholt, eine Litanei (hoc est enim corpus meum) in ihrem bedrückenden Beisammensein in der Grunewald-Villa, nach der Rückkehr, vielmehr der Flucht aus Italien, wo es der Vater nicht mehr ausgehalten hatte. (Denn wer wäre schon kräftig genug, Mandeln in der Hand zu knacken und die zähe Haut der Frucht zu schälen? Er nicht, er hatte es versucht, ein ums andere Mal, als er in Italien war, wenn er seiner Mutter näherkommen wollte, und ein ums andere Mal war er daran gescheitert.)

Was geblieben war: das Gefühl, sich nie wieder so hilflos fühlen zu wollen wie an dem Morgen, als er vom Tod seiner Mutter erfuhr. Der Grund, warum er Medizin studiert hatte: Sie spendete ihm in gewissem Maße Trost und Sicherheit gegen seine Ohnmacht. Auch wenn sie ihm die Mutter nicht zurückgab.

Und jetzt war alles nur noch Gedankenware aus zweiter Hand, selbst seine Träume von der Mutter.

Eckart ermunterte sich – es war unmöglich, in den Traum zurückzukehren, also stellte er sich dieser schier endlosen Fahrt. Das Wetter auf der Alpensüdseite war freundlicher, hin und wieder rissen die Wolken auf, und die Sonne funkelte schwach durch die tief hängenden Nebelwolken oder den Wolkennebel – Eckart hätte nicht sagen können, wo der eine endete und die anderen anfingen. Es blieb kalt, auf Strom- und Telefonleitungen hatten sich Eisblöcke gebildet, und dicke Eiszapfen hingen wie Stalaktiten an den überkragenden Dächern von Hütten und Häusern. Sie fuhren durch eine abwechslungslose, braun-weiße Landschaft aus Zwei- und Dreitausendern, die Berge begannen Eckart zu deprimieren; er dachte an die Schützengräben im Ersten Weltkrieg, an die Bombentrichter, die sich inmitten der Laufwege erhoben, ein Loch im Loch, das andernorts Hügel aufwarf, und in einem von ihnen lag er damals lebendig begraben, er wusste nicht, wie viele Tage. Beinahe dreißig Jahre war das nun her, doch er konnte noch immer mühelos den Geruch der Erde, des verbrannten Fleisches und der verwesenden Soldaten reproduzieren, so, dass er jeden Moment davon würgen, daran ersticken müsste wie an einem zu großen Bissen, der ihm in die Luftröhre geraten war.

Erst als er eine Kirche mit alleinstehendem Glockenturm sah und sich dadurch Italien näher fühlen durfte, brach er das lange Schweigen zwischen seinem Partner und sich. Er fragte nach Brown und Jenkins, ob sie sie in Meran wiedertreffen würden. Vanuzzi schüttelte den Kopf.

»Zu viele Personen, zu riskant. Ab jetzt wird sowieso alles schwieriger. Italien ist ein souveränes Land, wir haben nun nicht einmal mehr den *Vorwand* einer Berechtigung, überhaupt hier zu sein. Vielleicht noch die Rotkreuzgeschichte, aber Ihren Militärpolizeiausweis sollten Sie schleunigst verschwinden lassen!«

Dann zeigte er auf Türme, die unvermittelt aus dem Walddickicht vor ihnen aufgetaucht waren: Meran.

Die Stadt lag in einem Talkessel, umgeben von ausgedehnten Obstgärten und Dreitausendern. An kleineren, vorgelagerten Bergen zogen sich Häuser und Gehöfte weit nach oben, hingen wie Raubvogelhorste am Fels.

Vanuzzi berichtete, dass Meran von einer Kur- zur Lazarettstadt geworden war. Während des Krieges hatte man die zahlreichen Hotels geschlossen und in Krankenhäuser umfunktioniert, deshalb sei die Stadt nicht bombardiert worden und habe heute auch keine Wohnungsprobleme, im Gegensatz zu München oder Innsbruck.

»Das freut mich«, sagte Eckart ohne besonderen Nachdruck.

»Mich nicht.«

»Weil …?«

»Weil unsere Lieblinge dadurch auch mehr Möglichkeiten haben unterzutauchen. Außerdem fallen Fremde in einer Lazarettstadt nicht weiter auf, ganz Meran ist ja voll davon.«

»Und wahrscheinlich sind die meisten Reichsdeutsche, oder?«

»Definitiv. Die Stadt liegt günstig auf der Route nach Genua. Und aus einem kurzen CIC-Bericht weiß ich, dass Nazibonzen hier ihr Geld gelagert haben.«

»Warum?«

»Die Nähe zur Schweiz. Falls man mal ganz schnell abtauchen muss.«

»Waren Sie schon einmal hier, Dan?«

»Kurz vor Kriegsende. Ich kenne ein Hotel, in dem wir absteigen sollten. Sehr diskret.«

»Und was wissen Sie noch?«

»Nicht der Rede wert. Das CIC hat läuten hören, dass es ein Gasthaus gibt, in dem Holocaustüberlebende und SS-Leute die Nacht unter demselben Dach verbringen, ohne voneinander zu wissen.«

»Das ist nicht Ihr Ernst …?!«

»Wenn beide Gruppen in verschiedenen Stockwerken einquartiert und angewiesen werden, sich nicht zu rühren – eine prima Einnahmequelle. Wahrscheinlich wird sich kaum ein Gast beschweren.«

Nach ihrer Anmeldung hatte sich Eckart noch einmal zur Rezeption begeben und ein Ferngespräch nach Berlin verlangt. Er telefonierte kurz, dann bat er den Portier darum, Bescheid zu sagen, falls ein Telegramm für ihn komme. Geschäftssprache war hier Italienisch – Eckart brauchte einen halben Tag, um sich mit einiger Geläufigkeit darin zu bewegen.

Die Einsatzbesprechung improvisierten sie auf ihrem Zimmer.

»Haben Sie irgendwas in petto, Dan?«

»Sie meinen im CIC-Bericht? Nichts von Bedeutung, keine Maulwürfe, keine Anlaufstellen.«

Eckart überlegte.

»Sichere Häuser. Wir müssen so schnell wie möglich herausfinden, welche am beliebtesten bei flüchtigen Deutschen sind.«

»Klar, beim Kurdirektor werden sie sich nicht gemeldet haben«, witzelte der Amerikaner.

»Ich übernehme die deutsche Seite, Sie hören sich in der italienischen Gemeinde um. Dort wird man deutsche Faschisten sicher nicht besonders lieben, und das ist unsere Chance.«

Die Ermittlungsergebnisse konnten unterschiedlicher nicht sein: Während Eckart trotz des Einsatzes von Bestechungsgeldern und Zigaretten kaum einen Namen zu hören bekam – man war ihm gegenüber ähnlich reserviert wie in Nordtirol –, sprudelte es aus den von Vanuzzi Befragten nur so heraus. Am ersten und am zweiten Tag. Das Resümee fiel dennoch niederschmetternd aus: Die Italiener hatten jedes kleinere Gasthaus in Meran und Umgebung, das von einem deutschsprachigen Wirt betrieben wurde, als verdächtig denunziert; dazu kamen ungefähr zwanzig Privatpersonen, von denen man munkelte, sie würden Kriegsverbrechern Unterschlupf gewähren. Eckart und Vanuzzi trafen auf einen warmen Regen von Informationen, die sie auf die Schnelle nicht filtern und sortieren konnten. Gut fünfzig Orte – sie alle abzuklappern, würde Wochen dauern. Sie mussten jedoch davon ausgehen, dass die Gruppe um Wagner sich maximal ein bis zwei Wochen in Meran aufhalten und warten würde, bis falsche Pässe und Schiffspassagen einträfen. Anschließend wären sie sicher auf dem Weg zu einem Überseehafen und ihrem Zugriff ein für alle Mal entzogen, weil sich die Wege, die die Gesuchten nehmen konnten, jenseits der Alpen multiplizierten.

»Fabelhaft, so kommen wir nicht weiter!«

»Haben Sie einen Vorschlag?«

»Wir müssen uns in seine Lage versetzen, Dan … Ich bin Wagner. Ernsthaft krank. Erschöpft. Habe Gewaltmärsche hinter mir. Was brauche ich am meisten?«

»Essen, Trinken, einen sicheren Schlafplatz. Das hatten wir ja schon.«

»Natürlich, aber was brauche ich als Kranker vor allem?«

»Ruhe. Medikamente.«

Eckart nickte.

»Wenn der Pulvermüller recht hat, leidet Wagner an der Roten Ruhr. Die Krankheit dauert Wochen, ohne sichtliche Besserung. Unbehandelt führt sie zum Tod, zumal heutzutage. Wagner braucht Penicillin. Und das bekommt er nur in einer Apotheke.«

»Es sei denn, er hat genug davon mitgenommen.«

»Über den Pass? Glauben Sie, dass er in Innsbruck eine so große Menge erhalten hat? – Wir müssen davon ausgehen, dass er nur das Nötigste dabeihatte und auf Meran hoffte. Hatten Sie nicht gesagt, dass es eine Lazarettstadt sei? Wo, wenn nicht hier, bekommt man Medizin. Er hat seine Leute losgeschickt, ihm das Penicillin zu besorgen. Weil er selbst nach der Alpenüberquerung nicht dazu in der Lage ist.«

Vanuzzi schnaubte. »Denken Sie ernsthaft, es gibt in Meran weniger Apotheken als sichere Häuser?«

»Finden wir's raus.«

»Okay. Wir haben noch morgen. Dann wird's eng.«

»Ach ja? Wieso?«

»Schon mal auf den Kalender geschaut? Morgen ist der 24. Dezember.«

Eckart starrte Vanuzzi an. Nein, er hatte auf keinen Kalender mehr gesehen, seit er aus den USA abgeflogen war. Wahrscheinlich schon länger. Eigentlich interessierte er sich für kein Datum mehr, seit er 1934 Deutschland hinter sich gelassen hatte. Weihnachten, das war ärgerlich. Danach kam Neujahr, noch ärgerlicher! Vanuzzi hatte recht: Würden sie morgen nicht fündig werden, machten ihnen die geschlossenen Läden der Festtage einen Strich durch die Rechnung.

»Doc …?«

Hatte sein Partner etwas gefragt?

»Ja?«

»Ich sagte, ich weiß ja nicht, was *Sie* vorhaben, aber ich werde Weihnachten feiern. Wir haben sogar im Krieg Weihnachten gefeiert, weil es verfickt noch mal das Einzige ist, das an Zuhause erinnert.«

»Soll ich Sie in die Kirche begleiten, Dan?«

»Von Kirche hat keiner was gesagt.«

Es war ein bitterböses Grinsen, das Vanuzzi sehen ließ.

Nachdem er an einem ersten Brief an Liam geschrieben hatte, ging Eckart abends zur Rezeption und fragte nach einem Telegramm – zum dritten Mal an diesem Tag. Der Portier zeigte noch immer kein Anzeichen von Überdruss, verneinte und vertröstete ihn mit gekonnt italienischem Charme auf den nächsten Tag.

Eckart bat um das Telefon, darum, ihn noch einmal mit Berlin zu verbinden.

In der Annoncenabteilung der Zeitung, die er wiederholt kontaktiert hatte, meldete sich eine junge Frau, die sichtlich gereizt auf seinen Namen reagierte und schnippisch nölte: »Nein, der Chef ist nicht da, er befindet sich auf einer Weltreise. Rufen Sie übermorgen wieder an.« Dann hängte sie ab.

Eckart ertappte sich dabei, wie er noch Sekunden später auf den Hörer in seiner Hand starrte und unfähig war, einfach aufzulegen.

12.

Frost klammerte sich an die Fassaden der Häuser, und der Wind, der von den Bergen herabkam, griff den Passanten unter Mäntel und Röcke. Fußgängerdunkelheit. Die Straßen Merans waren trotz des strengen Wetters belebt. Jetzt, da das Fest sich näherte, machten sie mit jedem Tag einen betriebsameren Eindruck. Die beiden CIC-Männer überquerten den Fluss Passer, der Eckart an einen Gebirgsbach in Überbreite erinnerte, um ihren Weg in die verwinkelten Gassen der Altstadt weiterzuverfolgen; über ihren Köpfen die überkragenden Erker der Patrizierhäuser, unter ihren Füßen knirschte der Harsch.

Es gab tatsächlich kaum eine Handvoll Apotheken, darunter nur zwei, die in den letzten beiden Tagen Medikamente gegen Ruhr ausgegeben hatten, beide nachweislich an Frauen. Eckart, der mit gezogenem Rotkreuzausweis dastand, hatte Mühe, den Pharmazeuten klarzumachen, dass es ihm um Fälle ging, die nicht in ärztlicher Ordination waren und daher auch keine Verschreibungen vorzuweisen hatten. Als die Apotheker endlich verstanden, was er damit andeuten wollte, reagierten sie empört, wurden wortkarg oder verwiesen ihn gleich des Ladens.

In der letzten Apotheke, die sie kurz vor dem mittäglichen Ladenschluss aufsuchten, hatte der Pharmazeut rechtzeitig eine Art weihnachtliches Gefühl bekommen, das Bedürfnis, an diesem Tag noch etwas Gutes zu tun, bevor er den Abend bei einer Völlerei verbrächte und die halbe Nacht in der Kirche verschliefe; er rief die beiden traurig blickenden Fremden zurück, sah sich rasch nach seinem Gehilfen um, dann sagte er leise, dass dies für ihr Anliegen nicht der rechte Ort sei. Seit Kriegsende gebe es auf beiden Seiten der Grenze einen regen Schwarzhandel mit Medikamenten, vor allem mit Penicillin, und kontrolliert werde er, so erzähle man sich, von Wien aus. Niemand wisse, ob nicht auch höhere Chargen der alliierten Polizei darin verstrickt seien, aber gewiss gebe es Profiteure unter den Subalternen, die sich schmieren ließen, ebenso wie die Zöllner. Manchmal sei das sogar für einen Apotheker die letzte Möglichkeit, um an die entsprechende

Medizin zu kommen; wobei man nie wisse, ob das, was man da bekomme, gestreckt war.

»Können Sie uns einen Namen geben? Einen Ort?«

Eigentlich habe er schon zu viel gesagt, erwiderte der Apotheker und vermied Eckarts Blick. Der begann zu pokern, behauptete, sie seien ja nicht von der Polizei, müssten dringend einen flüchtigen Patienten finden, der an einer sehr seltenen Form von Dysenterie erkrankt sei, hochansteckend, und wenn sie nicht rasch handelten, könne es eine Massenausbreitung geben – ob er das wirklich wolle, eine Ruhrepidemie, und das in diesen Zeiten …?

Natürlich wollte er es nicht, und wahrscheinlich zerstreuten die zahlreichen von Eckart in seine Rede eingeflochtenen medizinischen Fachbegriffe vollends die Bedenken des Apothekers. Jedenfalls griff der zu einem Verschreibungsblock und kritzelte auf die Rückseite eines Zettels einen Straßennamen und das Wort »Gattopardo«.

»Gattopardo?«

Sicher, »Ozelot« sei ein wenig schmeichelhaft, flüsterte der Pharmazeut, der die beiden CIC-Männer zur Tür begleitete, um hinter ihnen abzuschließen; warum auch immer er sich so nenne, der Kerl sehe eher aus wie eine Wasserratte, mit seinem dünnen Schnurrbart, den riesigen Vorderzähnen und den mit Brillantine nach hinten geschmierten Haaren. Sie könnten ihn nicht verfehlen, er stehe oft bis tief in die Nacht an derselben Stelle. Vermutlich habe er von der Polizei nichts mehr zu befürchten.

Eckart hörte das Zuschnappen des Schlosses in der Tür, dann drückte er Vanuzzi den Zettel des Apothekers in die Hand und wandte seine Schritte zurück in Richtung Innenstadt.

Die Wasserratte, die gern ein Ozelot gewesen wäre, war nicht am bezeichneten Ort nahe dem Pferderennplatz. Eckart und Vanuzzi hatten die auffallend unauffälligen, in einem Radius von zehn mal zehn Metern streunenden Männer nacheinander befragt, aber niemand wollte der Gattopardo sein. Und es sah auch tatsächlich niemand so aus wie die Person, die der Apotheker ihnen geschildert hatte. Sie warteten eine halbe Stunde, dann machten sie noch einmal die Runde unter den sichtlich verärgerten Schwarzhändlern, fragten, ob einer von ihnen Penicillin auftreiben könne, und als sie alle der Reihe nach verneinten, wollte Eckart wissen, wo und wann sie den Gattopardo treffen würden. Einer nahm schließlich die von Eckart hingehaltene Zigarettenpackung entgegen und nannte ihm eine Bar am Rande der Altstadt.

Die beiden überquerten also zum dritten Mal an diesem Tag die Passer, verliefen sich, ließen sich von einem Passanten auf den richtigen Weg zurückbringen, fanden schließlich die Bar und traten ein. Die war so verraucht, dass Vanuzzi die Schwaden mit seinen großen Händen teilen musste, als er die kleine Gaststube durchmaß, um Ausschau zu halten. Eckart ging zur Theke und bestellte einen Espresso.

Als der Special Agent achselzuckend zurückkam und sich neben Eckart setzte, fragte der den Wirt unverblümt nach dem Gesuchten.

Sei vor einer halben Stunde dagewesen. Ob es um ein Geschäft gehe?

Eckart nippte an seinem Kaffee.

Natürlich.

Er könne ihn rufen lassen.

Bestens.

Der Wirt ging nach hinten, wo sich hinter einem geflickten Vorhang, der nur halb zugezogen war und Eckarts Blicken offen stand, seine eigene Wohnung zu befinden schien. Man sah ihn gestikulieren und auf einen vielleicht zehnjährigen Jungen einsprechen, der »Sì, babbo« erwiderte und aus der Szene verschwand, nachdem ihm sein Vater die beiden an der Theke Sitzenden gezeigt hatte. Der Wirt kehrte zurück, nickte, und Eckart bedankte sich mit einer Schachtel Zigaretten. Schließlich orderte er zwei weitere Kaffee und Schnäpse an einen der Tische, forderte Vanuzzi auf, ihm zu folgen, und setzte sich. Der Tisch war – wieder einmal – der am weitesten vom bunten Geschehen um sie herum entfernte. Die beiden CIC-Männer sahen einen Moment lang den Karten spielenden und Zeitung lesenden alten Männern zu, die teilweise Deutsch, teilweise Italienisch mit schwer lastenden Akzenten sprachen. Dann kamen die Getränke. Eckart hob das Schnapsglas und signalisierte, mit Vanuzzi anstoßen zu wollen. Der verzog das Gesicht.

»Können Sie mir sagen, warum ich immer so ein Zeug mit Ihnen trinken muss, Doc?«

»Weil es gut ist für die Verdauung.«

Die beiden warfen den Kopf in den Nacken und tranken.

»Für die Verdauung mag's gut sein, aber für die Zunge wird's nicht besser im Laufe der Zeit.«

»Als Arzt rate ich Ihnen dazu. Besonders an Weihnachten.«

Der Sohn des Wirts war zurückgekommen. Er fand rasch, wen er suchte, und deutete für eine zweite Gestalt, kaum einen halben Kopf größer als er, auf den Tisch der CIC-Männer.

Der Gattopardo war ein lebenslustig dreinblickender Mittzwanziger. Er kam mit langsamen, schleichenden Schritten auf sie zu. Hier und da erklangen Scherzworte von den Tischen, die er passierte, denn offenbar wunderte man sich, dass er so zeitig von seiner »Arbeitsstätte« zurück war. Er hielt an ihrem Tisch an, musterte erst Eckart, dann Vanuzzi. So stand er vor ihnen, mit seinen Blumenkohlohren und einer kleine Hasenscharte. Sein Gesicht verzog sich zu einem schmierigen Grinsen, das rechts breiter ausfiel als links. Er nahm Platz, holte eine Zigarette aus der Manteltasche und begann zu rauchen.

»Seid's fremd hier? Kann i helfen?«

Eckart antwortete auf Italienisch, was den Gattopardo sichtlich überraschte; er wechselte daraufhin ebenfalls die Sprache, schien Eckart aber einen eigenartigen Akzent zu haben – offenbar war er in beiden Sprachen bewandert, aber in keiner zu Hause.

»Ein guter Freund hat uns gesagt, wenn wir Penicillin brauchen, sollen wir zu dir kommen.«

»Das war aber ein *wirklich* guter Freund.«

»Ja.«

»Wär schon möglich. Kommt drauf an, was es sein soll und wie schnell.«

Eckart zog aus seinem Mantel Dollarscheine, die er zu einem straffen Bündel gerollt und mit einem Bindfaden umwickelt hatte. Der Gattopardo würdigte sie mit einem raschen Blick.

»Eigentlich ist es mehr so, dass wir einen anderen Freund suchen.« Er schob das Bündel über den Tisch, und es verschwand unter der für einen so zierlichen Mann erstaunlich großen Pranke.

»Ein Deutscher. Braucht Medizin gegen die Ruhr.«

»Hm.«

»Kann höchstens zwei Tage her sein. Daran erinnert sich ein Gattopardo doch bestimmt.«

»Möglich. Was wollt ihr denn von dem?«

»Kann ich ehrlich zu dir sein?«

»Der Gattopardo liebt ehrliche Menschen.«

Sein Grinsen betraf nur den rechten Mundwinkel.

»Er schuldet mir Geld.«

»Aha.«

»Viel Geld. Sonst wär ich nicht bis Meran hinter ihm her. Und wenn er es nach Übersee schafft, bin ich die Kohle endgültig los.«

»Hm hm.«

»Da könnte eine Menge Finderlohn für dich herausspringen.«

Eckart lüftete seinen Mantel, und aus einer Innentasche starrten weitere Dollarbündel und zwei Zigarettenschachteln.

Der Gattopardo nickte und rauchte seine Zigarette auf. Dann zeigte er auf Vanuzzi und fragte: »Und was ist mit dem da? Schuldet der Deutsche dem auch Geld?«

»Nein, das ist mein Mann fürs Grobe.«

Eckart öffnete nun auch den Mantel des regungslos dasitzenden Vanuzzi, und darunter kam dessen Pistolenholster zum Vorschein.

»Verstehe.«

Pause.

»Ja, ich glaube, da war einer.«

Eckart wurde sein zweites Geldbündel los. Der Gattopardo erzählte in blumigen Worten, dass am Tag zuvor ein Deutscher bei ihm aufgetaucht sei, der nach Medikamenten gegen die Ruhr gefragt habe.

Groß, um die fünfzig, langer weißer Regenmantel und beigefarbener Panamahut. Ziemlich dringend habe es geklungen, obwohl er gar nicht krank ausgesehen habe. Der Gattopardo habe trotzdem gleich den Preis verdoppelt, aber er konnte nicht allzu viel von dem Zeug auftreiben. Wenn der Kranke also noch einige Zeit im schönen Meran sei – und warum auch nicht?, schließlich sei die Stadt doch *wirklich* schön, besonders über die Weihnachtstage –, werde er sicher wiederauftauchen.

»Wie lange hält das Zeug vor?«, fragte Vanuzzi, der sich nun offenbar wieder ins Spiel bringen wollte.

»Drei, höchstens vier Tage.«

»Wir warten in deiner Nähe, bis er wiederkommt.«

Der Gattopardo bat um eine Zigarette, obwohl er sichtlich noch mindestens eine eigene Schachtel bei sich trug. Dann zeigte er mit brennender Kippe in der Hand auf Eckarts Manteltasche.

»Was würdet ihr Gentlemänner mir geben, wenn ich euch gleich sage, wo der Deutsche wohnt?«

»Was? Wieso?«, fragte Eckart, sichtlich verdutzt.

»Bei guten Kunden schaut man ja gern mal, wo sie untergekommen sind. Man kann nie wissen.«

»Verstehe.«

»Ich meine: Ich muss das Zeug ja immer erst beschaffen. Da hab ich mir gedacht, vielleicht wär's besser, nächstes Mal einen Hausbesuch zu machen.«

»Wie umsichtig«, sagte Eckart und zog ein weiteres Bündel hervor.

Bei der nächsten Transaktion wechselten Geld und ein Zettel die Hände. Die beiden CIC-Männer sollten dem Mann am Eingang sagen, sie kämen von Giancarlo.

»Eine Freude, mit euch Jungs Geschäfte zu machen. Hoffentlich bekommt ihr euren Zaster zurück.«

»Eine Sekunde noch …«

»Ja?«

»Warum ›Gattopardo‹? Giancarlo ist doch ein schöner Name.«

»Schau mir auf die Beine, Großer!«

Als der Schwarzhändler sich entfernte, entdeckte Eckart tatsächlich so etwas wie einen schleichenden, raubtierähnlichen Gang.

»Was für ein Laffe!«, sagte Vanuzzi schnaubend.

»Der Laffe hat uns eben einen großen Umweg erspart. Dafür sollten wir ihm dankbar sein, Dan, und ihn in unser Weihnachtsgebet einschließen.«

Es war ein Gebäude in der Nähe des Bahnhofs. Oder des Friedhofs, je nachdem, von welcher Seite man sich näherte. Eckart und Vanuzzi waren eigentlich von einem Hotel oder Gasthaus ausgegangen und sich nicht darüber einig geworden, ob sie den Portier zunächst nur befragen oder unmittelbar zuschlagen sollten. Vanuzzi, der dem Gattopardo stärker zu misstrauen schien, drängte auf Zurückhaltung, bis sie wussten, was sie dort erwartete; Eckarts Befürchtung, Wagner könne ihnen auch diesmal durch die Lappen gehen, hatte im Laufe des Tages zu einer immer größeren Unruhe geführt, und er wollte diese Mission, die längst zu seiner geworden war, nun endlich zu Ende bringen, so oder so. Schließlich setzte sich Vanuzzi durch, aber Eckart hatte darauf bestanden, dass sie alle Waffen außer der Maschinenpistole mitnahmen, ausreichend Patronen und Handschellen, für alle Eventualitäten. Wie sie allerdings die ganze Gruppe an der italienischen Polizei vorbeischmuggeln würden, falls diese Eventualitäten einträten, blieb auch Eckart vorerst schleierhaft.

Sie warteten auf die Nacht. Den Jeep hatten sie etwas außerhalb der Stadt geparkt, hinter dem Friedhof hörte die Bebauung auf. Als es ihnen dunkel genug schien, machten sie sich auf den Weg – zwei lange schwarze Wintermäntel, die durch Finsternis und Schnee stapften.

Es war kein Hotel. Und es war auch kein Gasthof. An dem heruntergekommenen Haus aus dem frühen oder mittleren neunzehnten Jahrhundert hing kein Schild, die Tür war verschlossen; verriegelt, um genauer zu sein. Eckart rüttelte an ihr, nachdem er geklopft hatte, und hörte das Geräusch von Metall an Wandverputz.

Wenige Sekunden später schnalzte ein Riegel auf, die Tür öffnete sich, und ein Mann mit Stalinbärtchen und Stalinaugen, etwa so groß wie Eckart, nur breit und fett wie ein Mastochse, starrte ihnen finster entgegen. Vor seinem Gesicht straffte sich eine Kette, die als zweite Absperrsicherung diente.

»Giancarlo schickt uns«, sagte Eckart auf Italienisch und, als das Gegenüber kein Zeichen einer Reaktion zeigte, auch noch einmal auf Deutsch. Dann sah er, wie der fette Stalin sich nach hinten drehte und etwas rief. Im Augenwinkel bemerkte Eckart, dass Vanuzzi seine rechte Hand in den Mantel geschoben hatte.

Lärm drang nach draußen, Worte wurden zwischen Tür und Hintergrund gewechselt, ohne dass die CIC-Männer hätten verstehen können, worum es ging. Dann zog der fette Stalin die Tür wieder zu sich heran, ein schlurfendes Geräusch, die Kette schlug gegen die Wand. Schließlich ging die Tür ganz auf, und der Mann am Eingang tat einen Schritt zur Seite. Eckart und Vanuzzi konnten hinein, hatten allerdings Mühe, an Stalins Bauch vorbeizukommen. Vor ihnen ein langer Gang, fast dunkel, eine Glühbirne funzelte von der Decke herab. Stalin blieb zurück, und sie folgten dem Lärm, der von jenseits des Flurs kam. Als Eckart dorthin vorstieß, hatte er das Gefühl, geradewegs in die Hölle einzutreten. Der Raum vor ihnen hatte die Maße einer kleinen Gastwirtschaft und schien nur aus Tischen zu bestehen, an denen Menschen Karten spielten oder würfelten. An einer Wand zogen sich improvisierte Roulettetische entlang; überall standen Männer und Frauen, die einen in dem, was sie unter Abendgarderobe verstanden, die anderen mit nichts bekleidet als Spitzenunterwäsche; sie schwatzten, schrien, lachten, rauchten, soffen, im Hintergrund tanzten sie sogar zu Musik, die aus einem alten Radio kam und nur hin und wieder durch die Lärmkulisse hindurchdrang. Menschliche Ausdünstungen, eine Dampfheizung mit Blut.

Eckart und Vanuzzi sahen einander an.

»Ich fürchte, hierfür sind wir nicht richtig angezogen, Dan.«

Der Special Agent lockerte seinen Griff um die Waffe und sagte: »Mir steht alles, was keine Streifen hat.«

Dann wies er mit den Augen zu einer Bartheke, die sich im hinteren Teil des Raums befand. Unterwegs stießen sie ohne Unterlass mit

Menschen und Tischen zusammen, hörten empörte Rufe in mindestens vier Sprachen, dann stockte die Bewegung mitunter sekundenlang, bevor Vanuzzi eine Lücke entdeckte, in die er seinen massigen Körper schieben und den Weg freimachen konnte für Eckart und weitere zehn Schritte.

An der Bar orderte Vanuzzi Kaffee.

»Gibt's nicht.«

»Dann Bier.«

»Gibt's nicht.«

»Was gibt's denn, Meister?«

»Champagner.«

»Und für Männer?«

»Champagner.«

Der Special Agent verdrehte die Augen. Es dauerte Minuten, bis das Getränk vor ihnen stand. Natürlich in einer Flasche. Es würde vermutlich den halben Monatslohn eines CIC-Agenten kosten und auf einer Spesenquittung kaum unbeanstandet bleiben.

»Ich bekomme Sodbrennen von dem Zeug«, sagte Eckart, aber Vanuzzi bügelte ihn ab mit den Worten: »Das ist jetzt *Ihre* Meran-Taufe, und Sie werden das Taufwässerchen trinken, oder wollen Sie auffallen?«

Eckart nippte, verzog das Gesicht, dann schaute er sich in der Nähe ihres Platzes um. Die Zahl der Kurgäste schien die der Prostituierten, weiblich wie männlich, nur unwesentlich zu übersteigen. Vor sich sah er einen blanken Hintern im Takt der unhörbaren Musik schwingen. Er versuchte anderswo hinzublicken, und dabei fiel ihm ein Mann auf, der unweit vor ihnen an einem Tisch saß, ein kleiner, dicker Mittdreißiger. Von allen Seiten wurde ihm etwas zu essen gereicht, und er nahm es huldvoll entgegen. Man lachte, und er stopfte es, ohne es einer näheren Betrachtung zu würdigen, in sich hinein. Hin und wieder schienen auch kleine Zettel und metallische Gegenstände dabei zu sein, dann sah man, wie der Mann sich ein Glas Champagner einschenkte und damit nachspülte. Eckart erinnerte sich daran, dass man sich in illegalen Berliner Spielhöllen früher

Leute geleistet hatte, deren einzige Aufgabe es war, bei Razzien Beweismaterial zu verschlucken.

Der Anblick, wie der dicke Mann Bissen um Bissen und Schluck um Schluck die Welt in sich aufnahm, war derart hypnotisch – Eckart hätte beinahe nicht bemerkt, dass neben ihnen plötzlich zwei Männer in Fräcken aufgetaucht waren, die sie aufforderten mitzukommen. Er wurde mit Vanuzzi durch eine mittels Übertapezierung in der Wand verborgene Tür in einen Nebenraum gelotst, in dem der Lärm nur noch erstickt wahrzunehmen war. In der Mitte des – bis auf einen Tisch neben Vanuzzi – leeren Zimmers wartete der fette Stalin mit gezogener Pistole, neben ihm schnauften zwei ältliche, vertrocknet wirkende Männer in analogen hellgrauen Anzügen und dunkelgrauen Krawatten, und rechts und links der CIC-Männer hatten die beiden Fräcke Aufstellung genommen.

Der ältere der Vertrockneten sagte: »Das sind sie. Kennst du sie?«

Der andere schüttelte den Kopf.

»Tja, dann habt ihr Knalltüten jetzt ein Problem. Das ist Giancarlo. Und er kennt euch nicht.«

»Beruht auf Gegenseitigkeit«, sagte Vanuzzi, »wir hatten auch jemand anderen erwartet.«

»Was du nicht sagst! Was seid ihr? Bullen? Seid ihr neu, hat man euch nichts abgegeben?«

Eckart verneinte, dann spürte er, wie sich ein Arm unter seinen Mantel schob, auf die andere Seite wechselte und seine Pistole hervorzog.

»Sachte, sachte«, hörte er Vanuzzis noch immer kaltblütig klingende Stimme neben sich. Die beiden Fräcke gingen zu ihrem Chef, wiesen ihm die Beute, und er nahm sie in die Hände, schien sie zu wiegen.

»Amerikanische Militärware. Bullen scheint ihr nicht zu sein. Also, was wollt ihr?«

»Wagner«, sagte Eckart unvermittelt.

»Was?«

»Wagner, wir wollen Wagner.«

»Wollt ihr mich verarschen?«

»Hören Sie«, schaltete sich der Special Agent jetzt ein, »›unser‹ Giancarlo hat uns offensichtlich auf den Arm genommen. Sie haben uns nie getroffen, wir waren gar nicht hier. Sie gehen Ihrer Wege, wir unserer, and no hard feelings.«

»Klingt ganz gut«, sagte der Wortführer, »was meinst du, Giancarlo?«

Der Angesprochene schüttelte den Kopf.

»Giancarlo findet das nicht so gut. Er mag es nicht, wenn jemand seinen Namen benutzt. Und ich glaube auch, dass wir es euch nicht so einfach machen sollten ...«

Alles, was im nächsten Moment geschah, war irgendwie rund und fließend. Eckart beobachtete es aus dem Augenwinkel, als er, fast zu spät, einen Hechtsprung nach links machte: In der Sekunde, in welcher der Wortführer die Pistolen an die Fräcke zurückgeben wollte, fegte Vanuzzi von dem neben sich stehenden Tisch ein Kästchen in Richtung des fetten Stalin. Der, vollkommen überrascht von der für ihn allzu plötzlichen Bewegung, drückte einmal ab, das Kästchen erwischte seine Hand, verriss die Waffe im Schuss, und die Kugel schlug neben Eckart pfeifend in die Wand ein – unterdessen hatte Vanuzzi dem vor ihm stehenden Frack einen Tritt in die Magengrube versetzt, der diesen mit rotem Gesicht zu Boden gleiten ließ, dem Wortführer entglitt eine Pistole, an der anderen fummelte er unbeholfen, bis ihn ein Faustschlag des Special Agent ins Gesicht traf, der wiederum unmittelbar danach einen Uppercut des zweiten Fracks einstecken musste. Erst jetzt rappelte sich Eckart auf und griff ins Geschehen ein, stürzte sich auf den fetten Stalin, den er mit Faustschlägen seiner Linken in den Magen traktierte – ohne überzeugende Wirkung, was entweder an seiner schwachen Hand oder der Leibesfülle seines Gegenübers lag –, und zugleich wich er den Pranken seines Gegners aus, der zum Glück behäbig und mit langen Ausholbewegungen schlug; er tänzelte wie Rukeli Trollmann, zielte jetzt auf Nase und Kinn und sah, wie Giancarlo sich für sein Alter erstaunlich schnell durch eine von Eckart bislang unbemerkte Tür im Hintergrund nach draußen schlich. Dann fing er sich eine rechte Gerade des fetten Stalins ein, sein Mund knickte zur Seite, er spuckte Blut. Instinktiv schlüpfte er unter den rudernden Armen seines Gegners hindurch und bekam eine der am Boden liegenden Militärpistolen zu fassen. Er drehte sich um und schrie, mit dem Rücken zum Hinterausgang stehend: »Alle Mann die Hände hoch!« – worauf keine weitere Beruhigung des Kampfgetümmels erfolgte, außer dass der fette Stalin einen Meter zurückwich. Eckart schrie noch einmal aus Leibeskräften, dann schoss er in die Decke. Umgehend ließen die noch Kämpfenden, Vanuzzi und einer der Fräcke, voneinander ab und erhoben die Arme, Stalin gesellte sich dazu, der Wortführer und der andere Frack lagen noch immer am Boden und krümmten sich. Eckart spürte, wie ihm das Blut aus dem Mundwinkel lief, griff brüsk nach seinem Partner, der die Arme fallen ließ, dann beförderte Vanuzzi die zweite auf dem Boden liegende Waffe herauf, entsicherte sie, und schließlich gingen sie, Schritt für Schritt, rückwärts, mit drohend erhobenen Pistolen und in der Hoffnung, dass sie dort nicht Giancarlo mit einem neuen Aufgebot schlagbereiter Männer, sondern wirklich der zweite Ausgang des Etablissements erwartete.

Wenige Minuten später hörte Eckart Vanuzzi laut lachen. Es *war* der Hinterausgang. Und von Giancarlo keine Spur.

»Was ist so komisch, Dan?«

Eckart stellte fest, dass er ein wenig lispelte. Wahrscheinlich hatte die Zunge etwas abbekommen, denn die Prüfung, ob Zähne fehlten, verlief ergebnislos.

»Das war doch erfrischend, Doc, oder etwa nicht? Endlich mal was anderes als die öde Warterei auf dem Berg!«

»Sie haben wirklich einen Dachschaden, wir hätten draufgehen können.«

»Ach was! Für solche Fälle hab ich immer noch eine zweite Waffe dabei.«

»Fabelhaft! Und wenn sie uns einfach gleich erschossen hätten?«

Vanuzzi zuckte mit den Schultern. Er lachte noch immer, wischte sich mit dem Mantelärmel das Blut aus dem Gesicht.

»Glauben Sie mir, im Vergleich zu Chicago war das gerade ein Ponyritt. Ein niedlicher, verfickter Ponyritt!«

Sie waren auf dem Weg zurück zum Jeep, und die Kälte brannte Eckart in den Abschürfungen an seinem linken Knöchel. Er sah sich immer wieder um, ob sie nicht doch verfolgt wurden, aber da war niemand auf der Straße, überhaupt niemand, nicht einmal eine streunende Katze.

Als sie an ihrem Fahrzeug ankamen, hörten sie die entfernten Schläge einer Kirchenuhr. Zehn – elf – zwölf, zählte Eckart.

Vanuzzi drehte sein Taschentuch in ein Nasenloch, dann hob er seine blutverschmierte Rechte Eckart entgegen und sagte mit maliziösem Grinsen:

»Merry Christmas, Doc!«

13.

Das Briefpapier war zerknittert, er hatte erhebliche Mühe, darauf zu schreiben. Hin und wieder musste er es glatt streichen, wenn der Füllfederhalter die Faltenberge und -täler gar nicht mehr zu nehmen wusste, und er achtete sorgsam darauf, das Geschriebene nicht zu verwischen.

Es war der Weihnachtsmorgen, Eckart saß in der Hotellobby. Wieder hatte er sich nach einem Fernschreiben erkundigt, nur um zu erfahren, dass auch Telegrammboten an hohen Festtagen nicht immer arbeiteten, woraufhin er beschloss, den toten Tag für sich zu nutzen und den längst fälligen Brief an Liam zu vollenden.

Beim Ringen um eine Formulierung sah er nach oben und begegnete dem Blick Vanuzzis.

»Gottverdammt, Danny-Boy, stehen Sie da schon lange? Haben Sie etwa mitgelesen?«

Der Special Agent ließ sich auf einen Stuhl ihm gegenüber fallen und grinste.

»›Predispose‹ schreibt sich ohne a. Da ist Ihnen wohl Ihr Medizinerlatein dazwischengekommen, Doc.«

Eckart schwieg.

»Ich hau jetzt mal ab ins Bordell, schöner, langsamer Nachmittagsfick.«

»Viel Vergnügen.«

Eckart lenkte seine Konzentration wieder auf den vor ihm liegenden Brief und suchte nach dem falsch geschriebenen Wort.

»Ich sagte doch, ich feiere Weihnachten. Möchten Sie nicht mitkommen, Doc?«

»Nein, danke.«

»Kein Interesse an Frauen, hm?«

Jetzt sah Eckart auf, blickte in das halb amüsierte, halb interessierte Gesicht seines Partners und begann zu schmunzeln.

»Geht Sie gar nichts an, Danny-Boy. Aber wenn Sie's genau wissen möchten: kein Interesse an *diesen* Frauen.«

»Schokomädels.«

»Wie bitte?«

»Der einzige Ausdruck, den ich mir aus meiner Zeit als GI in Deutschland gemerkt habe. So nennen sie die, die sich mit amerikanischen Soldaten einlassen. Schokolade und Zigaretten, eine andere Art der Prostitution.«

»Eine nur zu verständliche. Oder was meinen Sie?«

Vanuzzi winkte ab.

Eckart schrieb einen Satz und setzte zugleich zu einer kurzen Erklärung an, die ihn wenig Mühe kostete, weil er sie sich schon vor langer Zeit zurechtgelegt hatte: »Ich habe mich in meinem Leben oft und schnell verliebt. Und oft und schnell entliebt. Ich hatte eine Verlobte, wir wollten heiraten. Dann kam der Krieg. Ich wurde verschüttet, auf wunderbare Weise gerettet – es war ein Franzose, der mich zu einem deutschen Feldlazarett gebracht hat. Danach war ich ein anderer, habe mich von ihr getrennt, aber ich glaube, seitdem suche ich in jeder Frau, die mir begegnet und für die ich mich interessiere, meine damalige Verlobte.«

»Wow. Ich suche niemanden. Außer Kriegsverbrecher. Meine Mutter hat immer gesagt, ich sei ein einsamer Wolf.«

»Ihre Mutter. Interessant!«

»...?«

»Wenn Sie niemanden suchen, was wollen Sie dann im Bordell?«

»Ist das Ihr Ernst?«

»Eigentlich nicht. Gehen Sie nur, ich hab hier zu tun.«

Vanuzzi stand auf, tat ein paar Schritte, dann kehrte er zurück und sagte unvermittelt:

»Übrigens bekommen wir später Besuch vom Weihnachtsmann und seinem Elfchen, entschuldigen Sie mich, falls ich noch nicht zurück sein sollte.«

»Der Weihnachtsmann? Den wollte ich schon immer kennenlernen. – Wer ist es, Dan?«

»Colonel Swartz und Captain Van Doren.«

Eckart fiel der Füllfederhalter aus der Hand.

»Swartz ist in Italien? Seit wann? Warum? Wozu?«

»Ich weiß nur, dass Swartz und Mr-I-graduated-from-Harvard ein CIC-Detachment für Norditalien einrichten sollen. Alles andere müssen Sie sie selbst fragen. Ich habe eine Verabredung ...«

Und im Hinausgehen sang er: »*L'ora è bella per danzare, / chi è in amor non mancherà. / Già la luna è in mezzo al mare, / mamma mia, si salterà!*«

Eckart starrte Vanuzzi hinterher. Howard Swartz zurück in Europa – das konnte eigentlich nur bedeuten, dass es Probleme gab. Große Probleme. Swartz hatte sich doch längst aus dem aktiven Dienst verabschiedet. Eckarts Rekrutierung durch den Colonel war vermutlich ein Ausnahmefall, weil sie einen gemeinsamen Freund hatten – und nun war Swartz plötzlich damit beauftragt, in Italien ein Detachment aufzubauen? Dass »Operation Rattenlinien« angesichts der Massenflucht von Nazikriegsverbrechern nur eine von vielen flankierenden Maßnahmen war, verstand sich von selbst – aber ein neues Detachment in einem längst wieder souveränen Staat ...?

Zwei Stunden später saßen sie an einem abgeschiedenen Tisch im Restaurant von Eckarts Hotel und aßen zu Mittag.

Der Captain kam allein, eine sichtlich schwere Mappe unter den Arm geklemmt.

»Mr Van Doren, freut mich, Sie wiederzusehen, auch wenn ich etwas verwundert bin ...«

»Das muss Sie nicht verwundern, Mr Eckart, Sie wissen ja, wir leiden unter Personalmangel. Außerdem bin ich das, was man einen ›Springer‹ nennt. Ich werde immer dort eingesetzt, wo dringend ein Offizier mit Organisationsqualitäten gesucht wird. Die Mission in München war beendet, der Detachmentleiter ist wieder auf seinem Posten, und jetzt bin ich Colonel Swartz zugeteilt. – Sie müssen wissen, er ist eine Art lebende Legende im CIC.«

»War mir bekannt, ja. Ich hatte schon befürchtet, Sie wollten uns hier auf die Finger sehen.«

Das aus München bekannte Nasekräuseln, Augenzusammenkneifen, dann begann Van Doren zu lachen.

»Da müssen Sie von mir nichts befürchten, ich bin nur ein zahnloser Papiertiger. – Sie gestatten, dass ich eine rauche? Ich muss die Gelegenheit nutzen, solange der Colonel nicht da ist, er hasst Zigarettenqualm ...« Van Doren inhalierte, bis ihm die Augäpfel zu platzen drohten, dann schob er hinterher: »Im Vertrauen, Mr Eckart: Für uns geht's gerade mehr um Italien als um die Rattenlinien. Vielleicht wissen Sie, dass hier im Sommer Parlamentswahlen waren. Die Kommunisten sind zwar entgegen unseren schlimmsten Befürchtungen nur drittstärkste Kraft geworden, aber wir wissen nicht, wie lange die von den Christdemokraten angeführte Koalition hält ... es bahnt sich ein Zusammenschluss von Sozialisten und Kommunisten an, und sollte es dann zu Neuwahlen kommen, wäre das ... problematisch!«

»Ja, das ist das Lästige an demokratischen Wahlen – man weiß nie, was am Ende dabei herauskommt.«

Van Doren hielt im Rauchen inne, starrte Eckart einen Augenblick an, dann prustete er los.

»Tut mir leid, ich kann mich einfach nicht daran gewöhnen, dass es Deutsche gibt, die Sinn für Ironie haben. – Ja, Sie haben recht, Mr Eckart ...«

»Andreas!«

»Gern – Graeme also! –, Sie haben recht, Andreas, Wahlen sind der lästige Teil des Spiels. Allerdings kapieren die Italiener nach den Jahren der Diktatur die Regeln noch nicht, deshalb müssen wir ihnen ein bisschen Nachhilfe geben.«

»Was meinen Sie damit?«

Vom Eingang her näherte sich Howard Swartz, und Van Doren suchte hektisch nach einem Aschenbecher, um seine Zigarette loszuwerden.

»Sorry, das unterliegt nun wirklich der Geheimhaltung, Andreas.«

Eckart spürte einen vehementen Schlag auf dem Rücken, hörte das Schaufelbaggerlachen von Swartz und roch dessen Aura von

Kernseife und teurem Aftershave – ein Fremdkörper, eine Cleanheit, die für ihn nicht auf diesen kriegszerstörten Kontinent passte.

»Frohe Weihnachten, Andreas, und einen schönen Gruß von Liam, er lässt noch einmal nachfragen, wie viele Hunde es sein müssten.«

Nun also saßen sie im Hotelrestaurant und aßen Schmorbraten in St.-Magdalener-Sauce. Eckart hatte Mühe, den beiden zu erklären, wo Vanuzzi abgeblieben war. Swartz schnaubte verächtlich und monierte, die Berichte des Special Agent ließen gewaltig zu wünschen übrig.

»Die Situation war zuletzt schwierig ...«

»Die Situation ist für das CIC immer schwierig, Andreas ...«, Swartz schaufelte sich Speckknödel nach, kaute mit ungeheurer Frequenz und Vehemenz, und dazwischen dräute er mit erhobener Gabel vor sich in die Luft, »... aber das ändert doch nichts daran, dass er uns darüber informieren kann, wo Sie sich aufhalten. Wir wussten bis gestern nicht einmal, dass Sie in Meran sind. Das geht so nicht! Wir brauchen Bescheid über jeden Ihrer Schritte.«

Eckart legte sein Besteck beiseite – er hatte ohnehin keinen Hunger.

»Ich nehme an, er ist vorsichtig, Howard. Wir hatten in Nordtirol Probleme mit den Franzosen, sie haben unseren Funk abgehört.«

»Das wissen wir, Andreas«, schaltete sich jetzt Van Doren ein, der ebenfalls fertig mit seinem Essen war und den sichtlich die unterdrückte Lust auf eine Zigarette plagte. »Sergeant Brown hatte mich angerufen, obwohl das gegen die Absprachen war. Fragen Sie mich nicht, wie ich den französischen Kommandanten dazu bekommen habe, Sie wieder freizulassen. Die alliierte Polizei in der Gegend ist jetzt jedenfalls um ein Einsatzfahrzeug reicher.«

»Das sind ja auch nur Kinkerlitzchen«, schaltete sich Swartz wieder ein, »ich bin jetzt direkt für Sie beide verantwortlich, ich möchte anständige Berichte, und das täglich. Und richten Sie Vanuzzi aus, ich nehme es persönlich, dass er nicht hier ist, das wird Konsequenzen haben.«

Er pausierte, dann bekam seine Gabel wieder einen beträchtlichen Hiebradius.

»Und Sie sollten auch aufpassen, dass Sie nicht fanatisch werden.«

»Was meinen Sie damit, Howard?«

»Ich meine, dass im Moment niemand so recht weiß, was Washington als Nächstes beschließt.«

»In Bezug auf …?«

»… die Situation in Ihrem Heimatland, Andreas. Unsere Diplomaten haben Angst vor einem Aufstand der Roten. Das ist erst einmal wichtiger als alles andere.«

»Wichtiger als Kriegsverbrecher zu fangen und vor Gericht zu stellen?«

Swartz hielt mit dem Kauen inne und warf Eckart einen langen Blick zu.

»Ich sage nur, Sie und Vanuzzi sollten sich nicht zu sehr in diesen Wagner verbeißen.«

»Was?« Eckarts Ausruf geriet lauter, als er gewollt hatte. »Ich dachte, das war der Grund, warum ich diesen Job bekommen habe: weil ich mich verbeißen kann.«

»Ich sagte: nicht *zu sehr*, Andreas. Rücken Sie ihm ruhig ein bisschen auf den Leib, wenn er Ihnen noch nicht endgültig entwischt ist. Aber es könnte sein, dass ›Operation Rattenlinien‹ in den nächsten Wochen eine neue Ausrichtung bekommt.«

»Ach ja? Und wie würde die aussehen?«

»Die Kommunisten machen uns gewaltigen Ärger«, sagte Van Doren beschwichtigend, »im Moment müssen wir uns darauf einstellen, in ganz Europa Abwehrkämpfe gegen sie zu führen. Die Nazis sind dagegen mehr oder weniger … handzahm.«

»Handzahm?«

»Hören Sie, Andreas …«

»Handzahm???«

»Andreas, bitte …«

»Ich weiß nur eines: Im Abwehrkampf gegen Nazis muss jeder aufpassen, nicht versehentlich selbst zum Nazi zu werden.«

»Was meinen Sie damit?«

Der Colonel polterte heraus: »Herrgott!, Captain, mir ist piepegal, was er damit meint, ich sage: Greifer hin oder her, Andreas – Sie und Vanuzzi werden künftig darauf achten, anständig Meldung zu machen und Ihre Kompetenzen nicht zu überschreiten!«

»Ich wusste gar nicht, dass man das bei einer solchen Mission überhaupt kann. Wer legt diese Kompetenzen eigentlich fest?«

»Ich«, knurrte Swartz und hieb mit der freien linken Hand auf den Tisch, »*ich* bin Ihr Gott, und ich sage Ihnen, dass Sie keine anderen Götter neben mir haben sollen. Haben Sie das verstanden, Andreas?«

Eckart schwieg und starrte ihn an.

»Ob Sie das *verstanden* haben, Mister?«

Die Verabschiedung fiel kühl aus, und Eckart kämpfte mit einer Gefühlsmischung, die zwischen Verunsicherung und Verachtung changierte. Zudem war er verärgert über Vanuzzi, der bis zum Schluss des Gesprächs nicht aufgetaucht war. Sicher hatte er geahnt, was kommen würde, und es vorgezogen, diese andere Seite von Swartz, die offenbar nur Eckart bislang nicht gekannt hatte, nicht mitzuerleben. Er hätte ihn wirklich vorwarnen können! Stattdessen saß Eckart hier und musste gute Miene zum bösen Spiel machen.

Der Colonel war bereits durch die Tür, und Van Doren beeilte sich, ihm hinterherzukommen. Eckart hielt ihn am Arm zurück.

»Graeme: Werden Sie eine Abschrift von Vanuzzis Dossier in Ihrem neuen Detachment haben?«

»Sicher. Warum? Gibt es Ärger zwischen Ihnen?«

»Hat Dan das behauptet?«

»Nein.«

»Keinen Ärger, Graeme, es ist nur so … wir spielen ›Wahrheit oder Lüge‹, er hat meine Akte gelesen, ich finde, es wäre nur fair, wenn ich seine sehe«, Eckart zwinkerte Van Doren zu, »sonst verliere ich hier noch mein letztes Hemd …«

Der Captain zwinkerte zurück und sagte: »Ich lass sie Ihnen zukommen«, dann machte er eine Bewegung, als würde er Anlauf nehmen, und huschte durch die Hoteltür ins Freie.

Als es zu dämmern begann und Vanuzzi noch immer nicht aufgetaucht war, beschloss Eckart, dem Gattopardo allein einen Besuch abzustatten. Er traf ihn auf dem Schwarzmarkt wieder nicht an und wählte dann denselben Weg wie am Vortag zur Bar, aber die hatte geschlossen, schließlich war Weihnachten. Er kehrte noch einmal zum Schwarzmarkt zurück, doch die Händler reagierten sichtlich unwirsch auf den Kerl, der ihnen die Kundschaft vertrieb, ohne dass er selbst etwas kaufte. Dann nahm er sich denjenigen vor, der am jüngsten aussah, wedelte mit einem Zehndollarschein und fragte ihn, wo der Gattopardo heute aufzutreiben sei. Der Junge, der eine geflickte Schiebermütze trug und eine breite Lücke in den Vorderzähnen hatte, griff nach dem Geld, Eckart zog es zurück, der Junge starrte ihn an und maulte dann unwillig, wahrscheinlich sei er bei seiner Familie, wie jeder anständige Mensch.

Und wie heiße er wirklich?

Schulterzucken, Kopfschütteln.

»Wo der Gattopardo wohnt, weißt du wohl auch nicht?«

Kopfschütteln.

»Findest du, dass diese Auskunft zehn Dollar wert ist?«

Schulterzucken. Eckart machte Anstalten, den Schein wieder in seinem Mantel verschwinden zu lassen, da sah der Junge nach rechts und links und flüsterte, dass einige hier sagten, er habe eine Art Lager in einer Wohnung, gleich neben der Judenvilla.

Judenvilla?

Der Villa Steiner, dem Sanatorium für arme Juden. Er selbst habe ihn da auch schon zweimal aus dem Haus kommen sehen.

Eckart drückte dem Jungen das versprochene Geld in die Hand, dann ging er unter Zuhilfenahme eines schon reichlich zerfledderten Stadtplans in Richtung der angegebenen Adresse.

Nach anderthalb Stunden, die er damit zubrachte, sich die Beine in den Leib zu stehen, hin und wieder mit seinem Atem die Hände aufzuwärmen, die Dämmerung in Dunkelheit übergehen zu sehen und zu beobachten, wie sich Elendsgestalten nebenan in das jüdische Sanatorium schleppten, beschloss er, den Tag bei einer Kanne heißem Tee mit Rum in seinem Hotelzimmer ausklingen zu lassen. Kaum dass er die Tür aufgeschlossen hatte, kam ihm ein laut pfeifender, sichtlich betrunkener Vanuzzi entgegen. Eckart stellte ihn zur Rede und berichtete vom Ärger, den Swartz ihnen angedroht hatte, doch der Special Agent machte nur eine abfällige Geste und sagte gluck-send:

»Madonna!, ich hatte einfach viel zu viel Spaß, Doc.«

14.

»Und sie hat geheult?«

»Wie ein Schlosshund.«

»Schauderhaft.«

»Ja, es bricht mir das Herz, Frauen heulen zu sehen. Ich meine, sie können neben mir sterben, das ist okay, aber ich kann sie nicht heulen sehen.«

Zwei aufdringlich laute Stimmen, New Yorker Akzent, soweit er das einschätzen konnte. Die Höflichkeit gebot, sich nicht umzudrehen, um die beiden Amerikaner, die sich am Nebentisch in der Hotellobby unterhielten, zu mustern, obwohl es eigentlich genau das gewesen wäre, was er hätte tun mögen. Das Gespräch ging in schnellen Sätzen hin und her. Die jungen Männer, die vielleicht auf Bildungsreise waren, der amerikanischen Variante einer »Grand Tour« durchs Nachkriegseuropa – nach ehemaligen GI sahen sie jedenfalls nicht aus –, ließen einander kaum ausreden und unterbrachen sich, sobald sie wussten, worauf der andere in seinem Satz zusteuerte. Eckart versuchte sich darauf zu konzentrieren, den Brief an Liam zu beenden, solange Vanuzzi seinen Rausch ausschlief, doch es gelang ihm einfach nicht. Schließlich tauchte der Special Agent an seinem Tisch auf und fuhr sich über das zerknautschte Gesicht, wusch sich mit trockenen Händen. Dann sagte er:

»›Predispose‹ schreibt sich immer noch ohne a.«

»Fabelhaft. Irgendeine Erinnerung, was ich gestern berichtet habe?«

»Gnfrm.«

»Wie bitte?«

»Werd ich haben, wenn Gottes Geschenk an die alkoholkranke Menschheit wirkt.«

»Wie viele Aspirin haben Sie eingeworfen?«

»Alle.«

Eckart pfiff leise durch die Vorderzähne, dann sagte er: »Wenn wir dem Gattopardo nachher einen Besuch abstatten, füllen wir unsere Vorräte wieder auf.«

Das Geschnatter vom Nebentisch erreichte seinen Höhepunkt, Vanuzzi drehte sich mit rot geäderten Augen den beiden New Yorkern frontal zu, starrte sie einen langen Moment an, dann drückte er die Brust heraus und fluchte:

»Screw you, wenn ihr nicht endlich die Schnauze haltet, fress ich eure Scheißeier zum Frühstück. Mit Ketchup!«

Die freundliche Aufforderung des Special Agent zeitigte umgehend den gewünschten Erfolg.

Kurz vor der Mittagszeit erreichten sie das als Lager bezeichnete Haus. Sie kamen von verschiedenen Seiten. Zuvor hatten sich Eckart und Vanuzzi einige Minuten lang am Schwarzmarkt herumgedrückt – in gebotener Distanz, denn ihre Gesichter waren dort inzwischen hinreichend bekannt, um bei Entdecktwerden sofort Alarmstimmung aufkommen zu lassen. Als der Gattopardo wieder nicht auftauchte (Eckart begann sich allmählich zu fragen, wann der überhaupt seine »Geschäfte« abwickelte), trennten sie sich, um die zwei zentralen Wege abzugehen, die vom Markt zum Lager führten.

Sie warteten zehn Minuten. Fünfzehn. Vanuzzi schlug eine Runde »Wahrheit oder Lüge« vor, da öffnete sich die Haustür, und im Türrahmen tauchten die Blumenkohlohren des jungen Mannes auf. Noch bevor die beiden CIC-Männer ihn sahen, hatte der Gattopardo sie erkannt, zog mit einem Ruck die Tür hinter sich zu und begann nach links zu sprinten. Eckart hastete ihm hinterher. Bei jedem zehnten Schritt drohte er auf dem gefrorenen Boden auszugleiten. Er fing sich immer wieder, aber immer wieder gewann der Gattopardo dadurch auch einige Meter Vorsprung. Ungleicher Kampf, dachte Eckart, der Kerl ist fast vierzig Jahre jünger als ich und kennt sich hier aus. Er hatte ihn schon fast aus den Augen verloren, als der junge Mann einen Haken nach rechts schlug, in eine kleine Gasse. Eckart folgte ihm und knickte um – der Schmerz war so rasend, dass er innehalten und sich an einer Hauswand abstützen musste. Er konnte gerade noch sehen, wie der Gattopardo am Ende der Gasse wieder nach rechts abbog. Eckart sammelte seinen Atem, gab die Jagd verloren.

Sekunden später hörte er einen erstickten Schrei.

Vorsichtig, um das gedehnte Band am Fuß nicht zu sehr zu belasten, begann er die Gasse entlangzuhumpeln. Undeutliche Laute in der Nähe. Eckart zog seine Pistole und entsicherte sie. Als er um die Ecke lugte, sah er das Gesicht des Gattopardo, das gegen die Hauswand gepresst wurde. Aus dem Mund lief ihm ein dünnes Rinnsal Blut. Vanuzzi stand hinter ihm, in der einen Hand die Pistole, mit der er zugleich eine Leibesvisitation vornahm, mit der anderen Hand hatte er sich im Haar des Gattopardo verkrallt. Der war sichtlich bemüht, irgendetwas zu sagen, aber der Putz der Hauswand schnitt seine Worte ab.

Vanuzzi sah zu Eckart und sagte: »Überprüfen Sie mal die Beine. So kurz der Kerl auch ist, ich komm da nicht ran.«

Eckart sicherte die Pistole, steckte sie ein, humpelte zu der malerischen Zweiergruppe und untersuchte den Gattopardo auf Waffen. Fehlanzeige.

»Und was haben *Sie* gemacht, Doc?«

»Nicht der Rede wert. – Das Bürschchen nehmen wir mit in sein Lager. Würde zu gern mal sehen, was er da gebunkert hat.«

Vanuzzi zwang den Gattopardo mit vorgehaltener Pistole, die er zwischen dessen Schulterblätter gepresst hielt, den Weg zurück einzuschlagen. Der junge Mann verhielt sich kooperativ; dadurch, dass an diesem Weihnachtsmittag niemand auf den Straßen unterwegs war, wurde er auch nicht in Versuchung geführt, um Hilfe zu rufen. Er schloss das Haus, dann die Tür zu seinem Lager auf, der Special Agent bugsierte ihn zu einer Tisch-Stuhl-Kombination in der Mitte des Zimmers und blieb hinter ihm stehen.

»Setzen, Hände auf die Tischplatte. So hinlegen, dass ich sie sehen kann.«

Eckart blickte sich um. Eine schäbige Zweizimmerklitsche, im hinteren Raum die Reste einer Küche, die offenbar lediglich zum Kaffeekochen diente, im vorderen Zimmer, das man durch die Außentür betrat, Schachteln, Medikamentenbehälter, zahlreiche leer; in fünf großen Orangenkisten fand sich Penicillin älteren Datums.

»Läuft ganz gut, hm?«

Der Angesprochene schwieg. Eckart trat an ihn heran und besah ihn näher. Der Gattopardo hatte Abschürfungen im Gesicht, die von der Hauswand stammten, die Unterlippe war blutig und angeschwollen, auf der Stirn hatte er eine Platzwunde.

»Mussten Sie ihn so zurichten, Dan?«

»Der hat Glück, dass Weihnachten ist. Heute ist mein Tag der Liebe.«

Eckart kniete sich neben den jungen Mann, das Pochen in seinem Knöchel ließ allmählich nach. Er flüsterte: »Giancarlo, hm?«

Der Gattopardo drehte ihm langsam den Kopf zu. Ein Grinsen, rechts breiter als links, dann verzog er das Gesicht im Schmerz.

»Tut weh, hm?« Eckart legte ihm seine linke Hand auf die Schulter, stützte sich an ihm in die Vertikale. »Wird noch mehr wehtun, wenn du uns wieder Blödsinn erzählst.«

Er trat hinter den Stuhl.

»Hast du verstanden? Wenn du lügst, werden wir dir wehtun. Wenn du nichts sagst, werden wir dir wehtun. Wenn du uns verpfeifst, werden wir dir wehtun. Wenn du aber die Wahrheit sagst, siehst du uns nie wieder. – Hast du das verstanden?«

Der Gattopardo zuckte mit den Schultern. Vanuzzi holte zu einem Schlag aus, schrie: »Sag es!«

»Ja, ja, ich habe verstanden.«

»Sehr gut«, sagte Eckart. »Und jetzt die Adresse. Vielleicht hast du sogar einen Namen für uns.«

Der junge Mann nannte ihnen ein kleines Hotel und den dazugehörigen Straßennamen. Er habe den Deutschen zweimal dabei beobachtet, wie er ins Foyer eingetreten sei. Mehr habe er nicht gesehen.

»Zweimal?«, fragte Eckart. »Wann war das zweite Mal?«

»Gestern Abend. Aber ich hab über Weihnachten nicht viel von dem Zeug auftreiben können.«

»Seid ihr verabredet für ein weiteres Treffen?«

Kopfschütteln.

Eckart und Vanuzzi sahen einander an, dann verständigten sie sich in kurzen, auf Englisch gesprochenen Sätzen. Der Special Agent übergab seinem Partner die Pistole, ging ans Fenster und riss an der Vorhangschnur, bis sie nachgab und ihr loses Ende zu Boden glitt. Schließlich fesselte er den Gattopardo an den Stuhl – so fest, dass dem immer wieder Schmerzlaute entfuhren. Als Vanuzzi fertig war, sagte er:

»Was meinen Sie, Doc? Sieht doch aus wie ein nettes kleines Schmusekätzchen, nicht?«

Eckart wandte sich abermals an den jungen Mann: »Wenn der Tipp diesmal richtig ist, rufen wir deine Kumpels bei der Polizei an, die sollen dich abholen. Wenn nicht, kannst du dich als Entfesselungskünstler versuchen.«

»Ihr blufft doch …!«

Vanuzzi lachte laut auf.

»Vielleicht. Aber du kannst es nicht wissen, bevor wir aufdecken. Und wann das passiert, weißt du auch nicht«, sagte Eckart mit ruhiger Stimme. »Vielleicht ein bisschen zu spät für dich. – Letzte Chance: Willst du noch etwas sagen oder korrigieren?«

Der Gattopardo schüttelte den Kopf. Eckart machte Vanuzzi ein Zeichen, der nahm eine Medikamentenschachtel und einen Mullverband zur Hand und näherte sich dem Mund des jungen Mannes.

»Moment mal, ihr lasst mich hier doch nicht wirklich verschimmeln …?«

»Find's raus«, sagte Vanuzzi, mit der einen Hand hielt er den Kopf des Gattopardo fest. Mit der anderen zwang er ihm die Medikamentenschachtel zwischen die Zähne. Dann schlang er die Binde um den Kopf und machte einen Knoten.

Der junge Mann hielt die Augen angstvoll weit aufgerissen, als der Special Agent sagte: »Und wenn wir noch mal vorbeikommen müssen, wird's richtig lustig, Jungchen.«

»Aspirin?«, fragte Eckart beim Rausgehen und zeigte auf eine der Kisten.

»Von dem da mag ich nichts nehmen, wer weiß, womit der seine Bestände füllt. Da ist sicher irgendwo Rattengift drin.«

Sie zogen die Tür hinter sich zu und schlugen den Weg zu ihrem Jeep ein. Eine halbe Stunde später standen sie mit dem Wagen in Sichtweite des Hotels, das der Gattopardo ihnen genannt hatte.

Eckart war allmählich steifgefroren. Das einzig Gute an dieser Kälte war, dass er den Schmerz in seinem Knöchel nicht mehr spürte.

Wagners Leute hatten sich mit dem Gattopardo nicht wieder verabredet, aber auch nicht genügend Penicillin bekommen, um einen eigenen Vorrat anzulegen. Das konnte eigentlich nur eines bedeuten: dass sie nicht mehr lange in Meran bleiben würden. Vanuzzi und er durften jetzt keinen Fehler machen.

Eine Hausangestellte. Zwei Männer in Tiroler Tracht, die Musikinstrumente mit sich führten. Ein beträchtlich schwankender Mittzwanziger, der Anlauf nahm, um es durch die doppelflügelige Eingangstür zu schaffen. Sie warteten jetzt schon fast drei Stunden, ohne dass etwas Interessantes passierte. Eckart brannte eine Frage auf der Zunge.

»Haben wir für das, was wir hier machen, eigentlich noch Rückendeckung von unserem Staat, Dan?«

»Hatten wir die je? Sie scheinen ›uns gibt es gar nicht‹ einfach nicht zu kapieren.«

»Spaß beiseite.«

»Sie nehmen Swartz viel zu ernst. Lassen Sie das meine Sorge sein. – Oder haben Sie Heimweh?«

Kurz vor der Dämmerung trat ein Mann aus dem Haus und verschwand sofort wieder hinter den Türen. Eine Minute später tauchte er abermals auf: groß, um die fünfzig, langer weißer Regenmantel und beigefarbener Panamahut. Bevor er ihren Jeep auf der gegenüberliegenden Straßenseite passierte, duckten sich die beiden CIC-Männer weg.

Sie stiegen aus und gingen ins Hotel. Es machte von außen einen besseren Eindruck als von innen: die Einrichtung aus Jugendstilzeiten verlebt, die Sitzpolster der Stühle abgewetzt, Staubschichten auf den Dekorvasen. Der Portier, ein Mann Mitte vierzig mit schwarzem Menjoubärtchen und blonden Augenbrauen, begrüßte sie auf

Deutsch. Eckart tauschte einen Blick mit Vanuzzi, dann ging er zum Counter und öffnete den Mantelkragen einen Spalt, um dem Portier einen Blick auf den Ausweis der Militärpolizei und das Pistolenholster zu gewähren. Mit behördlichem Tonfall sagte er:

»Der Mann, der eben das Haus verlassen hat – gehört er zu einer Reisegruppe?«

Der Portier räusperte sich, dann fragte er mit sonorer, leiser Stimme: »Von welcher Polizeieinheit sind Sie?«

»Italienische Militärpolizei. – Also?«

»Ah, aha. – Einen kleinen Augenblick, bitte. – Ja, eine Reisegruppe mit insgesamt fünf Personen.«

»Ein Wagner darunter? Gerhard Wagner?«

»Nein. Aber ein Herr Holländer und ein Herr Tannhausen, der soeben das Haus verlassen hat.«

»Nicht im Ernst?!«

»Pardon?«

»Welche Zimmernummern?«

»Tut mir leid, dafür bräuchte ich eine schriftliche Anweisung Ihrer Dienststelle.«

»Natürlich. Holländer, Tannhausen, sagen Sie?« Eckart lenkte Vanuzzis Blick auf das Hotelregister, dann ging er um den Counter herum und bedeutete dem Portier mit dem Zeigefinger, ein wenig näher zu kommen. »Ich hätte da noch eine Frage, die etwas … Diskretion benötigt … wenn Sie verstehen, was ich meine …«

Der Portier beugte sich vor und brachte sein Ohr nahe an Eckarts Mund, während Vanuzzi das Register durchsuchte. Sekunden später hob der Special Agent seinen Zeigefinger, Eckart hörte auf zu flüstern und blickte in ein empörtes Gesicht.

»Solche Dienstleistungen werden Sie in unserem Haus nicht finden«, sagte das Menjoubärtchen, richtete sich auf und straffte seine Anzugjacke.

»Tja, da kann man nichts machen«, meinte Eckart und verabschiedete sich. Als er und Vanuzzi sich der Eingangstür näherten, kam ihnen ein Mann im Frack entgegen, der sie auffallend freundlich grüßte. Direktor oder Geschäftsführer, dachte Eckart, Zeit zu verschwinden!, doch Vanuzzi scherte plötzlich nach links aus und bewegte sich auf eine weitere Tür zu.

»Was machen Sie, Dan?«

»Hinterausgang«, knurrte der. Er blieb davor stehen, beugte sich zum Schloss hinab, begutachtete es, dann grinste er und schlug wieder den Weg zum Eingang ein. Aus dem Hintergrund des Foyers hörten sie eine noch unbekannte Stimme: »Welche Polizeieinheit, sagten Sie?«

Die CIC-Männer traten rasch ins Freie, strebten ihrem Fahrzeug entgegen. Sie vernahmen schnelle Schritte hinter sich, dann wieder die Stimme des Hoteldirektors:

»Meine Herren …? Hallo …?«

Er folgte ihnen bis auf den Bürgersteig. Sie schlugen die Türen des Jeeps geräuschvoll zu und fuhren los. Eckart sah im Zurückblicken, wie er weiter hinter ihnen herschaute.

»Hoffentlich kommt der nicht auf die Idee, unsere reisenden Opernfreunde zu warnen.«

Vanuzzi zündete sich eine Zigarette an, blies den Rauch stoßweise aus.

»Fünf Mann auf drei Zimmern. Uns interessiert das Einzelzimmer.«

»Wer sagt Ihnen, dass Wagner nicht aus Sicherheitsgründen bei einem seiner Leute schläft?«

Pause.

»Erst nehmen wir uns das Einzelzimmer vor. Stellen ihn sofort kalt. Wenn Sie ihn identifizieren, machen wir ein schönes Paket aus ihm. Wenn er's nicht ist, knöpft sich jeder von uns ein Zimmer vor. Das wird dann etwas kitzlig. Wir müssen schnell sein. Der Hinterausgang ist kein Problem, das Schloss ist ein Witz.«

»Schnell sein ist gut, Dan. Und wenn Wagner schreit? Wenn er schießt?«

»Müssen wir nicht extra in die anderen Zimmer, dann kommen die Leute von selbst.«

»Toller Plan!«

»Das Überraschungsmoment ist auf unserer Seite.«

Eckart schwieg und sah aus dem Fenster. Er hoffte, Wagner überhaupt wiederzuerkennen.

»Glauben Sie mir, das ist nicht meine erste Entführung für das CIC.« Ein tiefer Zug an der Zigarette. »Nicht die erste in Unterzahl.« Ein weiterer Zug. »Und nicht die erste mit Gegnern in Waffen.«

Es gab keine Alternative, Vanuzzi hatte recht: Sie mussten einfach schnell sein. Sie wollten losschlagen, wenn im Hotel endgültig Ruhe eingekehrt wäre, gegen Mitternacht. Bis dahin würden sie sich trennen. Der Special Agent bereitete seine Ausrüstung vor, fuhr voraus zum Hotel und postierte sich in Sichtweite des Eingangs. Sollte der Direktor Wagner vor einer Polizeieinheit warnen, die nicht existierte, und würde der mitsamt seinen Leuten zu fliehen versuchen, dann nähme Vanuzzi allein die Verfolgung auf und würde sich, sobald es möglich war, bei Eckart melden. Allerdings rechnete der Special Agent fest damit, dass das nicht geschah – wer wollte in diesen Tagen schon Aufsehen erregen und seine Gäste verschrecken?!

Sobald er seinen Teil der Ausrüstung gepackt hätte, käme Eckart zu Fuß nach, schließlich war es nicht weit. Treffpunkt wäre der Jeep, spätestens 23.30 Uhr. In der Zwischenzeit könne er ja das Detachment anfunken und über die Operation informieren, vielleicht fühle er sich dann wohler, hatte Vanuzzi zum Abschied geflachst.

Eckart nahm Kontakt mit dem CIC auf. Weil es das erste Mal war, dass er das Funkgerät allein benutzte, dauerte es einige Minuten, bis er alles korrekt eingestellt hatte und die Stimme Van Dorens vernahm. Er begann Bericht zu erstatten, doch dann war nichts zu hören als ein Kratzen im toten Raum.

»Können Sie mich verstehen, Graeme? Over.«

»Laut und deutlich. Sie funken unverschlüsselt, Vanuzzi! Over.«

»Das liegt daran, dass ich nicht Vanuzzi bin – hier spricht Eckart. Over.«

»Andreas …? Wo ist Vanuzzi? Over.«

»Erwartet mich am Treffpunkt. Over.«

»Aber Sie sind in Ihrem Hotel? Over.«

»Bin ich. In einer Stunde muss ich los. Over.«

Ein tieftönendes Brummen. Kratzen im toten Raum.

»Roger so far. Good night and good luck, Andreas. Out.«

Eckart hatte seine Pistole zerlegt und gereinigt. Wie zuvor bei Vanuzzi beobachtet, riss er die Vorhangschnur in ihrem Hotelzimmer herab, die dicker war als die im Lager des Gattopardo – es würde schwieriger sein, damit jemanden zu fesseln, dafür war sie reißfest. Er schulterte sie, als wäre er unterwegs zu einer Kletterpartie, sah auf seine Uhr, 23.10 Uhr, und machte sich auf den Weg.

Die Nacht war sternenklar, der Frost zerrte im Gesicht, an den Ohren. Eckart stellte den Mantelkragen auf und zog seine Hutkrempe tiefer. Trotz der Kälte war es hier angenehmer als auf dem Brenner, schon weil kein Wind wehte. Er sah wieder auf die Uhr. 23.18 Uhr. Bislang war er keinem Menschen auf dem Weg zu ihrem Treffpunkt begegnet. Totenstille – nur hin und wieder schlug in der Ferne ein Hund an, gedämpfte Eisenbahngeräusche vom Bahnhof.

Einer seiner Schnürsenkel hatte sich gelöst. Er ging neben einem Kleinwagen in die Hocke, um seinen Schuh zuzubinden, als er im spiegelnden Glas der Autoscheibe zwei Gestalten bemerkte, ungefähr zwanzig Meter entfernt, die sich ihm aus der Gasse näherten. Erster Gedanke: Brown und Jenkins, der Witz wird allmählich schal. Als Eckart nochmals ins Glas blickte, merkte er, dass etwas nicht stimmen konnte: Die beiden Männer waren viel größer als ihre Eskorteure, vielleicht größer als er selbst. Und sie hielten die Hände in den Manteltaschen vergraben. Er ließ sich mehr Zeit beim Schuhebinden als nötig, stand sehr langsam auf, fixierte weiterhin beider Bewegungen im Glas, dann drehte er sich mit einem Ruck um und warf ihnen die Vorhangschnur entgegen. Der Überrumpelungseffekt glückte.

Eckart beginnt zu rennen, die Straße hinab, hinter sich hört er die schnellen Schritte seiner Verfolger, keine Schüsse, sie wollen kein Aufsehen erregen. Er hastet in eine Seitenstraße, von hier aus wird er den Treffpunkt nicht erreichen, doch erst einmal muss er diese Kerle abhängen, vielleicht findet er zurück zu seinem Hotel. Die Schritte hinter ihm kommen näher, sein Knöchel meldet sich wieder, er rennt an einer dunklen Gasse vorbei, bremst hart ab, droht auf dem verharschten Schnee auszurutschen, fängt sich knapp wieder, huscht in den Schatten der Straßenbeleuchtung und kauert sich an eine Hauswand. Zieht seine Pistole, entsichert sie. Schweiß rinnt ihm in den Mantelkragen. Er fixiert den Eingang zu seiner Gasse. Stille. Dann die zwei Männer, Waffen voraus. Sie geben einander Zeichen mit der Hand, einer bewegt sich im Laufschritt auf der Seitenstraße weiter in Eckarts ursprünglicher Richtung, der andere dringt in seine Gasse ein und beginnt sie abzusuchen. Eckart zieht sich weiter hinter die Hauswand zurück, greift mit seiner steifen Hand neben sich und erfühlt kühles Glas. Eine Tür. Er stößt sie vorsichtig an – sie ist nur angelehnt, lässt sich öffnen. Eckart steht auf, presst seinen Rücken weiter an die Wand, tastet sich bis vor die Tür und drückt sie Zentimeter um Zentimeter auf. Sie gibt zwei kleine Quietscher von sich, bei jedem schließt er die Augen. Endlich ist sie offen, er huscht hinein, zieht sie sachte hinter sich zu, sieht sich um – er ist allein im Seitengang eines Hauses, es riecht nach Müll –, wischt sich den Schweiß von der Stirn und zielt mit der Pistole auf die Tür. Würde sein Verfolger eintreten, hätte Eckart den ersten Schuss. Es ist dunkel, aber durch die Glastür dringt ein wenig Licht. Er erkennt einen Schatten, der sich vor der Scheibe langsam nach rechts bewegt. Eckart steht vollkommen still und stützt mit seiner rechten Hand den linken Arm, der in einen Pistolenlauf mündet. Schweiß im Auge, er konzentriert sich weiter auf die Tür. Dann der Schatten, der sich von rechts nach links zurückbewegt. Eckart hört das Blut in seinen Ohren rauschen.

Minuten waren vergangen. Er sah auf seine Uhr: 23.35 Uhr. Vorsichtig löste er sich aus seiner Erstarrung, senkte die Pistole, öffnete die Tür einen Spalt. Kein Quietschen. Er blickte nach links, dann nach rechts. Dunkelheit, Stille. Eckart trat durch die Tür, der Lauf seiner Pistole zeigte zum Himmel, und er schlich wieder in den Schatten der Häuserwand, dorthin zurück, woher er gekommen war.

Als er den Kopf um die nächste Ecke biegen wollte, erhielt er einen Hieb gegen die Stirn. Er war kurz und präzise, ließ ihn zu Boden gehen.

Erst der zweite Treffer nahm ihm das Bewusstsein.

15.

Die Stille nach dem Schlag war beruhigend wie ein Wiegenlied. Das tiefe Pulsieren verließ allmählich die Stirn.

Eine Hütte. Durch die Ritzen pfiff der Wind. Er sah Männer vor sich an einem Tisch sitzen.

»Schau schau.« Der Chef der drei klopfte die Venen an Eckarts Unterarm ab. »Opa ist kein Kostverächter ...«

Das Opiat, das er ihm in die Blutbahn jagte, nahm umgehend seine wühlende Arbeit auf. Eckart wurde ohnmächtig.

Später, zurückgelassen mit nur einem seiner Entführer, gelang es ihm, diesen zu überwältigen. Eckart hatte ihn bis zur Besinnungslosigkeit gewürgt. Mit einem Messer durchtrennte er seine Handfesseln, dann nahm er zwei Meter Anlauf, rammte die Tür auf und begann zu rennen.

Herz und Blutkreislauf waren träge Tiere, kamen kaum hinterher. Eckart jagte über einen offenen, verschneiten Hügelkamm abwärts in die Deckung einer kleineren Hütte. Er drehte sich um eine Hausecke und hörte eine Stimme rufen: »Zdravko: nalijevo!«

Das Durchladen zweier Pistolen.

Er hatte keine Chance, sie würden ihn von zwei Seiten in die Mangel nehmen – bestenfalls könnte er einem das Messer entgegenschleudern. Immerhin würde er sein Leben so teuer wie möglich verkaufen.

Ein Knacken im alten Holz. Noch drei, höchstens vier Meter von ihm entfernt, direkt um die Hausecke, drohte der erste Pistolenlauf.

Plötzlich ein schriller Pfiff, aus größerer Entfernung. Er ließ Eckart zusammenzucken.

Ein Schuss. Zwei. Drei. Der zweite aus nächster Nähe. Rechts von ihm fiel jemand zu Boden. Eckart duckte sich näher an die Hüttenwand, roch Pulver. Stöhnen. Knarzende Schritte im Schnee, auf der linken Seite, sie klangen, als entfernten sie sich. Eckart schob vorsichtig den Kopf um die rechte Hausecke. Der Chef krümmte sich, mit dem Rücken zu ihm – Blut sprudelte unter der Linken hervor, die den rechten Arm hielt. Die Pistole, eine Luger P 08 aus deutscher Wehrmachtsproduktion, war ihm aus der Hand gefallen, lag kaum zwei Meter von Eckart entfernt.

Er horchte auf die Schritte der anderen Seite – sie waren verstummt.

Eckart warf sich auf den Boden, streckte die Hand aus und versuchte, mit dem Messer die Pistole zu erreichen.

Gedämpfte Laufgeräusche in der Distanz. Zwei, drei Schüsse, von der anderen Seite der Hütte. Zdravko! Eckart presste sein Gesicht in den Schnee. Mit dem Messer stieß er an die Pistole, führte eine rasche Wischbewegung aus. Er hob den Kopf ein wenig und griff nach der Waffe. Bei diesem Geräusch hatte der Chef den Oberkörper gedreht und blickte nun in den Lauf seiner eigenen Pistole. Eckart robbte langsam zurück zur Wand, ging in die Knie, tastete sich vorsichtig nach links.

Zwei weitere Schüsse von der anderen Seite der Hütte.

Eckart lugte um die Ecke, sah Zdravko an der nächsten Biegung. Er zielte, doch noch bevor er schießen konnte, warfen zwei Treffer den letzten seiner Entführer in den Schnee. Eckart stand auf und trat mit erhobener Pistole auf den liegenden Zdravko zu, der kampfunfähig geschossen war, die Waffe aber noch in der Hand hatte. Als er Eckart sah, hob er den Kopf und versuchte den Arm anzuspannen, war dazu aber nicht mehr in der Lage. Eckart schüttelte den Kopf. Die Waffe entglitt dem Getroffenen, sein Schädel sank zurück in den Schnee, und Eckart nahm die Pistole an sich. Dann rief er: »Dan?«

Eine Antwort, näher, als er vermutet hatte.

»Doc?«

»Sie sind ein Meisterschütze, der Colonel hat nicht übertrieben.«

Sekunden später stand Vanuzzi vor ihm, nickte ihm zu.

»Sie sehen übel aus, Doc.«

»Dehydriert, vermute ich. Sonst geht's blendend.«

»Noch jemand von denen unterwegs?«

»In der Hütte liegt ein Dritter.«

»Tot?«

»Nein.«

»Gut. Sehen Sie sich die beiden mal an, ob sie durchkommen werden. Wenn einer hopsgeht, lassen die anderen ihn verschwinden, aber wenn alle sterben … das könnte Fragen bei der italienischen Polizei aufwerfen, und die können wir nicht brauchen.«

Mühevoll bugsierten sie die beiden Entführer zurück zur Hütte. Eckart legte provisorische Druckverbände an, verteilte seinerseits großzügig Morphiumspritzen, dann fesselten sie alle drei. Vanuzzi drängte zum Aufbruch.

»Haben wir nichts vergessen, Dan? Zum Beispiel ein kleines Frage-Antwort-Spiel mit den Jungs?«

»Wozu? Die wissen nichts, was wir nicht auch schon wissen.«

Der Special Agent verriegelte die Tür mit einem Holzscheit, dann schlug er den Weg zum Jeep ein.

»Wohin hätten Sie denn gewollt, Doc? Allein wären Sie hier draußen ja erfroren.«

»Nach Meran, wohin sonst?!«

»Nach Meran gehen wir nicht.«

»Was?«

»Gepäck und Ausrüstung sind schon im Wagen. Wir ziehen um.«

»Bringen Sie mich erst mal auf den neuesten Stand!«

Sie fuhren der untergehenden Sonne entgegen. Der Special Agent erzählte, wie er vor Wagners Hotel auf Eckart gewartet hatte. Als der auch um Mitternacht noch nicht da war, spielte er kurz mit dem Gedanken, die Aktion allein durchzuziehen, doch er verwarf ihn schnell wieder, es wäre zu riskant gewesen. Vanuzzi kehrte zurück zu ihrem eigenen Hotel, unterwegs hielt er Ausschau, ob ihm der ehemalige Kommissar nicht doch begegnete. Der Portier sagte, dass Eckart schon vor einer Stunde das Haus verlassen habe. Vanuzzi fuhr die Strecke zwischen den beiden Gasthäusern insgesamt dreimal ab. Er sah sich am Bahnhof um, sogar kurz in der Spielhölle, verschwieg allerdings, was ihm dort begegnete, dann steuerte er das Lager des Gattopardo an. Als er eintrat, stand die Tür offen. Man hatte die beiden Räume durchwühlt – ein heilloses Chaos an Kisten, Gläsern, Pillendosen, das Penicillin war verschwunden. Der Junge saß noch immer an derselben Stelle, an der sie ihn zurückgelassen hatten, nur dass man ihren Knebel durch einen Schal ersetzt hatte. Er starrte mit weit aufgerissenen Augen. Auf den ersten Blick keine Zeichen äußerer Gewalteinwirkung, doch einer Ahnung folgend besah sich Vanuzzi den Hals genauer und fand die gleiche Einstichstelle, die ihnen schon bei Enninger aufgefallen war.

Zurück in ihrem Hotel hatte der Special Agent festgestellt, dass Eckart noch immer nicht aufgetaucht war. Er funkte das CIC-Detachment an, um Bericht zu erstatten, dass man die Aktion abgeblasen hatte, weil Eckart verschwunden war. Er hatte nur fünf Minuten die Augen zutun wollen, um nachzudenken – als er morgens aufwachte, sah er einen maschinengeschriebenen Zettel, den jemand unter der Tür durchgeschoben haben musste. Eckarts Aufenthaltsort. An der Rezeption wusste man von nichts, hatte niemanden bemerkt. Vanuzzi packte, orientierte sich, und um die Mittagszeit erreichte er die Hütte. Er bereitete alle Eventualitäten vor, vor allem die, in eine Falle zu geraten; eigentlich sah sein Plan den Einsatz der Maschinenpistole vor, aber dann besann er sich, dass er damit nur eine groß angelegte Polizeiaktion auf den Plan gerufen hätte.

»Und dass Sie Ihre Befreiungsaktion selbst nicht überleben könnten, auf den Gedanken sind Sie nicht gekommen?«, fragte Eckart, der merkte, wie die Wirkung des Morphiums nachließ und er gegen einen Schüttelfrost ankämpfte.

»Was meinen Sie?«

»Große Waffe, große Chance – kleine Waffe, kleine Chance.«

»Ich bin ein guter Schütze.«

»Sie sind in erster Linie größenwahnsinnig, Danny-Boy.« Eckarts Zähne klapperten aufeinander. »Trotzdem danke.«

Vanuzzi zuckte mit den Schultern.

Sie sahen aus dem Autofenster. Vor ihnen tauchte ein Schild auf, das nach Bormio und St. Moritz wies.

»Was waren das für Typen, Dan?«

»Ustaschen.«

»Ustaschen???«

»Kroatische Faschisten. Haben mit den Nazis zusammengearbeitet. Treiben sich zuhauf in Italien herum, seit die Tito-Kommunisten Jagd auf sie machen.«

»Kroaten. – Woher wissen Sie das?«

»Ich hab mir die Ringe genauer angesehen, die der Große getragen hat. Das Zeichen der Ustascha: ein großes U mit Granate und kroatischem Würfelwappen.«

»Und wie sind die auf unsere Spur gekommen?«

Das Getriebe knirschte, als Vanuzzi herunterschaltete.

»Ich tippe auf den Gattopardo.«

»Den wir jetzt auch auf dem Gewissen haben. – Aber woher sollte der wissen, in welchem Hotel wir abgestiegen sind?«

»Vielleicht ist er uns gefolgt, scheint ja seine Angewohnheit gewesen zu sein.«

»Blödsinn!« Eckart wischte sich den Schweiß von der Stirn.

»Dann hatte Wagner vielleicht noch was gut bei denen.«

Eckart versuchte sich zu konzentrieren, es fiel ihm von Minute zu Minute schwerer.

»Mag sein. Und die Tatsache, dass wir nicht nach Meran fahren, heißt dann wohl …«

»… dass Wagner weg ist. Ja. Hab vergessen zu erwähnen, dass ich noch mal in seinem Hotel war, bevor ich zur Hütte gefahren bin. Diesmal war ich nicht so zimperlich mit dem Portier … noch ein Grund, weshalb wir uns in Meran nicht mehr sehen lassen sollten … sie sind mitten in der Nacht aufgebrochen. Könnte mich selbst dafür ohrfeigen, dass ich eingeschlafen bin, statt das Hotel zu observieren …«

»Irgendein Anhaltspunkt …?«

»Nein.«

Eckart schloss die Augen, versuchte einen Brechreiz niederzuringen.

»Kopf hoch, Doc, die spüren wir schon wieder auf.«

Das Auto holperte über eine Bodenunebenheit und schaukelte dabei erheblich.

»Gottverdammt, Dan, machen Sie doch langsamer!«

»… wirklich alles in Ordnung mit Ihnen?«

Eckart ahnte, wie er nun aussah – kreidebleich, Schweißperlen auf der Stirn … Er klapperte mit den Zähnen, als er antwortete: »Nein, ganz und gar nicht … und das ist kein Schock … sondern der Cold Turkey … Opiatentzug …«

Eckart bat Vanuzzi darum, ihm genau zu erklären, wohin sie unterwegs waren, wie lange die Fahrt dauern würde. Dann berichtete er in kurzen Sätzen von seiner Morphiumabhängigkeit, die er sich im Ersten Weltkrieg eingehandelt, von den Jahren, die er im Kampf mit der Droge verbracht hatte, von seinem erfolgreichen Entzug in den USA – und von den Ustaschen, wie sie ihn in der Hütte wieder angefixt hatten. Als sie an einem italienischsprachigen Gasthof mitten im Nirgendwo angekommen waren, erläuterte Eckart, dass sie diesmal zwei Räume brauchten.

»Geben Sie mir vierundzwanzig Stunden! – Ihre Aufgabe besteht darin, mir Wasser vor die Tür zu stellen, jeden leeren Krug mit einem vollen zu ersetzen. Für die Nacht geben Sie mir drei volle Krüge, eine kleine Brotzeit, auch vor die Tür. Niemanden zu mir lassen. Nichts fragen. Nicht reagieren, egal, welche Geräusche aus meinem Zimmer kommen. – Das sind die Pistolen, die ich den Ustaschen abgenommen habe, es ist besser, wenn sie nicht in meiner Nähe bleiben.«

Vanuzzi schob die Augenbrauen zusammen, eine Zornes- oder Sorgenfalte stand ihm vertikal auf der Stirn.

»Okay, das hab ich hinterm Ohr, aber …«

»Glauben Sie mir, ich weiß, was ich tue. Ich brauche einen Tag, Wasser und vor allem jemanden, der mir Menschen vom Leibe hält.«

Mit diesen Worten zog sich Eckart in sein Zimmer zurück und überließ sich seinen Dämonen.

16.

Bellende Maschinengewehre, das Pfeifen der Schrapnelle, die Schreie der Verwundeten. Novembermorgen. Man hat ihn aus der Sanitätsstation herausgerufen. Er kann nicht sagen, ob das Nebel ist, Gas oder Granatenrauch. Phenolgas riecht nach frisch gemähtem Gras, Granatenrauch nach Mandelfleisch, wenn die Frucht frisch aufgesprungen ist.

Er ist zu einem Schützengraben geeilt. Der Bombentrichter liegt über dem Graben, ein Loch im Loch. Meterhoch aufgeschichtete Erde, leuchtend grüne Sterne rechts und links, es riecht nach verbranntem Fleisch. Der junge Soldat, über den er sich beugt, hat zu singen begonnen, *Bis hierher hat mich Gott gebracht*, ihm fehlt das linke Bein, ihm fehlt die linke Gesichtshälfte, ihm fehlt die linke Hand. *Durch seine große Güte*, er beugt sich tiefer, damit er dem Verwundeten nicht ins Gesicht blicken muss, in das ausgelaufene Auge. *Bis hierher hat er Tag und Nacht*, kein Jod, kein gottverdammtes Jod!, *Bewahrt Herz und Gemüte*, die Morphiumflasche rutscht ihm aus den feuchten Händen, fällt klirrend zu Boden, *Bis hierher hat er mich geleit*, das Sirren in nächster Nähe, eine Detonation. Er spürt den zur Hälfte abgetrennten Kopf des Soldaten neben seinem, den Körper des Soldaten auf seinem, dunkel ist es geworden und es wird immer dunkler, bis er nichts mehr hört, nichts mehr spürt, bis ihm die Zeilen des Kirchenliedes nicht mehr einfallen. Wie ging es weiter, das Kirchenlied, gottverdammt!, mir muss doch einfallen, wie dieses Lied weitergeht, wenn es mir einfällt, kommt vielleicht jemand zu Hilfe, wie, wie, wie.

Vom Glucksen des Blutes aus der Gurgel des Toten erwacht er. Es klingt, als hätte jemand eine Flasche umgestoßen. Eine warme Flüssigkeit läuft ihm aus Nase, Mund und Ohren. *Bis hierher hat er mich erfreut, bis hierher mir geholfen.* Da waren sie, die Zeilen. Irgendwo musste auch die Morphiumflasche sein. Er hatte sich an das Lied erinnert, also würde er auch die Flasche finden, irgendwo hier unter seinen Beinen musste sie sein. Wenn er sich nur ein wenig bewegen könnte, nur ein wenig, wenn dieser nach Kot und Moschus stinkende Kamerad über ihm sich doch ein wenig abrücken ließe.

Dann beginnt es wieder nach Mandeln zu riechen, nach dem süßen Fleisch. Und dann ist es wieder schwarz. Und dann erwacht er wieder. Und dann ist es wieder schwarz.

Mit dem Morphium kehrte auch sein Verschüttungstraum wieder. Nur dass es kein Traum war. Eckart hatte literweise Wasser in sich hineingegossen, das Essen rührte er nicht an. Irgendwann mitten in der Nacht war er so müde, dass er endlich einschlief. Wenige Minuten später schreckte er wieder hoch. Es war die immer gleiche Erinnerung an seine eigene Verschüttung als Stabsarzt an der Westfront, und sie endete stets im ersten Akt, mit der Schwärze der Erde und der Grassoden über ihm. Er ermunterte sich, trank, rauchte, bis er keine Zigaretten mehr hatte. Als er die Tür öffnete, sah er, dass Vanuzzi auf einem Stuhl vor seinem Zimmer eingeschlafen war. Ein Lächeln schlich über Eckarts noch immer von Krämpfen geschütteltes Gesicht, dann untersuchte er das Zimmer des Special Agent nach Zigaretten, förderte eine frische Packung zutage und kehrte zurück.

Mit seinem Entzug hatte er gelernt, auch den zweiten Akt seines Dramas zu träumen: Rettung und Erwachen im Feldlazarett. Einem französischen Bauern war aufgefallen, dass über einem Erdhaufen der ehemaligen Frontlinie eine Hand zitterte. Er hatte Eckart, der unter einer verwesenden Soldatenleiche begraben war, die zugleich für eine Luftblase unter dem Schutt gesorgt hatte, sorgsam ausgegraben, und weil die Frontlinie längst eine andere war und der Bauer jetzt auf deutschem Gebiet lebte, hatte er ihn ins nächstliegende Lazarett gebracht. Ob aus Menschlichkeit oder weil er auf eine Belohnung hoffte, wusste niemand zu sagen. Fakt war, dass Eckart nach weniger als zwei Tagen physisch außer Gefahr, doch durch die ununterbrochene Versorgung mit Morphium schwer abhängig geworden war. Man transportierte ihn in ein Klinikum in der Heimat, wo man ihm »Kriegszittern« attestierte.

Und damit begann der dritte Akt.

Zurück ins Feld konnte er nicht mehr. Für seinen Beruf als Nervenarzt war er als Kriegszitterer nicht länger geeignet. Eckart haderte. In ihm hatte sich in den Lazarettwochen eine neue Einstellung Bahn gebrochen: Er hatte verstanden, dass er mit all seinen Kräften in seinem bisherigen Leben danach gestrebt hatte, zu werden wie alle anderen. Ein Deutscher zu werden, ganz und gar, er, den die Kommilitonen »Binokular« nannten, Zweiauge, weil seine beiden Augenfarben repräsentierten, wofür man ihn hielt: für einen, der nicht wusste, was sein Heimatland war – Italien, das Land der Mutter, oder Deutschland, das des Vaters. »Zu wem hältst du eigentlich?!«, war die Frage, die man ihm immer gestellt hatte. Er meldete sich freiwillig für den Krieg, um endlich allen zu zeigen, zu wem er hielt – wurde verschüttet, war wiederauferstanden und hatte nun gründlich die Nase voll davon, irgendjemandem irgendetwas beweisen zu müssen. Dass ihn ausgerechnet ein Franzose gerettet hatte, trug dazu bei, sich vom kaisertreuen Mitläufer zum überzeugten Pazifisten zu wandeln: Er war das Kind einer Generation, die ihr Blut und ihre Nerven auf den Schlachtfeldern des Weltkriegs gelassen hatte, und er wollte dafür einstehen, dass es nie wieder Krieg in Europa geben würde. Deshalb wurde er Rechtsmediziner, wechselte zur Kripo, wechselte wieder, weil er in der Politischen Polizei die Chance sah, seinen Abwehrkampf gegen die Kräfte des alten Deutschland, die Reaktionäre und Kriegstreiber, führen zu können, und deshalb wurde er von Wagner aus dem Land getrieben – der vierte Akt.

Mittlerweile fand er sich im fünften wieder. Das Drama ging seinem natürlichen Ende entgegen, er freute sich auf das große Finale, weil er endlich, endlich dort ankommen wollte – und plötzlich war da wieder der erste Akt wie in einer Dauerschleife, die Schauspieler verpatzten ihre Einsätze ein ums andere Mal, und ein ums andere Mal begannen sie wieder von vorn.

Als ein Hahn krähte, zwei, drei andere ihm folgten und die Stille einige Minuten lang mit kakofonen Geräuschen erfüllt wurde, hatte Eckart wenigstens das Bedürfnis niedergerungen, seine körperlichen Schmerzen, die von den Misshandlungen der Ustaschen herrührten, mit Morphium zu betäuben. Das Herzrasen hörte auf, die innere Unruhe blieb.

Am frühen Nachmittag, nachdem er zum ersten Mal mehr als fünf Minuten am Stück geschlafen hatte, stand er auf, packte seine Sachen und klopfte an der Tür zu Vanuzzis Zimmer.

»Bin so weit. Wir gehen nach Bozen.«

»Bozen?«

»Bozen liegt auf dem Weg nach Genua, hat einen großen Bahnhof. Und ich habe eine Intuition. Diesmal müssen Sie mir vertrauen, Dan.«

Der Special Agent sah ihn aus dem Augenwinkel an.

»Gut, auf nach Bozen, Doc!«

Die Fahrt war ruhig, nur dass sich Eckart eine Zigarette an der anderen anzündete.

Als sie in den Jeep stiegen, gab Vanuzzi Eckart zwei Briefe, die ihn in ihrem Meraner Hotel nicht mehr erreicht hatten; der eine war von Van Doren, wahrscheinlich eine Abschrift des Dossiers über den Special Agent, der andere von Liam. Eckart las das Schreiben im Auto, Schaukeln und Entziffern verursachten ihm, der damit eigentlich noch nie ein Problem gehabt hatte, heute beträchtliche Übelkeit. Er bat Vanuzzi anzuhalten, versuchte sich zu übergeben, aber es kam nichts als Galle.

Sie nahmen den Weg wieder auf.

Sein eigener und Liams Brief hatten sich zeitlich überschnitten, also konnte dieser keine Antwort auf jenen sein, und Eckart erwartete auch keine Antworten. Umso irritierter war er, zu lesen, dass der alte Freund seinen Andy mahnte, sich nicht zu sehr in die Jagd nach Wagner zu verbeißen – schließlich war es doch Liam gewesen, der ihn wieder in den »politischen Dienst« getrieben hatte. Wahrscheinlich hatte er sich mit Swartz vor dessen Flug nach Europa ausgetauscht und teilte nun Meinung und Haltung des Colonel bis hin zu denselben Formulierungen.

Was auch immer das bedeuten mochte.

Dann erinnerte sich Eckart an Rosenbergs frühere Warnung, sich nicht blenden zu lassen von seinem durch Wagner genährten Hass.

Wie er sie in den Wind geschlagen hatte … Rosenberg hatte recht gehabt, und vielleicht hatte nun auch Liam recht …

»Wenn Sie so weiterqualmen, brauchen wir Nachschub, Doc!«

»Gift bekämpft man am besten mit Gift.«

»Wenn Sie das sagen …«

»Ich frage mich noch immer, woher diese Kroaten wussten, wo ich war.«

»Tatsächlich? Viel interessanter ist doch, wer mir diesen Zettel geschrieben hat.«

»Eine Falle der Ustaschen?«

»Dann hätten die sich extrem dämlich dabei angestellt – wie kann man bloß von der eigenen Falle überrascht werden?!«

Die nächste Schleife, in der Eckart dachte. Wer wusste, dass er kurz vor seiner Entführung in seinem Hotel gewesen war? Van Doren, dem er per Funk Bescheid gegeben hatte, dass er sich jetzt auf den Weg mache; vielleicht Swartz, dem der Captain Bericht erstattet hatte – und natürlich Vanuzzi selbst … das ominöse Schreiben, das den Special Agent zur Hütte gelockt hatte, hatte der im Gefechtsgetümmel angeblich verloren … Eckart verwarf den Gedanken. Dann hörte er Vanuzzis Stimme.

»Sagen Sie mir irgendwann, was wir in Bozen machen, Doc?«

»Den Zug nach Rom nehmen.«

Er inhalierte den Zigarettenrauch, dann sagte er: »Genauer gesagt fahre *ich* nach Rom, Sie sollten versuchen, mithilfe Ihrer CIC-Magie etwas über Wagners neue Route herauszufinden.«

»Und was haben Sie in Rom vor?«

»Keine Angst, wir verlieren keine Zeit. Die Ruhr ist eine hartnäckige Krankheit, Wagner braucht viel Ruhe. Ihre Pässe werden sie auch noch nicht haben. – Wir sind jetzt schon so tief nach Italien eingedrungen, dass es höchste Zeit wird, sich vorzustellen. Ich habe von früheren Ermittlungen her noch gute Kontakte zur hiesigen Polizei.«

»Deutsche und Italiener haben zusammen ermittelt?«

»Nur wenn es unvermeidbar war.«

Hatte er Vanuzzi mit seiner Entschlossenheit überfahren, so ließ sich der nichts anmerken und setzte Eckart am nächsten Morgen in aller Frühe am Bozner Bahnhof ab. Die über sechshundert Kilometer lange Strecke, wegen der Kriegsschäden noch immer kaum befahrbar, würde ihn mindestens einen halben Tag kosten.

Es war der 29. Dezember. Am Neujahrstag sollten sie sich wieder in Bozen treffen. Zwei Tage hätte er für seine Ermittlungen, und dies in der Zeit zwischen den Jahren! Er konnte nur hoffen, dass die Vertreter der Institutionen, mit denen er sprechen wollte, nicht festtäglich gestimmt ihre Türen geschlossen hielten.

Das Telegramm an Leopardi hatte dieser umgehend beantwortet. Wenigstens das war geregelt. Alles Weitere würde sich finden.

Wenn Swartz etwas dagegen hatte, dass er sich zu sehr in die Wagner-Suche verbiss, wollte er wenigstens zu den Routen auch die Hintergründe dieser Fluchten ermitteln, die Frage beantworten, wie es kam, dass gesuchte Nazikriegsverbrecher scheinbar seelenruhig von Deutschland nach Italien spazieren und sich hier nach Übersee einschiffen konnten.

Gab es das vermutete Netzwerk alter Kameraden wirklich? Dann hätte sich Wagner bisher wohl allergrößte Mühe gegeben, dessen Hilfe nicht in Anspruch zu nehmen, denn mit Ausnahme der Ustaschen deutete nichts auf ein solches Geflecht hin, vielmehr schienen es Eckart komplexe und vertrackte Einzelsysteme zu sein, die »Operation Rattenlinien« nicht den Gefallen taten, sich schnell knacken zu lassen und die Drahtzieher zu offenbaren. Weil auch die Einheimischen finanziell profitierten und zusammenhielten wie Pech und Schwefel, dies- und jenseits der Grenze. Von alten Sympathien für die SS ganz zu schweigen!

Da war allerdings ein Punkt, an dem man den Hebel ansetzen konnte: die seltsame Praxis der Passvergabe, die aus einem Nazibonzen einen Mitläufer machte. Dafür mussten ihm das Internationale Komitee vom Roten Kreuz und der Vatikan nunmehr Rede und Antwort stehen – und ganz nebenbei konnte er durch seine Recherchen Wagner vielleicht doch noch auf die Schliche kommen …

Auf Höhe von Mantua schien der Winter seine Gewalt zu verlieren. Eckart öffnete das Abteilfenster, in dem er noch immer allein saß, und ließ sich den frischen, aber nicht mehr frostig-beißenden Wind um die Nase spielen.

Er fühlte sich einigermaßen über den Berg. Der Gedanke an Morphium war zur kleinen Kugel geschrumpft, die im Hinterkopf ab und an im Zickzack kullerte, dann aber ihre Bewegungsenergie verlor und schließlich ganz zum Stillstand kam. Die Schmerzen in den Nieren vergingen, nur die Lippenwunden heilten langsam.

Eckart öffnete Van Dorens Brief und begann in Vanuzzis Dossier zu blättern.

Geboren 1907 in Chicago. Eltern aus Neapel, drittes von fünf Kindern, beide älteren Brüder sterben bei Bandenschießereien. Dan ist unauffällig bis in sein vierzehntes Lebensjahr, doch als sein ältester Bruder erschossen wird, gerät er in Konflikt mit der Polizei, vor allem wegen Alkoholschmuggels. Es sind die Zeiten der Prohibition, er verrichtet kleine Laufburschendienste für die Mafia, der Vater ist arbeitslos, und Dan hat sich vorgenommen, die Familie, allen voran seine beiden jüngeren Schwestern, finanziell durchzubringen. Kürzere Arrestzeiten, mit sechzehn ist er als Anführer einer Jugendbande zum ersten Mal länger im Gefängnis. Sein Weg ist eigentlich vorgezeichnet, da meldet er sich freiwillig zur Army. Ende der Zwanziger ist die mit Strukturreformen beschäftigt, nimmt so gut wie jeden, ohne auf seine Vergangenheit zu achten. Stationierung in Kentucky und Alaska, unauffällige Karriere, Nahkampfausbildung. Die sowie die Tatsache, dass er italienischer Muttersprachler ist, lässt ihn für das CIC interessant erscheinen, 1944 wechselt er zum Heeresnachrichtendienst, wird erst im befreiten Italien, dann in Deutschland eingesetzt. Fünf Belobigungen, Beförderung in den Rang eines First Lieutenant, den er als CIC-Mann im Ausland allerdings nicht führen darf. Gilt intern als zuverlässig, ein »Mann für besondere Aufgaben«. Allerdings auch der handschriftliche Vermerk: »Problem mit Autoritäten«.

Eckart zündete sich eine Zigarette an.

Vanuzzi war früh unabhängig geworden, zeigte Verantwortungsbewusstsein für seine Familie. Anführer einer Jugendbande ... einerseits war das sicher normal für Chicago, andererseits bewies es das starke Bedürfnis, dazugehören zu wollen, etwas, das Eckart nicht fremd war. Dann spürte Vanuzzi vielleicht, dass das so nicht funktionierte, und entschloss sich, GI zu werden. Auch das offenbarte ein Bedürfnis nach Zugehörigkeit, diesmal auf der Seite der »Guten«. Vielleicht funktionierte es wieder nicht, sodass er beim CIC anheuerte. Doch beim Geheimdienst kündigte sich eine andere Tendenz an: die der freiwilligen Selbstausgrenzung. Eckart ahnte, dass sich dahinter ein Bruch in Vanuzzis Geschichte verbarg, der ihn vom Wunsch nach Wärme in der Herde zum Einzelgänger trieb. Einmal hatte er in einem Gespräch auf dem Brenner angedeutet, dass seine Kriegserlebnisse in Europa ihn gegen den Militarismus eingenommen hatten. Doch warum verließ er dann die Armee nach dem Krieg nicht einfach? Welche Hoffnung verband sich für ihn mit dem CIC? Die auf Gerechtigkeit für die Opfer und Strafe für die Täter, wie Swartz nicht müde wurde zu betonen, mit gewohnt amerikanischem Pathos für die eigene Sache ...?

Als Eckart das Dossier schloss, sah er, dass es weitere Seiten enthielt. Auf dem Deckblatt las er eine handschriftliche Notiz Van Dorens:

»Diese Blätter hätten Ihnen eigentlich schon in den USA ausgehändigt werden sollen, aber offenbar hat das jemand in der Eile versäumt. Es sind Hintergrundinformationen, die das CIC über Aktivitäten von Rotem Kreuz und katholischer Kirche während und kurz nach der Hitlerzeit gesammelt hat. Vielleicht können sie Ihnen irgendwann von Nutzen sein.«

Van Doren war nicht nur ein Organisationstalent – er schien auch hellseherische Fähigkeiten zu haben. Eckart begann zu lesen. Kurz hinter Bologna fiel er in tiefen Schlaf, aus dem er erst am Bahnhof in Florenz wieder erwachte. Die Fahrt nach Rom wollte kein Ende nehmen.

All die Zeit hatte er Briefkontakt gehalten, erst von Deutschland, dann von den USA aus. Gesehen hatten sie sich seit fünfzehn Jahren nicht mehr, doch ihr Verhältnis ließ es zu, dass Eckart Riccardo Leopardi, dem alten Freund und Kollegen aus Italien, per Telegramm seine Ankunft in Rom ankündigte. Der antwortete umgehend und empfing ihn nun am Bahnhof Termini.

Eckart, der einen Kloß im Hals fühlte, streckte seine linke Hand vor – sie sollte ihm dabei helfen, innerlich wieder Haltung anzunehmen. Leopardi starrte einen Moment darauf, dann zog er den ehemaligen Kommissar ohne Umstände einfach an sich und küsste ihn auf beide Wangen.

»Siehst du mies aus, Andrea!«

»Nicht halb so mies, wie ich mich fühle.«

Leopardi und Eckart waren gleichaltrig, der Italiener um Zentimeter größer. Einstmals hatte er Schultern wie ein Schwimmer, nun trug er einen Schwimmring um den Bauch; die Haare waren ihm ausgegangen; er hatte einen listig anmutenden Silberblick und exakt korrespondierende Grübchen, eines über der Oberlippe, eines in der Mitte des Kinns, die beide unsauber rasiert waren.

Hotel – Kommissariat – Leopardis Wohnung: das waren die Stationen, die Leopardi für Eckart bestimmt hatte. Vor »seinem« alten römischen Hotel in Bahnhofsnähe waren die Palmbäume festlich geschmückt, Vögel zwitscherten, eine laue Brise ging durch das Grün – in diesem Moment war ihm, als hätte er den Winter, die Zerstörung und die Millionen Toten einfach hinter sich gelassen.

Nach der Meldeprozedur bat Eckart an der Portiersloge um ein Telefon und tätigte seinen obligatorischen Anruf bei der Berliner Zeitung. Er duschte und machte sich auf den vertrauten Weg zur Kriminalpolizei. Es begann zu dämmern. Starenschwärme zogen über den abendlichen Himmel, änderten jeden Augenblick ihre Richtung, bis sie sich schließlich in den Pinien niederließen, die Eckarts Fußweg säumten; die Bäume verdunkelten sich durch die Vogelleiber, ihre Zweige vibrierten, der Lärm war phänomenal.

Es war längst nach Dienstschluss, als er in der Polizeistation ankam und in Leopardis neues Büro geführt wurde. Der war sichtlich stolz, dem alten Freund einen großen, hellen und aufwendig gestalteten Raum präsentieren zu können.

»Das nenne ich noch mal einen Aufstieg, so kurz vor Karriereende, was?«

»Du hast mich doch nicht hierhergebracht, um anzugeben, Riccardo?«

Leopardi grinste.

»Wozu sonst?! Erinnere dich an mein Dienstzimmer aus der Zeit, als wir uns kennengelernt haben? Du hast zwischen meinem Schreibtisch und der Tür gesessen, und ich hab dir angesehen, dass du Angst hattest, der Nächste, der ins Zimmer käme, würde dir mit der Tür den Schädel einschlagen …«

Sie lachten.

»Das hast du gemerkt?«

»Ma certo«, Leopardi sprach jetzt ganz nach Art der Römer mit den Händen, »aber wir wollen keine Jugenderlebnisse austauschen. Wir warten auf jemanden, den ich dir vorstellen möchte. Eigentlich müsste er längst hier sein, wahrscheinlich hat er sich am Eingang verquatscht, ich ruf mal an.«

Wenige Minuten später klopfte es an der Tür, und ein gut aussehender junger Mann in Offiziershabit trat ein, die Uniformmütze unter den Arm geklemmt. Eckart schätzte ihn auf Anfang dreißig – etwas über mittelgroß, tiefdunkle Haare, korrespondierende Grübchen.

»Amadeo, mein Jüngster – Dottore Andrea Eckart aus Deutschland. Nein, aus Amerika!«

Sie begrüßten einander mit freundlicher Zurückhaltung.

Als sich Eckart und Leopardi bei Nachermittlungen zu einem Mord 1921 in Rom kennenlernten, schenkte ihm der kleine Amadeo zum Abschied eine Porträtzeichnung: wilde Krakel in Hell- und Preußischblau, dazu zwei Punkte, einer braun, einer grün – offenbar hatten es dem Jungen die verschiedenen Augenfarben des Kommissars angetan. Eckart bewahrte die Zeichnung auf, sie hatte es sogar bis in die USA geschafft.

»Er eifert mir nach, wie du siehst, ist bei der Polizia di Stato. Nur wird er wesentlich schneller Karriere machen, er ist jetzt schon Major.«

»Das ist heute auch ein bisschen einfacher, babbo.«

Leopardi wischte mit der Hand durch die Luft, dann zeigte er auf zwei freie Stühle vor seinem Schreibtisch.

»Leider finde ich mich im italienischen Polizeisystem nicht zurecht – die Polizia di Stato …?«

»Wir sind die Staatspolizei«, sagte Amadeo mit gewinnendem Lächeln, »aber ich arbeite bei einer Spezialeinheit. Mussolini hat den Apparat militarisiert, und wir sind gerade dabei, uns demokratisch neu zu erfinden. Hauptsächlich sind wir aber immer noch damit beschäftigt, Abwehrkämpfe gegen die Faschisten zu führen.«

»Interessant«, sagte Eckart.

»Natürlich ist es das!«, rief Leopardi polternd und hieb, wie gewohnt, wenn ihn etwas sehr erfreute oder erregte, mit der Faust auf den Tisch, »mein Junge wird dir in den nächsten Tagen die Türen öffnen, egal, wo du hinwillst.«

Eckart sah irritiert vom Vater zum Sohn.

»Woher weißt du …?«

»Ach, Andrea … wenn ich aus dem Nichts ein Telegramm von dir bekomme, das deine Ankunft noch für denselben Tag ankündigt, dann bestimmt nicht, weil du Silvester mit mir feiern willst …«

Auf dem Weg zu Leopardis Wohnung hatte es zu regnen begonnen. Dennoch genoss Eckart die angenehmen Temperaturen, öffnete den Mantel und atmete die von Heizungsrauch geschwängerte Luft tief ein. Er verbrachte einen Abend damit, zu essen, bis er zu platzen drohte. Irgendwann wurden die Männer von Leopardis Frau Chiara ins Hinterzimmer geschickt, um endlich aus dem Weg zu sein. Trotz Eckarts Protesten ließ sie es sich nicht nehmen, seinen von den Ustaschen ruinierten und von ihm grob wieder zusammengeflickten Mantel sachgerecht für ihn zu bearbeiten. Sie war wesentlich häuslicher und in sich gekehrter, als er sie in Erinnerung hatte; Mussolinis rückwärtsgewandtes Frauenbild hatte offenbar selbst in diesem dem Kommunismus nahestehenden Haushalt seine Spuren hinterlassen.

Eckart erzählte seinem alten Freund und dessen Sohn von seinem Auftrag. Er verschwieg die Fehlschläge nicht, dass sie im Moment vor dem blanken Nichts standen und dass er hoffe, über seine Hintergrundrecherchen der nächsten Tage etwas über Wagners neuen Verbleib herauszufinden. Die beiden Italiener sahen einander an.

»Schlechte Chancen, was meinst du, mein Junge?«

»Wir müssten etwas Druck machen beim Internationalen Komitee vom Roten Kreuz, vielleicht kommen wir da an jemanden beim Passamt heran.«

»Wie würde das eigentlich laufen, wenn ich dahergelaufener Amerikaner mit höheren Chargen sprechen möchte ...?«

Amadeo grinste, dann zog er ein Papier aus seiner Uniformjacke und reichte es Eckart.

»Dieses Dokument weist Sie als Sonderermittler der Polizia di Stato aus, der eventuelle Passschiebereien aufzuklären hat. Mit Brief und Siegel. Wir müssen nur noch Ihren Decknamen und Ihre Aufgabe reinschreiben.«

»Müsste ich dafür nicht eine Uniform tragen?«

»Nicht als ›Sonderermittler‹.« Amadeos Grinsen wurde immer breiter. »Außerdem kutschiere ich Sie natürlich – Sie wissen ja, wie mein babbo Auto fährt, das möchte ich niemandem zumuten.«

Leopardi grummelte, sah aber mit sichtlicher Befriedigung auf seinen Nachwuchs.

»Danke, Amadeo, ich stehe schon jetzt tief in Ihrer Schuld. Aber – das ist nun wirklich keine kleine Sache, ich möchte nicht, dass Sie Schwierigkeiten bekommen ...«

Der junge Mann winkte ab.

»Oh, Schwierigkeiten bekomme ich keine, ich werde Ihnen nur die Türen öffnen, bei den Gesprächen selbst bin ich nicht dabei.«

»Trotzdem, Sie ...«

»... machen Sie sich keine Gedanken, Signore Eckart. Wir leben in Zeiten, in denen es am wichtigsten ist, auf Menschen zu setzen, die das Gleiche wollen und denen man vertrauen kann. Ich kenne Sie so gut aus den Erzählungen meines Vaters, manchmal glaube ich fast, ich habe das alles selbst erlebt. – Wenn Sie möchten, können Sie mir Ihre Ermittlungsergebnisse zur Verfügung stellen. Momentan ist die Suche nach faschistischen Kriegsverbrechern in Italien ein wenig eingeschlafen, aber das kann sich ja wieder ändern …!«

Eckart nickte, dann sagte er: »Warum ist sie denn eingeschlafen?«

Leopardi antwortete: »Du hast selbst gesehen, wie überfüllt die Stadt ist, Andrea. Seit Jahren herrscht hier das reinste Chaos: Soldaten, Kriegsgefangene, Zwangsarbeiter, Kollaborateure, Deserteure, Überlebende der Konzentrationslager. Bisher haben sich die Alliierten um sie gekümmert, aber seit diesem Jahr sind wir für sie verantwortlich. Unsere Politiker betrachten sie als menschliches Kriegsstrandgut, wollen nicht für ihren Unterhalt aufkommen. Egal, was sie vorher getan haben: Die Flüchtlinge sollen keine Belastung sein, keine Schwierigkeiten machen und möglichst bald ausreisen.«

»Und um das tun zu können«, ergriff Amadeo das Wort, »müssen sie erst einmal anerkannte Reisedokumente haben. Da kommt das Internationale Komitee vom Roten Kreuz ins Spiel – alles Weitere müssten Sie dort klären, Signore Eckart.«

Eckart dachte nach. Er erinnerte sich an das Gespräch mit Van Doren in Meran, das sich um die italienischen Parlamentswahlen gedreht hatte, die amerikanische Angst vor einem Zusammenschluss von Sozialisten und Kommunisten – und die rätselhafte Bemerkung, man müsse den Italienern vielleicht ein wenig »Nachhilfe« geben. Er erzählte den beiden Leopardi davon.

Der Ältere schnaubte verächtlich, dann sagte er: »Das passt ins Bild, Andrea. Bei uns wird gemunkelt, dass der amerikanische Geheimdienst Truppen ausbildet, für den Fall, dass in nächster Zeit irgendwann die Roten Wahlen gewinnen.«

»Truppen? Die was tun sollen, Riccardo?«

»Einen Putsch vorbereiten.«

Eckart zog die Augenbrauen hoch und pfiff durch die Vorderzähne.

»Lass mich raten: Diese Truppen bestehen aus ehemaligen Faschisten.«

»›Ehemaligen‹ ist gut! Die Faschisten haben Erfahrung in Terror und Straßenkampf. Es sollen aber nicht nur Italiener sein, auch Deutsche und Kroaten, wer sich in Italien eben gerade so tummelt.«

»Kroaten???«

Jetzt schaltete sich Amadeo wieder ins Gespräch ein: »Die haben hier eine starke Vertretung, einen katholischen Priester namens Draganovic. ›The Golden Priest‹ nennen ihn die Amerikaner. Mit seinen Kontakten zum Vatikan und zum Roten Kreuz ist es ihm gelungen, die ganze Führungsriege der Ustascha aus seinem Land zu schmuggeln. Vor dem kroatischen Nationalkolleg des Vatikan stehen Ustaschen Wache und zeigen offen den Faschistengruß. Und wir können nichts dagegen unternehmen.«

»Warum nicht?«

»Kirchliche Einrichtungen sind tabu für die Polizei. Wir müssten längst Razzien in Klöstern anordnen, aber wir dürfen nicht rein. Das Kirchenasyl ist prinzipiell eine gute Sache, aber es wird in diesen Tagen missbraucht.«

Eckart griff sich an die Stirn, dann sagte er gedehnt: »Der amerikanische Geheimdienst ... weißt du, welcher, Riccardo? Einer, das OSS, oder besser: dessen Nachfolger, soll enge Kontakte mit Faschisten unterhalten.«

»Eh, ich habe keine Ahnung, Andrea. Könnte sein, dass das nur Latrinenparolen sind. Du und deine Amerikaner, ihr seid doch die Guten, oder etwa nicht?!«

»Die Guten. Natürlich«, nickte Eckart schwach.

17.

Das zentrale Karteikartensystem des Internationalen Komitees vom Roten Kreuz in Rom befand sich in der Via Gregoriana 28, in einem gelb gestrichenen Stadtpalais oberhalb der Bibliotheca Hertziana.

Über Nacht war es kälter geworden, der Regen in Graupel übergegangen, und Eckart war froh über Amadeos Angebot, ihn zu fahren. Aus dem Wagenfenster beobachtete er das menschliche Kriegsstrandgut, das zu Hunderten und Tausenden an den Straßenrändern schlief, saß, stumpf ins Nichts blickte oder Passanten um eine milde Gabe anbettelte.

Ein Portier in Rotkreuzuniform nahm sie mit mürrischem Gesicht und unfreundlichen Worten in Empfang, doch der Name Polizia di Stato machte noch immer Eindruck. Unter Mussolini war sie eine Organisation wie die Gestapo gewesen, hatte Amadeo erzählt, vielleicht nicht so verhasst, aber ähnlich gefürchtet; angesichts der Krümmung, die der Rücken des Portiers bekam, sobald er hörte, wessen institutionelle Vertreter ihm da gegenüberstanden, konnte Eckart dies nur bestätigen.

Sie wurden über eine blank polierte Treppe in den ersten Stock geführt. Der Portier klopfte an einer Tür an, die hoch war wie ein Tor, und verschwand hinter ihr. Es verging eine Minute, dann kam er wieder heraus und sagte mit starrem Lächeln:

»Dottore Bernardo erwartet Sie, meine Herren.«

Der Rotkreuzfunktionär war ein Mann Ende vierzig, klein und untersetzt, bartlos, mit tonsurähnlicher Glatze und dünnen, blonden Augenbrauen. Eckart fiel schon beim Händeschütteln auf, dass Bernardo einen Tic hatte: Ein Zucken durchfuhr erst dessen linke, dann die rechte Braue, als würde sich eine Gedankenwelle langsam über sein Gesicht schieben.

»Commissario Steiner«, Amadeo hatte seine Mütze abgenommen, sie diente ihm nun anstelle des Zeigefingers, »er ist Sonderermittler der Polizia di Stato. – Mich bitte ich sogleich zu entschuldigen, Dottore Bernardo, ich müsste dringend einmal telefonieren.«

Mit diesen Worten zog er sich diskret hinter die hohe Tür nach draußen zurück.

Braue links, Braue rechts. Bernardo war sichtlich verblüfft, wies mit schwacher Geste auf einen freien Sessel vor seinem Schreibtisch und fragte, ob er Eckart mit Kaffee, Tee oder Cognac dienen könne.

»Danke, nein. – Signore Bernardo: Wir müssen einmal über Ihre hübschen braunen Rotkreuzpässe sprechen.«

»Oh. Ah. So.«

»Ja.«

»Sollte damit etwas nicht in Ordnung sein, Commissario?«

Eckart überging die Frage und bat Bernardo, ihn darüber aufzuklären, unter welchen Umständen das Internationale Komitee vom Roten Kreuz zuständig war für die Passvergabe an Flüchtlinge.

Bernardo begann damit, die Situation der »Displaced Persons« in Italien zu schildern: Hunderttausende wollten nicht in ihre von den Kommunisten besetzten Heimatländer in Osteuropa zurückkehren. Für sie sei die IRO zuständig, die »International Refugee Organization«, die sich auch um Ausweisfragen kümmere. Neben ihnen gebe es aber vor allem noch sogenannte »volksdeutsche Flüchtlinge«, darunter viele Südtiroler, die bei der Abstimmung über ihren nationalen Verbleib für das »Großdeutsche Reich« votiert hatten. Die alliierten Mächte stuften sie als »Enemy Displaced Persons« ein, deshalb lehne die IRO es ab, ihnen zu helfen. Um diesen Menschen eine Chance zu geben, ebenfalls ausreisen zu können, habe das Internationale Komitee vom Roten Kreuz vor zwei Jahren damit begonnen, eigene Pässe auszustellen.

»Und diese Leute haben keine andere Möglichkeit, einen offiziellen Ausweis zu bekommen?«

»Das hätten sie schon, aber Sie können sich nicht vorstellen, welche politischen Untersuchungen und bürokratischen Hürdenläufe das bedeutet.«

»Durchaus. Vor allem kann ich mir vorstellen, dass viele die politischen Untersuchungen scheuen.«

»Worauf spielen Sie an, Commissario?«

»Lassen Sie mich erst sehen, ob ich das richtig verstanden habe, Signore Bernardo: Menschen ohne Reisepass mit ungeklärter Staatsbürgerschaft haben Anrecht auf Ihren Flüchtlingsausweis?«

»Als Ersatzdokument, jawohl. Für staatenlose Volksdeutsche, nicht für Deutsche oder Österreicher selbst. Die werden von Italien nicht als staatenlos angesehen, auch wenn sie hier im Land sind und keine Möglichkeit haben, einen regulären Pass zu erhalten.«

»Das heißt: Ein Deutscher, der den Rotkreuzausweis haben möchte, muss sich als Südtiroler ausgeben.«

Braue links, Braue rechts.

»Nun ja … man könnte sicher … ein bisschen Schindluder treiben …«

»Und Ihre Pässe werden international anerkannt?«

»Nicht von jedem Land.«

»Von welchen zum Beispiel?«

»Zum Beispiel von Argentinien oder Chile.«

»Interessant.«

»Ich höre, dass Sie unablässig auf etwas anspielen, Commissario, aber ich weiß nicht, worauf. Das Internationale Komitee vom Roten Kreuz ist eine weltweit geachtete Organisation, die nachgewiesenermaßen viel Gutes tut.«

»Aber natürlich, deshalb erkennt man Ihre Pässe ja auch an: weil man davon ausgeht, dass Sie keinen Schmu damit treiben. Aber woher wollen Sie wissen, dass die Menschen, die sich als Hinz oder Kunz bei Ihnen vorstellen, wirklich so heißen?«

»Das ist für uns nicht immer auf Anhieb möglich. Wir bekommen von Personen im Umfeld des Vatikans Dokumente, Persilscheine, die die Identität des Antragstellers bestätigen.«

»Der Vatikan … natürlich. – Mal angenommen«, räsonierte Eckart, »ich wäre Südtiroler, und im Krieg sind meine Dokumente verbrannt: Wie gehe ich vor, um einen Ausweis von Ihnen zu erhalten?«

»Nun, Commissario, Sie müssten sich zunächst an die PCA wenden.«

»Die PCA?«

»Die ›Pontificia Commissione di Assistenza ai Profughi‹, das Vatikanische Hilfskomitee für Flüchtlinge. Dort wird Ihnen ein Empfehlungsschreiben ausgestellt, das Name, ehemalige Adresse und Staatsbürgerschaft enthält. Im Allgemeinen brauchen Sie bei der PCA nur einen Bürgen, der Ihnen die Angaben bestätigt. Damit gehen Sie zu einer Rotkreuzdelegation, hier in Rom oder in Genua, und beantragen Ihren Ausweis.«

»Und Sie verlassen sich blind auf diese Persilscheine der PCA?«

»Was sollen wir tun, Commissario? Der katholischen Kirche müssen wir glauben!«

»Sie meinen: Sie *wollen* ihr glauben …«

»Immerhin tragen diese Persilscheine Hoheitszeichen des Vatikans!«

»Ja, das sieht bestimmt sehr offiziell und schick aus …«

Bernardo war aus seinem Sessel hochgeschnellt. »Commissario …!«

»Bitte behalten Sie Platz, unser Gespräch ist noch nicht beendet. – Gibt es keinerlei Prüfungen von Ihrer Seite?«

»Wie stellen Sie sich das vor, bei zigtausend Anträgen jede Woche?!«

»Sie sind vollkommen überlastet?«

Bernardo setzte sich wieder. Ruhiger fuhr er fort: »Natürlich wissen wir, dass sich in Kriegsgefangenenlagern die Kameraden gegenseitig ihre Personalien in den Antragsformularen bestätigen. Und in Rom können Sie heutzutage jede Art von Papieren und Informationen kaufen. Wenn uns einer erzählt, dass er in Viareggio geboren wurde, muss er nur die Straße hinuntergehen und findet Dutzende von Italienern, die für hundert Lire bereit sind, auf die Bibel zu schwören, dass er ihr alter Kumpel aus Viareggio ist. Auch wenn er aus Berlin stammt und kein einziges Wort Italienisch spricht.«

Eckart schüttelte den Kopf, sagte: »Ein ›bisschen‹ Schindluder, ja?« Braue links, rechts.

»Commissario: Unterm Strich ist unsere Bilanz positiv. Mit unseren Dokumenten können die Opfer dieses Krieges endlich in ihre Heimat zurückkehren oder Europa verlassen. Zum jetzigen Zeitpunkt ist es wichtig, nein, absolut notwendig, die Flüchtlingsmassen weiterzuleiten, die sich im Land aufhalten. Italien kann es sich wirtschaftlich nicht leisten, alle durchzufüttern. Eine Hungerkrise würde den Kommunisten in die Hände spielen. Und unsere Pässe sind auch nur für sechs Monate gültig, gerade genug Zeit, damit man ausreisen kann.«

»Ach? Wir wissen von Leuten, die schon seit Jahren damit herumspazieren.«

Bernardo stand auf und ging an einen kleinen Tisch in der hinteren Ecke des Zimmers. Mit vor Erregung zitternden Händen nahm er eine Karaffe, schenkte sich ein Glas mit einer braunen Flüssigkeit ein und trank einen ordentlichen Schluck. Als er näher an Eckart herantrat, roch der seine Cognacfahne.

»Was wollen Sie, Commissario? Es gibt Falschbeurkundungen, ja, in Italien wimmelt es von selbst ernannten Delegierten des Roten Kreuzes, vielleicht findet sogar ein Handel mit getürkten Pässen statt – ein paar schwarze Schafe gibt es überall!«

Eckart hob die Hände, zuckte mit den Schultern. »Und, Signore Bernardo? Es drängt Sie doch nach abschließenden Worten, ich sehe es Ihnen an.«

Der Rotkreuzfunktionär setzte sich auf den Rand seines Schreibtischs und schaute Eckart mit reichlich überheblichem Blick ins Gesicht. Doch der Effekt, sich dadurch größer zu machen als sein Gegenüber, wurde durch Bernardos Körpermaß zunichtegemacht.

»Nach den Schrecken dieses Krieges und mit einer immer wahrscheinlicher werdenden sowjetischen Invasion Europas ist das Rote Kreuz eine der wenigen Institutionen, in die die Menschen noch Vertrauen haben. Und das mit Recht – schwarze Schafe hin oder her.«

Bernardo stürzte den Rest seines Cognacs in einem Zug hinunter. Eckart spürte mit einem Mal, wie kühl und feucht es im Raum war, seine Kleidung fühlte sich klamm auf dem Körper an.

»Wir sind ein Bollwerk gegen den Kulturverfall. Das sollten Sie bei Ihrer ›Sonderermittlung‹ bedenken!«

Eckart stand auf, wollte gehen, aber es drängte ihn, auf das »Bollwerk gegen den Kulturverfall« mit einigen Fakten zu antworten, die er im CIC-Dossier über das Rote Kreuz gelesen hatte. Er blieb vor Bernardo stehen und sprach auf ihn herab.

»Sie haben sicher recht. Ein Bollwerk. Ob gegen den Kulturverfall, das kann ich nicht beurteilen. Carl Burckhardt ist immer noch Ihr Häuptling, hm? Er gilt ja als *sehr* deutschlandfreundlich. So sehr, dass das Rote Kreuz im Krieg vom deutschen Geheimdienst gesteuert wurde …«

Bernardo sprang auf. »Was erlauben …?«

»Das war vermutlich auch der Grund, warum Ihr *Bollwerk* im Krieg seine Unparteilichkeit wahren und KZ-Insassen nicht helfen wollte. Oder lag es nur daran, dass Burckhardt Antisemit ist?«

»Durch die Genfer Konventionen sind Kriegsgefangene geschützt, nicht Zivilpersonen. Wir hatten keine Kompetenz, uns um KZ-Häftlinge zu kümmern.«

Eckart rückte einen halben Schritt auf Bernardo zu, stand jetzt Brust an Stirn mit ihm; solche Dominanzgesten waren ihm eigentlich zuwider – aber er hatte ja nicht mit diesem Spielchen angefangen.

»Sie hatten keine Kompetenz? Keine *Kompetenz*?«

»Wir haben ja nicht einmal gewusst …«

»Sie haben ein weltweites Netz von Mitarbeitern und Informanten. Spätestens seit 1943 wussten Sie von den Vernichtungslagern, wussten, dass Juden mit maschineller Präzision ermordet werden. Es waren sechs Millionen Menschen, auf die Ihr Bollwerk *geschissen* hat, Bernardo. – Sie wussten es! Und die Welt weiß, dass Sie es wussten – das sollten *Sie* bedenken, wenn Sie mit sich selbst weiterleben wollen.«

Amadeo erwartete ihn vor der hohen Tür, als Eckart das Zimmer verließ.

»Wie ist es gelaufen?«

»Er hat keinen Herzanfall bekommen, das werte ich als gutes Zeichen.«

Als sie auf die Straße traten, schien die Sonne schwach. Zugleich wirbelten Schneeflocken, als kämen sie von allen Seiten, nur nicht von oben. Wolkenbündel von der Farbe angelaufenen Silbers hingen zum Boden nieder. Es war still, die rot und blau gefirnissten Häuser der Stadt leuchteten wie die Narben auf den Rücken von Kurgästen in der Hitze eines römischen Schwitzbades.

Zwischenstück

Er glaubte nicht daran. Wie hätte er daran glauben können, seine Verwandten, zu Rauch verwandelt, im Himmel wieder zu treffen, hoffte er doch immer noch darauf, sie unter den Lebenden zu finden. Und wer dachte in der Hölle auf Erden schon an den Himmel?

Allerdings hätte er auch nicht daran geglaubt, dass in der zweiten Nacht nach seiner Einlieferung ins Lager die Tür aufgehen und eine Gestalt eintreten würde, mittelgroß, mittelalt, mausgrau, in Uniform. Wagner hatte einen Stuhl mitgebracht und setzte sich neben Rosenberg, der zusammengerollt in einer Ecke am Boden lag, notdürftig mit seiner Sträflingsjacke bedeckt. Murren aus den anderen Winkeln der Gemeinschaftszelle, bis einer den Eintretenden als SS-Mann erkannte und die anderen zum Schweigen brachte.

»Ich kann nicht schlafen«, sagte Wagner.

Rosenberg setzte sich vorsichtig auf. Er schwieg.

»Und weißt du auch, warum?«

Rosenberg schwieg.

»Weil ich so glücklich bin.«

Er schwieg noch immer, sah, wie Wagner ein Zigarettenetui aus der Uniformjacke zog.

»Und warum bin ich so glücklich, Israel Rosenberg?«

»Weil du Zigaretten hast, Herr Obersturmbannführer?«

Wagner gluckste.

»Nein. Weil die Welt endlich so wird, wie ich sie mir immer gewünscht habe.«

»Bomben auf Berlin, das hast du dir gewünscht?«

»Kein Defätismus, Jude, auch wenn das dein natürliches Temperament ist. – Vielleicht sieht es für dich nicht so aus, aber ... wir haben gewonnen! Wir werden die Welt beherrschen, und ihr werdet untergehen. Das Starke muss über das Schwache siegen, das Gesunde über das Kranke. Als Nächstes nehmen wir uns die Amis vor, dann ist Eckart dran. Und dann ... werde ich überglücklich sein ...«

Rosenberg sah, dass Wagner Schweiß von der Stirn rann. Und das nach Stalingrad! Der Mann redet irre, irre, irre!

»Lass uns eine rauchen, Israel Rosenberg. Wie in alten Zeiten.«

Wagner zog zwei Zigaretten, hielt inne, nahm eine dritte. Eine gab er Rosenberg, eine zweite legte er neben ihn auf den Boden, die dritte zündete er für sich selbst an.

»Schade, dass es jetzt vorbei ist«, sagte der SS-Mann und blies Rauch aus. Rosenberg inhalierte hastig, er hatte seit Wochen keinen Tabak mehr auftreiben können.

»Was ist vorbei?«

»Du bist vorbei.«

Rosenberg nickte. »Was passiert mit mir?«

Wagner zuckte mit den Schultern.

»Du kommst dorthin, wo du hingehörst. Sie wollten dich als Greifer anwerben, als ehemaliger Kriminaler hättest du dazu vielleicht getaugt. Aber die Flausen hab ich ihnen gründlich ausgetrieben! So einer wie du, der nichts mehr zu verlieren hat, ist wertlos für uns. – Ich wundere mich nur, dass man es in fünf Jahren nicht geschafft hat, dich zu kriegen.«

Wagner nahm die Mütze ab, legte sie auf seine Knie, täuschte Gemütlichkeit vor. Rosenberg sah, dass das Innenband bräunlich verfärbt war, als hätte der SS-Mann Nikotin geschwitzt.

»Verdammte Schlamperei! Judenfreunde, überall, selbst bei der SS, noch bei den Erschießungskommandos …«

»Was für ein Glück, dass du gerade hier warst, Herr Obersturmbannführer.«

»Nicht wahr?! Ein bisschen Zuckerbrot hier, ein paar Peitschenhiebe dort – es ist nicht schwer, Juden aufzustöbern, wenn man weiß, wie's geht. Ich hab Erfahrung darin, dafür brauch ich keine Hunde mehr.«

Wagner schnippte seine fast aufgerauchte Zigarette in eine Ecke, und sofort machte sich der dort liegende Mitgefangene über den Rest des Stummels her.

»War schön, mit dir zu plaudern, Israel Rosenberg.« Der SS-Mann stand auf und setzte sich die Mütze zurecht, sein Gesicht glänzte vom

Schweiß. »Jetzt muss ich weiter, ich habe seit drei Monaten nicht mehr richtig geschlafen, weil noch so viel zu tun ist, so viel, so viel ...«

Wagner nahm den Stuhl in die Hand, klopfte von innen an die Tür; er sah nicht mehr zurück, als sie ihm von einer Gestapowache geöffnet wurde und er über die Schwelle trat.

Schon wenige Minuten später begann sich Rosenberg zu fragen, ob er diese Begegnung nur geträumt hatte.

Tieffliegerangriff. Noch in derselben Nacht, kaum eine Albtraumphase später.

Er hatte nichts mehr zu verlieren, das war richtig. Ahnte, was in diesen Todeslagern geschah, oft genug hatte Petermann davon gesprochen, von »fabrikationsmäßiger Vernichtung«. Auch wenn sich niemand etwas darunter vorstellen konnte. Oder wollte.

Tieffliegerangriff. Wie immer kauerten sie sich in den Ecken ihrer Zellen zusammen, manche beteten, andere hielten die Augen geschlossen, scheinbar tief in sich versunken, wenn auch ihr Zittern offenbarte, dass sie alles andere als ruhig waren. Schon als U-Boot hatte sich Rosenberg angewöhnt, den nächtlichen Angriffen mit größtmöglicher Gelassenheit entgegenzusehen, bei einem Treffer hätte es ihn, der in keinen Luftschutzbunker konnte, ohnehin erwischt.

In etwa so wie jetzt.

Es hob ihn mehr als einen Meter von den Beinen und schleuderte ihn gegen die Tür. Kalk rieselte, Staub, Rosenberg hörte das Zerbersten von Holz, fühlte einen pochenden Schmerz in der linken Hand, wahrscheinlich war sie gebrochen. Als er die Augen aufschlug, sah er, dass die Wände zwischen ihren Zellverschlägen geborsten waren, nur die Türrahmen hatten standgehalten, ihrer Funktion beraubt. Er rappelte sich auf und blickte vorsichtig auf den Flur hinaus, als er eine Hand an seinem Kragen spürte – ein Mithäftling, der ihm, halb taub, wie sie waren, zuschrie: »Volltreffer auf Wache, jetzt oder nie, Kamerad!«

Sie begannen zu rennen, den Flur hinab, der Staub war so dicht und dick, dass sich Rosenberg einen Fetzen von seinem Hemd riss und ihn vor Nase und Mund hielt, um nicht zu ersticken. In den Augenwinkeln sah er blutende, halb verschüttete Menschen. Als sie die Außentür erreicht hatten, die sein Mithäftling mit gezieltem Tritt auf die verbliebenen Holzsparren durchbrach, hasteten sie ins Freie, ohne sich umzublicken. Stockfinstere Nacht, auch hier eine Mischung aus Staub und Nebel. Die einzigen Lichtquellen gingen von Brandherden im hinteren Hof aus. Verkohlte Leiber am Boden, einige hatten noch Gewehre in Händen – sein Mithäftling wollte nach einem greifen, aber Rosenberg zog ihn zurück, er hätte sich nur die Finger verbrannt.

Die Vordermauer stand noch, vage konnten sie ein Gewusel mehrerer Personen erkennen, die blindlings das Feuer eröffneten auf alles, was ihnen aus dem Inneren entgegenkam. Sie schwenkten um, in den hinteren Hofteil.

Hier war es so heiß, dass sich Rosenberg Brandblasen im Gesicht holte. Das Feuer benahm ihm den Atem, aber sie rannten weiter, auf ein Mauerstück zu, das eingestürzt war und den Blick auf eine schwarze Fläche freigab. Mehr Leichen auf dem Boden, Trümmer, sie mussten brennenden Holzbalken ausweichen, die von den Dachstühlen der Gebäude herabstürzten. Sie duckten sich, kletterten auf Steinschutt über das, was einmal eine Mauer gewesen war, sahen vor sich, vom Feuerschein erhellt, eine Wiese oder einen Rasen, baumumstanden, hasteten in die Deckung von Büschen, warteten, bis sie Luft bekamen, und zogen einander weiter Richtung Prenzlauer Berg. Irgendwo in einen Hinterhof. In einen Keller. Die Sträflingskleidung loswerden, vor allem den verräterischen gelben Judenstern.

Zwei Tage später trennten sie sich, weil sie allein bessere Überlebenschancen hatten. Sie wussten nicht einmal, wie der jeweils andere hieß.

Mithilfe von Petermann kam Rosenberg bei einem Malermeister unter. Einen Monat lang, dann wechselte er das Haus, um Wochen später wieder zu »seinem Maler« zu gehen. Wenn es so etwas gab wie ein »am liebsten«, dann war es dort: Der Dachboden war mit dicken Teppichböden belegt, um den Trittschall zu dämpfen, Meister Koslowski hatte außerdem notdürftig elektrisches Licht verlegt und eine Toilette installiert; die Türen waren zugeklebt, damit aus dem Verschlag kein Lichtschein nach außen drang. Im hinteren Bereich war die Mauer durchbrochen auf den Dachboden des Nachbarhauses. Der wurde nicht benutzt und bot so eine Fluchtmöglichkeit für seine U-Boote.

Meister Koslowski riet Rosenberg, die Schuhe auszuziehen und auf Strümpfen zu gehen, was durch die dicken Teppiche selbst im Winter kein großes Problem war – wenn er auch mit seinem Gewicht auf den Dielen nicht verhindern konnte, dass es bei Toilettengängen verräterisch knackte. Wasser sollte er vorsichtig aufdrehen, vor allem nachts, wenn Geräusche weiter drangen.

In einen Alkoven hatte der Maler zwei Matratzen gelegt und eine Art Nachttisch mit Kerzenhalter daneben angebracht. Lektüre gab's frei Haus, Meister Koslowski besaß eine erstaunliche Klassikerbibliothek und zahlreiche kommunistische Schriften.

Rosenberg fühlte sich wie in einem Luxushotel.

Auch, als Silbermann dazukam.

Anfangs begegnete er dem siebzigjährigen gläubigen Juden, der unablässig betete und dabei seinen Körper vor- und zurückbewegte, vor und zurück, vor und zurück, mit größter Reserviertheit. Er wollte nicht signalisieren, dass sie »aus dem gleichen Holz« geschnitzt waren, ertappte sich bei Vorurteilen gegen Juden, wehrte sich selbst gegenüber ab, dass das mit dem Holz ja nichts mit Judentum zu tun habe, sondern mit Ausbildung, sozialem Hintergrund, Intellektualität, Aufklärung – und kam auf seinen Gedankenstreifzügen immer wieder nur zu dem Punkt, dass er sich selbst betrüge, dass er selbst, Rosenberg, kein Jude sein wollte, kein Jude sein wollte, kein Jude sein wollte.

Silbermann war ihm gegenüber gleichbleibend freundlich und zurückhaltend. Irgendwann, so sagte er später, würde der Jüngere auf ihn zukommen, er hatte schon unzählige U-Boote vertraut gemacht mit den Grundlagen ihrer jüdischen Kultur und Religion und nicht zuletzt mit der hebräischen Sprache.

Und jetzt also Rosenberg. Ein störrischer Schüler, besonders wenn er im Tanach lesen sollte, der jüdischen Bibel, einem abgegriffenen, nach altem Brot riechenden Duodez-Druck, den Silbermann auf wundersame Weise von Fluchtwohnung zu Fluchtwohnung hatte herüberretten können.

Beinahe anderthalb Monate verbrachten sie so, lesend, diskutierend, rechtend – zum Schluss in freundschaftlicher Nachbarschaft.

Meister Koslowski hatte ihnen gesagt, dass sie erst abends das Haus verlassen sollten, aber Silbermann, der von Zeit zu Zeit unter Menschen musste, ging einmal tagsüber hinaus, um nie mehr wiederzukehren. Wie die meisten U-Boote wurde wohl auch er bei einer Straßenrazzia aufgegriffen und nach Auschwitz deportiert. Aber natürlich wusste das niemand so genau.

Rosenberg wagte sich bei nächtlichen Bombenangriffen heraus, wenn alle im Luftschutzkeller waren. In einer Nacht im späten November 1944 entdeckte er auf einer Litfaßsäule ein rotes Plakat, das eine bevorstehende Hinrichtung bekannt gab – es waren Jahnke und Petermann, deren Widerstandsgruppe aufgeflogen war.

Er nahm es zur Kenntnis, doch es drang kaum in seinen Gefühlshaushalt vor, das konnte er sich nicht erlauben.

Wochen danach, das neue Jahr hatte längst begonnen, suchte er sich einen Bezirk, in dem Polizeiamt und Lebensmittelkartenstelle zerstört waren. Er gab vor, ausgebombt zu sein, und erhielt einen entsprechenden Bezugsschein. Zum ersten Mal seit langer Zeit aß er sich wieder »satt«.

Er hatte nicht mitgezählt, schätzte, dass ihm in diesen sieben Jahren, seit er in der Illegalität lebte, mehr als fünfzig Menschen geholfen hatten. An die meisten erinnerte er sich nicht mehr, nicht an ihre Namen und nicht an die Gesichter, doch fühlte er keinen Hass mehr auf das Land, wenn er an sie dachte und daran, wie sie ihm Obdach gegeben und ihr spärliches Essen mit ihm geteilt hatten.

Vermutlich würde er den Deutschen irgendwann vergeben können, wenn er diese Hölle überlebte.

Wagner nicht.

18.

Der 31. Dezember war ein Dienstag. Amadeo hatte aufgeboten, was er konnte, um noch einen Termin beim PCA zu erhalten, dem Vatikanischen Hilfskomitee für Flüchtlinge. Zum Roten Kreuz vermochte man sich mit dem Namen Polizia di Stato Eingang zu verschaffen, bei einer kirchlichen Stelle war das nicht so einfach. Amadeo erklärte, die PCA sei eigentlich in jeder Hinsicht tabu für die italienische Polizei, schon weil der Vatikan ein eigener Staat sei, aber reden könne man ja mal ... er bitte ihn nur, insgesamt etwas vorsichtiger zu agieren, sonst seien diplomatische Verwerfungen zu befürchten. Dabei zwinkerte er Eckart zu und grinste. Was diesen einigermaßen beruhigte. Denn versprechen konnte er, wie immer, nichts.

Sie waren auf dem Weg ins Petrinische Museum, wohin die PCA vor einiger Zeit wegen Platzmangels umgezogen war. Das Haus lag bereits auf italienischem Grund und Boden, doch galt es, weil eine katholische Organisation darin residierte, als exterritorial.

Eckart dachte zurück an den gestrigen Abend. Amadeo hatte ihn ins Hotel zurückgebracht. Sie sprachen über Wagner, der sich für sein neues Leben in Übersee vermutlich als Südtiroler Optant ausgab. Nach dem Verlauf seines Gesprächs mit Bernardo konnte er allerdings nicht mehr damit rechnen, über ihn noch Informationen des Internationalen Komitees vom Roten Kreuz zu erhalten.

»Ach, das ist doch schon längst geschehen, Signore Eckart. – Während Sie den Funktionär kleingefaltet haben, war ich in der Registratur und habe den Damen dort ein bisschen auf die Sprünge geholfen ...«

»Sie sind großartig, Amadeo! Und ...?«

»Wir haben keinen Wagner, keinen Holländer, keinen Tannhausen gefunden ... ich habe alle Opernnamen, alle deutschen und österreichischen Komponisten durchprobiert, die mir einfielen. Nichts. Da herrscht ein Chaos!, allein am heutigen Tag sind weit über tausend Passanträge eingegangen. Die Damen stehen kurz vor dem Nervenzusammenbruch.«

Amadeo pausierte.

»Außerdem haben sie mir gesagt, dass man den Antrag auch in Genua stellen kann, es gibt offenbar kein zentrales Register, das all das erfasst.«

»Verstehe. Trotzdem danke, Amadeo. Für alles.«

Im Hotel fragte Eckart als Erstes, ob ein Telegramm oder ein Anruf aus Berlin für ihn gekommen sei. Auch hier: Fehlanzeige.

Als er endlich im Bett lag, dachte er an Leopardis Gerücht, nach dem die USA planten, eine paramilitärische Widerstandsgruppe aufzubauen. Er konnte kaum glauben, dass das CIC darin verstrickt sein sollte. Doch dass Kroaten daran beteiligt waren, und dass es ausgerechnet Kroaten waren, die ihn entführt hatten … gab es solche Zufälle?

Er war eingeschlafen mit dem Gedanken, dass es gut war, wenn dieses Jahr zu Ende ging. Obwohl er keine Hoffnungen mit dem neuen verband.

Im Gegensatz zum Rotkreuzbüro nahm sich das kirchliche eher bescheiden aus: ein vielleicht zwanzig Quadratmeter großer Raum, dessen Parkettboden einigen Schaden genommen hatte von hin und her geschobenem Mobiliar. Der weiße Firnis zeigte Spuren von Wasserschäden, die Wände waren, mit Ausnahme eines Kruzifixes, kahl – insgesamt ein eher karg wirkendes Zimmer, dessen einziger Luxus in einem Servierwagen zu bestehen schien, auf dem Alkoholika standen und eine Kiste Zigarren lag.

Monsignore Reinthaller war ein Mann um die siebzig mit kleinen, freundlich blickenden blauen Augen. Er hatte ein rundes Gesicht und eine kaum gebändigte weiße Mähne, die Eckart an Franz Liszt erinnerte. Seine Brille rutschte ihm, weil er den Kopf meist schräg nach unten hielt, unablässig von der Nasenwurzel herab, und er war in einer fließend anmutenden Übersprunghandlung stets damit beschäftigt, sie wieder am angestammten Ort zu justieren.

»Ich danke Ihnen, dass Sie mich an einem solchen Tag empfangen.«

»Ich bitte Sie, Commissario, wir freuen uns immer, wenn jemand uns Interesse entgegenbringt. Außerdem ist Silvester kein hoher geistlicher Feiertag, ich hätte ohnehin gearbeitet. – Allerdings muss ich zugeben, dass wir uns darüber wundern, was ein Sonderermittler der italienischen Polizei bei uns Besonderes ermitteln möchte.«

Der Monsignore sprach ausgezeichnetes Italienisch, doch hörte Eckart ihm den deutschen Muttersprachler an. Vielmehr den Österreicher. Normalerweise hätte er jetzt auf Deutsch als Kommunikationssprache umgeschwenkt, aber er durfte natürlich seine Legende nicht preisgeben.

»Wären Sie so freundlich, Monsignore, mir zu erklären, was und wie die PCA arbeitet?«

»Nun, wir sind ein dem Vatikan unterstehendes Hilfswerk. Der Heilige Vater hat es selbst gegründet, um die Not seines geliebten deutschen Volkes zu lindern. Heute konzentrieren wir uns auf die Betreuung katholischer Flüchtlinge von überallher. Meist sind es Vertriebene aus Ländern, die von den Sowjets dominiert werden. Wir unterhalten mehr als zwanzig Außenstellen und fast dreihundert Sektionen in den italienischen Diözesen. Ich sage immer, dass durch uns das Auge Gottes bis in den letzten Winkel dieses Landes das Elend erspäht und die Hand Gottes …«

»Wie sieht die konkrete Arbeit aus?«

»Oh, wir bieten den Menschen Unterkunft und Verpflegung, organisieren aber auch Lebensmittelmarken oder Empfehlungsschreiben.«

»Zum Beispiel an das Rote Kreuz.«

»Zum Beispiel, ja.«

»Ich komme also zu Ihnen, bin, sagen wir, Deutscher. Ich stelle mich vor, und Sie bestätigen mir dann in einem Schreiben, dass ich der bin, als der ich mich vorgestellt habe … verdammt!, dann fällt mir ein: Ich bin ja Protestant.«

Der Monsignore lächelte.

»So genau nehmen wir es dieser Tage nicht, Commissario. Wenn eine Christenseele Verfolgung leidet …«

»Zu großzügig! Sie bezeugen also meine Identität, damit gehe ich zum Roten Kreuz und beantrage einen Pass, richtig so?«

»Absolut.«

»Und wenn ich Ihnen einen falschen Namen angebe – ist da jemand, der das überprüft?«

»Nun, wir gehen davon aus, dass niemand ein katholisches Hilfswerk belügen würde.«

»Aber bemerken würden Sie es nicht? Oder glauben Sie, dass das Auge Gottes auch hierüber wacht?«

»Dazu kann ich nichts sagen. Bisher hat sich noch niemand beschwert.«

»Mal sehen: Ich bin ein deutscher Kriegsverbrecher, der Tausende polnische und russische Juden erschossen hat. Ich nenne mich jetzt ... keine Ahnung ... Richard Klement ... gebe mich als volksdeutscher Südtiroler aus, der nach Argentinien auswandern möchte. Auf der Straße treffe ich zufällig einen Kumpel aus Meran, der mir das bestätigt ... das würde klappen, ja?«

»Commissario: Selbst wenn die Kriegsverbrecher mit ihrem richtigen Namen kommen, hätten wir keine Möglichkeit herauszufinden, dass sie Kriegsverbrecher sind.«

Eckart nickte.

»Und im Zweifel handelt es sich auch bei ihnen um verfolgte Christenseelen, die der Hilfe bedürfen?«

»So ist es. – Sehen Sie: Der Geist der Vergeltung und Rache wäre sehr schlecht für Frieden und Wohlstand in Europa. Und ich habe, wenn ich das sagen darf, die Erfahrung gemacht, dass SS-Männer die glühendsten Verfechter des katholischen Glaubens werden, sobald sie ihrer Irrlehre abgeschworen haben. Sie sind zudem aufrechte antikommunistische Kämpfer, die uns in diesen Zeiten täglich wichtiger werden.«

»Ach so ist das, Monsignore, der Feind deines Feindes ist dein Freund. Darf ich fragen, wie viele dieser aufrechten Antikommunisten heute in italienischen Klöstern leben?«

Reinthaller zuckte mit den Schultern.

»Kommen Sie, spielen Sie mit! Grenzen wir's ein, sagen wir: nur in Rom. Geben Sie mir eine Zahl, ungefähr ... Hundert? Zweihundert? Fünfhundert?«

»Ich kann Ihnen keine Zahlen nennen. Mir ist bekannt, dass die deutsche Nationalkirche Santa Maria dell'Anima vier oder fünf ehemaligen SS-Männern Zuflucht gewährt, weil sie ihrem teuflischen Bekenntnis abgeschworen haben und sich auf eine Zukunft als Glaubenszeugen in Südamerika vorbereiten.«

»Als Glaubenszeugen – oder als antikommunistische Kämpfer? Was ist den Südamerikanern wichtiger?«

»Nun, das müssten Sie sie schon selbst fragen, Commissario. Die Mission der Kirche war und ist es, ehemalige Nationalsozialisten christlich zu machen und sie gegen den Kommunismus zu führen. So können wir von Tag zu Tag die Rückkehr vom Nazigeist Betörter in die Linien unserer katholischen Brüder feiern.«

»Und was müssen sie dafür tun, die schwarzen Schäflein?«

»Die Schuld, Commissario, besteht nicht darin, dem Nationalsozialismus zu *verfallen*, sondern ihm *nicht abzuschwören*. Mit einer Wiedertaufe kann man die Christwerdung symbolisch besiegeln.«

»Deckt sich das mit dem Kirchenrecht?«

»Sie erstaunen mich, Commissario, haben Sie Theologie studiert?«

»Beantworten Sie einfach meine Frage.«

»Die ist nicht so einfach zu beantworten. Man könnte sagen: Wer Nazi war, kann nicht ordentlich getauft worden sein. Und so hat auch er ein Anrecht auf die korrekte Wiederholung des Sakraments. Und mit der Taufe …«

»… werden seine Sünden getilgt, ist das nicht reizend?! Gibt es eigentlich so eine Art Probe, ob jemand mal *unordentlich* katholisch war?«

»Nun, er wird das Vaterunser und das Ave Maria aufsagen müssen.«

Eckart begann zu lachen. Laut und lange. Reinthaller schob sich gleich zweimal die Brille zurecht.

»Wenn ich auch nicht verstehe, was daran so komisch ist, freue ich mich doch, zu Ihrer Erheiterung beigetragen zu haben, Commissario. Sollten Sie ansonsten keine Fragen haben …«

»Entschuldigen Sie, Monsignore, mir fiel gerade nur wieder ein, wie wir als Buben bei *Selig sind, die Verfolgung leiden* immer *Eslig sind, die unter Schorf leiden* gesungen haben. Da kann man nur hoffen, dass Ihren neuen Glaubenskämpfern nicht auch etwas dazwischenrutscht, wenn sie das Ave Maria aufsagen.«

»...?«

»*Gegrüßet seist du, Maria, meine Ehre heißt Treue ...*«

Reinthaller räusperte sich lautstark.

»Was wollen Sie eigentlich, dass wir mit diesen Menschen tun, Commissario? Machen Sie sich einmal klar, was mit Osteuropäern passiert, wenn wir sie ausliefern. Haben Sie schon einmal vom ›Massaker von Bleiburg‹ gehört? Nein? Die Tito-Kommunisten haben dort Tausende Volksdeutsche und Kroaten liquidiert, nur weil sie aufseiten der Wehrmacht gekämpft haben.«

»Und Sie wollen ihnen einfach so die Absolution erteilen? Ich sage nicht, dass die Auslieferung an solche Regime ein Weg ist, aber es gibt Länder, in denen man sie rechtskräftig verurteilen könnte für ihre Verbrechen. Mit Verhandlung, Rechtsmitteln und allem Pipapo.«

Reinthaller schüttelte den Kopf.

»Nein? Na, war nur so eine Idee von mir. Nennen Sie es einen Spleen, ich bin Polizist, ich kann es nicht gut verbergen.«

Eckart fragte, ob er rauchen dürfe, der Monsignore bejahte, lehnte aber die hingehaltene Zigarette ab.

»Wo wir von Kroaten sprechen: Die sind sehr aktiv in Rom, hört man.«

»Monsignore Draganovic tut sein Bestes. Er leitet das kroatische Unterkomitee.«

»Gute Glaubenskämpfer, diese Kroaten, hm? Schon von Haus aus sehr katholisch.«

»Es gibt keine Klagen.«

»Natürlich nicht.«

Eckart schnaubte verächtlich. Dann hörte er die leise Stimme Reinthallers.

»Glauben Sie eigentlich an Gott, Commissario?«

»Und Sie? Glauben Sie?«

»Ich? Aber ich bitte Sie ...!«

»Das mag für Sie eine merkwürdige Frage sein, mir kommt sie logisch vor. Weil ich mich wundere. Wundere, wo die Kirche und ihre Vertreter in all diesen Jahren waren. Der Papst, der geschwiegen hat ...«

»Über *Gott* wollte ich mit Ihnen sprechen, nicht über die *Kirche*.«

»Also gut. Wo war Ihr Gott, Monsignore, als die Soldaten an der Westfront am Gas krepiert sind? Wo war er, als die Armenier getötet wurden? Und wo war er, als die Nazis Millionen von Juden ins Gas geschickt haben?«

»Ich bitte Sie, Commissario, das sind doch uralte Vorwürfe, die theologisch längst entkräftet sind.«

»Sehr gut, dann können Sie meine Frage ja ganz leicht beantworten.«

Der Monsignore schloss die Augen, lehnte sich in seinen Stuhl zurück und schwieg.

»Ja, wo war er denn nun? Hat er zugesehen, den Kopf geschüttelt? Oder ist er um 1900 eingedöst und wartet darauf, dass wir ihn endlich wecken?«

»Bürden Sie Ihre eigene menschliche Schwäche nicht Gott auf, Commissario! Außerdem sollten gerade Sie nicht den Fehler machen, den der Mann auf der Straße macht. Sie müssen schon unterscheiden zwischen dem Vatikan und den Kommissionen und Einrichtungen, die seinen Namen tragen. Wir vom PCA mögen Fehler machen, mea maxima culpa, aber die Verantwortung dafür liegt ganz allein bei uns, nicht beim Vatikan oder gar dem Heiligen Vater selbst.«

»Nein, natürlich nicht, der ist ja auch unfehlbar.«

Aus Reinthallers Blick war jede Freundlichkeit verschwunden. Beschwichtigend sagte Eckart: »Keine Angst, das kommt nicht in meinen Bericht, mit Ihrem Pius werde ich mich nicht anlegen. Mir reichen die deutschen und kroatischen Nazis, ich möchte mich nicht auch noch mit der Hand Gottes herumärgern.«

Auf dem Weg ins Hotel fasste Eckart noch einmal seine Gesprächsergebnisse für Amadeo zusammen – auch wenn er wenig Hoffnung hatte, dass der junge Polizist in näherer Zukunft damit tatsächlich eine offizielle Untersuchung würde einleiten können. Eckart hatte aus erster Hand erfahren, wie leicht es deutschen Kriegsverbrechern gemacht wurde, ihre Fluchten nach Südamerika anzutreten, und welche Institutionen an diesem Spiel beteiligt waren. Auch wenn das Puzzle noch fehlende Teile aufwies, für die er sich brennend interessierte.

Als er zum Portier ging, um seine obligatorische Frage nach einem Telegramm aus Berlin zu stellen, wurde er von der Mitteilung überrascht, dass Vanuzzi um dringenden Rückruf unter einer von ihm hinterlassenen Telefonnummer bat – inzwischen wolle der Hotelangestellte nach einem Telegramm schauen, er erinnere sich, dass tatsächlich eines aus Deutschland gekommen sei.

Der Special Agent klang gereizt, als hätte er stundenlang neben dem Apparat gesessen, um auf Eckarts Anruf zu warten.

»Was ist denn so dringend, dass es nicht bis morgen warten kann, Dan?«

»Ich weiß, wo er ist.«

»Was?«

Der Ausruf geriet etwas zu laut für die Stille der Lobby, und ein soeben angekommenes, englisch sprechendes Ehepaar drehte sich indigniert zu Eckart um. Er zog sich tiefer in die Telefonkabine zurück, die nur nach den Seiten hin abgeschirmt war.

»Wo? Wo ist er?«

»Kommen Sie zurück nach Bozen. Fährt heute Nacht noch ein Zug?«

»Nein, erst morgen früh. Jetzt machen Sie's nicht so spannend.«

»Wir müssen in ein …«

Ein Krächzen, ein Rauschen, als ob es Hunde und Katzen regnete. Die Leitung war gestört, Eckart hatte Sorge, sie könnte unterbrochen worden sein, aber nun hörte er wieder die Stimme Vanuzzis.

»… spätestens also morgen.«

»Ich habe die Hälfte nicht verstanden, Dan – wohin müssen wir?«

»Ins Kloster, Doc! In einem verfickten Kloster ist er.«

Der Special Agent hatte aufgelegt. Eckart hängte ein und ging zum Counter, wartete, bis die Engländer eingecheckt hatten, dann nahm er mit zitternden Händen sein Telegramm entgegen.

Es war von *ihm*. Er hatte kaum mehr damit gerechnet. Eckart wischte sich übers Gesicht, dann diktierte er dem Portier die Antwort und eine Adresse.

Eckart würde mehr als zehn Stunden brauchen, um nach Bozen zurückzukehren, und die Fahrt von Berlin wäre noch länger. Also blieb ihnen nur ein Tag. Er musste reichen.

Um kurz vor zwölf traten sie auf den Balkon von Leopardis Wohnung in Trastevere: Eckart, sein alter Freund Riccardo, Chiara, Amadeo und dessen Frau Giada. Die Linsen, die Geld und Segen fürs neue Jahr bringen sollten, hatten sie verputzt, jetzt trugen sie jeder ein Sektglas in der Hand. Leopardi hatte den Schaumwein aus der Asservatenkammer requiriert, zumindest behauptete er das. Sie zählten die Sekunden herunter und verschätzten sich, denn die nahe Kirchenuhr schlug bereits, als sie noch bei neun waren. Chiara und Giada warfen altes Geschirr auf die Straße, dann fielen sich alle in die Arme und stießen an auf ein besseres Jahr 1947.

Zur gleichen Zeit öffneten sich die Schlagbäume in Deutschland, die amerikanische und die britische Besatzungszone wurden zu einem einheitlichen Wirtschaftsraum zusammengefasst. Menschen, die zum Hamstern aufs Land gefahren waren und Antiquitäten gegen Kartoffeln getauscht hatten, kehrten erschöpft in ihre Städte zurück. Und Joseph Kardinal Frings hielt in Köln eine Predigt, in der er den Diebstahl von Essen und Kohle als nicht strafwürdig erklärte, solange die Menschen hungerten und froren.

Ab sofort sprach man nur noch von »fringsen«.

Teil 3

Die Juden schrieben mit ihrem Blut an die Wände der Gaskammern:
Rächt uns!
(Abba Kovner, jüdischer Widerstandskämpfer)

19.

»Lass es nicht wieder fünfzehn Jahre werden, Andrea«, sagte Leopardi, der Eckart zum Zug begleitete, »wir haben nicht mehr so viel Zeit.«

»Ich fürchte, das hängt nicht von mir ab, Riccardo. Aber du hast recht, wir sollten nicht unnötig Zeit verlieren.«

Sie salutierten voreinander, klopften sich noch einmal wechselseitig auf die Schultern, dann hatten sie kurz und wortlos Abschied genommen.

Spätestens auf Höhe von Trient war der Winter zurückgekehrt. Vanuzzi erwartete Eckart am Bozner Bahnhof, den Mantelkragen hochgeschlagen, eine Strickmütze über die Ohren gezogen.

»Bringen Sie mich auf den neuesten Stand, Dan.«

»Viel mehr als das, was ich Ihnen am Telefon erzählt habe, gibt es nicht zu sagen.«

»Soll das ein Witz sein? Ich habe so gut wie nichts verstanden.«

Sie fuhren durch die Straßen Bozens, die trotz der Kälte und des Winds am Neujahrstag von vielen Menschen gesäumt waren. Hier und da konnten sie noch Bombenschäden ausmachen. Die Stadt war vom Krieg nicht verschont geblieben wie Meran, aber es war doch kein Vergleich zu München.

»Bringen Sie *mich* doch mal ein bisschen auf den neuesten Stand, Doc. Was haben Sie in Rom eigentlich gemacht?«

»Alles zu seiner Zeit, Dan. Alles zu seiner Zeit.«

In ihrem Hotel wollte Vanuzzi sogleich mit einer Lagebesprechung beginnen, aber Eckart wimmelte ihn ab:

»Lassen Sie uns damit warten, bis unser dritter Mann an Bord ist.«

»Unser – was?«

Der Special Agent war aufgesprungen.

»Wir brauchen einen dritten Mann, und ich habe ihn gefunden. Es ist nicht irgendeiner, es ist der *perfekte* dritte Mann.«

»Und das haben Sie zu entscheiden? – Wer ist es? Was weiß er über die Sache? War es das, was Sie in Rom getrieben haben?«

»Nein.«

Eckart zog eine Zigarettenschachtel hervor und hielt sie Vanuzzi hin. Wenn er rauchte, war der CIC-Mann noch immer am entspanntesten.

»Hab selbst welche.«

»Jetzt nehmen Sie schon.«

Widerwillig griff der Special Agent nach einer Zigarette und ließ sie sich anzünden. Sein Blick und seine zitternde Hand verrieten, dass die Stimmung auf Messers Schneide stand – Eckart, der sich für eine Überrumpelungstaktik entschieden hatte, musste vorsichtiger zu Werke gehen.

»Ich hatte es bereits erwähnt, ich habe Wagner seit über zehn Jahren nicht mehr gesehen. Colonel Swartz sprach davon, dass er sein Äußeres erheblich verändert haben wird. Ich könnte ihn nicht identifizieren …«

»Auf dem Berg konnten Sie es.«

»Das war ein Ausschlussverfahren. Als ich mir diese Leute angesehen habe, reagierte ich auf alles Mögliche, Alter, Größe, was auch immer. Und mir ist bewusst geworden, dass ich ihn nicht erkennen würde.«

Der Special Agent schnaubte eine Rauchwolke in die Luft.

»Deshalb brauchen wir unseren dritten Mann. Morgen Vormittag wird er eintreffen. Ich habe schon in München Kontakt mit ihm aufgenommen, über eine Zeitungsannonce, aber das ist nicht so einfach.«

»Ach ja, und warum?«

»Weil er jahrelang als U-Boot in Berlin gelebt hat. Wenn man das Leben nennen kann.«

»…?«

»Er ist Jude. Er kennt Wagner in- und auswendig. Vermutlich würde er ihn sogar am Geruch erkennen. Wagner hat ihn im Gestapoknast gefoltert, fast ein Jahr lang. Dann ist er untergetaucht. Er hat sich nicht deportieren lassen, hat die Schreckenszeit auf irgendwelchen Dachböden und in Kellern verbracht.«

»Ihr ehemaliger Assistent, was?«

»Ja. Ephraim Rosenberg.«

Eckart schluckte, dann drückte er die Glut seiner Zigarette im Aschenbecher aus.

»Als ich nach Amerika ausgewandert bin, wollte ich ihn mitnehmen. Irgendwie. Aber ich konnte keinen Kontakt aufbauen. Im Nachhinein habe ich erfahren, dass es die Zeit war, als die Gestapo ihn in der Mangel hatte. Später hat man ihn laufen lassen. Vermutlich war es ähnlich wie bei mir: Wagner hatte die Lust am Quälen verloren oder eine neue Aufgabe bekommen. Das war das letzte Mal, dass ich mit Rosenberg telefonierte. Ich rief bei einer Nachbarin seiner Mutter an. Die Situation hatte sich verschärft, aber es gab noch keine gezielten Verfolgungen. Wagner hatte sich Rosenberg ausgesucht, weil er, wie ich, gegen die Nazis gearbeitet hatte, nicht, weil er Jude war. – Na ja, langer Rede kurzer Sinn: Er konnte nicht nachkommen in die USA, weil seine Familie das Land nicht verlassen wollte. Ich habe diese Entscheidung verstanden – und nicht verstanden.«

»Und dann?«

Vanuzzis Stimme, die zuvor trocken gewesen war, hatte eine lebendigere Note bekommen.

»Ich gab ihm meine Adresse, falls sie es sich doch anders überlegen würden. Er hat mir ein halbes Dutzend Briefe geschrieben. Aus dem letzten las ich heraus, dass er untertauchen müsse. Wagner hatte wieder Blut geleckt. Wir verabredeten eine etwas komplizierte Kontaktaufnahme, anders ließ es sich nicht bewerkstelligen. Ich setzte in eine Berliner Tageszeitung eine harmlose Anzeige: ›Suche gut erhaltenen Biedermeier-Drechseltisch für Sammlung. Zuschriften bitte an die Redaktion unter Kennwort‹.«

»Einen Biedermeier-Drechseltisch …?«

»Das ist so versponnen, dass sich garantiert niemand darauf meldet, der sich nicht melden soll. Rosenbergs jeweiliger Fluchthelfer schrieb daraufhin einige Zeilen und reichte sie an die Redaktion weiter. Nach dem Motto: ›Unser Drechseltisch ist in gutem Zustand, aber Großvater möchte noch nicht verkaufen. Sobald sich etwas ändert, melden wir uns.‹ So wusste ich, dass Rosenberg noch lebte. Als die Deportationen begannen, wurde es von Jahr zu Jahr schwerer, den Kontakt zu halten.«

»Seine Mutter …?«

»Die ganze Familie, die Mutter, seine beiden Schwestern, die Tanten. Der Vater ist schon in Rosenbergs Kindheit gestorben. Er ist dann in einer Frauenwirtschaft aufgewachsen, wie man bei uns sagt. Niemand weiß, was mit ihnen passiert ist. Zumindest wusste er es nicht bei unserem letzten Kontakt.«

»Wie lange ist der her?«

»Er hat mir im Dezember 1945 einen Brief geschrieben, danach habe ich nichts mehr von ihm gehört. Er wollte nach Polen, um zu recherchieren. Soweit ich weiß, arbeitet er für den Suchdienst des Roten Kreuzes und hat dadurch besseren Zugang zu Informationen.«

Beide rauchten eine neue Zigarette an.

»Jedenfalls habe ich in München wieder eine Annonce aufgegeben. Und die Zeitungsredaktion ständig damit gelöchert, ob endlich eine Reaktion eingegangen wäre – die halten mich dort für komplett plemplem. In Meran gab ich eine zweite Annonce auf. Ich hatte die Hoffnung schon verloren, aber Rosenberg hat sich gemeldet. Er ist auf dem Weg nach Bozen.«

»Und warum haben Sie nicht einfach versucht, ihn über die alliierte Meldebehörde zu erreichen?«

»Versucht habe ich es, aber herausgekommen ist nichts dabei. Machen Sie sich klar: Der Mann hat fast zehn Jahre lang im Untergrund gelebt, das hinterlässt seine Spuren. Seine Briefe hatten nie einen Absender, auch in der Nachkriegszeit nicht. Ich konnte nur darauf hoffen, dass er längst wieder in Berlin war und aus alter Gewohnheit noch immer die Zeitungsannoncen studierte … es war die einzige Möglichkeit, Kontakt mit ihm aufzunehmen, um ihm mitzuteilen, dass sein ehemaliger Vorgesetzter ihn dringend braucht.«

Vanuzzi schien angestrengt nachzudenken. Dann sagte er: »Okay. Wenn er den Kerl identifizieren kann, brauchen wir ihn wohl wirklich.«

»Und ich muss einen zweiten Mann im Kloster haben, einen deutschen Muttersprachler. Sie würden da sofort auffallen.«

»Was haben Sie vor?«

»Wir sprechen morgen, wenn ich Ihnen Rosenberg vorgestellt habe. Im Moment brauche ich ein wenig Schlaf.«

Eckart hatte um einige Minuten auf dem Bahnsteig gebeten. Als der Zug eintraf, schlug sein Herz, als ob er eine Geliebte erwartete. Die Menschen, die an ihm vorbeidefilierten, laut schwatzten und lachten – für ihn Gesichter ohne echte Merkmale. Dann schälte sich eines aus der Masse heraus – und seltsam, ihm war, als wäre kein Tag vergangen seit ihrer letzten Begegnung. »We travel light«, hatte ihm Swartz gesagt, und auch Rosenberg schien dies zu berücksichtigen, ohne dass er davon gewusst hätte; er trug einen kleinen Handkoffer, nicht mehr, als er langsam auf Eckart zusteuerte. Trenchcoat, Hut, Hornbrille, einen guten Kopf kleiner als sein ehemaliger Vorgesetzter; sein weiches, fast mädchenhaft wirkendes Gesicht, das ihn immer um Jahre jünger hatte erscheinen lassen und nun, mit fünfzig Jahren, trotz der entbehrungsreichen Zeit einen Zug ins Matronenhafte bekam – alles schien wie immer. Nur als Rosenberg seinen Hut lüftete, sah Eckart, dass er seine Haarpracht verloren hatte – statt der gewohnten blonden Locken trug er nun einen streichholzkurzen Bürstenschnitt.

Sie waren voreinander stehen geblieben und blickten sich mit schmerzlichem Lächeln an. Lange. Wenige Worte fielen. Dann nahm Eckart dem Jüngeren den Koffer ab, hakte ihn unter und geleitete ihn zum Jeep.

»Wie gut ist Ihr Englisch, Ephraim?«

»Durchschnittlich, würde ich sagen. Zumindest für jemanden, der täglich bei seiner Arbeit mit der alliierten Polizei zu tun hat.«

Im Gegensatz zu seiner Reaktion auf Enninger verhielt sich Vanuzzi Rosenberg gegenüber vom ersten Moment an korrekt, fast verschüchtert – vielleicht waren es Eckarts Erzählungen von dessen jahrelangem Untertauchen in Berlin. Der Special Agent hieß den neuen Partner willkommen in Bozen, meinte scherzhaft, er könne ihm leider nicht den Wagenschlag aufhalten, weil das Auto nur zwei Türen habe und Rosenberg sich in den Fond bequemen müsse.

Als sie losgefahren waren, begann Eckart sein seltsames Gefühl der Vertrautheit zu hinterfragen. Im Grunde wusste er wenig von diesem Mann, von den Veränderungen, die mit ihm vorgegangen waren in all den Jahren. Jahre, die Ephraim in Panik verbracht hatte. In einem Brief hatte er Eckart davon geschrieben, wie ein Mensch tage-, wochen-, monatelang panisch sein könne, und dann, ganz plötzlich, stelle sich eine tiefe Ruhe und Leidenschaftslosigkeit ein, die mit nichts zu vergleichen sei.

Und die zugleich die größte Gefahr für ein U-Boot war.

Eckart konnte sich einfach nicht helfen: Diese Autofahrt vom Bahnhof zu ihrem Hotel fühlte sich an wie vor zwanzig Jahren, als sie in Berlin unterwegs waren, um Nazis zu jagen. Nur das Haar ...

Darauf angesprochen, antwortete Rosenberg: »Ich kann es nicht erklären, Andreas. Erst war es praktischer wegen der Kopfläuse. Dann ... nach meinen Recherchen in Polen muss ich davon ausgehen, dass meine ganze Familie ins Gas gegangen ist ... alle mit diesen raspelkurzen Haaren ...«

Eckart nickte.

Sie hätten einander viel zu erzählen gehabt. Doch sie verschoben es, noch war nicht die Zeit für solche Gespräche. Außerdem drängte Vanuzzi auf eine Lagebesprechung.

Nachdem sie Rosenberg in aller Kürze ihren Auftrag und die Geschehnisse der letzten drei Wochen geschildert hatten, erstattete der Special Agent Bericht über die vergangenen Tage. Er war in Genua gewesen, um alte Kontakte aus seiner Stationierungszeit in Italien spielen zu lassen. Die Stadt sei ein einziges Chaos an Flüchtlingen, nirgendwo könne man besser in der Masse untertauchen, und wenn Wagner erst auf dem Schiff nach Argentinien wäre ... kurz und gut: Das hier sei wirklich die letzte Chance!

Durch einen CIC-Offizier, der wiederum Verbindungen unterhielt mit der Rotkreuzdelegation in Genua, habe Vanuzzi in Erfahrung gebracht, dass wenige Tage nach Wagners überstürzter Flucht aus Meran eine ganze Reisegruppe, bestehend aus fünf Personen, Anträge auf Pässe und Visa für Argentinien gestellt habe. Die Bearbeitung verzögere sich, weil das Rote Kreuz in Genua hoffnungslos überlastet sei, unterdessen mache die Gruppe Rast in einem Bozner Franziskanerkloster. Der Special Agent hatte an Silvester mit einem für den Konvent arbeitenden Laien, einem italienischen Lkw-Mechaniker, der den klösterlichen Fuhrpark wartete, ein Schwätzchen gehalten. Der bestätigte seine Vermutung: eine Fünfergruppe, Reichsdeutsche, auch wenn sie sich als Südtiroler ausgäben. Sie verständen nicht einen Brocken Italienisch, seien in Mönchsgewändern eingetroffen und separierten sich von den anderen Gästen.

»Bisher waren sie in Hotels abgestiegen, vermutlich ist ihnen das Geld ausgegangen«, sagte Eckart.

»Entweder das, Doc, oder nach dem Debakel in Meran sind Wagner Hotels nicht mehr sicher genug.«

»Aber ein Kloster? Warum ausgerechnet ein Kloster?«, fragte Rosenberg.

Klöster, erläuterte Eckart, gälten als sichere Orte, weil die italienische Polizei aufgrund der Lateranverträge zu ihnen keinen Zugang habe. Und in der katholischen Kirche herrsche zurzeit ein aufdringlich bekundeter Antikommunismus, das habe er bei seinen Recherchen in Rom feststellen dürfen. Nazis seien dort herzlich willkommen.

»Ganz trifft das nicht zu, Doc«, schaltete sich Vanuzzi wieder ein, »es hat vor einigen Wochen Razzien in Südtiroler Klöstern gegeben. Dabei wurden Waffen, militärisches Gerät, beschlagnahmte Autos und große Geldbeträge gefunden. Es sind sogar einige Patres mit dubioser Vergangenheit verhaftet worden, beispielsweise einer, der unter seiner Matratze immer eine schussbereite Pistole hatte. Porca Madonna!, die Konsequenz war, dass sich der Vatikan über das Vorgehen der italienischen Polizei beschwert hat und nun davon ausgehen kann, sich einige Monate Ruhe erkauft zu haben.«

»Gut«, übernahm Eckart wieder, »Wagner und seine Gruppe warten wohl hier, bis die Pässe fertig sind und die Zeit für ihre Schiffspassage gekommen ist. Natürlich war das so nicht geplant, sie wollten vermutlich von Meran aus direkt nach Genua und von dort nach Übersee, aber dann sind wir ihnen in die Quere gekommen. Wir können davon ausgehen, dass Wagner inzwischen nicht mehr akut an der Ruhr leidet, aber noch mit ihren Nachwehen zu kämpfen hat. Wie viel Zeit haben wir, Dan?«

»Schwer zu sagen. Die Gruppe ist seit sechs Tagen im Kloster. Mein Genueser Kontakt hat mir versprochen, dem Roten Kreuz ständig zwischen den Beinen zu sein, aber damit gewinnen wir höchstens noch drei oder vier Tage.«

»Das muss reichen. Rosenberg und ich gehen rein.«

»Und als was gehen wir rein, Andreas? Ich eigne mich nicht so gut als katholischer Pilger …«

»Pilgern werden wir auch nicht. Wie gut schätzen Sie Ihre Fähigkeiten ein, einen ausgewachsenen Kriegsverbrecher zu spielen, mein lieber Ephraim …?«

20.

Sie hatten nur wenige Stunden, um ihre Legenden zu memorieren, und nutzten den Anbruch der Dunkelheit, um im Konvent vorstellig zu werden. Das Kloster lag in der Altstadt. Es bestand aus zahlreichen Gebäuden, die sich eng aneinanderklammerten, und atmete eine mehr als siebenhundertjährige Geschichte. Sicher war es aber weniger der Staub der Jahrhunderte als vielmehr der eines jüngeren Bombenangriffs, der Eckart dazu veranlasste, mehrmals hintereinander zu niesen.

Der Pförtner war ein kleiner alter Mann mit kalt blickenden Fischaugen, der die beiden Fremden auf den nächsten Tag verwies. Erst als Eckart auf die Dringlichkeit ihres Einlasses anspielte, bat er sie schließlich herein. Eckart fragte nach dem Abt oder Prior und wurde schroff darauf hingewiesen, dass der Franziskanerorden nur einen Guardian kenne, und ob der zu sprechen sei, werde sich erst herausstellen. Dann marschierte er unendlich langsam ab, während Eckart und Rosenberg den Sitz ihrer falschen Bärte prüften. Vanuzzi hatte sie in aller Eile in der Stadt organisiert – sie stammten offensichtlich aus einem Theaterfundus und mussten erst gekämmt und auf realistische Länge gekürzt werden. Dennoch trauten sie dem Mummenschanz nicht. Sollten alle Stränge reißen, hatte Eckart Rosenberg zu beruhigen versucht, könne man immer noch behaupten, sie angelegt zu haben, um die italienische Polizei zu täuschen. Dann allerdings wäre es schwer, sie im Kloster weiterhin zu tragen, was unerlässlich war, damit Wagner seine ehemaligen Kollegen nicht erkannte. Rosenberg hatte zudem auf seine Brille verzichten müssen, jedenfalls für die offiziellen Begegnungen, weil er mit ihr trotz Bart zu charakteristisch aussah.

Vanuzzi, der vom Hotel aus Funkkontakt mit ihnen und dem CIC halten sollte, schärfte ihnen zudem ein, nach einem Ordenskleid zu fragen. Nichts verändere einen Menschen so sehr wie eine Uniform.

Pater Anselmus, der Guardian, empfing sie in einem Zimmer, das wie ein Weinkellergewölbe oder eine Krypta wirkte; durch das einzige, winzige Fenster im Raum fiel käsiges Dämmerlicht. Der Klostervorsteher war ein Mann Mitte fünfzig mit grau-brauner Schifferkrause und rundem Gesicht, zahlreichen Falten und schwer hängenden Tränensäcken. Eckarts Legende schien ihn zufriedenzustellen – an einer kritischen Stelle, an der dieser ins Stocken geriet, sagte er sogar aufmunternd, so genau müsse und wolle das hier niemand wissen; und der Verweis auf Monsignore Reinthaller als alten Freund, der ihm angeraten habe, sich an Pater Anselmus zu wenden, erfreute den Klostervorsteher so sehr, dass er erklärte, Reinthaller sei in der Tat ein guter Bekannter – leider ließen die Zeiten keine intensive Pflege sozialer Kontakte mehr zu, aber vielleicht benutze er diese Gelegenheit, um mit dem PCA-Mann ein wenig telefonisch zu plaudern. Eckart erklärte hastig, dass Reinthaller für einen Monat gar nicht in Rom sei, sich aber Ende Januar bestimmt über den Anruf des Guardian freue.

Rosenberg tauschte einen langen Blick mit seinem ehemaligen Vorgesetzten.

»Sicher«, sagte Pater Anselmus nachdenklich und ließ seine Falten spielen, »Ende Januar ist auch die bessere Zeit. Und Sie warten auf Ihre Rotkreuzpässe?«

»Es ist schwierig, hochwürdiger Pater, die Behörden sind überlastet. Eine private Unterkunft können wir uns nicht leisten. Und die italienische Polizei ...«

»Sie werden Europa verlassen, Herr Steiner?«

»Leider, ja. Monsignore Reinthaller hat mir von Argentinien vorgeschwärmt.«

»Ein Staat mit großer Zukunft! Viele unserer Landsleute sind schon da, mehr werden kommen. Wir haben große Hoffnungen, in Südamerika einen sicheren Hafen für den Katholizismus zu schaffen. Sollten die Kommunisten Europa ... Sie werden sehen, Herr Steiner, eines Tages werden Sie, mit Gottes Hilfe, Ihren gerechten Kampf wieder aufnehmen können.«

»Mit Gottes Hilfe, ja.«

Eckart hörte, wie Rosenberg neben ihm tief durchatmete.

»Dann sehe ich keinen Grund, warum Sie nicht für einige Tage unsere Gäste sein sollten.«

»Vergelt's Gott, hochwürdiger Pater. Ein kleines Anliegen hätten wir noch. Wir würden im Kloster gern ein Ordensgewand tragen.«

»Das ist eine ungewöhnliche Bitte, Herr Steiner. Üblicherweise tragen Gäste kein Habit. Es sei denn, sie sind bereits als Pilger zu uns gekommen.«

»Betrachten Sie uns als Pilger.«

Der Guardian dachte hin und her, und schließlich sagte er: »Ich nehme an, dass Sie Ihre Gründe haben. Gut. Ich werde den Cellerar anweisen, Ihnen ein Habit zur Verfügung zu stellen. Bedenken Sie aber, dass Sie damit auch die Verpflichtung auf sich nehmen, der Würde des Kleides Rechnung zu tragen. Denn wie schrieb Thomas von Celano, der Biograf des heiligen Franziskus, über unseren Herrn? *Zog er nicht auch im engsten Anschluss an das Kreuz das Kleid der Buße an, das ja ein Bild des Kreuzes darbietet? In diesem Zeichen hatte Gott die bösen Mächte in der Luft niedergeschlagen, in ihm sollte auch sein Heer Gott Ritterdienste leisten.*«

»Wir werden Ihrem Habit in dem Maße Ritterdienste leisten, wie Sie als Franziskaner es in diesen Tagen tun. Nicht mehr und nicht weniger, hochwürdiger Pater.«

Als sie schon auf dem Weg nach draußen waren, sagte der Guardian: »Eines noch, Herr Steiner. Da ich davon ausgehen muss, dass es in Ihrer beider Vergangenheit … Episoden gab … kurz: Wir haben eine Praxis, unsere Gäste im Namen des dreifaltigen Gottes noch einmal zu taufen …«

»Das ist mir bekannt. Wenn es nicht gleich sein muss, stehen wir dafür gern zur Verfügung.«

»Gut. Melden Sie sich beim Cellerar, der Ihnen alles Weitere verabreichen und Sie über unseren Tagesablauf informieren wird. – Gelobt sei Jesus Christus!«

»In alle Ewigkeit. Amen.«

Eckart verneigte sich in Richtung des Guardian und schob den steif in der Tür stehenden Rosenberg nach draußen. Auf dem Gang atmete er tief durch und sagte: »Würde es Ihnen etwas ausmachen, das Vaterunser und das Ave Maria zu erlernen? Rein sicherheitshalber …«

Rosenberg blickte seinem ehemaligen Vorgesetzten lange in die Augen. »Sie wissen schon, was Sie hier von mir erwarten, Andreas ...?«

»Ich weiß es, mein lieber Ephraim, ich weiß es ... ich würde es nicht verlangen, wenn's nicht darum ginge, Wagner zu kriegen und seine ganze Brut ...«

Der Cellerar war ein asketisch aussehender, dabei freundlich blickender älterer Herr, der Eckart und Rosenberg herumführte und ihnen keinen Wunsch abschlug. Schließlich lud er sie zum Abendessen ins Refektorium, den Speisesaal für die Gäste, der von dem der Ordinierten getrennt war. Auch wenn dies unter Franziskanern eigentlich nicht üblich sei, sagte er verschmitzt, war es doch aufgrund der Vielzahl der Fremden und der häufigen An- und Abreisen notwendig geworden, um die Mönche nicht in ihrem Tagesablauf zu stören. Eckart nahm es schweigend zur Kenntnis, dachte allerdings besorgt daran, durch das Habit, das Rosenberg und er mittlerweile angelegt hatten, unter den Gästen nun erst recht aufzufallen. Als er hörte, dass im Laufe des Abends eine weitere Reisegruppe eingetroffen war, die ebenfalls das Ordenskleid der Bettelmönche trug, wurde ihm etwas wohler.

Das Refektorium war ein großer Saal mit gotischem Kreuzrippengewölbe und gut gefüllt – etwa dreißig Personen, schätzte Eckart. Die meisten beachteten seinen und Rosenbergs Eintritt kaum. Die Tische bildeten ein u, und der Cellerar hatte ihnen Plätze an einem der beiden Enden angewiesen. Rosenberg saß ganz außen am Tisch zu seiner Linken, zu Eckarts Rechter hatte ein vierschrötiger Kerl mit rotem Gesicht und roten Ohren, der hörbar schnaufte, Platz genommen. Gegenüber saß ein junger Mann mit dicker Brille und durchgedrücktem Rücken sehr aufrecht; Sekretärstyp, dachte Eckart, den werde ich mir kaufen. Als der die Blicke des ehemaligen Kommissars auf sich fühlte, errötete er, senkte die Augen und grüßte leise.

Eckart sah sich um, konnte aber niemanden ausmachen, der Wagner, wie er ihn kannte, ähnelte.

»Ist er irgendwo, Ephraim?«, flüsterte er.

»Schwer zu sagen, so ohne Brille.«

Man wartete auf das Essen, das sich durch in der Luft liegende Sauerkrautgerüche ankündigte. Eckart setzte ein gewinnendes Lächeln auf und stellte sich der kleinen Tischgemeinschaft der in ihrer Nähe Sitzenden vor.

»Mein Name ist Andreas Steiner, das ist mein Reisegefährte Peter Reuter.«

Der Einzige, der reagierte, war sein Gegenüber, das sich um weniges von der Sitzfläche erhob und mit den Füßen scharrte.

»Betz ...«

»Herr Betz.«

»Betzmanns ...«

Eckarts Lächeln wurde breiter.

»Betzmanns.«

»Herr Betzmanns, wie schön. Sind Sie Balte?«

»Ja ... vielmehr: Nein. Warum?«

»Wegen des ungewöhnlichen Namen: Betzmanns. Soweit ich weiß, enden bei den Balten viele Namen auf –«

»Nein, kein Balte. Und eigentlich ist es nicht üblich, dass wir einander vorstellen, Herr Steiner. Sie verstehen, die Umstände, in denen wir hier zusammenkommen ...«, sagte der vorgebliche Betzmanns leise.

»Verzeihung, ich wollte niemanden kompromittieren. Wir sind gerade erst angekommen, ich war nie zuvor in einem Kloster. Sind Sie schon länger hier, Herr Betzmanns? Gefällt es Ihnen?«

»Morgen werden es drei Wochen. Die Behandlung ist sehr freundlich, wir können nicht klagen.«

Betzmanns wurde immer leiser, und Eckart musste sich weit über seinen Teller beugen, um ihn zu verstehen.

»Sind denn alle Gäste anwesend?«

»Wieso fragen Sie?«

»Nur interessehalber, ich hatte auf einen alten Kollegen gehofft, der sich zurzeit auch in Italien aufhält, kann ihn aber nicht sehen.«

»Zwei Gäste sind krank. Der eine liegt im Sterben, sagt man, ein alter Franzose, der auf Pilgerreise nach Rom ist. Der andere wird auf seiner Zelle gepflegt. Von einem seiner Mitreisenden. Also von dem, der noch da ist, die anderen sind schon weg.«

Eckart und Rosenberg sahen einander an.

»Ach, die Reisegruppe hat sich aufgeteilt?«

»Ja. Könnte es die Ihres alten Kollegen sein? Sie ist vor ungefähr einer Woche gekommen, drei sind weitergezogen.«

»Wann?«

»Heute Morgen.«

Inzwischen hatten Laienbrüder damit begonnen, das Essen aufzutragen, eine Art Eintopf, der hauptsächlich aus Kraut und wenigem Gemüse bestand; er war von einer fahlen Konsistenz und roch faulig, dazu wurde Graubrot gereicht. Man sprach ein rasches Gebet, dann klapperten die Löffel in den Schüsseln.

Eckart zwang einige Bissen in sich hinein, dann hielt er sich ans Brot. Er beobachtete Rosenberg, der mit scheinbar gutem Appetit aß.

»Sind Sie fertig, Herr Steiner?«, fragte Betzmanns.

»Ich glaube ja. Ich bin magenkrank, Kraut vertrage ich nicht so gut.«

»Wenn es Ihnen keine Umstände macht …«

Betzmanns streckte die Hände nach Eckarts Schüssel aus, als ihm eine große Pranke zuvorkam und sie zu sich heranzog. Schlürfgeräusche. Betzmanns Hände schnellten zurück, er errötete tief.

Eckart hörte, wie der Vierschrötige neben ihm sagte: »Für Neuankömmlinge seid ihr ziemlich neugierig.«

Eindeutig Deutscher. Trotz dessen lautem Schnaufen hörte Eckart Dialektrückstände aus dem Anhaltinischen. Er lachte gezwungen, dann sagte er: »Man möchte eben wissen, mit wem man es zu tun hat.«

»Ach ja? Biste einsam, willste hier neue Freunde finden? Wär ne ganz schlechte Idee, Steiner.«

»Ist das so?«

Der Vierschrötige packte plötzlich seine freie rechte Hand und presste zu – Eckart konnte dem nichts entgegensetzen, spürte nur die unbändige Kraft, die von seinem Tischnachbarn ausging.

»Das ist so.«

Eckart verzog keine Miene, die Nervenenden in seiner Rechten hatten längst ihren Dienst aufgesagt. Er sah seinen Tischnachbarn an, der ungerührt mit der anderen Hand den Rest des Eintopfs in sich hineinschaufelte. Irgendwann schien er seiner Machtdemonstration überdrüssig zu sein und ließ los. Nur an dessen Ohren, die noch roter waren als zuvor, konnte Eckart erkennen, dass er sich angestrengt haben musste.

Ein weiteres Gebet, dann rückte alles mit den Stühlen, der Anhaltiner den anderen voraus. Beim Hinausgehen tippte Betzmanns Eckart vorsichtig an und flüsterte:

»Das ist der ›schöne Herrmann‹. Der versteht keinen Spaß, Herr Steiner. Man erzählt sich, dass er schon lange da ist und gar nicht weg will.«

»Danke, Herr Betzmanns. Wünsche wohl zu nächtigen!«

Zehn Minuten, nachdem sie ihre Zellen aufgesucht hatten, ging Eckarts Tür wieder auf, und Rosenberg schlich herein.

»Der schöne Herrmann, was? So einen haben wir bei der Kripo in zwei Stunden weichgekocht und eingeweckt, Andreas …«

»Ich weiß, ich weiß. Aber hier sollten wir ihm sicherheitshalber aus dem Weg gehen. Wir müssen an diesen Kranken rankommen.«

»Wahrscheinlich wird der sich auch irgendwann mal auf dem Hof sehen lassen.«

»Kommt drauf an, *wie* krank er ist.«

»Ich könnte mich morgen nach dem Frühstück im Kreuzgang postieren. Wenn einer aus dem Gästetrakt kommt, werde ich ihn unweigerlich sehen.«

»Gut, Ephraim, ich werde mir überlegen, ob ich ihn nicht ein wenig aufstören kann, ohne dass unsere Deckung verloren geht.«

»Die Idee mit dem Habit war übrigens bescheiden, Andreas. Mir ist untenrum schon alles eingefroren.«

Eckart lachte leise. »Ja, ich hatte völlig verdrängt, dass Winter ist. Noch dazu solch einer! – Sagen Sie, ist die Situation in Deutschland wirklich so schlimm, wie man hört?«

»Sie meinen wegen der Kälte? Ja. Ich hatte Glück, dass mein Zug durchgekommen ist, die meisten Strecken werden nicht mehr befahren, selbst Kohletransporte bleiben immer öfter stecken … dann können die Menschen nicht einmal mehr Kohle klauen, und das bei minus zwanzig Grad Tagestemperatur! Der Rhein ist auf mehr als dreißig Kilometern zugefroren, die Elbe droht zu vereisen. Sie wissen, was das bedeutet?«

Eckart wusste es. Die Flüsse waren die letzten funktionierenden Transportwege von Nahrung und Brennstoffen. Wenn nun auch die Binnenschiffer nicht mehr führen, würde es zu einer Hungerkatastrophe kommen. Und die würde den Extremisten beider Seiten in die Hände spielen.

Eckart verscheuchte den Gedanken, nahm das Funkgerät in Betrieb und versuchte, Vanuzzi zu erreichen. Schon nach wenigen Sekunden meldete dieser sich. Eckart berichtete, dass sich Wagners Gruppe wahrscheinlich geteilt hatte, und hielt den Special Agent an, möglichst etwas über die Route der drei, die heute morgen das Kloster verlassen hatten, in Erfahrung zu bringen. Als er den Kontakt abbrach, verabschiedete sich Rosenberg für die Nacht. Eckart stand auf und trat einige Schritte auf ihn zu.

»Ephraim …«

»Ja?«

»Danke für alles. Dass Sie gekommen sind. In dieser Situation, meine ich. Dass Sie wieder einmal alles stehen und liegen ließen …«

»Ganz ehrlich, Andreas? Ich bin froh, dass ich Berlin auf einige Zeit verlassen konnte. Ich weiß nicht, was mit der Stadt wird, ich traue den Sowjets nicht. Wenn alle Stricke reißen, hole ich mir vielleicht auch einen falschen Rotkreuzpass und fahre nach Übersee …«

»Sie in Argentinien, Ephraim? Das kann ich mir nicht vorstellen. Was macht Berlin nur ohne Sie?«

Rosenberg lächelte. Dann sagte er: »Nach Argentinien würde ich auch nicht gehen, Andreas, zu viele Nazis! Wer weiß, in zwei, drei Jahren müsste ich mich wieder auf dem Dachboden verstecken.«

»Wohin würden Sie gehen?«

»Nach Palästina.«

»Palästina …? Sie …? Nehmen Sie es nicht persönlich, Ephraim, aber … Sie sind ungefähr so jüdisch, wie ich protestantisch bin …«

Rosenberg atmete tief ein, dann hob er beide Hände und sagte: »Sie haben so einiges nicht mitbekommen, Andreas. Ich bin nicht der, der ich war.«

»Natürlich, aber … Ihre Heimat …«

»Heimat? Was meinen Sie damit?«

»Na, Sie wissen, dass ich für solche Definitionen der Falsche bin, zu unstet, zu unruhig. Ein amerikanischer Dichter sagte einmal: ›*Home is the place where, when you have to go there, / They have to take you in.*‹«

»Hm. Mir sagte einer meiner Mitbewohner: ›Heimat ist dort, wo es still wird in meinem Schädel.‹ In Europa wird es in meinem Schädel niemals still.«

Sie schwiegen einen langen Moment.

»Ich hatte Zeit, mir über manches Gedanken zu machen, Andreas. Ich habe Hebräisch gelernt, stellen Sie sich das einmal vor! Ein anderer Mitbewohner hat es mir beigebracht. Er hat mir auch gezeigt, was unsere Religion sein kann, wenn man sich wirklich auf sie einlässt. Ich will nicht behaupten, dass ich gläubig geworden bin in diesen Jahren – aber der Gedanke an einen großen Plan hat mir geholfen, das alles zu ertragen.«

Eckart zuckte mit den Schultern. »Ein großer Plan …? Glauben Sie etwa, es war Gottes Wille, dass die Nazis die Juden vernichten?«

»Nein, natürlich nicht. Es ist mehr als das, ich kann es Ihnen nicht erklären … es ist ein eigenartiges Gefühl. Wenn es da ist, spüre ich, dass ich den Schmerz und die Trauer um meine Schwestern und meine Mutter … tragen kann … der Schmerz und die Trauer sind immer noch da, aber ich muss sie nicht mehr allein tragen … verstehen Sie?«

»Nein.«

»Ich fühle mich nicht mehr allein. Wir sind viele. Vereint können wir einen neuen Staat aufbauen. Israel.«

»Dieser neue Staat wird bald wie alle anderen sein. Eine gehörige Portion Skepsis gegen jeglichen Staat sollten wir heute schon haben.«

»Das ist wahr. Ich sage auch nicht, dass ich wirklich nach Palästina gehe … aber ich könnte es mir vorstellen, und das ist etwas – Gutes, Neues in meinem Leben. Ich würde mir auch für Sie etwas Gutes und Neues im Leben wünschen, Andreas.«

Der winkte ab.

»Fangen Sie doch mal damit an, sich klarzumachen, dass Ihr Gedanke, versagt und damit Wagners Weg geebnet zu haben, blanker Unsinn ist. Einer wie er konnte in diesem Verbrecherstaat alles erreichen, selbst wenn ihm ein Andreas Eckart den Weg verstellt hätte.«

Könnte ich das mal, dachte der ehemalige Kommissar und verdrängte den Gedanken.

»Hatte ich mich bei Ihnen eigentlich schon bedankt, Ephraim …?«

Rosenberg lachte. Dann wünschte er Eckart von Herzen eine gute Nacht.

21.

Im Nachhinein hätte Rosenberg nicht mehr anzugeben gewusst, was ihn veranlasst hatte, länger hinzusehen und damit seinerseits die Blicke des schönen Herrmann auf sich zu ziehen. Vielleicht war es die Narbe an dessen linkem Oberarm, wo er sich die SS-Blutgruppentätowierung hatte ausbrennen lassen; vielleicht war es einfach nur das Starren eines Kurzsichtigen, der gar nichts Bestimmtes fixierte. Jedenfalls trat der schöne Herrmann zielstrebig auf Rosenberg zu.

Eckart hatte ihm eingeschärft, darauf zu achten, dass der Bart nicht zu nass würde, denn er misstraute dem Kleber. Das morgendliche Waschritual im Baderaum für Gäste war nicht zu umgehen, das hatte der Cellerar ihnen unmissverständlich klargemacht. Schon wegen des Ungeziefers und der Angst vor ansteckenden Krankheiten hatte Hygiene Priorität, auch wenn sich die meisten nur mit kaltem Wasser den Oberkörper abrieben und das Gesicht anspritzten, um wach zu werden. Seife war ohnehin Mangelware.

Eckart passte auf, dass man die Innenseite seines Oberarms nicht weiter beachtete und niemand sah, dass sich da weder eine Tätowierung noch eine Narbe befand, was seine Legende vom SS-Mann auf der Flucht mit seinem Adjutanten eigentlich verlangt hätte.

Der schöne Herrmann stand so plötzlich vor Rosenberg, dass Eckart, am anderen Ende des Raums, nicht rechtzeitig reagieren konnte.

»Du bist doch Jude. Ich riech euch auf nen Kilometer gegen den Wind.«

»Was? Was soll ich sein?«, sagte Rosenberg, ehrlich überrascht.

»Zeig deine Unterarme!«

Eckart, der sich auf die beiden zubewegen wollte, spürte, wie er von kräftigen Armen rechts und links festgehalten wurde. Er sah, dass der schöne Herrmann Rosenbergs Unterarme in seinen Schraubgriff nahm und hin und her drehte, um nach der Nummer eines KZ-Häftlings zu suchen.

»Wenn ich da ne Nummer finde, was glaubste wohl, was wir dann mit dir machen?«

Rosenberg war bleich geworden, ließ die Prozedur über sich ergehen. Der schöne Herrmann fand nicht, was er suchte, begann von Neuem und drehte die Unterarme nach oben und nach unten, dann ließ er die Hände fahren und starrte Rosenberg blöde an.

»Welche *Nummer* haben Sie denn gesucht? Ist ziemlich lang her, dass ich mir die Telefonnummer der Maus, mit der ich ausgehe, auf die Arme gekritzelt hab.«

Einen kurzen Moment lastete das Schweigen auf dem Baderaum, dann fingen die Männer, die Eckart festgehalten hatten, an zu lachen und ließen ihn los.

»Nix für ungut«, stammelte der schöne Herrmann und packte sein Handtuch, »sitzen hier doch alle im selben Boot.«

Hoffentlich nicht, dachte Eckart, denn deines wird kentern! Er sah voller Bewunderung zu Rosenberg hinüber, der sich scheinbar ungerührt weiterwusch; nur ein leichtes Zittern, das dessen Leib durchlief, verriet seine Erregung.

Der weitere Tag im Kloster verlief ruhig. Zu ruhig für Eckarts Geschmack. Rosenberg hatte sich an einer weniger zugigen Stelle postiert, tat, als würde er lesen, und beobachtete den Kreuzgang; er hatte aus praktischen Gründen wieder die Brille aufgesetzt und es damit begründet, dass nach dem Vorfall mit dem schönen Herrmann einstweilen wohl niemand mehr Lust hatte, Stunk mit ihm anzufangen.

Eckart selbst hielt sich an Betzmanns, doch der war weniger gesprächig als am Vorabend und ließ durchblicken, dass er nicht wisse, in welcher Zelle sich der Kranke befinde. Bei den Mahlzeiten mied er Eckarts Augen und kaute wortlos vor sich hin. Der Cellerar war nicht aufzutreiben, und zu allem Überfluss rannte Eckart dann auch noch dem Guardian in die Arme, der mit ihm die Details der Wiedertaufe besprechen wollte.

Selbst der nächtliche Funkkontakt mit Vanuzzi brachte keine neuen Erkenntnisse. Noch weniger der nächste Tag, an dem die Forderung des Guardian dringlicher wurde.

Am 5. Januar fühlte sich Eckart ein wenig fiebrig, obwohl es nicht er war, der sich dauernd im kalten Kreuzgang aufhalten musste. Das Fest der Heiligen Drei Könige warf seine Schatten voraus, die Klosterkirche wurde geschmückt. Eckart hatte sich bereit erklärt, mit Hand anzulegen, vor allem, weil er darauf hoffte, bei einem Arbeitsschwätzchen mehr über Wagner zu erfahren. Um die Mittagszeit sah er Rosenberg auf sich zukommen, und die beiden zogen einander in eine Nische.

»Unser Pfleger ...«

»Ja, Ephraim?«

»... einer von Wagners Leuten.«

»Kein Zweifel?«

»Ich weiß nicht mehr, wie er heißt, aber ich kenne ihn. Er war ihm schon bei der Gestapo zugeteilt. Er ist gerade in die Klosterküche gegangen, Sie können ihn sich auf dem Rückweg ansehen.«

Als sie den Kreuzgang entlanggingen, kam ihnen ein langer Schlaks mit Schmiss auf der linken Wange entgegen, der Essen auf einem Tablett balancierte. Eckart schätzte ihn auf Anfang dreißig. Sie musterten einander lange. Als er vorüber war, fragte Rosenberg:

»Und?«

»Kenne ich nicht.«

Vorsichtig drehten sie sich um und bewegten sich hinter dem Schlaks her, sprachen leise weiter.

»Können Sie sich eigentlich an irgendjemanden aus der Gestapozeit erinnern, Andreas?«

»Ich weiß es nicht. Nein. Vermutlich habe ich sie alle gründlich verdrängt.«

Rosenberg blieb stehen und stoppte mit seinem Arm Eckart, weil auch der Schlaks vor ihnen angehalten und mit einem anderen Gast zu sprechen begonnen hatte.

Wenige Minuten danach wussten sie, in welcher Zelle der Kranke lag. Und kaum einen halben Tag später, als er sich mithilfe seines Reisegefährten auf dem Weg zum Abort befand, hatte Rosenberg einen Blick geworfen auf das mausgraue Gesicht mit dem schütteren Haupthaar und dem krausen Schnurrbart.

»Wagner!«

Eckart bebte vor Anspannung. »Sicher?«

Rosenberg zuckte mit den Schultern – so sicher man sich eben sein könne, wenn einer zweimal an einem vorüberhusche. Bei schlechter Klosterbeleuchtung. Sichtlich besser auf den Beinen als erwartet.

»Gut. Heute Nacht schlagen wir zu, Ephraim.«

Zwei gegen zwei. Das war eine mehr als reelle Chance, zumal sie bewaffnet waren. Allerdings hatten sie nur noch je vier Patronen; die beiden Pistolen der Ustaschen, die sie benutzten, waren zu kleinkalibrig für Vanuzzis Munitionsreserve, auf die Schnelle hatte der Special Agent keinen Nachschub auftreiben können, und nach dessen eigener Waffe zu fragen, hatte Eckart schlicht vergessen.

Die Nacht vor dem Dreikönigsfest war unruhig, Vesper und Komplet der Klosterleute fanden später als gewöhnlich statt. Die Nervosität vor dem Feiertag übertrug sich auch auf den Gästetrakt. Noch lange, nachdem sich alle zurückgezogen hatten, waren leises Rauschen und vereinzelte Stimmen zu hören. Es war kurz nach Mitternacht, als Eckart und Rosenberg ihre Zellen verließen, die Pistolen verborgen unter den weiten Ärmeln ihrer Habits. Sie schlichen die Flure entlang. Um zu Wagners Zelle zu kommen, mussten sie den Gästetrakt einmal vollständig durchqueren. So leise sie auch waren, das Klappern ihrer Schuhe auf dem nackten Steinboden fand in den langen Gängen doch sein Echo und vervielfachte sich. Oftmals hielten sie an, weil sie Geräusche hörten, und nahmen ihren Weg Sekunden danach wieder auf. Rosenberg stolperte auf einer Treppe, Eckart fing ihn ab. Dann standen sie vor Wagners Tür.

Man musste den Knauf drehen, um sie zu öffnen. Sowohl das Drehgeräusch selbst als auch die in ihren Angeln widerstrebende Tür würden ein Quietschen hervorrufen, das einen an der Ruhr Erkrankten, der nur oberflächlich Ruhe fand, weckte, vielleicht sogar seinen Nachbarn – Eckart hatte dies im Laufe des Tages in seiner eigenen und Rosenbergs Zelle getestet. Es blieb ihnen also nur der

Überraschungseffekt: Eckart riss die Tür auf, Rosenberg sprang mit gezogener Pistole über die Schwelle, sicherte nach allen Seiten ab.

Im Raum war es leidlich dunkel. Rosenberg hatte sich an einem Geräusch rechts von der Tür orientiert, und dorthin hielt er seine Waffe gerichtet. Als Eckart eintrat, sahen sie im Licht eines aufgehenden Mondes, das durchs Fenster fiel, die Silhouette eines Menschen, der offenbar auf einem Stuhl neben dem Bett geschlafen hatte und nun langsam seine Arme hob. »Still!«, zischte Eckart. Er schloss die Tür hinter sich, zündete eine Kerze an und hielt sie auf Augenhöhe in Richtung des Stuhles.

Der Schlaks vom Mittag.

»Wo ist er?«, fragte Eckart leise.

»Wer?«

»Wer wohl?! Dein Patient, du Idiot!«, fuhr Rosenberg fort.

»Nicht da.«

»Unser neuer Freund ist ein Scherzkeks«, sagte Eckart, übergab die Kerze an seinen ehemaligen Assistenten, lud die Pistole durch und setzte sie dem Schlaks an die Schläfe.

»Sie werden nicht schießen«, sagte der, doch vorsichtig, als schenkte er den eigenen Worten wenig Glauben, »sonst laufen alle zusammen. Sie können uns nicht alle erschießen!«

»Ach, das kennst du doch von der Gestapo: Ich muss nicht alle erschießen, reicht doch, wenn du über den Jordan gehst. Ist Wagner das wert, hm?«

Eckart justierte den Sitz seiner Pistole an der Schläfe nach.

»Eins …«

Zögerliches Atmen.

»Zwei …«

»Gut, gut. Er ist in der Kirche.«

»In der Kirche? Um diese Uhrzeit?«, fragte Rosenberg.

»Kleines Privatgebet, hm? Was meinen Sie, Ephraim, der Kerl lügt doch, wenn er den Mund aufmacht.«

»Es ist wahr, er ist in der Kirche. Wir lagern dort unsere – Sachen.«

»›Sachen‹? Was denn für Sachen?«

»Was wir dabei haben. Alles, was man zu Geld machen kann.«

»Zigaretten?«

Schulterzucken.

»Falsche Pässe?«

Schulterzucken.

»Waffen?«

Schulterzucken.

»Waffen???«

»Medikamente. Keine Waffen.«

»Und warum in der Kirche?«

»Weil die Krypta der letzte Ort ist, an dem die Pfaffen rumschnüffeln.«

Während Eckart die Zelle durchsuchte, fesselte und knebelte Rosenberg den Schlaks mithilfe eines Leintuchs und seines Zingulums, des Stricks, der das Ordenskleid hält.

»Nichts«, sagte Eckart, »nicht einmal Medikamente gegen die Ruhr. Da unten wird wohl kein Kranker am Reck turnen.«

»Eine Falle?«

»Hatten Sie den Eindruck, dass der Kerl uns erwartet hat?«

»Uns wohl nicht, eher seinen Führer.«

Eckart nickte. Er löschte das Licht, riss die Tür auf, sah nach draußen, und dann verließen sie zusammen die Zelle.

Die Klosterkirche bestand aus einem dreischiffigen Laienraum und einem Langchor mit Gewölberippen aus farbigem Sandstein. Sie war festlich geschmückt, und von der Seite, aus der das Mondlicht ins Kirchenschiff schien, leuchteten hoch oben zahlreiche Reflexe auf, die von der Dekoration ausgingen. Die Seitentür, über die sie das Gebäude betraten, ließ sich leise öffnen, fiel aber mit lautem Knall ins Schloss.

Sie duckten sich unwillkürlich hinter die Kirchenbänke, vernahmen leises Rascheln, das nach Mäusefüßen klang. Ansonsten blieb es still. Eckart, dem nun zur Orientierung zugutekam, dass er stundenlang Blumenschmuck hin und her getragen hatte, dirigierte Rosenberg mit dem Zeigefinger nach rechts, er selbst ging gebückt nach links weiter. Es war nicht viel zu sehen, und er verfluchte sich dafür, die Taschenlampen bei Vanuzzi gelassen zu haben. Nach jeweils zehn Schritten hastete er hinter eine andere Kirchenbank, um in die Dunkelheit zu blicken und zu horchen. Rosenbergs schlurfende Schritte. Stille. Wieder das gleiche Geräusch im gleichen Rhythmus, Berliner Polizeischule.

Plötzlich sah er einen Lichtbogen rechts vor sich, eine Bewegung: Eine Gestalt verschwand hinter einer zuknallenden Tür.

»Krypta!«, rief Eckart.

Rosenbergs Figur tauchte auf der gegenüberliegenden Seite des Kirchenschiffs auf und schlich an der Wand entlang bis zum Eingang des Gruftgewölbes. Eckart suchte den Weg quer durch die Bankreihen, um so rasch wie möglich nachzukommen, da hörte er, wie die Tür zur Krypta wieder aufging und Sekunden später in die Angeln fiel. Er duckte sich instinktiv. Das Knirschen eines Schlüssels. Er hielt seine Pistole über Kopfhöhe in Richtung der Geräusche. Schnelle Schritte, die sich von der Gruft entfernten. Zwei dumpfe Faustschläge gegen das Holz der Tür, nicht mehr. Rosenberg war eingesperrt! Eckart schlich im Entengang weiter bis ans Ende der Bankreihe, hastete der Wand zu, hastete sie so schnell wie möglich entlang, weil er hier fünfzehn Meter durch das von oben eindringende Licht musste. Hätte Wagner eine Schusswaffe, würde er sie spätestens jetzt abfeuern. Es blieb still. Vorüber an der Tür zur Krypta. Eckart spürte Rosenbergs Präsenz. Er lief dem Altar entgegen, dort war es wieder dunkel. Er hechtete in die Finsternis, und plötzlich fiel ihm das Bibelwort ein: *Denn es ist nichts verborgen, was nicht offenbar werden soll.*

Eckart ging drei Schritte um den Altar herum, als ein harter Gegenstand auf seinen linken Arm traf. Die Pistole fiel zu Boden. Im nächsten Moment das Aufschlagen von massivem Eisen auf Stein. Eckart drehte sich in Richtung des Geräuschs, spürte, wie sich von hinten ein Arm um seinen Hals schloss. Unwillkürlich fasste er mit beiden Händen zu, um den Griff zu lockern. Er warf den Kopf zur Seite – etwas Spitzes schrammte seinen Hals, verfehlte sein Ziel. Eckarts Kehlkopf wurde gequetscht, er bekam keine Luft mehr, ein

Würgelaut entrang sich seiner Kehle. Noch einmal zog er mit aller Gewalt, konnte den Arm auf Brusthöhe senken. Abwehrbewegung zur rechten Seite hin, mit seinem schwachen Arm, mit links rammte er dem Angreifer einen Ellbogen in den Magen, drehte sich in einer ruckartigen Bewegung nach links aus, griff nach dem Arm und riss ihn in einer weiteren Wendung mit sich. Er hörte einen Schmerzensschrei, als er den Arm seines Kontrahenten höher als nötig in den Polizeigriff nahm, hörte, wie die Spritze zu Boden fiel und zerbrach, dann stieß er die Gestalt vor sich mit dem Kopf gegen den Altar. Es war kein besonders vehementer Angriff, doch reichte er aus, um den anderen bewusstlos zu schlagen. Eckart fasste sich an den Hals, rieb mit den Fingern darüber – kein Blut zu spüren, wahrscheinlich hatte er ihn nur geritzt, und auch das nicht tief. Dann kämpfte er gegen den drohenden Kreislaufkollaps an, hielt sich an der Altarplatte fest, sank langsam in die Knie, schloss die Augen und hoffte, dass ihn der Schock nicht bewusstlos machen würde.

Wie lange er so saß, wusste er im Nachhinein nicht mehr zu sagen. Er hätte brüllen können vor Kopfschmerzen, ansonsten schien er Wagners Angriff gut weggesteckt zu haben. Eckart untersuchte die am Boden liegende Gestalt, überzeugte sich davon, dass sie Puls hatte, dann fand er den Schlüssel, ging zur Krypta und sperrte sie auf.

»Ich bin's, Ephraim«, sagte er.

Sie gingen zurück zu dem Ohnmächtigen. Eckart packte ihn am Oberkörper, Rosenberg an den Beinen, und zusammen schleiften sie ihn ins Licht und drehten ihn so, dass man sein Gesicht erkennen konnte.

Rosenberg sah ihn lange an. Dann hörte Eckart, wie er zu glucksen begann. Aus dem Glucksen wurde Kichern, dann brach er in einen konvulsivischen Lachanfall aus und wollte gar nicht mehr damit aufhören.

»Ich weiß, dass das schwer ist, aber – reißen Sie sich zusammen, Ephraim!«

»Das«, hickste Rosenberg einzelne Silben hervor, »das – ist – es – nicht, Andreas …«

Im nächsten Moment biss sich sein ehemaliger Assistent auf die Unterlippe, bis das Blut lief. Dann sagte er: »Das ist nicht Wagner. Es ist Wagners Hündchen.«

»Hündchen?«

»So haben sie seinen Adjutanten genannt, Moritz Geitner.«

»Aber er sieht doch aus wie Wagner …«

»Er sieht ihm sehr ähnlich, aber er ist fast zehn Jahre jünger.«

»Nicht Wagner …«, sagte Eckart, der merkte, wie ihm zum zweiten Mal innerhalb weniger Minuten die Beine den Dienst zu versagen drohten.

»Bei der Gestapo nannte man ihn das ›Hündchen‹, weil er Wagner überallhin folgte. Medizinstudent, hat sein Studium abgebrochen, um in die SS zu gehen.«

»Er ist wohl nicht zufällig Giftspezialist?«

»Angeblich hat er damit schon bei der Gestapo experimentiert. Mit Billigung Wagners.«

»Hat er bei Ihnen …?«

»Bei mir nicht, das waren die ›traditionellen Methoden‹. – Nein, Andreas, einer meiner Fluchthelfer kannte ihn, hat mir von Geitners Panschereien erzählt. Sieht so aus, als hätte er seine Fähigkeiten unter Wagners Fittichen perfektioniert …«

Als Eckart, um frische Luft zu schnappen, aus der Kirche trat, fiel kristallines Weiß vom Himmel. Die Engel koksten wieder.

22.

Mit dem alten Zerberus an der Pforte hatte Eckart gerechnet, nicht aber mit dem schönen Herrmann. Offenbar übernahm er nicht nur interne Polizei-, sondern nachts auch Wächteraufgaben für das Kloster.

Nachdem sie Geitner gefesselt und geknebelt hatten, ohne dass der sein Bewusstsein wiedererlangt hätte, stellten sie das Depot mit den »Sachen« von Wagners Gruppe sicher. Uninteressant, mit Ausnahme der Zigaretten, die sie behielten. Dann zogen sie sich um, entfesselten den Schlaks aus Geitners Zelle und dirigierten ihn in die Kirche. Er sollte sich um den »Abtransport« seines Vorgesetzten kümmern. Als er sah, wie sie Geitner zugerichtet hatten, beschloss er, sicherheitshalber Ruhe zu bewahren, jedenfalls verhielt er sich friedlich, ächzte nur ein wenig unter der Last des Mannes, den er Huckepack nahm. Es war Zeit, das Kloster wieder zu verlassen.

»Ich hoffe, Sie haben nicht schon mit dem Ave Maria begonnen«, sagte Eckart auf dem Weg zur Pforte, wo sich der schöne Herrmann unvermittelt vor ihnen aufbaute.

»Wo wollt ihr denn so spät noch hin?«

»Wir müssen zu einem Arzt, Kamerad krank«, antwortete Eckart.

»Und warum ist er gefesselt, du Witzbold?« Der schöne Herrmann griff nach einer Eisenstange, die er im Pförtnerkabuff aufbewahrte. »Ich hab deine Fresse von Anfang an nicht leiden können, Steiner, werd sie mal bisschen verschönern.«

Den Bruchteil einer Sekunde später traf ihn Rosenbergs Pistolengriff an der Schläfe. Herrmann ging mitsamt seinem Eisen zu Boden, war benommen, aber nicht bewusstlos. Er schüttelte den schweren Kopf und wollte sich gerade wieder aufrappeln, als Eckarts Waffe auf seiner Brust aufsetzte.

»Einfach entriegeln, Herrmännchen, hübsch leise, um den Rest kümmern wir uns.«

Der Aushilfspförtner tat, wie ihm geheißen. Anschließend wurde er in seinem Kabuff abgesetzt und ordentlich verschnürt.

»Keine Bange, dich holen wir auch noch!«, sagte Eckart, bevor er die schwere Pforte hinter sich zuzog.

»Was machen wir jetzt mit ihnen? Wir können sie nicht einfach der Polizei übergeben – die wäre bestimmt hocherfreut und würde uns gleich dabehalten.«

Eckart zuckte mit den Schultern.

»Wir legen sie ihnen vor die Tür, ein verspätetes Neujahrsgeschenk.«

»Damit sie erfrieren? Dann erschießen wir sie besser gleich.«

»Verdient hätten sie es.«

»Ich habe so viele Menschen sterben sehen, Andreas … «

»Verdammt, Sie haben ja recht. Mir kommt da eine Idee …«

Sie schlugen den Weg Richtung Rathausplatz ein. Im Kloster hatte Eckart Betzmanns davon sprechen hören, dass die Bozner Stadtverwaltung in kalten Nächten ihre Keller für Obdachlose öffne, damit sie nicht erfrören, er selbst sei dort gewesen, bevor man ihn ans Kloster verwiesen hatte.

Am Rathaus angekommen, suchte Eckart nach einem Seiteneingang, probierte vier Türen, und eine ließ sich öffnen. Sie führte in einen alten Kohle- oder Kartoffelkeller. Um den Schlaks vor dummen Ideen zu bewahren, knebelten sie ihn, bevor er seinen Vorgesetzten die Treppe hinabtrug. Unten angekommen, sahen sie bei äußerst schummrigem Licht, dass die meisten Gewölberäume leer standen, nur im hintersten Winkel waren Schnarchen und ein Husten zu vernehmen. Sie entschieden sich für einen der vorderen Räume, der eine Tür hatte, fesselten den Schlaks und verrammelten das Gewölbe. Anschließend setzte sich Eckart davor und schrieb einige Sätze auf ein Blatt Papier, die erklärten, dass sich deutsche Kriegsverbrecher in dem Raum befanden, die auf ihrer Flucht weitere Menschen getötet hatten; er schrieb Name und Wohnort der Opfer auf, faltete das Schreiben und legte es so vor die Rathaustür, dass es vom Wind nicht verweht, doch am nicht mehr allzu fernen Morgen gefunden werden konnte.

»Glauben Sie, die Polizei wird es ernst nehmen?«, fragte Rosenberg auf dem Weg in Vanuzzis Hotel.

»Bleibt zu hoffen, Ephraim. Immerhin hat sie Anhaltspunkte für zwei aktuelle Morde, einer davon in Italien. Wenn nicht, werden Geitner & Co. zumindest eine Zeit lang damit beschäftigt sein, ihre Identität zu erklären. Falls sie das überhaupt können.«

Die Straßen waren noch immer menschenleer, die meisten Bozner hatten ausgiebig Epifania gefeiert, auf die Befana gewartet, die gute Hexe, die mit ihrem Besen von Haus zu Haus flog und Geschenke für die Kleinen brachte, und waren anschließend früh ins Bett gefallen, weil der Dreikönigstag weitere Aufregungen brachte. Eckart blieb stehen und bot Rosenberg eine Zigarette von ihrem Beutegut an, der lehnte ab, und Eckart begann im Weitergehen allein gegen die Kälte anzurauchen.

»Mir macht etwas anderes viel mehr Sorgen, Ephraim. Es ist offensichtlich, dass die ganze Klostergeschichte Teil eines Plans war, um uns von Wagner abzulenken. Dann ist der sicher schon längst auf dem Weg nach Genua, oder wo auch immer er sich einschiffen wird.«

»Das würde bedeuten, dass Wagner ein Netzwerk draußen anzapft, das über unsere Absichten Bescheid weiß.«

»Sie meinen: die ›alten Kameraden‹ von der SS? Bisher ist uns nichts dergleichen begegnet, Ephraim, und die Art, wie er zuvor geflüchtet ist, deutet auch nicht darauf hin.«

»Hatten Sie nicht erzählt, dass Ihnen das auch schon in Meran passiert ist?«

»Ja, es ist das zweite Mal, dass jemand über unsere Schritte informiert war und uns ins Leere laufen ließ. Beim ersten Mal hätte man noch an einen Zufall glauben können, aber jetzt …«

»Es war Vanuzzis Aufgabe, der Dreiergruppe nachzuspüren, die das Kloster verlassen hat.«

»Angeblich hat er nichts herausgefunden.«

»Er hat Ihnen den Tipp mit dem Kloster gegeben …«

Rosenberg hatte recht. Dan. Alles deutete auf ihn hin. Natürlich wusste kein anderer als der CIC-Mann so genau über ihre Pläne Bescheid. Er hätte Wagner schon in Meran informieren und jetzt diesen Geitner als Häppchen servieren können.

Aber weshalb hatte er ihn dann aus den Händen der Ustaschen befreit? War es ein Alleingang Wagners gewesen, den Vanuzzi nicht mittragen wollte? Alles nur Teil eines großen Plans, um Wagner Zeit zur Flucht verschaffen? Ein wenig zu aufwendig für Eckarts Geschmack. Und warum sollte der Special Agent das tun, was war das Quid-pro-quo? Doppelt abkassieren, die Familie zu Hause unterstützen ...?

»Andreas ...?«

»Ja?«

»Da gibt es noch eine Kleinigkeit. Ich habe sie Ihnen nicht erzählt, weil ich sie bisher nicht für wichtig gehalten habe.«

»Und die wäre?«

»Nach unserer Einsatzbesprechung im Hotel ... ich habe mich im Zimmer geirrt, wollte die Tür schon wieder zumachen ... ich habe Bücher gesehen und Vanuzzi sprechen gehört ... aus dem Badezimmer, durch die geschlossene Tür hindurch ...«

»Sie meinen, er hatte Funkkontakt mit Wagner?«

»Nein, das ist es nicht ... hat er Ihnen gesagt, dass er katholisch ist?«

»Katholisch? Nicht direkt ... seine Eltern stammen aus Neapel, was sollte er sonst sein?!«

»Dann frage ich mich, warum er hebräische Bücher liest.«

»Dan liest *Bücher*???«

»... und die Einleitungssätze des Schma Jisrael kennt.«

»Was?«

»›*Höre Jisrael! Adonai ist unser Gott, Adonai ist Eins.*‹ Es ist das wichtigste jüdische Gebet.«

»Ich weiß, was das Schma Jisrael ist, Ephraim. Ich bin nur ... extrem irritiert ...«

Eckart war stehen geblieben und sah zum Himmel hinauf. Schneeflocken streiften sein Gesicht. »Na, ist Dan eben Jude. Viele Amerikaner sind Juden.«

»Ja, schon ...«

»Aber?«

»Warum hat er das nicht von Anfang an gesagt? Wenn er doch nichts zu verbergen hatte!«

»Weil man in diesen Tagen nicht hausieren geht mit seinem jüdischen Glauben …?«

»Diese Tage sind vorbei, Andreas! Im Gegenteil, im Moment kann es durchaus von Vorteil sein. Ich bin in den letzten Monaten Menschen begegnet, die mit ihren jüdischen Urgroßeltern prahlten, als wären es preußische Rittergutsbesitzer, nur um schneller durch die Entnazifizierung zu kommen.«

»Sie haben ja recht, Ephraim. Dan wird uns einiges erklären müssen, wenn wir ihn wachgeküsst haben.«

Eckart bat Rosenberg, das Gespräch mit seinem CIC-Partner in dessen Zimmer unter vier Augen führen zu dürfen. Im ersten Augenblick schien Vanuzzi wirklich überrascht, als Eckart ihm von seinem Fehlschlag erzählte: die rasch nach oben gezogenen Brauen, die weit aufgerissenen Augen, der aufklappende Mund. Im nächsten Moment hatte er sich wieder besser im Griff und verschloss sich hinter der Maske des Agenten, die er für solche Fälle bereithielt. Mit leichtem Ärger in der Stimme sagte er: »Dann haben wir jetzt wirklich ein Problem!«

»Weil Sie noch immer keine Ahnung haben, wohin Wagners Restgruppe unterwegs ist? Kann für das CIC doch nicht so schwer sein, die Wege von hier nach Genua zu überprüfen.«

»Natürlich, weil wir ja so wahnsinnig viele Leute zur Verfügung haben!«

»Wo sitzt das neue Detachment, das Swartz und Van Doren aufbauen?«

»Verona.«

»Direkt auf dem Weg zur Küste. Bestens, machen Sie sich an die Arbeit!«

»Sie stellen sich das zu einfach vor, Doc.«

»Können Sie nicht – oder wollen Sie nicht, Danny-Boy?«

Vanuzzi fiel in seinen Stuhl zurück und fixierte Eckart scharf. »Was meinen Sie damit?«

Eckart breitete seine morgendlichen Überlegungen vor dem Special Agent aus, auch, dass Rosenberg die Entdeckung gemacht hatte, dass er Jude sei.

»Hab nie das Gegenteil behauptet.«

»Ich warte auf eine Erklärung, Dan.«

»Von mir erwarten Sie eine Erklärung? Von *mir*???«

»Von wem sonst?!«

»Gut. Hier ist eine: Die National Catholic Welfare Conference in Washington, zu der ehemalige OSS-Leute gehören, füttern Nazifluchthelfer innerhalb der katholischen Kirche. Sie wissen, dass das OSS merkwürdige Ideen hatte, welche Art Krieg man in Europa führen sollte, dass OSS-Männer selbst Faschisten waren und ihre Kampfgefährten …«

»Kommen Sie mir jetzt nicht wieder mit diesem OSS, beleidigen Sie nicht meine Intelligenz!«

»Das OSS kannte unsere Funkcodes. Schon mal überlegt, dass die Franzosen einen Tipp bekommen haben müssen, wie man unseren Funk abhört? Sonst wären die uns nicht in die Quere gekommen.«

»Das Gleiche gilt für das CIC.«

»Nur dass bei uns keiner die Seiten gewechselt hat.«

»Überzeugen Sie mich davon, Dan. Mein Gespräch mit Swartz und Van Doren hat da einige Zweifel aufgeworfen.«

Vanuzzi steckte sich eine Zigarette an. Inhalierte. Atmete aus. Schwieg.

»Kommen Sie schon, geben Sie mir *ein* überzeugendes Argument, dass das CIC nicht in diese Scheiße verwickelt ist und Wagner zur Flucht verholfen hat!«

Die Augen des Special Agent wurden kleiner. Er nahm Eckart noch schärfer in ihren Fokus, sagte aber weiterhin kein Wort.

»Sie können es nicht! Weil Sie eine Weisung *von oben* haben. Hab ich recht?«

»Ich habe eine Weisung, aber von der haben Sie keine Ahnung. Und mit dem CIC hat sie auch nichts zu tun. – Glauben Sie, was Sie wollen, Doc, ich muss an die Arbeit.«

Vanuzzi stand auf.

»Wo wollen Sie hin?«

»Die verfickten Wege von hier nach Genua überprüfen. Das könnte dauern.«

Gut, dachte Eckart, der dem Special Agent auf dem Weg nach draußen nachsah, wenn aus dem nichts rauszukriegen ist, dann werde ich mir Swartz vorknöpfen. Irgendeiner wird plaudern, und wenn er es nur versehentlich tut.

Er bat Rosenberg, ein Auge auf Vanuzzi zu haben, dann nahm er den nächsten Zug nach Verona.

Die Strecke führte vorbei am Gardasee, doch da er sie vor wenigen Tagen bereits gefahren war, hatte er keinen Blick für die unter Eis erstarrte Landschaft. Er schrieb einen Brief an Valentina, dass sie den Mörder ihres Bruders geschnappt und der Polizei übergeben hatten. Vielleicht würde es sie – nein, nicht versöhnen, nicht nach dem, was passiert war, nicht mit ihm, der nicht aufhören konnte, daran zu denken, was er in den letzten Wochen alles angerichtet, wie er gespielt hatte mit fremden Leben. Aber vielleicht würde es ihnen, Valentina und Luca, dabei helfen, etwas abzuschließen, um vielleicht, irgendwann, etwas Neues beginnen zu können.

Der letzte Tag des Befanafests ließ Eckart nur mühevoll durch die Straßen Veronas kommen. In der bunt geschmückten Altstadt herrschte Wochenmarktstimmung, vom Glockenturm des Domes wurde eine goldfarbene Hexe abgeseilt, alles stand und starrte nach oben. Eckart brauchte eine halbe Stunde, um die kurze Strecke zwischen Piazza delle Erbe und Piazza Duomo zu passieren.

Endlich erreichte er das Haus, in dem das CIC sein provisorisches Detachment eingerichtet hatte. Offiziell war hier eine Importfirma für amerikanischen Hanf ansässig, und die italienische Sekretärin am Empfang tat alles dafür, den Schein aufrechtzuerhalten (dienlicher wäre es für die Tarnung allerdings gewesen, an diesem Feiertag zu schließen, wie alle regulären italienischen Geschäfte). Eckart fragte nach Van Doren, erhielt eine abschlägige Antwort, der sei den ganzen

Tag außer Haus, und auf Swartz müsse er wohl oder übel ein Weilchen warten, da der beschäftigt sei. Eckart lüftete den Hut, machte kehrt, nur um in einer eleganten Drehung auf die erstbeste Bürotür zuzustürmen. Die Sekretärin stieß einen spitzen Schrei aus, Eckart öffnete die Tür, und ein farbloser junger Mann starrte ihm erwartungsvoll entgegen.

»Colonel Swartz?«, fragte Eckart.

»Übernächste Tür«, antwortete der junge Mann. Die Sekretärin schimpfte lauthals und krallte sich in Eckarts Mantel. Er schleifte sie, nachdem er die Tür wieder geschlossen hatte, ein paar Meter mit sich, dann verlor sie den Halt und ließ von ihm ab. Er öffnete die bezeichnete Tür und erblickte Swartz am Schreibtisch, telefonierend. Als er Eckart sah, sagte er in die Sprechmuschel: »Hat sich erledigt, da ist er schon«, und hängte ein.

»Colonel Swartz, es tut mir leid, er hat sich einfach reingedrängt«, jammerte die Sekretärin hinter Eckarts Rücken.

»Stimmt«, sagte Eckart und trat weiter vor.

»Es ist gut, Violetta, lassen Sie nur. Bringen Sie uns etwas Kaffee.«

»Nicht für mich!«

»Also keinen Kaffee, Violetta. Sorgen Sie dafür, dass uns niemand stört. Wenn sich noch mal jemand reindrängt, holen Sie die Wache.«

Die Sekretärin schloss die Tür. Es war still im Zimmer. Eckart sah, dass das Provisorium provisorischer war als erwartet, man hatte noch nicht einmal die halb von der Wand gerissene Tapete erneuert.

»So«, sagte der Colonel, »da wären Sie also.«

Eine Welle von Aftershave und Kernseife schlug an Eckarts Nase. Er setzte sich unaufgefordert.

»Sie wollen es bestimmt kurz machen, Andreas?«

»Allerdings.«

»Schießen Sie los!«

»Es wäre besser, Sie würden losschießen, Howard.«

Swartz lachte sein raumgreifendes Lachen.

»Ich glaube kaum, dass Sie mich schießen sehen wollen.«

»Wagner ist in Bozen mithilfe des CIC entkommen.«

»Stimmt.«

»Sie streiten es nicht einmal ab, Howard?«

»Warum sollte ich es abstreiten, was hätte ich zu gewinnen? Allerdings hat sich Wagner bereits in Meran an uns gewandt, wir waren dort schon nicht ganz unbeteiligt.«

»Fabelhaft. Es hätte mir schon in dem Moment, in dem Sie hier auftauchten, bewusst sein müssen, dass etwas in der Luft liegt. Sie holen mich für diesen Job nach Europa, und dann wissen Sie nicht, wie Sie mich loswerden sollen?«

»Oh, wir wussten immer, wie wir Sie wieder loswerden, Andreas.«

»Bin gespannt auf Ihre Erklärung.«

»Das wissen Sie doch selbst, man muss Sie einfach nur auf eine Fährte schicken, die gut aussieht, den Rest erledigt dann der Red Herring.«

»Diese Kroaten in Meran …?«

»… arbeiten für uns, ja. Sie sind Teil einer Stay-behind-Truppe …«

»Einer – was?«

»Eine Widerstandsgruppe, die bei einem sowjetischen Überfall hinter den feindlichen Einheiten operiert. Die Jungs sollten Sie eigentlich nur kurze Zeit außer Gefecht setzen.«

»Und dann?«

»Haben sie Blut geleckt. Wie sagt man in Ihrer verflixten Sprache? ›Die Katze lässt das Mausen nicht.‹ Wir mussten Dan einen Tipp geben, wie er Sie da wieder rausholt, sonst hätten die kurzen Prozess mit Ihnen gemacht. Und das wollten wir nicht.«

»Nett von Ihnen!«

Swartz winkte ab. »Reiner Eigennutz, zu viel Aufsehen. Und Dan wäre misstrauisch geworden.«

Eckart ballte seine Linke zur Faust.

»Ich weiß, was Sie sagen wollen: ›Warum haben Sie nicht früher mit mir gesprochen?‹ – Ihr Fanatismus, Andreas! Wir hätten Sie längst eingeweiht, wenn Sie nicht so verstiegen in Ihrem Nazihass wären. Die Zeiten haben sich geändert, wir müssen um die Herzen und die Köpfe der Deutschen kämpfen, das Land in den Westen einbinden.«

»›Custos Fidelitatis‹, das ist doch der Leitspruch des CIC, nicht wahr?! Wächter der Beständigkeit … also entweder, ich habe etwas auf den Ohren, oder das klang vor einem Monat noch ganz anders, Howard.«

»Auf den Ohren haben Sie nichts, unsere Politik hat sich tatsächlich innerhalb eines Monats gedreht. Aber das liegt nicht an uns, sondern an den Sowjets. Würden Sie in einem kommunistischen Europa leben wollen? Bestimmt nicht.«

»Und?«

»Und! Schauen Sie sich um: Die Italiener rennen den Kommunisten scharenweise in die Arme, und die Franzosen haben eine Rotfront ausgerufen, die den nächsten Staatspräsidenten stellen wird, und das schon in zwei Wochen. Und in Deutschland verhungern die Menschen auf der Straße, Rückenwind für die Roten! Glauben Sie, dass die Vereinigten Staaten da tatenlos zuschauen?«

Swartz pausierte und blickte Eckart an. Der zuckte mit den Schultern.

»Wir haben nur noch *einen* Gegner, Andreas, und das sind nicht die Nazis. Verstehen Sie das endlich!«

»Ach so, deshalb kooperieren wir jetzt mit ihnen?«

»Mit einigen, nicht mit allen.«

»SS-Leute?«

Der Colonel nickte.

»Mit ihrer Unterstützung können wir einen Partisanenkrieg innerhalb der UdSSR entfachen. Das bindet die Kräfte der Roten im eigenen Land.«

»Jetzt versteh ich, Howard. Wagner hat für den Auslands-SD gearbeitet und ein Agentennetz in der besetzten Sowjetunion aufgebaut.«

»Ein Topmann! Außerdem konnten wir ihn den anderen Nachrichtendiensten vor der Nase wegschnappen.«

»Es bleibt SS.«

»Ach, in der letzten Phase war die SS doch nichts Besonderes mehr.«

»Na so was! Sie meinen, die haben alten Frauen über die Straße geholfen und Kaffeekränzchen organisiert?«

»Andreas …«

»Stimmt, das ist Unsinn, es gab ja gar keinen Kaffee mehr.«

Swartz stand auf und ging zum Fenster. Er drehte Eckart den Rücken zu, als er sprach: »Sie sehen es selbst: Ihr Fanatismus ist *grenzenlos*! Auf die Deals, die wir jetzt brauchen, mehr als alles andere, hätten Sie sich nie und nimmer eingelassen. Sie wollen einfach nicht kapieren, wie schnell in der Politik der Wind drehen kann und dass die Nachrichtendienste die Avantgarde sind, die darauf reagieren muss.«

»Und Vanuzzi?«

»Offenbar aus dem gleichen Holz geschnitzt wie Sie. Belehrungsresistent!«

»Sie meinen: Uns einfach von dem Fall abzuziehen hätte nur unser Misstrauen erregt.«

Swartz lachte auf, drehte sich wieder Eckart zu. Vor dem einfallenden Licht aus dem Fensterhintergrund konnte Eckart nicht mehr in den Mienen des Colonel lesen.

»Es ist ein bisschen mehr als das. Als Wagner zum ersten Mal über seinen Unterhändler Kontakt mit uns aufnahm, hat er Forderungen gestellt, die inakzeptabel waren. Als wir ablehnten, drohte er damit, sich mit seinen Informationen an die Sowjets zu wenden. Aber als er merkte, wie nah Sie ihm inzwischen gekommen waren, war davon nicht mehr die Rede. – So billig wie ihn haben wir noch keinen Ostagenten bekommen, schon dafür gebührt Ihnen Dank für den Einsatz, Andreas.«

Eckart atmete mehrmals tief durch und rang den Impuls nieder, irgendetwas in diesem Zimmer mutwillig zu zerstören. Dann sagte er leise: »Damit haben Sie sich einen Feind gemacht, Howard.«

»*Sie* wollen mir drohen? Womit?«

»Das CIC hat sicher ein Interesse daran, dass diese seltsamen Aktionen verschleiert werden. Verstrickungen mit Nazikriegsverbrechern tun dem Image der USA in der Öffentlichkeit bestimmt nicht gut, die Filme aus den Konzentrationslagern haben alle noch vor Augen.«

»Wir wollen keine gute und wir wollen keine schlechte Presse, wir wollen gar keine, das ist das Geschäft der Nachrichtendienste. Sie sind Geheimnisträger, Andreas, und so soll es bleiben.«

»Sie können nie wissen, ob ich auspacke, Howard. Und was ich sagen werde. Und wem. Sie müssten mich schon zum Schweigen bringen.«

Swartz trat auf Eckart zu und baute sich vor ihm auf.

»Überlegen Sie sich genau, was Sie da sagen. Hier verschwinden jedes Jahr zahllose Menschen. Das würde selbst Liam verstehen.«

Eckart erhob sich, und die beiden standen Auge in Auge.

»Sie können uns nicht alle mundtot machen! Es wird immer jemanden geben, der die Klappe aufmacht, weil er sich von Ihrer beschissenen Staatsräson nicht einlullen lässt!«

Ein Knurren aus dem Mund des Colonel: »Andreas ...«

»Ja?«

»Wenn Sie versuchen, sich uns in den Weg zu stellen, wird der Zug Sie überrollen, einfach so«, Swartz schnippte mit den Fingern, »and you'll never know, what hit you.«

»Darauf lass ich's ankommen. Passen Sie nur auf, dass Ihr Zug nicht entgleist, Howard. Es könnte sein, dass Sie sich in der Größe des Hindernisses täuschen.«

Auf der Rückfahrt nach Bozen schrieb Eckart an Liam.

»Du hast recht, die Zeit des Andreas Eckart hat gerade begonnen – aber anders, als wir beide dachten. Glaub nicht alles, was sie dir von mir erzählen, ich vermute, wenn du nur die Hälfte glaubst, wird das für dich schlimm genug klingen.«

Je mehr Worte er hinzufügte, desto mehr ähnelte sein Schreiben einem Abschiedsbrief.

23.

Es war spät in der Nacht, als sie den Jeep von Vanuzzi hörten. Eckart und Rosenberg erwarteten ihn in seinem Hotelzimmer. Sie saßen in der Dunkelheit, beide hatten die entsicherten Pistolen auf den Oberschenkeln abgelegt. Als er eintrat und Licht machte, pfiff er eine leise Melodie, stutzte, machte sich nicht die Mühe, die Hände zu heben, griff nur unendlich langsam und vorsichtig in seinen Mantel, legte seine eigene Waffe auf den Schreibtisch, griff abermals in den Mantel, zog eine Zigarette hervor und rauchte sie an. Schließlich schloss er die Tür hinter sich.

»Netter kleiner Empfang.«

»Wo waren Sie den ganzen Tag, Dan?«

Vanuzzi setzte sich aufs Bett, weil kein Stuhl mehr frei war. Eckart roch, dass der Special Agent getrunken hatte.

»Hab ich Ihnen doch gesagt, Doc.«

»Auf der Suche nach Wagner?«

Vanuzzi nickte. »Ich hoffe, das stört Sie nicht weiter.«

»Wie meinen Sie das?«

»Na ja, könnte ja sein, dass Swartz Sie inzwischen von unserem Auftrag abgebracht hat. Manchmal kann er sehr überzeugend sein.«

Eckart dachte nach, dann senkte er seine Pistole und hielt Rosenberg an, es ihm gleichzutun.

»In Ordnung, Dan, wir sind hier in einem Dilemma. Ich weiß nicht, ob ich Ihnen vertrauen kann, Sie wissen nicht, ob Sie mir vertrauen können. Wir haben nur eine Chance, da rauszukommen – nennen wir sie ›Tit for Tat‹.«

Der Special Agent kniff die Augen zusammen. »Was meinen Sie damit?«

»Zug um Zug. Ich werde Ihnen erst einmal etwas bieten. Anschließend reagiere ich, wie Sie reagieren: Wenn Sie nicht kooperieren, tu ich's auch nicht mehr, wenn Sie aber kooperieren …«

»Wie sieht das konkret aus?«

»Lesen Sie das!«

Eckart zog aus seiner Jacketttasche den Brief an Liam. Vanuzzi überflog ihn, hob dabei eine Augenbraue, dann gab er ihn zurück.

»Er ist noch nicht abgeschickt, Doc, woher soll ich wissen, dass das kein Trick ist?«

»Tit for Tat, Dan.«

Der Special Agent dachte einen Augenblick nach, dann fuhr er sich mit den Fingern übers Gesicht und sagte: »Wagner hat sich von seinen beiden letzten Begleitern getrennt und wartet darauf, dass ihn unsere Leute in Empfang nehmen und nach Genua bringen. Einstweilen hat er einen Schutzbrief des CIC in der Tasche, damit unterwegs nicht noch was schiefgeht.«

»Wann kommt diese Eskorte?«

»Übermorgen.«

»Warum nicht früher, warum nicht schon im Kloster?«

»Sie kennen unsere …«

»… Personalprobleme, ich verstehe. Woher wissen Sie das?«

»Es hat ein bisschen gedauert, meine Quelle konnte nicht schneller Ergebnisse liefern.«

»Ihre Quelle? Dieselbe, die Ihnen den Tipp mit dem Kloster gab?«

»Ja.«

»Wie vertrauenswürdig ist die, Dan?«

»Das hab ich mich auch gefragt, deshalb hab ich sie aufgesucht.«

»Und?«

»Flüssignahrung.«

»Was?«

»In nächster Zeit ist sie auf Flüssignahrung angewiesen.«

»Ganz reizend, Danny-Boy, die USA kann wirklich stolz auf Sie sein!«

Vanuzzi lachte höhnisch auf und steckte sich eine neue Zigarette an. »Das trauen Sie mir wirklich zu, oder?«

»Ich habe Sie zuschlagen sehen.«

»Mag sein, aber … die Quelle ist meine Schwester.«

»Ihre …?«

»Sie ist mit einem Italiener verheiratet, der für das Internationale Rote Kreuz arbeitet. Sie sind vor einem Jahr hierhergezogen, ich habe sie geworben, weil ein Kontakt zum Roten Kreuz ... na, das wissen Sie ja selbst, Doc.«

»War ihr klar ...?«

»Nein. Natürlich nicht. Sie ist meine kleine Schwester! Mr-I-graduated-from-Harvard ist rotiert, als er merkte, dass wir Wagner im Kloster aufgespürt haben, deshalb musste der auch gleich weiterziehen und uns seine Adjutanten zum Fraß vorwerfen.«

»Und die Information Ihrer Schwester ist exklusiv?«

»Außer Ihnen, Rosenberg und mir weiß niemand davon. Sie hat ihre Rotkreuzleute eingeschworen. Wagner braucht immer noch Medikamente ... über Ausschlussverfahren konnten wir eingrenzen, welcher Ruhrkranke unsere Zielperson ist, aber das hat ein bisschen gedauert.«

»Sie haben es nicht Van Doren gemeldet?«

»Sind Sie verrückt?! Denken Sie einmal nach! Der Funkkontakt – warum, glauben Sie, wollte Swartz immer informiert bleiben über unsere nächsten Schritte? Das ist bei CIC-Operationen nicht üblich.«

»Aber wenn Sie schon wussten, dass da etwas nicht stimmt, warum haben Sie dann nicht ...?«

»Ich habe es *vermutet*, nicht gewusst. Ich musste erst sichergehen. Das mit den Ustaschen hätte Zufall sein können oder aber ein alter Kontakt von Wagner selbst. Der anonyme Zettel hat mich allerdings stutzig gemacht – wenn es keine Falle war, wer wäre in Italien so besorgt um Ihre Gesundheit, Doc?«

Eckart machte Handbewegungen, die »Weiter! Weiter!« andeuteten.

»Spätestens als Sie mir funkten, dass sich die Gruppe aufgeteilt hat ... das ist eine übliche Strategie beim CIC. Wagner hat sich vermutlich schon in Meran an Swartz gewandt, um leichter untertauchen zu können. Ganz nebenbei hat er auch erfahren, dass er es mit Ihnen zu tun hat – wahrscheinlich gab er den Ustaschen den Tipp, Sie mit Morphium anzufixen.«

»Sie haben uns munter in die Irre laufen lassen, Dan.«

»Ich habe ein paar Tage gebraucht, um Wagners Spur wieder aufzunehmen. Außerdem wäre Swartz aufmerksam geworden, wenn wir auf sein Ablenkungsmanöver nicht eingegangen wären. Er hätte seinen ganzen Apparat in Bewegung gesetzt, und dann hätten wir Wagner wirklich vergessen können, Personalprobleme hin oder her.«

Eckart nickte. Dann sagte er: »Eines haben Sie unterschlagen, Dan.«

»Ja?«

»Sie waren sich nicht sicher, ob Sie mir trauen können.«

Vanuzzi zuckte mit den Schultern.

»Und jetzt sind Sie es?«

»Tit for Tat, Doc, Tit for Tat.«

Eckart sah zu Rosenberg hinüber.

»Was meinen Sie, Ephraim?«

»Ich fürchte, ich bin zwischendurch ein wenig eingenickt. – Aber da Sie mich schon fragen: Ich glaube, etwas Besseres bekommen wir heute nicht mehr.«

Eckart blinzelte Rosenberg zu, sie sicherten die Pistolen und steckten sie zurück in ihre Holster.

»Gut, da wir hier so gemütlich sitzen, Dan, klären Sie uns ein bisschen darüber auf, was das CIC da treibt.«

Vanuzzi warf Eckart seine Zigarettenschachtel zu, dann sagte er: »Letzten Sommer sind die meisten Offiziere, die während des Kriegs Spionageerfahrungen gesammelt haben, wieder in die Staaten ins Zivilleben zurückgekehrt. Kaum einer hat sich reaktivieren lassen. Ihre Nachfolger sind junge Rekruten, die keine Ahnung davon haben, was aktive Spionage bedeutet.«

»Das heißt, das CIC muss auf andere Quellen zurückgreifen«, sagte Rosenberg, »zum Beispiel auf alte Nazis mit Ostkontakten.«

»Unsere neuen *Spezialisten*: Leute aus dem SD und der Gestapo. Die sollen nicht mehr vor Gericht, sondern für unsere eigenen Zwecke umgedreht werden. Ganz nebenbei schöpft das CIC wertvolles Wissen über Waffentechnik ab.«

»Und das alles aus Angst vor der Sowjetunion? Mit der man vor zwei Jahren noch die große Waffenbruderschaft gefeiert hat?«

»Zwei Jahre sind eine verfickt lange Zeit«, sagte Vanuzzi höhnisch, »Sie würden nicht glauben, wie viele Leute schon mit Billigung des CIC über die Rattenlinien entkommen sind.«

»Sagen Sie nicht, dass die US-Geheimdienste diese Linien erst geschaffen haben …!«

»*Geschaffen* nicht, das war Sache der Kirche – aber wir haben sie *übernommen*. So kann das CIC seine Agenten diskret aus dem von den Sowjets besetzten Teil Österreichs nach Italien und von hier nach Übersee schaffen, wenn sie ausgedient haben oder enttarnt werden.«

»Lohnt sich das wenigstens? Bringen die Nazis den USA etwas?«

»Bisher ist es ein einziger Fehlschlag. Die deutschen Netzwerke in Osteuropa sind entweder reine Erfindung oder längst von den Sowjets ausgehoben.«

Eckart schüttelte den Kopf.

»Und die ganzen Geschichten über das OSS?«

»Das OSS!« Vanuzzi schlug mit seiner Faust gegen das hölzerne Bettgestell. »Das OSS existiert nur noch in den alten Geschichten. Das CIC ist das Problem, wir sind von unserem Weg abgekommen, Mann!, wir kooperieren mit Massenmördern. Das ist, als hätten wir diese Juden selbst vergast!«

Er sah zu Rosenberg hinüber, flüsterte »Tschuldigung!«, der winkte ab.

»Was ist mit den Prozessen in Nürnberg?«, fragte Eckart.

»Nürnberg? Ein Zirkus, die längste Zirkusshow aller Zeiten! – Natürlich, das Gericht wird die meisten Angeklagten hängen, aber nicht, weil sie schuldig sind.«

»Sondern?«

»Weil sie unbrauchbar sind für einen weiteren Einsatz.«

Vanuzzi pausierte, dann sagte er: »Und das ist Wagner nicht. Und auch nicht die anderen Nazis, die nach Amerika geschmuggelt werden.«

Rosenberg riss die Augen auf, sagte: »Wagner ist zu … zu – *wertvoll*, als dass man ihn hängen könnte?«

Der Special Agent nickte.

»Das heißt: Schon bei meiner Anwerbung ging es gar nicht darum, Wagner kaltzustellen, sondern als Agent in die USA zu bringen?«, fragte Eckart.

»Das CIC behauptet, die Politik habe sich erst in den letzten Wochen geändert, aber ... ich weiß nicht, ich fresse schon seit einem Jahr Dreck. Vielleicht hat Swartz uns nur zum Team gemacht, damit wir uns gegenseitig auf die Finger sehen, Doc. Jedem Einzelnen von uns hat er von Anfang an misstraut.«

»Wenn Sie das alles wissen – warum arbeiten Sie weiter für das CIC?«, fragte Rosenberg.

»Weil ... man mir angeraten hat, dabeizubleiben, um an Informationen und Leute wie Wagner heranzukommen.«

»Wer hat Ihnen das *angeraten*?«, schaltete sich Eckart wieder ein.

Vanuzzi schwieg – sichtlich kämpfte er einen inneren Kampf.

»Die Schai«, sagte Rosenberg, »stimmt's?«

Vanuzzi nickte.

»Könnte mich jemand aufklären, worum es hier geht?«, bat Eckart.

»Dan ist Doppelagent. Ich hatte mir so etwas schon gedacht, Andreas. Schai ist eine Geheimdiensteinheit der Hagana, einer zionistischen Untergrundorganisation. Sie ist hauptsächlich damit beschäftigt, mit den Engländern über einen Judenstaat in Palästina zu verhandeln, aber sie hat auch den Nazis Rache geschworen.«

»Die Einzigen, die die Kriegsverbrecher wirklich zur Verantwortung ziehen«, sagte Vanuzzi trocken.

»Damit ich es recht verstehe«, sagte Eckart, »Sie misstrauen dem CIC schon länger und arbeiten für eine jüdische Untergrundorganisation, die Ihnen die Befehle erteilt?«

Wieder nickte der Special Agent.

»Und Ihre ganzen Sonderaktionen in Innsbruck und Gott-weiß-wo-noch – da haben Sie nicht das CIC kontaktiert ...«

»... sondern vor allem meinen Führungsoffizier bei der Schai. Ja.«

Deshalb ließ er also die Brichaleute auf dem Brenner ziehen, dachte Eckart; und daher auch kein Widerstand, als ihnen die Franzosen die KZ-Kapos entrissen – die Konzentration galt den großen Fischen vom Schlag eines Wagner, die kleinen dienten nur als Fraß für die alliierte Polizei oder das CIC, das sich damit allerdings nicht abspeisen lässt …

… und deshalb auch Vanuzzis »toter Gang« … der nächste Bruch in seiner Biografie … er muss gewahren, dass das CIC auf einmal den Straftätern hilft und damit die Opfer verhöhnt, und so beginnt er, nach denjenigen Ausschau zu halten, die wie er denken und handeln … doch die Schai ermuntert ihn, dem Schein nach weiter fürs CIC zu arbeiten, um an Informationen heranzukommen … in jedem Moment muss er nun darauf achten, was er tut, um nicht den Argwohn von Swartz auf sich zu ziehen – eine Lähmung seiner Bewegungsfreiheit, er darf nicht die Kontrolle verlieren und *hält an sich* … Arme, die wirken, als wären sie am Körper festgewachsen … ein Doppelagent, natürlich!

Die Stimme Rosenbergs holte ihn aus seinen Überlegungen: »Ich glaube, jetzt wäre es an der Zeit, uns zu erklären, was die Schai vorhat, Dan. Ich habe von Standgerichten gehört, und ich glaube nicht, dass Andreas und ich Ihnen dabei helfen werden, Leute einfach zu massakrieren, Nazis hin oder her.«

»Sie haben recht, Ephraim«, sagte Vanuzzi, »solange noch kein eigener Staat Israel und keine Gerichte in Sicht waren, lautete das Prinzip der jüdischen Brigaden: entführen, vernehmen, hinrichten. Weil es keinen Sinn ergab, die Entführten nach Palästina zu verschleppen.«

»Und das hat sich jetzt geändert? Warum?«, fragte Eckart.

»Weil die Briten Transjordanien in die Unabhängigkeit entlassen haben und signalisieren, dass sie auch den Rest ihres Mandatsgebiets loswerden wollen. Sie übergeben die Entscheidung an die UN – wir sind uns sicher, dass wir Ende des Jahres einen eigenen Staat Israel haben werden«, antwortete Vanuzzi.

»Na und?«

»Die Hagana hat schon damit begonnen, Polizei und Gerichtswesen aufzubauen. Das Letzte, was wir jetzt brauchen können, sind Standgerichte. Das würde Stimmung gegen die Staatsgründung machen.«

»Wie lautet Ihre Aufgabe bei der Schai?«, fragte Rosenberg.

»Sucht nach Verantwortlichen für den Holocaust und bringt sie nach Palästina – wir stellen sie vor Gericht, wenn wir unseren eigenen Staat haben, und verurteilen sie nach Rechtsprinzipien.«

»Keine Selbstjustiz, darauf können wir uns verlassen?«

»Geben Sie etwas auf einen jüdischen Schwur, Doc?«

»Sie meinen, weil ich ein *Kraut* bin? Mir genügt es, wenn Sie mir die Hand drauf geben.«

»Die rechte oder die linke …?«

Vanuzzi grinste. Rosenberg und Eckart sahen einander an, dann begann sich auch in ihren Mienen Erleichterung breitzumachen. Nacheinander legten sie ihre Hände auf die ausgestreckte Rechte des Special Agent. Nach einem langen Schweigen sagte Eckart: »In Ordnung. Wie schaffen wir Wagner nach Palästina?«

24.

Der Schnee hatte sich mit einem schmutzig-grauen Cape bedeckt, ein auffrischender Wind trieb ihn von den Wipfeln der Bäume zu Boden.

Die Nacht war kurz gewesen, und sie hatten sie mit einer Lagebesprechung und letzten Vorbereitungen verbracht. Eckart durchwatete einen Morast bleierner Müdigkeit und hatte das Gefühl, im Stehen einschlafen zu können; gleichzeitig ließen ihn der Schmerz am Oberarm und das Adrenalin alle Augenblicke nervös um sich sehen und seine Ausrüstung kontrollieren. Er musste seine Pistole zurücklassen. Die CIC-Eskorte hätte sie ihm ohnehin abgenommen, und bei aller Schlampigkeit, die Vanuzzi den jungen Agenten attestierte, würde einem der beiden Männer sicher trotzdem auffallen, dass es sich um ein Armyfabrikat handelte, und dann würden sie beginnen, Fragen zu stellen.

Seinen amerikanischen hatte er gegen einen deutschen Soldatenmantel getauscht, der billig auf dem Bozner Schwarzmarkt zu finden gewesen war. Obwohl es mehr als unwahrscheinlich schien, dass sich ein deutscher Kriegsverbrecher in diesen Tagen mit den Resten soldatischer Kleidungsstücke in die Öffentlichkeit wagte – manchmal müsse man das Offensichtliche eben übertreiben, hatte Vanuzzi gesagt, und außerdem gehe Eckart notfalls durch als gerade aus der Kriegsgefangenschaft entlassener Landser.

Die Reaktionen der Südtiroler, mit denen er an diesem Morgen zu tun hatte, waren jedenfalls nicht ablehnender als zuvor. Im Gegenteil. Am Bahnhof wurde er sogar von einer Delegation des Roten Kreuzes begrüßt, die ihm und drei Wehrmachtssoldaten eine gute Weiterreise ins Heimatland wünschte. Er stahl sich so rasch wie möglich aus der Szenerie, weil er sah, dass sich im Hintergrund bereits ein Fotograf zu schaffen machte, das Geschehen im Bild festzuhalten.

Es war der 8. Januar 1947, ein Mittwoch. Und sie waren wenige Stunden früher dran. Früher als das CIC.

Eckart zündete sich eine Zigarette an, während er auf dem Bahnsteig hin und her wanderte, um warm zu bleiben, und auf den Zug nach Verona wartete. Er ging noch einmal die Gespräche des vergangenen Tages durch, um sich zu vergewissern, dass sie wirklich an alles gedacht hatten.

»Warum hat Wagner seine Leute fortgeschickt? Er weiß doch, dass er *mit* ihnen bessere Chancen hat, nach Genua durchzukommen.«

»Das war Teil des Deals, Doc. Sie sind uninteressant für das CIC. Vermutlich werden sie sich auf eigene Faust nach Übersee durchschlagen.«

»Und Ihr … Kumpel beim CIC – wird der dichthalten?«

»Brandon? Ich glaube nicht, dass er sich heute noch an irgendetwas erinnert, Doc. Da war nicht nur Alkohol im Spiel …«

»Sie haben nachgeholfen?«

»Beim Gedächtnisverlust? Ein klein wenig, ja … ich hatte noch etwas von dem Stöffchen, das die GI manchmal vor schwierigen Aufträgen bekommen.«

Nachdem Vanuzzi durch seine Schwester erfahren hatte, wo sich Wagner aufhielt, hatte er Brandon einen Überraschungsbesuch mit vier Flaschen Bourbon abgestattet. Brandon arbeitete in der Funkzentrale des neuen CIC-Detachments und wusste, sehr zur Überraschung des Special Agent, genauestens Bescheid darüber, wie Wagner nach Genua gebracht werden sollte. Davon, dass »Operation Rattenlinien« in Ungnade gefallen war, wusste Brandon zwar auch, war aber zu anhänglich an den alten Kameraden Vanuzzi oder hasste Van Doren, der ihn tagtäglich schikanierte, zu sehr, um wirklich hellhörig zu werden, als ihm der Special Agent mit jedem Glas eine Frage stellte.

»Und wenn er Teil des Spiels ist, die nächste Falle von Swartz?«

»Brandon? Für ihn lege ich meine Hände ins Feuer, Doc.«

»So wie er seine für Sie?«

»Das ist etwas anderes … ihm wird nichts nachzuweisen sein, dafür habe ich gesorgt. Ich bin mir sicher, wenn er erfährt, was wir mit Wagner angestellt haben, macht er ein Fläschchen auf und trinkt auf unser Wohl!«

Der Bahnhofsvorsteher trat auf den Perron und erklärte, dass der Zug nach Verona Verspätung habe, er könne nicht angeben, wie viele Minuten. Die Zeit zwischen den beiden Zügen war knapp berechnet, eine Stunde Aufenthalt hätte Eckart in Verona, und bei diesem Winter und angesichts der Pünktlichkeit italienischer Eisenbahnverbindungen ... Eckart fröstelte. Wenn er die Bahn nach Genua nicht erreichte, flöge die ganze Aktion auf ...

Der Plan von Swartz sah vor, dass sich Wagner und seine (für diesen Coup uniformierte) CIC-Eskorte im Zug von Verona nach Genua treffen sollten. Sie hatten ein Codewort verabredet; es aus Brandon herauszulocken hatte etwas länger gedauert, und Vanuzzi hatte nicht mehr jedes Glas im hinter ihm stehenden Pflanzenkübel entsorgen können – was seine nächtliche Alkoholfahne erklärte.

In Genua würde ein zweites CIC-Team Wagner in Empfang nehmen, das ihn dann auf einem Schiff in die USA begleitete. Dort könnte man ihn nachrichtendienstlich ausquetschen.

»Und die CIC-Leute wissen nicht, wie Wagner aussieht?«, hatte Rosenberg Vanuzzi gefragt.

»Nicht einmal Swartz und Mr-I-graduated-from-Harvard wissen es, schließlich hat Wagner immer Unterhändler vorgeschickt. Niemand weiß, wie er aussieht, außer Ihnen, Ephraim ... zumindest will ich hoffen, dass Sie es auch wirklich wissen ...«

»Zerbrechen Sie sich darüber nicht den Kopf«, antwortete der, »Wagner erkenne ich sogar am Geruch.«

»Das möchte ich mir lieber nicht vorstellen«, sagte der Special Agent und verzog das Gesicht, »das Beste ist aber, dass die CIC-Jungs auch nicht wissen, wie *Sie* aussehen, Doc ...«

Im Laufe des gestrigen Tages hatte Vanuzzi hektische Betriebsamkeit entwickelt. Nun leisteten die gestempelten Blankoscheine, die Van Doren ihnen mitgegeben hatte, use your imagination!, gute Dienste. Es war reine Ironie, dass der CIC mithilfe seiner eigenen Fälschungen ausgetrickst wurde und aus Rosenberg ein amerikanischer Geheimdienstmann hatte werden können.

Von Vanuzzi auf den Namen angesprochen, auf den der Pass lauten sollte – »What shall be your Christian name?« –, sagte Rosenberg nur: »I'm a Jew. I have no ›Christian‹ name.«

Die Uniform, die der Special Agent für Eckarts ehemaligen Assistenten besorgt hatte, war dem eher zierlichen Mann zu groß, doch für die Aktion mochte sie ausreichen. Vanuzzi selbst hatte seine Dienstjacke immer im Seesack mit sich herumgetragen – jetzt wäre der überflüssige Ballast wenigstens für etwas gut, spottete er.

Dann kontaktierte er Wagner – der heikelste Augenblick in ihrem Plan.

Auf dem Bahnsteig begann sich Empörung breitzumachen. Interessanterweise waren es vor allem deutsche Stimmen, die sich darüber beschwerten, dass der Zug schon fast eine halbe Stunde Verspätung hatte; die Italiener saßen fest eingepackt in ihren Wintermänteln und übten sich in Gelassenheit.

Eckart warf seine kaum angerauchte Zigarette weg. Ihm wurde übel. Die Zeit für die Übergabe war bereits auf eine halbe Stunde zusammengeschrumpft. Zum ersten Mal, seit er aus den USA abgereist war, spürte er seinen Magen wieder, ein verräterisches Ziehen und das diesem wie ein Echo antwortende Stechen. Aber diesmal konnte es auch von zu vielen Zigaretten und dem fehlenden Frühstück kommen.

Gottverdammt!, das wird nicht reichen … es wird reichen … es wird …

In diesem Moment sah er, wie sich ganz in der Ferne kleine Rauchwolken, die lange in der Luft standen, dem Bahnhof näherten – endlich!

Wagner hatte sich in einer Pension am Fuße der Brenta verkrochen, offensichtlich garantierte ihm der dortige Arzt die Penicillinzufuhr zur Nachbehandlung seiner Krankheit. Auch der Kontakt sollte über den Mediziner erfolgen – offenbar der einzige Mensch im Ort, der über ein Telefon verfügte. Als Vanuzzi ihn anrief, verhielt der sich zunächst unkooperativ und behauptete, er kenne keinen solchen Patienten und werde wieder auflegen. Der Special Agent musste ein ihm ansonsten eher ungewohntes Verhandlungsgeschick aufbieten, damit der Arzt seinen Sohn mitsamt Codewort zu Wagner losschickte, um dem eine neue Uhrzeit und ein neues Prozedere für ihr Treffen mitzuteilen. Vanuzzi bestand darauf, so lange am Telefon zu warten, bis der Junge zurückkäme, was den Mediziner nicht freundlicher werden ließ; selbst Eckart, der einen Meter neben dem Special Agent stand, konnte durch den Fernhörer vernehmen, wie der Apparat des Arztes auf einem Tisch aufknallte. Dann waren nur noch undeutliche Knackser zu erlauschen, hin und wieder ein Bellen, sich nähernde und wieder entfernende Stimmen, auch die des Mediziners, unendlich verzerrt. Es vergingen zwanzig Minuten, fünfundzwanzig, schließlich die Krächzer eines Jungen, der offensichtlich im Stimmbruch schwankte:

»Hören Sie?«

»Laut und deutlich«, rief Vanuzzi ins Mikrofon.

»Der Patient sagt: Geht in Ordnung.«

Dann legte er auf. Vanuzzi wischte sich den Schweiß von der Stirn.

Eckarts Abteil war leer, aber eiskalt. Er behielt den Soldatenmantel an, schlug den Kragen hoch und versuchte, der durch die Fenster eindringenden Zugluft keinen Widerstand zu bieten.

Er wollte einige Minuten schlafen – und kam doch nur wieder bei den Überlegungen des letzten Tages an.

Sie mussten schnell sein. Spätestens um drei Uhr in der Nacht hatten Vanuzzi und Rosenberg aufbrechen müssen, um wie verabredet bei Wagner in der Brenta aufzutauchen; vor allem aber, um pünktlich am Veroneser Bahnhof zu sein und Eckart anzutreffen, bevor er den Zug nach Genua besteigen würde. Die Straßen waren unberechenbar. Eine Panne, und alles wäre verloren!

Rosenberg musste nochmals auf seinen falschen Bart aus dem Kloster zurückgreifen, damit Wagner keinen Verdacht schöpfte; Vanuzzi lieh sich das für Eckart zurechtgestutzte Bärtchen, nur für den

Fall, dass der SS-Mann in der Nacht, als der Special Agent vor dessen Meraner Hotel im Jeep wartete, sein Gesicht gesehen hatte. Sie würden an Wagners Zimmertür anklopfen, die Pistolen verborgen unter halb aufgeschlagenen Zeitungen, und das Codewort sagen. Vanuzzi hatte mit Rosenberg verabredet, dass der sich unter seiner Mütze am Kopf kratzen solle, wenn er Wagner erkannt hätte. Dann würden sie den SS-Mann auf Waffen untersuchen, ihm Handschellen anlegen und, wenn er dagegen Widerstand leistete, ihm erklären, dass dies beim CIC das übliche Verfahren sei, im Zug würden ihm die Fesseln selbstverständlich wieder abgenommen. Dass Wagner handgreiflich werden könnte, tat Vanuzzi mit einer Handbewegung ab – immerhin waren sie zu zweit, hatten Waffen, und Wagner war noch immer von der Ruhr geschwächt.

Sie würden ihn in den Jeep eskortieren, auf die Beifahrerseite, und Rosenberg würde im Fond Platz nehmen. Kaum aus dem Ort, würde Rosenberg seinen alten Peiniger chloroformieren. Sie würden ihm den Rotkreuzpass entwenden, den er inzwischen erhalten hatte und den Eckart dringend für sich selbst brauchte, dann würden sie Wagner, gut verschnürt und geknebelt, im Rückteil des Geländewagens zwischen ihren Ausrüstungsgegenständen festketten.

Sie mussten schnell sein, rasend schnell. Für die Fahrt nach Verona hatte Vanuzzi fünf Stunden veranschlagt. Eine optimistische Rechnung, doch immerhin war kein Neuschnee zu befürchten.

Jetzt stand eher die Frage im Raum, ob es Eckart noch rechtzeitig schaffen würde. Es hatte keinen früheren Zug nach Verona gegeben.

Der Schaffner trat ein, um den Fahrschein zu kontrollieren. Eckart fragte, ob man die Verspätung auf der Fahrt wieder aufholen könne – der Beamte brach in schallendes Lachen aus.

10.30 Uhr: Er sah aus dem Waggonfenster, als sie langsam zum Stehen kamen. Sie waren in den Bahnhof von Trient eingefahren. Noch anderthalb Stunden bis zum Zug nach Genua. Hoffentlich hatte der auch Verspätung – ausgleichende Gerechtigkeit, dachte er.

Beinahe hätten sie vergessen, falsche Papiere für Wagner zu besorgen. An sich selbst dachten die drei, nicht aber daran, dass der SS-Mann die Schiffspassage von Venedig nach Griechenland unmöglich als blinder Passagier hinter sich bringen konnte. Erst spät am Abend war es Rosenberg eingefallen, und so hatten sie sich, todmüde, mit vor Schlaflosigkeit verquollenen Augen, noch einmal über die Blankoscheine des CIC hergemacht.

Nach Einfahrt seines Zuges wollten Eckart und Rosenberg sich auf dem Bahnsteig treffen – möglichst unbemerkt, schließlich sollte sein ehemaliger Assistent nicht von den echten CIC-Leuten in Uniform gesehen und womöglich angesprochen werden. Eckart erinnerte sich von seiner letzten Fahrt her an einen kleinen Geräteschuppen neben dem Perron, hinter dem sie sich verbergen konnten. Dort würde ihm Rosenberg Wagners Rotkreuzausweis übergeben, und Eckart müsste das eingeklebte Foto gegen ein Passbild von sich selbst austauschen – zu ihrem Glück kam das Rote Kreuz nicht auf die Idee, das Bild abzustempeln, um damit Betrugsversuchen vorzubeugen. So hatte Schlamperei auch mal ein Gutes. Und Eckart konnte sich anschließend bei den CIC-Männern mitsamt Codewort und dem richtigen falschen Ausweis als Wagner ausgeben.

11.00 Uhr: Der Zug hielt auf offener Strecke, ohne ersichtlichen Grund. Eckarts Nervosität nahm zu, er war nahe daran, sich zu übergeben. Die frische Verletzung am Oberarm brannte, Wundflüssigkeit suppte aus ihr.

Der Plan sah vor, dass Rosenberg, Vanuzzi und Wagner mit dem Jeep zur Stazione Marittima in Venedig weiterfuhren und sich nach Patras einschifften. Von dort würde ihr Weg in die Türkei führen, wo sie mit einigen Mann Geleitschutz der Schai rechnen konnten, um weiter auf dem Landweg nach Palästina zu ziehen, weil die britische Seeblockade noch immer intakt war.

Der schwierigste Teil ihres Weges waren die Schiffspassagen: Wie würden sie Wagner an der italienischen, der griechischen und türkischen Polizei, am CIC und etwaigen anderen Geheimdiensten vorbeischmuggeln? Vor allem aber: an neugierigen Gästen und der Schiffsbesatzung …?

»Werden Sie es bis Palästina schaffen?«, hatte Eckart gefragt.

»Lassen Sie das meine Sorge sein. Ich hab Ihnen schon mal gesagt: Das ist nicht meine erste Entführung für das CIC.« Der Special Agent musterte ihn mit zusammengekniffenen Augen, dann sagte er: »Wir schaffen es, Doc! – Sie müssten sich eigentlich mehr Gedanken darüber machen, ob Sie mir trauen können. Woher wissen Sie, dass ich Sie nicht wieder anlüge? Und kommen Sie mir jetzt nicht mit Tit for Tat.«

»Nein, Dan, das Spiel heißt: Wahrheit oder Lüge. Wir haben es ausgiebig gespielt, ich weiß, wie sich Ihr Körper verhält, wenn Sie lügen. Und im Augenblick tun Sie das nicht …«

Vanuzzi lachte. »Okay, das hab ich hinterm Ohr.«

»Außerdem ist da ja auch noch Ephraim … er wird Ihnen gut auf die Finger sehen!«

Der Special Agent blickte vom einen zum anderen, zog die Augenbrauen hoch. Dann nickte er.

Ein lang anhaltendes Keuchen der Lokomotive. 11.30 Uhr. Sie hatten den Gardasee hinter sich gelassen. Eine halbe Stunde noch. Wenn sie so weiterführen, wären sie in längstens einer Viertelstunde in Verona. Allmählich kam es auf jede Minute an.

Es war beinahe Mitternacht gewesen, als Vanuzzi beschlossen hatte, sich doch noch für ein oder zwei Stunden hinzulegen. Ihr Abschied war kurz. Bevor der Special Agent die Tür zu seinem Zimmer hinter sich zuziehen konnte, hatte Eckart den Fuß auf die Schwelle gestellt.

»Eines müssen Sie mir noch erklären, Dan. Wenn alles klappt, sind Sie für das CIC verbrannt, und damit auch für die Schai. Keine weiteren Nazijagden mehr. Möchten Sie sich in Israel zur Ruhe setzen, so wie Rosenberg?«

»Zur Ruhe setzen nicht gerade. Ich werde diese US-Politik nicht mehr mittragen, früher oder später wäre ich ohnehin rausgeflogen, wahrscheinlich unehrenhaft. Vielleicht war ich deshalb manchmal so – unausstehlich ...«

Eckart winkte ab.

»Nein, Doc, die Tatsache, jetzt auch noch mit einem Deutschen zusammenarbeiten zu müssen, war ein ... zusätzlicher Affront für mich. Ich habe gemerkt, wie mir das CIC immer mehr entglitten ist ... ich wollte nicht mehr ... konnte nicht mehr ...«

Beide atmeten hörbar aus, dann straffte sich der Körper des Special Agent wieder, und er sagte:

»Meine Familie wird nach Palästina auswandern. Und ich ...? Mal sehen, ob ich nicht mithelfen kann, den neuen Geheimdienst dort aufzubauen. Schätze, die können Leute wie mich brauchen, was meinen Sie?«

Eckart lächelte. »Das bezweifle ich, Dan – aber ich wünsche Ihnen alles Gute!«

Vanuzzi nickte, dann verbeugte er sich ironisch vor Eckart – und knallte ihm mit einem Ruck die Tür vor der Nase zu.

11.45 Uhr. Der Zug war zum Stehen gekommen. Eckart hielt es nicht mehr auf seinem Sitz, er sprang auf und starrte, sobald der Bahnsteig vom Flurfenster aus einzusehen war, nach draußen. Kaum Menschen. Kein Rosenberg.

Er stieg eilig ab, hastete dem Geräteschuppen am Bahnhofsrand zu. Auch hier war sein ehemaliger Assistent nicht zu sehen.

Hatten sie sich verpasst?

War Rosenberg schon abgefahren?

Nein, er wusste, dass sich Eckart nicht nur mit dem Codewort, sondern auch mit dem Rotkreuzpass ausweisen musste. War etwas bei der Entführung schiefgegangen? Etwas mit dem Auto? Ist Wagner gewarnt worden und ihnen zum vierten Mal entkommen ...?

Zehn Minuten bis zur Abfahrt seines Zuges nach Genua.

Eckart blickte zum Bahnsteig hinüber – niemand, auch keine Uniformen. Vielleicht waren die CIC-Leute, die ihn in Empfang nehmen sollten, schon im Zug.

Er begann zwischen Bahnhofsgebäude und Geräteschuppen zu pendeln.

Verbiss sich den Schmerz und das Bedürfnis, sich am Oberarm zu kratzen.

Das dritte Erkennungszeichen für das CIC: die gleiche frische Wunde, die in diesen Tagen alle SS-Männer besaßen – in der vergangenen Nacht hatte sich Eckart mit einem heißen Schürhaken Fleisch aus dem rechten Oberarm gebrannt. Er bat Rosenberg, der ihm dabei assistierte, um ein Stück Holz, auf das er beißen konnte, ohne seine Zunge zu verletzen. Alkohol, die Betäubung des neunzehnten Jahrhunderts. Nicht zu wenig, um die Tortur überstehen, nicht zu viel, um die Koordination wahren zu können und etwas zum Desinfizieren der Wunde zu haben. Der Schock tat ein Übriges, es war mehr das Geräusch und der Geruch, die ihn zusammenzucken ließen, das Zischen und der Brodem verbrannten Fleisches. Dann wurde der Schmerz so überwältigend, dass er das Bewusstsein verlor.

Rosenberg kümmerte sich um ihn, versorgte die Wunde, so gut es für den Moment ging. An Schlaf war angesichts der Schmerzen nicht zu denken. Eckart hatte es nach Morphium verlangt, aber er rang das Bedürfnis nieder, stattdessen bediente er sich von Zeit zu Zeit an Vanuzzis Chloroform, um die schlimmsten Qualen ein wenig zu betäuben.

Eckart ergänzte seine Notizen, die er sich in Rom zur Praxis der Passvergabe von Rotem Kreuz und katholischer Kirche gemacht hatte und die dokumentierten, wie leicht es Kriegsverbrechern gemacht wurde, nach Übersee zu entkommen, noch rasch um die Rolle, die der US-Geheimdienst darin spielte. Er übergab das Konvolut Rosenberg. Vielleicht hätte der eine Möglichkeit, in einem neuen Staat Israel etwas damit anzufangen.

»Und bitte«, hatte Eckart seinem ehemaligen Assistenten eingeschärft, »fragen Sie Wagner von mir, warum Enninger sterben musste. Fragen Sie ihn immer und immer wieder, bis er Ihnen eine vernünftige Erklärung gibt. Fragen Sie ihn auch danach immer weiter. Auf diese Weise muss er sich wenigstens an *eines* seiner Opfer erinnern, immer und immer und immer.«

Rosenberg nickte. Dann verabschiedete er sich mit den Worten: »Bis um elf Uhr in Verona!«

Es war 11.59 Uhr. Der Bahnhofsvorsteher war aus seinem Verschlag getreten und kündigte die Abfahrt des Zuges nach Genua an – keine nennenswerte Verspätung, keine ausgleichende Gerechtigkeit. Die Passagiere beeilten sich nicht, in die Waggons zu kommen, allerdings waren es auch nur wenige, die an diesem 8. Januar nach Westen unterwegs waren. Eckart gewann eine Minute, zwei, jagte noch einmal ihrem avisierten Treffpunkt entgegen, drei Minuten, kehrte zum Bahnsteig zurück, vier Minuten, man rief ein letztes Mal die Mitfahrenden nach Genua aus. Eckart näherte sich dem Zug und hörte die schroffe Stimme des Bahnhofvorstehers:

»Wenn Sie da mitwollen, sollten Sie endlich einsteigen!«

12.04 Uhr. Er setzte einen Fuß auf das Trittbrett, drehte sich noch einmal dem Bahnhof entgegen, da ertönten der schrille Pfiff und die schnarrende Stimme des Schaffners.

Und dann, aus dem Schatten des Bahnhofsgebäudes, eine beigefarbene Uniformjacke und kurze, sprintende Schritte.

Der Zug war angefahren. Hinter Eckart tobte der Schaffner und zerrte an seinem Mantel, um ihn ins Waggoninnere zu bugsieren.

Noch war Rosenberg schneller als der Zug, wie ein Staffelläufer hielt er den Rotkreuzausweis weit nach vorn gestreckt, noch vier Meter, noch drei, noch zwei, der Zug wurde allmählich schneller, ein Meter, Eckart ging in die Hocke und beugte sich weit nach vorn, während er sich mit seiner Rechten an einem Waggongriff festzuhalten mühte, und schnappte zu. Beinahe wäre ihm das Dokument entglitten, einen Augenblick lang hatten sie es beide in der Hand, dann nur noch Eckart.

»Wir haben ihn, Andreas, wir haben Wagner, und wir geben ihn nicht mehr her.«

Rosenberg sah glücklich aus.

Der Zug war noch schneller geworden.

»Ephraim …«, sagte Eckart, und der antwortete: »Ich weiß … Andreas, ich weiß …«

Mit jedem Meter entfernte sich die uniformierte Gestalt, die jetzt stehen geblieben war, aus Eckarts Blickfeld.

Der Schaffner hatte Verstärkung angefordert, um den unbotmäßigen Deutschen in den Waggon zu zerren, und starrte einigermaßen überrascht, als sich Eckart nun ohne jede weitere Drohung umwandte, die zwei letzten Stufen hinaufging und die Zugtür schloss.

Dann sah Eckart, wie sich im Gang links seine Eskorte näherte.

»Das WC?«, fragte er. Der Schaffner schüttelte den Kopf und deutete nach rechts. Eckart hastete der Zugtoilette entgegen, fand sie zu seinem Glück unverschlossen, sprang hinein, klemmte sich den Mantel in den Angeln ein, befreite ihn und verriegelte die Tür schließlich. Wenn sie ihn schon beobachtet – und wie hätte man diese Aktion *nicht* sehen können? – und als ihr Zielobjekt erkannt hatten, hätte er nur einen Wimpernschlag Zeit, um sein Foto in Wagners Ausweis zu kleben.

Er öffnete die kleine Flasche mit dem Leim und bestrich sein Passbild.

Sah, dass Wagner unter dem Namen Holländer unterwegs war, Gerhard Holländer, geboren am 20. April 1889 (das konnte er sich als Hommage an seinen Führer wohl nicht verkneifen) in – Meran. Natürlich: ein staatenloser Südtiroler, die Voraussetzung für den Rotkreuzausweis. Und für ihn einfach zu memorieren.

Dann sprang die Klinke wild auf und ab, eine Faust schlug gegen das Holz der Toilettentür.

Eckart entriegelte sie mit einem Lächeln.

25.

Der Zug würde einen nördlichen Schlenker über Mailand machen, bevor er sich der Küstenstadt Genua zuwandte. Dadurch gewännen sie Zeit. Mit jedem Kilometer, den er zurücklegte, entfernten sich Rosenberg und Vanuzzi mit ihrer »Beute« nach Osten. Wenn sein Zug angekommen sein würde, wären die beiden schon auf dem Schiff nach Patras – falls ihnen nichts in die Quere kam.

Eckart saß im Abteil mit seinen beiden stämmigen CIC-Eskorteuren, die rauchten und vor sich hin dämmerten; sie hatten ihm tatsächlich Handschellen anlegen wollen. Er hatte in radebrechendem Englisch mit starkem deutschen Akzent darum gebeten, wenigstens seine Linke freibehalten zu dürfen, damit er einen Brief schreiben könne. Auch das war zentraler Teil seiner Tarnung: ein Gerhard Wagner alias Holländer sprach wenig und verstand überhaupt kein Englisch. Zudem war Eckart dadurch im Vorteil, weil sie sich in seinem Beisein unbefangener unterhalten würden. Auch wenn es nicht ganz leicht war, auf ihre Fragen nicht direkt zu antworten und weiterhin den tumben Deutschen zu spielen.

Eckart hatte sie, freundlich mit dem Rotkreuzausweis wedelnd, vor der Toilettentür begrüßt, und sie hatten ihm unisono ein »Shut the fuck up, Kraut!« entgegengezischt und ihm den Pass entrissen. Natürlich, es war keine Vergnügungsreise für sie, vielleicht dachten sie, wie Vanuzzi, auch nur daran, dass sie gerade einem, der Frauen und Kindern eigenhändig in den Nacken geschossen und daran womöglich Spaß gefunden hatte, zu Flucht und Neuanfang verhalfen. Doch im Gegensatz zum Special Agent verdrängten sie diese Gedanken und folgten dem Befehl ihrer Führung. Dass man höflich mit dem Kraut umgehen sollte, hatte ihnen vermutlich niemand gesagt, und Eckart hätte es auch nicht ernsthaft erwartet. Sie fragten nach dem Kennwort, er antwortete, die beiden sahen einander an, und Eckart befürchtete einen Wimpernschlag lang, dass es geändert worden sein könnte – dann machten sie ihm unter Zuhilfenahme von vier Händen klar, dass er in die Zugtoilette zurücksollte, wohin ihm einer der CIC-Männer folgen würde. Er wurde angehalten, sich bis aufs Unterhemd zu entkleiden, sein Eskorteur riss das Heftpflaster von seinem Oberarm, der Schmerz zog ihm beinahe den Boden unter den Füßen weg.

»Okay«, hörte er zunächst, dann klatschte ihm der Amerikaner das Pflaster mit den Worten »Help yourself!« ins Gesicht und verließ die Toilette. Während Eckart sich wieder anzog, hörte er sie draußen murmeln, dann geleiteten sie ihn in ein Abteil und sagten ihm, dass er hier still sitzen solle bis Genua. Er bat darum, einen Brief schreiben zu dürfen – an eine Frau, schob er nach und weitete die Augen –, die beiden sahen einander an, einer knurrte »Dass so einer eine Frau hat!«, dann ließen sie ihn gewähren.

Und jetzt saß er hier und schrieb an Valentina. Er schrieb und strich die Worte wieder durch, schrieb dieselben Worte und strich sie wieder durch. Wenn das so weiterginge, würde er bis Genua keine halbe Seite zustande bringen. Er wusste selbst nicht so genau, was er ihr eigentlich schreiben wollte – dass sie, auch wenn er in den USA wäre, natürlich mit seiner monatlichen Unterstützung rechnen könne? Dass sie ihm – wieder und wieder – vergeben möge? Geschenkt! Beides.

Also schrieb er von sich, von seiner Kindheit und Jugend unter den Fittichen des überbesorgten Vaters, der nach dem Tod der Mutter nicht auch noch den Sohn verlieren wollte. Wie der Vater mit ihm aus Italien zurückgekehrt war, eine Villa im Grunewald kaufte und Privatlehrer engagierte, damit er ihn Tag und Nacht um sich hätte. Wie er sich mühevoll freigekämpft und gegen den väterlichen Willen Medizin studiert hatte, zu den Burschenschaftern gegangen war, um ein Zugehörigkeitsgefühl zu entwickeln, ohne sich auch nur eine Stunde dort wohlzufühlen. Wie er, entgegen dem Rat all seiner Freunde, sich als Nervenarzt spezialisierte und intensiv die Psychoanalyse, eine neue Therapieform des Dr. Sigmund Freud aus Wien, die den Berliner Medizinern als reinstes Affentheater erschien, erforschte. Wie nicht die Lehranalyse, sondern sein Verschüttungserlebnis an der Westfront sein Leben von Grund auf verändert hatte. All das schrieb er an Valentina, zog Blatt um Blatt aus seinem Mantel und schrieb. Er wusste nicht, ob er den Brief je abschicken, ob sie ihn je lesen würde. Und ob sie verstand, dass er damit vor ihr sein Leben und den Tod ihres Bruders rechtfertigen wollte, nun, da sie wusste, wie er wurde, der er war, und Ignaz, Stanz, in seinen Orbit manipulierte, bis der schließlich, zu nah am Feuer, verglüht war.

Entsetzliches Pathos! Aber besser als dieses Schweigen, das ihm in Deutschland und Österreich entgegengeschlagen war, dieses stumme In-sich-Hineinfressen.

Mailand lag längst hinter ihnen, auch Pavia, Tortona und weitere Orte, die er nicht kannte. Eine halbe Stunde, dann wären sie in Genua.

Eckart schrieb. Berichtete Valentina von dem, was sie getan hatten, ohne Namen zu nennen, ohne heldische Verklärung. Erklärte ihr, dass er nicht vorhabe, sich zu opfern. Einmal in den USA angekommen, würde er den CIC-Oberen zu verstehen geben, was ihn bewegt hatte, so zu handeln. Vielleicht würden sie mit sich reden lassen, schlimmstenfalls erwartete ihn ein Gefängnisaufenthalt. Wenn er Glück hatte und an Liam herankäme, könnte der seine alten Verbindungen spielen lassen, wer weiß?! Und dann wären auch die monatlichen Zahlungen an Luca und Valentina gesichert – nein, er strich den letzten Satz.

Seine dösenden Eskorteure waren aufgewacht. Der Zug verlangsamte die Fahrt, sie rollten allmählich in den Bahnhof von Genua ein. Da hörte er die müde Stimme eines seiner Gegenüber zum anderen sagen: »Wer löst uns eigentlich ab? Hanson und Stavros?«

»Nee, Schiffspassage ist Chefsache, der Colonel wird übernehmen.«

»Swartz persönlich? Dann ist der Saukerl ja wichtiger, als ich dachte.«

Eckart fiel der Füllfederhalter zu Boden, er erbleichte, durfte sich indes nicht anmerken lassen, dass er sehr gut verstand, was die beiden gesprochen hatten.

Swartz.

Sie können nie wissen, ob ich auspacke, Howard. Und was ich sagen werde. Und wem. Sie müssten mich schon zum Schweigen bringen.

Das Bild eines Zuges, der ihn überrollte.

Er erklärte seiner Eskorte, dass ihm übel sei und er sich übergeben müsse. Sie machten angewiderte Gesichter, dann begleitete ihn einer zur Zugtoilette. Eckart verriegelte die Tür.

Wenn Swartz entdeckte, wen man ihm hier untergeschoben hatte, wäre ihm alles zuzutrauen. Und eigentlich blieb ihm auch keine Wahl, als ... Eckart mundtot zu machen.

Konnte er Rosenberg und Vanuzzi noch stoppen ...?

Nein. Zumindest nicht mehr in Italien.

Auf alles Weitere müsste er einfach vertrauen. Auch dass es sich lohnte, sich nun doch – zu opfern.

Vielleicht könnte er dafür ein anderes, weniger missbrauchtes Wort finden.

Sein Schicksal erfüllen?

Noch schlimmer!

Alles zu einem Abschluss bringen? Die offenliegenden Fäden verknüpfen?

Eckart öffnete das Fenster – erhaschte eine milde Brise, die schon Meeresluft mit sich führte. Mit einem Ruck hielt der Zug. Das Geräusch von schlurfenden Schritten, die Passagiere stiegen aus, einige von ihnen – wer wusste, wie viele? – würden einer Schiffspassage in ein neues Leben entgegengehen, und für manche von ihnen wäre es – wer wusste, für wie viele? – ein unverdienter Neuanfang.

Er legte den Brief an Valentina auf ein kleines Bord und schrieb ihre Adresse darauf, mit der Bitte an den unbekannten Finder, das Schreiben zuzustellen.

Dann hörte er vom Bahnsteig her die Melodie eines Liedes, das er aus Amerika kannte. Eine weibliche Stimme aus dem Radio, die mit dem Wind lauter und wieder leiser wurde, begleitet von verzerrten Orchesterklängen.

Your dearest memories all remind me
That sorrow never comes to stay,
And when the shadows fall behind you,
There'll come another day.

Eckart hörte, wie der CIC-Mann mit der Handfläche gegen die Tür zu schlagen begann, dazwischen unterdrückte Flüche.

»Open up!«

Eine vertraute Stimme – Van Doren? Swartz?

A day to bring you joy and laughter,
For when the night has passed away,
You'll find the sunshine follows after,
There'll come another day.

Fäuste, die gegen Holz trommelten, weitere undeutliche Rufe.

Er dachte an den Colonel und straffte sich, wie es Vanuzzi tags zuvor getan hatte. Die Tür tat kleine Sprünge bei jedem Schlag, doch der Riegel hielt.

Woher plötzlich dieses Lächeln in seinem Gesicht?

Weil alles, alles gut war, dachte er. Dann hörte er das Durchladen einer Maschinenpistole.

The world will glow with golden glory,
Soon we'll forget the skies were grey,
And like a lovely fairy story,
There'll come another day.

Eckart entriegelte die Tür.

Ganz herzlichen Dank an ...

... Janette Bürkle, die mich zuerst mit dem Thema vertraut gemacht hat;

... Dr. Annette Kosakowski, Daniela Hägele, Ulrich Steinbach, Stefan Imhof, Norbert Treuheit und das ganze Team von ars vivendi, die mich maßgeblich bei Recherche, Lektorat, Produktion unterstützt haben;

... an den Förderkreis deutscher Schriftsteller in Baden-Württemberg für das Arbeitsstipendium, das mir die Verfertigung des vorliegenden Buchs ermöglicht hat.

Zitate, die ich verwendet habe

Not long ago in Vestminster / There lived a rat catcher's daughter (…) – *The Rat Catcher's Daughter*, Musik und Text von Edward Bradley und Sam Cowell.

Fußgängerdunkelheit – Robert Musil, *Der Mann ohne Eigenschaften*.

Menschliche Ausdünstungen, eine Dampfheizung mit Blut. – Heinrich Mann, *Professor Unrat*.

L'ora è bella per danzare, / chi è in amor non mancherà. (…) – *La Danza*, Musik von Gioachino Rossini, Text von Carlo Pepoli.

Das Zitat: »*Heimat ist dort, wo an der Mauer geschrieben steht:* ›*Paule ist doof*‹« verdanke ich Heinrich Mühsam (s. Wolfgang Benz: *Überleben im Dritten Reich*).

Home is the place where, when you have to go there, / They have to take you in. – Robert Frost, *The Death of the Hired Man*.

Zog er nicht auch im engsten Anschluss an das Kreuz (…) sollte auch sein Heer Gott Ritterdienste leisten. – Thomas von Celano, *S. Francisci Assisensis vita et miracula*.

Denn es ist nichts verborgen, was nicht offenbar werden soll. – Evangelium nach Markus 4,22.

There'll come another day (…) – Lied von Pat Pattison (Musik) und Alan Stranks (Text) aus dem Jahr 1940, v. a. zu empfehlen in der Originalversion von Vera Lynn mit Jay Wilbur & his Band.

Die Methoden über Gestapofolter sind folgender Quelle entnommen: *Der Spiegel* 8/1951, Zeugenaussage von Fabian von Schlabrendorff in einem Schwurgerichtsprozess vor dem Landgericht München I.

Für das Leben sogenannter »U-Boote« im Dritten Reich habe ich mich am Buch *Überleben im Dritten Reich. Juden im Untergrund und ihre Helfer*, herausgegeben von Wolfgang Benz, orientiert.

Glossar

Bricha: Zionistische Untergrundbewegung, die vor Gründung des Staates Israel (1948) Juden aus Osteuropa die Flucht aus sowjetisch dominierten Ländern und die illegale Einwanderung nach Palästina, vorbei an der britischen Seeblockade, ermöglichte.

Counter Intelligence Corps (CIC): Heeresnachrichtendienst der USA, traditionell in Konkurrenz mit dem OSS stehend. Sein Nachfolger ist seit 1961 die DIA (Defense Intelligence Agency) als Dachorganisation der Nachrichtendienste von Army, Navy, Air Force und Marine Corps. Organisiert war er in Detachments und Sub-Detachments.

Gestapo (Geheime Staatspolizei): Kriminalpolizeiliche Behörde der NS-Zeit mit weitreichenden Machtbefugnissen bei der Bekämpfung politischer Gegner. Die Nürnberger Prozesse erklärten sie zur verbrecherischen Organisation.

Hagana: Siehe Schai.

IRO (International Refugee Organization): Internationale Flüchtlingsorganisation der Vereinten Nationen von 1946 bis 1952. Sie war verantwortlich für die Fürsorge von Menschen, die durch den Zweiten Weltkrieg ohne eigenes Verschulden heimatlos geworden waren, sogenannte »Displaced Persons«.

Obersturmbannführer: Offiziersrang der SS, entspricht im nationalsozialistischen Ranggefüge einem Oberstleutnant der Wehrmacht.

Office of Strategic Services (OSS): Nachrichtendienst des US-Kriegsministeriums, 1945 aufgelöst. Seine Nachfolger als Auslandsgeheimdienst waren zunächst das SSU (Strategic Services Unit), dann ab 1947 die CIA (Central Intelligence Agency).

PCA (Pontificia Commissione di Assistenza ai Profughi): Das Vatikanische Hilfskomitee für Flüchtlinge, 1944 von Papst Pius XII. gegründet, konzentrierte sich vor allem auf die Betreuung katholischer Flüchtlinge in Italien.

Politische Polizei: Polizeieinheit zur Aufklärung und Vorbeugung von Straftaten mit politisch radikalem Hintergrund. 1934 aufgelöst und in die Gestapo übergeführt.

Polizia di Stato (PS): Neben den Carabinieri eine der beiden großen Polizeieinheiten Italiens. Sie untersteht dem Innenministerium in Rom. Die hier angesprochene Unterabteilung ist eine Art »Politische Polizei«, die nach der Absetzung Mussolinis für einige Jahre tätig geworden ist.

Red Herring: Ein durch Räuchern und Pökeln rot gewordener Hering – im Englischen sprichwörtlich für ein Ablenkungsmanöver. Ursprünglich wurden solche Heringe bei der Fuchsjagd verwendet, um Hunde von der eigentlichen Spur abzulenken.

Reichssicherheitshauptamt (RSHA): 1939 vom Reichsführer-SS Heinrich Himmler durch Zusammenlegung von Sicherheitspolizei (Sipo) und Sicherheitsdienst (SD) gegründetes Amt; Kripo und Gestapo wurden ebenfalls integriert.

Rukeli Trollmann: Johann Wilhelm Trollmann, genannt »Rukeli« (1907–1944), war einer der besten deutschen Halbschwergewichtsboxer aller Zeiten. Da er aus einer Sintifamilie stammte, wurde ihm die Deutsche Meisterschaft, die er 1933 sportlich gewonnen hatte, von Nazifunktionären aberkannt. Er starb im Konzentrationslager Wittenberge (s. a. der sehr lesenswerte Roman *Deutscher Meister* von Stephanie Bart).

Schai: Kurzform für »Scherut Jediot«, eine 1940 ins Leben gerufene, geheimdienstliche Eliteeinheit der zionistischen Militärorganisation

Hagana (ha-hagana: »Die Verteidigung«). Nach Gründung des Staates Israel 1948 wurde die Hagana Teil der israelischen Verteidigungsstreitkräfte.

Schutzstaffel (SS): 1925 von Adolf Hitler als persönliche Leibgarde gegründet. Erlangte im Dritten Reich Kontrolle über die Polizei und übernahm neben der Wehrmacht militärische Funktionen. Ab 1934 war sie für den »Betrieb« der Konzentrationslager verantwortlich.

SD / Auslands-SD (Sicherheitsdienst): 1931 als Nachrichtendienst der SS gegründete Organisation zur Überwachung von Parteimitgliedern und politischen Gegnern. Der Auslands-SD baute später eigene Agentennetze auf und wurde 1939 Teil des Reichssicherheitshauptamts.

Stay-behind-Truppe: Paramilitärische Widerstandsorganisation, die im Fall feindlicher Überfälle eines Staates Sabotageakte im Rücken der Besetzer verüben soll. Von den USA auch »präventiv« eingesetzt, z. B. bei drohenden Wahlsiegen kommunistischer Parteien in Südeuropa.

Sturmabteilung (SA): Paramilitärische Kampforganisation der NSDAP während der Weimarer Republik, Ordnertruppe. Nach dem sogenannten »Röhm-Putsch« von 1934, als die SA-Führungsspitze von SS-Leuten ermordet wurde, spielte die SA gegenüber der SS eine eher untergeordnete Rolle.

Ben Turpin: Bernard Turpin (1869–1940), US-amerikanischer Stummfilmkomiker, der vor allem durch sein markantes Äußeres – ein stark schielendes rechtes Auge und ein buschiger Schnurrbart – in den 1920er-Jahren häufig besetzt wurde.

Ustascha (Ustaša – Hrvatska revolucionarna organizacija; dt.: Der Aufständische – Kroatische revolutionäre Organisation): 1929 von Ante Pavelic in Italien gegründeter, kroatisch-faschistischer Kampfverband. Unterstützte als Verbündeter Nazideutschland im Zweiten Weltkrieg.

Der Ustascha wird Völkermord gegen Juden, Roma und Serben zur Last gelegt.

Material für dieses Glossar ist der Encyclopedia Britannica, der deutschen, englischen und italienischen Wikipedia sowie dem Buch »Nazis auf der Flucht: Wie Kriegsverbrecher über Italien nach Übersee entkamen« von Gerald Steinacher entnommen.
Herzlichen Dank dafür.

Übersetzungen

(Wenn nicht anders angegeben, handelt es sich um Übersetzungen aus dem Englischen.)

Zdravko: nalijevo! – Kroatisch: *Nach links, Zdravko!*

Oh, you lost big-time! – *Völlig falsch!*

We'll make it worth your while. – *Es wird sich für Sie lohnen.*

Porca Madonna! – Italienisch, am ehesten übersetzbar mit: *Um Himmels willen!*

Not long ago in Vestminster / There lived a rat catcher's daughter (…) – *Vor nicht allzu langer Zeit / Lebte in Vestminster die Tochter eines Rattenfängers / Aber sie lebte nicht direkt in Vestminster / Sondern auf der anderen Seite des Flusses / Ihr Vater fing Ratten, und sie verkaufte Sprotten / In der ganzen Gegend / Und die feinen Leute lüfteten ihre Hüte / Vor der hübschen kleinen Tochter des Rattenfängers.*

Nous sommes complets. – Französisch in Doppelbedeutung: *Wir sind ausgebucht* und *Wir sind vollzählig.*

Comme on le dit si bien: très unique. – Französisch: *Wie man so schön sagt: sehr speziell.*

Guerre – Französisch: *Krieg*

Sacré nom … un moment! – Französisch: *Verdammt noch mal … einen Moment!*

Come on, look alive, Doc! – *Auf geht's, Doc!*

300

Whiteout – Kein deutscher Begriff. Das Phänomen, dass der Horizont angesichts eines schneebedeckten Feldes und eines weißen Himmels komplett verschwimmt.

Compris? – Französisch: *Verstanden?*

babbo – Italienisch: *Vater*

L'ora è bella per danzare, / chi è in amor non mancherà. (…) – Italienisch: *Die Stunde ist schön zum Tanzen, / und kein Verliebter will es versäumen. / Nun steht der Mond über dem Meer, / mamma mia, was werden wir springen!*

Home is the place where, when you have to go there, / They have to take you in. – *Heimat ist der Ort, wo man, wenn du dort hingehen musst, dich nicht wegschicken kann.*

Tit for Tat – Eigentlich: *Wie du mir, so ich dir.*

What shall be your Christian name? I'm a Jew. I have no »Christian« name. – Wortspiel, auf Deutsch kaum übersetzbar. *Wie soll Ihr Vorname (auf Englisch wörtlich »christlicher Name« oder Taufname) lauten? Ich bin Jude, ich habe keinen »christlichen« Namen.*

There'll come another day (…) – *Die teuersten Andenken an dich erinnern mich daran / dass Kummer niemals von Dauer ist / Und wenn hinter dir die Schatten fallen / Wird ein neuer Tag kommen // Ein Tag, der dir Freude und Lachen bringt / Denn wenn die Nacht vergangen ist / Wirst du sehen, dass ihr Sonnenschein folgt / Ein neuer Tag wird kommen // Die Welt wird in goldener Pracht erglänzen / Bald werden wir vergessen, dass der Himmel grau war / Und wie in einem schönen Märchen / Wird ein neuer Tag kommen.*

ABGRÜNDE EINES JAHRHUNDERTS

Martin von Arndt
Tage der Nemesis
Hardcover, 309 Seiten
ISBN 978-3-86913-424-6

Als die noch junge Weimarer Demokratie im kalten März 1921 von einem politischen Attentat erschüttert wird, sieht sich der vom Ersten Weltkrieg gezeichnete Kommissar Andreas Eckart mit einer Vielzahl von Problemen konfrontiert. Nicht nur scheint eine armenische Organisation mit dem Namen »Operation Nemesis« Jagd auf ehemalige türkische Staatsmänner zu machen, die 1915 den Völkermord an den Armeniern befahlen, auch der aufkommende Faschismus zeigt sich allerorten – und das deutsche Auswärtige Amt spielt ein falsches Spiel. Als weitere politische Morde geschehen, führen die Ermittlungen Eckart bis nach Rom, wo er Zeuge des Aufstiegs Mussolinis wird. Gemeinsam mit seinem treuen Kollegen Rosenberg und einem ordentlichen Schuss Schnodderigkeit versucht er Licht ins Dunkel zu bringen und weitere Attentate zu vermeiden ...

»*Tage der Nemesis* ist ein genialer Mix, ist Doku-Fiction, skandalöse Enthüllungsstory, Politthriller mit psychologischem Tiefgang. Einfach beste Unterhaltung.«   *SWR1*

»EIN KRIMI-EREIGNIS.« HR

Bernd Ohm
Wolfsstadt
Hardcover, 501 Seiten
ISBN 978-3-86913-501-4

München, 1948: Die einstige »Hauptstadt der Bewegung« liegt in Schutt und Asche – aber für Fritz Lehmann könnte eigentlich alles perfekt sein, denn seitdem der Kripobeamte in den US-Kriegsgefangenenlagern Englisch gelernt und Gefallen an Jazz und Demokratie gefunden hat, ist er auf dem Weg in ein neues Leben. Dass im Krieg Dinge geschehen sind, von denen man besser nicht redet, versucht er, so gut es geht, zu verdrängen. Doch als der Mord an der Gelegenheitsprostituierten Irina Stepaschkin die Löwengrube erschüttert, hat Lehmann ein Problem, denn die Ermittlungen führen ihn zu jüdischen Überlebenden des Holocaust. Obendrein bekommt er eine Vorladung der Alliierten, die nach deutschen Kriegsverbrechern fahnden. Ehe er sich's versieht, hat die Vergangenheit ihn wieder fest im Griff. Ein Mörder sucht einen Mörder, der Jäger wird zum Gejagten. Die Suche nach dem Täter wird zu Lehmanns persönlicher Obsession, die ihn wieder und wieder an den Abgrund bringt, der in ihm selbst lauert ...